绣带银镖

王度庐·著／王芹·点校

王度庐作品大系　武侠卷　拾叁

山西出版传媒集团

北岳文艺出版社

王度庐著

图书在版编目（CIP）数据

绣带银镖 / 王度庐著．— 太原：北岳文艺出版社，2017.3
（王度庐作品大系）
ISBN 978-7-5378-5084-1

Ⅰ．①绣… Ⅱ．①王… Ⅲ．①侠义小说－中国－当代 Ⅳ．① I247.5

中国版本图书馆 CIP 数据核字（2017）第 040275 号

书名：绣带银镖　　点校：王　芹　　责任编辑：刘文飞
著者：王度庐　　策划：续小强　刘文飞　　书籍设计：张永文
　　　　　　　　　　　　　　　　　印装监制：巩　璠

出版发行：山西出版传媒集团·北岳文艺出版社
地址：山西省太原市并州南路 57 号
邮编：030012
电话：0351-5628696（发行部）　0351-5628688（总编办）
传真：0351-5628680
网址：http://www.bywy.com　E-mail：bywycbs@163.com
经销商：新华书店　印刷装订：山西人民印刷有限责任公司

开本：890mm×1240mm　1/32　总字数：256 千字　印数：1-5000
总印张：8.875　版次：2017 年 3 月第 1 版　印次：2017 年 3 月山西第 1 次印刷
书号：ISBN　978-7-5378-5084-1
总定价：36.00 元

出版前言

　　王度庐（1909—1977），原名葆祥（后改葆翔），字霄羽，出生于北京下层旗人家庭。"度庐"是1938年启用的笔名。他是中国现代文学史上著名的武侠言情小说家，独创"悲剧侠情"一派，成为民国北方武侠巨擘之一，与还珠楼主、白羽（宫竹心）、郑证因、朱贞木并称为"北派五大家"。

　　20世纪20年代，王度庐开始在北京小报上发表连载小说，包括侦探、实事、惨情、社会、武侠等各种类型，并发表杂文多篇。20世纪30年代后期，因在青岛报纸上连载长篇武侠小说《宝剑金钗》《剑气珠光》《鹤惊昆仑》《卧虎藏龙》《铁骑银瓶》（合称"鹤-铁五部"）而蜚声全国；至1948年，他还创作了《风雨双龙剑》《洛阳豪客》《绣带银镖》《雍正与年羹尧》等十几部中篇武侠小说和《落絮飘香》《古城新月》《虞美人》等社会言情小说。

　　王度庐熟悉新文学和西方现代文化思潮，他的侠情小说多以性格、心理为重心，并在叙述时投入主观情绪，着重于"情""义""理"的演绎。"鹤-铁五部"既互有联系又相对独立，达到了通俗武侠文学抒写悲情的现代水平和相当的人性深度，具有"社会悲剧、命运悲剧、性格心理悲剧的综合美感"。他的社会言情小说的艺术感染力也很强，注重营造诗意的氛围，写婚姻恋爱问题，将金钱、地位与爱情构成冲突模式，表现普通人对个性解放、爱情自由和婚姻平等的追求与呼唤。这些作品注重写人，写人性，与"五四"以来"人的文学"思潮是互相呼应的。因此，王度庐也成为通俗文学史乃至整个

一

中国现代文学史研究中绕不过去的作家，被写入不同类型的文学史。许多学者和专家将他及其作品列为重点研究对象。

王度庐所创造的"悲剧侠情"美学风格影响了港台"新派"武侠小说的创作，台湾著名学者叶洪生批校出版的《近代中国武侠小说名著大系》即收录了王度庐的七部作品，并称"他打破了既往'江湖传奇'（如不肖生）、'奇幻仙侠'（如还珠楼主）乃至'武打综艺'（如白羽）各派武侠外在茧衣，而潜入英雄儿女的灵魂深处活动；以近乎白描的'新文艺'笔法来描写侠骨、柔肠、英雄泪，乃自成'悲剧侠情'一大家数。爱恨交织，扣人心弦！"台湾著名武侠小说作家古龙曾说，"到了我生命中某一个阶段中，我忽然发现我最喜爱的武侠小说作家竟然是王度庐"。大陆学者张赣生、徐斯年对王度庐的作品进行了大量的整理、发掘和研究工作，并给予了很高的评价。徐斯年称其为"言情圣手，武侠大家"，张赣生则在《王度庐武侠言情小说集》的序言中说："从中国文学史的全局来看，他的武侠言情小说大大超过了前人所达到的水平"，"他创造了武侠言情小说的完善形态，在这方面，他是开山立派的一代宗师。"

此次出版的《王度庐作品大系》收录了王度庐在不同时期的代表作和有影响力的作品，还收录了至今尚未出版过的新发掘出的作品，包括他早期创作的杂文和小说。此外，为了满足不同领域的读者的需求，此版还附有张赣生先生的序言、已知王度庐小说目录和王度庐年表，以供研究者参考。这次出版得到了王度庐子女的大力支持和密切配合，王度庐之女王芹女士亲自对作品进行了点校。可以说，他们的支持使得《王度庐作品大系》成为王度庐作品最完善、最全面的一次呈现。在此，我们表达最诚挚的谢意。

在编辑过程中，我们依据上海励力出版社，参考报纸连载文本及其他出版社的原始版本，对作品中出现的语病和标点进行了订正；遵循《第一批异形词整理表》（GF1001-2001），对文中的字、词进行了统一校对；并参照《现代汉语大词典》《汉语方言大词典》《北京方言词典》《北京土语辞典》等工具书小心求证，力求保持作品语言的原汁原味。由于编辑水平和时间有限，难免有疏漏之处，敬请广大读者批评指正！

北岳文艺出版社

二〇一五年六月三十日

总　序

　　王度庐是位曾被遗忘的作家。许多人重新想起他或刚知道他的名字，都可归因于影片《卧虎藏龙》荣获奥斯卡奖的影响。但是，观赏影片替代不了阅读原著，不读小说《卧虎藏龙》（而且必须先看《宝剑金钗》），你就不会知道王度庐与李安的差别。而你若想了解王度庐的"全人"，那又必须尽可能多地阅读他的其他著作。北岳文艺出版社继《宫白羽武侠小说全集》《还珠楼主小说全集》之后推出这套《王度庐作品大系》（以下简称《大系》），对于通俗文学史的研究，可谓功德无量！

　　王度庐，原名王葆祥，字霄羽，1909年生于北京一个下层旗人家庭。幼年丧父，旧制高小毕业即步入社会，一边谋生，一边自学。十七岁始向《小小日报》投寄侦探小说，随即扩及社会小说、武侠小说。1930年在该报开辟个人专栏《谈天》，日发散文一篇；次年就任该报编辑。八年间，已知发表小说近三十部（篇）。1934年往西安与李丹荃结婚，曾任陕西省教育厅编审室办事员和西安《民意报》编辑。1936年返回北平，继续以卖稿为生，次年赴青岛。青岛沦陷后始用笔名"度庐"，在《青岛新民报》及南京《京报》发表武侠言情小说（同时继续撰写社会小说，署名则用"霄羽"）。十余年间，发表的武侠小说、社会小说达三十余部。1949年赴大连，任大连师范专科学校教员。1953年调到沈阳，任东北实验中学语文教员。"文革"时期，以退休人员身份随夫人"下放"昌图县农村。1977年卒于辽宁铁岭。

早在青年时代，王度庐就接受并阐释过"平民文学"的主张。他的文学思想虽与周作人不尽相同，但在"为人生"这一要点上，二者的观念是基本一致的。

从撰写《红绫枕》（1926年）开始，王度庐的社会小说（当时或又标为"惨情小说""社会言情小说"）就把笔力集中于揭示社会的不公、人生的惨淡，以及受侮辱、受损害者命运的悲苦。

恋爱和婚姻是"五四"新文学的一大主题。那时新小说里追求婚恋自由的男女主人公面对的阻力主要来自封建家庭和封建礼教，作品多反映"父与子"的冲突——包括对男权的反抗，所以，易卜生笔下的娜拉尤被觉醒的女青年们视为楷模。到了王度庐的笔下，上述冲突转化成了"金钱与爱情"的矛盾。

正如鲁迅所说：娜拉冲出家庭之后，倘若不能自立，摆在面前的出路只有两条——或者堕落，或者"回家"。王度庐则在《虞美人》中写道："人生""青春"和"金钱"，"三者之间是相互联系着的"，而在当时的中国社会里，金钱又对一切起着主导性的作用。他所撰写的社会言情小说，深刻淋漓地描绘了"金钱"如何成为社会流行的最高价值观念和唯一价值标准，如何与传统的父权、男权结合而使它们更加无耻，如何导致社会的险恶和人性的异化。

王度庐特别关注女性的命运。他笔下的女主人公多曾追求自立，但是这条道路充满凶险。范菊英（《落絮飘香》）和田二玉（《晚香玉》）付出了生命的代价；虞婉兰（《虞美人》）终于发疯，生不如死。唯有白月梅（《古城新月》）初步实现了自立，但她的前途仍难预料；至于最具"娜拉性格"，而且也更加具备自立条件的祁丽雪，最终选择的出路却是"回家"。

这些故事，可用王度庐自己的两句话加以概括："财色相欺，优柔自误"（《〈宝剑金钗〉序》）。金钱腐蚀、摧毁了爱情，也使人性发生扭曲。人是"社会关系的总和"，他的社会小说正是通过写人，而使社会的弊端暴露无遗。

在社会小说里，王度庐经常写及具有侠义精神的人物，他们扶弱抗强，甚至不惜舍生以取义。这些人物有的写得很好，如《风尘四杰》里的天桥四杰和《粉墨婵娟》里的方梦渔；有些粗豪角色则写得并不成功，流于概念化，如《红绫枕》里的熊屠户和《虞美人》里的秃头小三。

上述侠义角色与爱情故事里的男女主人公一样，也是现代社会中的弱者。作者不止一次地提示读者，这些侠义人物"应该"生活于古代。这种提示背后隐含着一个问题：现代爱情悲剧里的那些痴男怨女，如果变成身负绝顶武功的侠士和侠女，生活在快意恩仇的古代江湖，他们的故事和命运将会怎样？这个问题化为创作动机，便催生了王度庐的侠情小说，这里也昭示着它们与作者所撰社会小说的内在联系。

《宝剑金钗》标志着王度庐开始自觉地把撰写社会言情小说的经验融入侠情小说的写作之中，也标志着他自觉创造"现代武侠悲情小说"这一全新样式的开端。此书属于厚积薄发的精品，所以一鸣惊人，奠定了作者成为中国现代武侠悲情小说开山宗师的地位。继而推出的《剑气珠光》《鹤惊昆仑》《卧虎藏龙》《铁骑银瓶》①（与《宝剑金钗》合称"鹤-铁五部"）以及《风雨双龙剑》《彩凤银蛇传》《洛阳豪客》《燕市侠伶》等，都可视为王氏现代武侠悲情小说的代表作或佳作。

作为这些爱情故事主人公的侠士、侠女，他们虽然武艺超群，却都是"人"，而不是"超人"。作者没有赋予他们保国救民那样的大任，只让他们为捍卫"爱的权利"而战；但是，"爱的责任"又令他们惶恐、纠结。他们驰骋江湖，所向无敌，必要时也敢以武犯禁，但是面对"庙堂"法制，他们又不得不有所顾忌；他们最终发现，最难战胜的"敌人"竟是"自己"。如果说王度庐的社会小说属于弱者的社会悲剧，那么他的武侠悲情小说则是强者的心灵悲剧。

王度庐是位悲剧意识极为强烈的作家。他说："美与缺陷原是一个东西。""向来'大团圆'的玩意儿总没有'缺陷美'令人留恋，而且人生本来是一杯苦酒，哪里来的那么些'完美'的事情？"（《关于鲁海娥之

---

①这里叙述的是发表次序。按故事时序，则《鹤惊昆仑》为第一部，以下依次为《宝剑金钗》《剑气珠光》《卧虎藏龙》《铁骑银瓶》。

死》)《鹤惊昆仑》和《彩凤银蛇传》里的"缺陷"是女主人公的死亡和男主人公的悲凉；《宝剑金钗》《卧虎藏龙》《铁骑银瓶》里的"缺陷"都不是男女主角的死亡，而是他们内心深处永难平复的创伤；《风雨双龙剑》和《洛阳豪客》则用一抹喜剧性的亮色，来反衬这种悲怆和内心伤痕。

王度庐把侠情小说提升到心理悲剧的境界，为中国武侠小说史做出了一大贡献。正如弗洛伊德所说："这里，造成痛苦的斗争是在主角的心灵中进行着，这是一个不同冲动之间的斗争，这个斗争的结束绝不是主角的消逝，而是他的一个冲动的消逝。"[1]这个"冲动"虽因主角的"自我克制"而消逝了，但他（她）内心深处的波涛却在继续涌动，以致成为终身遗恨。

李慕白，是王度庐写得最为成功的一个男人。

有人说，李慕白是位集儒、释、道三家人格于一身的大侠；这是该评论者观赏电影《卧虎藏龙》的个人感受。至于小说《宝剑金钗》里的李慕白，他的头上绝无如此"高大上"的绚丽光环——古龙说得好：王度庐笔下的李慕白，无非是个"失意的男人"。

在《宝剑金钗》里，李慕白始终纠结于"情"和"义"的矛盾冲突之中，他最终选择了舍情取义，但所选的"义"中却又渗透着难以言说的"情"。手刃巨奸如囊中取物，李慕白做得非常轻易；但是他却主动伏法，付出的代价极其沉重。他做这些都是自愿的，又都是不自愿的。出发除奸之前，作者让他在安定门城墙下的草地上做了一番内心自剖，这段自剖深刻地展示着他的"失意"，这种心态可以概括为三个字——"不甘心"。

在本《大系》所收"早期小说与杂文"卷中，读者可以见到王度庐用笔名"柳今"所写的一篇杂文《憔悴》，其中有段文字，所写心态与上述李慕白的自剖如出一辙。读者还可见到，《红绫枕》里男主角戚雪桥为爱

---

[1]弗洛伊德：《戏剧中的精神变态人物》，张唤民译，载《二十世纪西方美学名著选》（上），复旦大学出版社，1987，第410页。

人营墓、祭扫时的一段内心独白，其心态又与柳今极其相似。于是，我们看到了王度庐、柳今、戚雪桥（还有一些其他角色，因相关作品残缺而未收入《大系》）与李慕白之间的联系——李慕白的故事，是戚雪桥们的白日梦；戚雪桥、李慕白们的故事，则是柳今、王度庐的白日梦。

不把李慕白这个大侠写成一位"高大上"的"完人"，而把他写成一个"失意的男人"，这是王度庐颠覆传统"侠义叙事"，为中国武侠小说史做出的又一贡献。

玉娇龙，是王度庐写得最为成功的一个女人。

玉娇龙的性格与《古城新月》里的祁丽雪有相似之处，但是她的叛逆精神更加决绝、更加彻底。为了自由的爱情，她舍弃了骨肉的亲情。同时，她也舍弃了贵胄生活，选择了荆棘江湖；舍弃了城市文明，选择了草莽蛮荒。

对玉娇龙来说，最难割舍的是亲情；最难获得的，是理想的婚姻。她发现自己选择罗小虎未免有点莽撞，所以又离开了他。她获得了自由的爱情，却在事实上拒绝了自由的婚姻。这与其说反映着"礼教观念残余""贵族阶级局限"，不如说是对文化差异的正视。尽管如此，这位"古代娜拉"并未"回家"，而是毅然决然地踏上一条不归路。这条路是悲凉的，同时又是壮美的。

玉娇龙和李慕白都是"跨卷人物"。《剑气珠光》里的李慕白写得不好，因为背离了《宝剑金钗》中业已形成的性格逻辑。《铁骑银瓶》里的玉娇龙则写得很好，她青年时代的浪漫爱情，此时已经升华为伟大的、无私的母爱。她青年时代的梦想，终于在爱子和养女的身上得以成真，但是他们携手归隐时的心态，也与母亲一样充满遗憾。

王度庐的上述成就，都是源于对传统武侠叙事的扬弃，这也使他的武侠悲情小说拥有了现代精神。

王度庐又是一位京旗作家。

清朝定都北京之后，即将内城所居汉人一律迁出，由八旗分驻内城八区。王度庐家住地安门内的"后门里"，属于镶黄旗驻区，其父供职于内务府的上驷院。内务府是一个由满洲上三旗（镶黄、正黄、正白旗）内"从龙包衣"①组成的机构，专门管理皇家事务。由此可知，王氏当属编入满洲镶黄旗的"汉姓人"，这一族群不同于"汉人""汉军"，满人把他们视为同族②。

满人崛起于白山黑水之间，性格刚毅尚武，自立自强，粗犷豪放。入关定鼎之后，宴安日久，八旗制度的内在弊端开始呈现，"八旗生计"问题日益突出，以致最终导致严重的存亡危机。王度庐出生时，恰逢取消"铁杆庄稼"（即旗人原本享受的"俸禄"），父亲又早逝，全家陷于接近赤贫的境地。他的早期杂文经常写到"经济的压迫"，"身世的漂泊，学业的荒芜"，疾病的"缠身"，始终无法摆脱"整天奔窝头"的境况。他的许多社会小说及其主人公的经历、心境，也都寄托着同样的身世之感和颓丧情绪。这种刻骨铭心的痛楚，蕴含着当时旗人不可避免的噩运，汉族读者是难以体会这种特殊的苦痛的。

同时，王度庐又十分景仰旗族优秀的民族精神。他的作品，明确书写旗人生活的有十多部；他所塑造的许多旗籍人物身上，都寄托着他对民族精神的追忆和期许。

从这个角度考察玉娇龙，首先令人想到满族的"尊女"传统。满族文史专家关纪新认为，这一传统的形成，至少有四点原因：一、对母系氏族社会的清晰记忆；二、以采集、渔猎为主的传统经济，决定了男女社会分工趋于平等；三、入关之前未经历很多封建化过程；四、旗族少女在理论上都有"选秀入宫"机会，所以家族内部皆以"小姑为大"。③玉娇龙那昂扬的生命力，正是满族少女普遍性格的文学升华。《宝刀飞》可能是第一部把入宫前的慈禧，作为一位纯真、浪漫而又不无"野心"的旗族姑娘加以描绘的小说。作者以"正笔"书写入宫前的她，用"侧笔"续写成为"西宫娘娘"之后的她，沉重的历史

---

① "包衣"，满语，意为"家里人"，在一定语境下也指"世仆""仆役"；"从龙"，指从其祖先开始就归皇帝亲领。王度庐在一份手写的简历里说：父亲在清宫一个"管理车马的机构"任小职员，这个机构当即内务府所属之上驷院。

②按："满人"专指满族；"旗人"这一概念则涵括满洲、蒙古、汉军三个八旗的所有成员，其内涵大于"满人"。

③参阅关纪新：《多元背景下的一种阅读——满族文学与文化论稿》，辽宁民族出版社，2013，第219页。

感里蕴含几分惋惜，情感上极具"旗族特色"。

在《宝剑金钗》和《卧虎藏龙》里，德啸峰虽非主人公，却可视为旗籍"贵胄之侠"的典型。他沉稳、老练，善于谋划，善于掌控全局，比李慕白更加"拿得起、放得下"。他的身上比较完整地体现着金启孮所说京城旗人游侠的三个特征：一、凌强而不欺下，一般人对他们没有什么恶感。二、多在八旗人居住的内城活动，没什么民族矛盾的辫子可抓。三、偶或触犯权势，但不具备"大逆不道"的证据，故多默默无闻。①铁贝勒、邱广超和《彩凤银蛇传》里的谢慰臣都属此类人物。

进入民国之后，由于政治、经济原因，京中旗人的精神状态呈现更趋萎靡甚至堕落之势（《晚香玉》里的田迁子即为典型），但是王度庐从间巷之中找到了民族精神的正面传承。《风尘四杰》实际写了五个"间巷之侠"——那位"有学有品而穷光蛋"②的"我"，也算一个"不武之侠"。作者清楚地认识到：虽然早非"侠的时代"，但是天桥"四杰"③身上那种捍卫正义，向善疾恶，刚健、豁达、坚韧、仗义、乐观的民族精神，却是值得弘扬光大的。这已不仅仅是对旗族的期许，更是对重振中华民族传统美德的期许。

凡是旗人，都无法回避对于清王朝的评价。王度庐在杂文里认为，"大清国歇业，溥掌柜回老家"④乃是历史的必然，人民期盼的是真正实现"五族共和"。他更在两部算不上杰作的小说中，以传奇笔法描绘了两位清朝"盛世圣君"的形象。《雍正与年羹尧》里的胤禛既胸怀雄才大略，又善施阴谋诡计。他利用"江南八侠"的"复明"活动实现自己夺嫡、登基的计划，又在目的达到之后断然剪除"八侠"势力。但是，他对汉族的"复明"意志及其能量日夜心怀惕惧，以至"留下密旨，劝他的儿子登基以后，要相机行事，而使全国

①参阅关纪新：《老舍与满族文化》，辽宁民族出版社，2008，第80页。
②语见王度庐早期杂文《中等人》，原载于北平《小小日报》1930年4月5日"谈天"栏，署名"柳今"。
③民国初年，"天坛附近的天桥大多数的女艺人、说书人、算命打卦者都是满人"。转引自关纪新：《老舍与满族文化》，辽宁民族出版社，2008，第122页。
④语见王度庐早期杂文《小算盘》，原载于《小小日报》1930年5月20日"谈天"栏，署名"柳今"。

恢复汉家的衣冠"。书中还有一位不起眼的小角色——跟着胤祯闯荡江湖的"小常随"，他与八侠相交甚密，又很忠于胤祯。"两边都要报恩"的尖锐矛盾，导致他最终撞墙而殉。作者展示的绝不限于"义气"，这里更加突出表现的是对汉族的负疚感和对民族杀伐史的深沉痛楚。王度庐对历史的反思已经出离于本民族的"兴亡得失"，上升为一种"超民族"的普世人文关怀。《金刚玉宝剑》中的乾隆，则被写成一个孤独落寞的衰朽老人，这一形象同样透露着作者的上述历史观。

满族入关后吸收汉族文化，"尚武"精神转向"重文"，涌现出了纳兰性德、曹雪芹、文康等杰出满族作家，其中对王度庐影响最大的是纳兰性德。"摇落后，清吹那堪听。淅沥暗飘金井叶，乍闻风定又钟声。"①纳兰词的凄美色调，融入北京城的扑面柳絮和戈壁滩的漫天风沙，形成了王度庐小说特有的悲怆风格。

旗人的生活文化是"雅""俗"相融的，王度庐继承着旗族的两大爱好：鼓词（又称"子弟书""落子"）和京剧。他十七岁时写的小说《红绫枕》，叙述的就是鼓姬命运，其中还插有自创的几首凄美鼓词。至于京剧，据不完全统计，仅在《落絮飘香》《古城新月》《晚香玉》《虞美人》《粉墨婵娟》《风尘四杰》《寒梅曲》七部小说中，写及的剧目已达九十六折②之多！作为小说叙事的有机内涵，王度庐写及昆曲、秦腔、梆子与京剧的关系，"京朝派"（即京派）与"外江派"（即海派）的异同，"京、海之争"和"京、海互补"，票社活动及其排场，非科班出身的伶人、票友如何学戏，戏班师傅和剧评家如何为新演员策划"打炮戏"，各色人等观剧时的移情心理和审美思维……他笔下的伶人、票友对京剧的热爱是超功利的，而她（他）们的社会角色和物质生活则是极功利的——唯美的精神追求与惨淡的现实生活构成鲜明反差，映射着

---

① 纳兰性德：《忆江南》——当年王度庐与李丹荃相爱，曾赠以《纳兰词》一册，李丹荃女士七十余岁时犹能背诵这首词。
② 由于现存《虞美人》和《寒梅曲》文本均不完整，所以这一数字是不完整的。而未列入统计对象的《宝剑金钗》《燕市侠伶》等作品中，也常含有京剧演出、观赏等情节，涉及剧目亦复不少。

人性的本真、复杂和异化。他又善于利用剧情渲染故事情节和人物情感，例如《粉墨婵娟》中，凭借《薛礼叹月》和《太真外传》两段唱词，抒发女主人公不同情境下的不同心绪，展示着"戏如人生、人生如戏"的微妙契合，极大地增强了小说的诗意。

入关以后，旗人皆认"京师"为故乡，京旗文学自以"京味儿"为特色。王度庐的小说描绘北京地理风貌极其准确，所述地名——包括城门、街衢、胡同、集市、苑囿、交通路线等等，几乎均可在相应时期的地图上得到印证。《宝剑金钗》《卧虎藏龙》主人公的活动空间广阔，书中展示清代中期北京的地理风貌相当宏观，又非常精细。玉娇龙之父为九门提督，府邸位置有据可查，作者由此设计出铁贝勒、德啸峰、邱广超府第位置，决定了以内城正黄旗、镶黄旗（兼及正红旗、正白旗）驻区为"贵胄之侠"的主要活动区域。李慕白等为江湖人，则决定了以"外城"即南城为其主要活动区域。两类侠者的行动则把上述区域连接起来，并且扩及全城和郊县。《落絮飘香》《古城新月》《晚香玉》《虞美人》等社会小说中，主人公的活动空间相对狭小，所以每部作品侧重展示的是民国时期北平城的某一局部区域：或以海淀—东单—宣内为主，或以西城丰盛地区—东单王府井地区为主，等等。拼合起来，也是一幅接近完整的"北平地图"。上述小说之间所写地域又常出现重合，而以鼓楼大街、地安门一带的重合率为最高。作者故居所在地"后门里"恰在这一区域，在不同的作品里，它被分别设置为丐头、暗娼等的住地。这里反映着作者内心深处存在一个"后门里情结"，他把此地写成天子脚下、富贵乡边的一个小小"贫困点"，既体现着平民主义的观念，又是一种带有幽默意味的自嘲。

王度庐小说里的"北京文化地图"，是"地景"与"时景"的融合，所以是立体的、动态的。这里的"时景"，指一定地域中人们的生活形态，包括节俗、风习。无论是妙峰山的香市、白云观的庙会、旗族的婚礼仪仗、富贵人家的大出丧、"残灯末庙"时的祭祖和年夜饭、北海中元节的"烧法船"，乃至京旗人家的衣食住行，王度庐都描写得有声有色、细致生动。这些"时景"与故事情节融为一体，成为展示人物性格、心理的重要手段；同时也颇具独立的民俗学价值。王度庐在小说里常将富贵繁华区的灯红酒绿与平民集市里的杂乱喧闹加以对比，而对后者的描绘和评论尤具特色。例如，《风尘四杰》里是这样介绍天桥的："天桥，的确景物很多，让你百看不厌。人乱而事杂，技艺丛集，藏龙卧虎，新旧并列。是时代的渣滓与生计的艰辛交织成了这个地方，在无情的大风里，秽土的弥漫中，令你啼笑皆非。"他笔下的天桥图景，喷发着故都世俗社会沸沸扬扬的活力和生机，嘈杂喧嚣而又暗藏同一的内在律动；它与内城里的"皇气""官气"保持着疏离，却又沾染着前者的几分闲散和慵懒。这又是一种十分浓厚、相当典型的"京味儿"！

"京味儿"当然离不开"京腔"。王度庐的语言大致是由两部分组成的：叙事以及文化程度较高角色的口语，用的是"标准变体"，即经过"标准化处理"的北京话，近似如今的"普通话"；底层人物的语言，则多用地道的北京土语，词汇、语法都有浓厚的地域特色，比一般的"京片儿"还要"土"。故在"拙""朴"方面，他比一些京派作家显得更加突出。

由于众所周知的原因，王度庐的作品散佚严重，这部《大系》编入了至今保存完整或相对完整的小说二十余种，另有一卷专收早期小说和杂文。

笔者认为，1949年前促使王度庐奋力写作的动力当有三种：一曰"舒愤懑"；二曰"为人生"；三曰"奔窝头"。三者结合得好，或前二者起主要作用时，写出来的作品质量都高或较高；而当"第三动力"起主要作用时，写出来的作品往往难免粗糙、随意。当然，写熟悉的题材时，质量一般也高或较高，否则，虽欲"舒愤懑""为人生"，也难以得到理想的效果。是否如此，还请读者评判、指正。

徐斯年
二〇一四年十一月于姑苏香滨水岸

凡 例

1.《风雨双龙剑》

本书初稿共十七回，连载于1940年8月16日至1941年5月9日南京《京报》。载毕即由报社刊行单行本，列为"京报丛书"之一。1948年又由上海育才书局印行单行本，改为十八回；回目与《京报》本略有差异，内文稍有删改。本版采用十八回，内文据连载本印行。

2.《彩凤银蛇传》

本书最初连载于1941年5月10日至1942年3月1日南京《京报》。未见单行本。本版即据连载本印行。

3.《纤纤剑》

本书初载于1942年3月1日至10月31日南京《京报》。未见单行本。本版即据连载本印行。

4.《洛阳豪客》

本书初稿连载于1943年1月23日至1944年1月8日南京《京报》，原题《舞剑飞花录》。1949年2月上海励力出版社印行单行本，改题《洛阳豪客》，章次、章题均与连载本不同，内文差异亦大。

本版以连载本为底本,书名仍用励力版名,附励力版目录如下:

5.《大漠双鸳谱》

本书最初连载于 1943 年 1 月 23 日至 1944 年 7 月 3 日南京《京报》(1944 年 2 月 1 日改名《京报晚刊》)。未见单行本。本版即据连载本印行。

6.《紫电青霜》

本书初稿 1944 年至 1945 年连载于《青岛大新民报》,原题《紫电青霜录》。1948 年 7 月由上海励力出版社印行单行本,改题《紫电青霜》。本版以励力版为底本。

7.《紫凤镖》

本书初稿连载于 1946 年 12 月至 1947 年 7 月《青岛时报》,署名鲁云。1949 年由重庆千秋书局印行单行本。本版以千秋书局版为底本。

8.《绣带银镖》

本书初稿连载于 1947 年 5 月至 1948 年 9 月青岛《大中报》,原题《清末侠客传》,署名鲁云。1948 年上海励力出版社印行单行本时分为二册,书名分别改题《绣带银镖》《冷剑凄芳》。本版以励力版为底本,合为一册印行。

9.《雍正与年羹尧》

本书初稿连载于 1947 年 7 月至 1948 年 4 月《青岛时报》,署名鲁云。1949 年上海励力出版社印行单行本,更名《新血滴子》。本版以励力版为底本,书名恢复原名。

10.《宝刀飞》

本书初稿连载于 1948 年 4 月至 1948 年 9 月《青岛时报》,署名鲁云。同年 11 月由上海励力出版社印行单行本。本版以励力版为底本。

11.《金刚玉宝剑》

本书初稿始载于 1948 年 9 月《青岛公报》,1949 年 2 月改载《联青晚报》。1949 年由上海励力出版社印行单行本。本版以励力版为底本。

按"金刚玉"当作"金刚王"。参见丁福保主编之《佛学大辞典》:

【金刚王宝剑】(譬喻)临济四喝之一,谓临济有时一喝,为切断一切情解葛藤之利剑也。《临济录》曰:"师问僧:有时一喝如金刚王宝剑,有时一喝如踞地金毛狮子,有时一喝如探竿影草,有时一喝不作一喝用,汝作么生会? 僧拟议,师便喝。"《人天眼目》曰:"金刚王宝剑者,一刀挥断一切情解。"

又:【金刚】(术语)Vajra 梵语曰缚罗。……译言金刚,金中之精者,世所言之金刚石是也。…… 又(天名)持金刚杵之力士,谓之金刚。……

【金刚王】(杂语)金刚中之最胜者,犹言牛中之最胜者为牛王也。……

目 录

第一回　论镖行重翻古老梦
　　　　进城市初到贵人家

　　"保镖"一事，已随着交通的便利、币制的革新、武器之改良与夫各地警察组织之进步而成为过去的名词了。无论相距多么远，可以用现代的交通工具将它缩短，用不着什么"起早""打尖""投店"；无论多少款项，一纸汇票或是拍一个电报，便可以转移过去，用不着成鞘的银、整块的金往返搬运；无论有多么好的身手，或是手使什么"龙泉""太阿"削铜剁铁的宝剑，绝对斗不过洋枪。再说现在到处都有警察，所谓"江湖好汉""绿林英雄"，那是一万个也行不开的。所以，保镖的这项买卖已经没人提了，它受了时代的淘汰了。现在虽还存在着一两位当年的镖头，但也都须发如银，回忆着以往，真是一场"古老的梦"。

　　然而，今日之"古老的梦"，在五十年前便是事实。民国九年十年之间，我还在北平煤市街，看见一家大买卖，粉墙上用黑墨写着是"某某镖局"。我的先辈人也都能讲述当年那保镖的种种侠义慷慨的事，尤其是铁臂刘得飞与大刀王五，他们是后世镖行，也可以说是"保镖史的末叶"两位最出色的人物。我少时听来的故事化成的印象，至今偶一思起，他们仿佛在我的面前仍然栩栩如生。实在说，他们若是在今日还活着，也必等于一个废物，但似那等的血性男儿、激昂壮士，在现代还真是少有。

　　我现在就要说说铁臂刘得飞。在光绪二十六年——八国联军进北京的那年，他就已经六十多岁了，他的胳臂据说有人用一辆满载着大石头的牛车的轮子去轧，也损伤不了一点儿。我没看见，也不大相信，但他确实有真功夫；直到七八十岁时，双手要举沉重的石锁和"仙人担"，还是一点也不吃力。这只是说他的浑厚的力气和健强的身体、尚武的精神，至于他一生的侠义行为、悲壮事迹，更多是可泣可歌。

刘得飞生在京西的门头沟，那地方是一片煤田。在清末时，就早已有人用旧式的方法开采，卖给城里，那运输的器具就是骆驼。

骆驼是一种庞然大物，然而它的头不大，尾巴尤小，四条细腿支着一个巨船似的身子，按说应当不大稳吧？但它的蹄子，即脚却是很大，走起路来慢条斯理的，不慌不忙的，好像是个老于世故的、艰苦而负重的人。它的身子又真富于曲线美，在背上是两个高高的"驼峰"，是天然的一副鞍鞯，生下就是为人骑或是放东西用的。

这家伙大概生在寒带，所以不怕冷而怕热。它的胃部构造很是特别，一次喝足了水，就可以存蓄起来，三天五天也不会渴。它最能显露本领的地方是蒙古一带的沙漠，所谓"沙漠中的旱船"就是它，它的巨大的蹄子踏着万里的荒沙，据说真比马还快；它能够一点水草也不进，安然地渡过了旱海，走到甘泉，所以蒙古人跟它是好朋友。北平因为地理上的关系，距离蒙古很近，所以就把它请了来，豢养着它；不叫它做别的，只叫它驮煤。

养骆驼的人家多半在门头沟，夏天还得带着它到海边，最好是秦皇岛——去避暑。北平的秋风一起，落叶翻飞，它就得回来了，因为这时家家户户都得买些煤，都得叫它驮运。天气愈冷，骆驼的工作愈为繁忙，在北平随时可以看到，一串一串的，每一串至少有七八匹，都用绳儿穿着鼻子，颈上还挂着铃铛，随走随发出叮唥当唥的悠扬而美妙的声音，如同安慰着人们的寂寞。

拉骆驼的人年纪不能太老，还须要有两膀子的力气，因为每当将大袋的煤运到人的家门口时，骆驼就把前后腿都一屈，向地下跪倒，这就算是休息了。它可不能进人的家门口，因为它的身体太大，这就必须拉骆驼的人将驼峰之间放着的大袋的煤，每袋至少也有一百来斤，背在肩头上运进了人的家,倾在院中,或是倒在仓库里。

刘得飞就是这么一个拉骆驼的小伙子。那时他年才十五岁,什么事也不懂,他没有父母,每天只是跟着叔父刘大脖子拉骆驼运煤。起先他只能做"拉"跟"看"的工作,现在,他算是长成人了,他就也帮助背。沉重的煤袋压在他小小的肩头,他并不觉着吃重,而且他逐渐地往上去添,后来他竟能背负二百多斤的重量,同行的人没有一个比得过他。

他简直是一匹骆驼,比骆驼还健壮,身上永远穿的是破棉袄和破棉裤,连个帽子也没有,脸是永远乌黑,他也没法洗,因为天天得沾上许多的煤。他跟他的同行一样,被人唤作为"煤黑子",他的脸黑得看不出模样是丑还是俊。

刘得飞的生活十分的简单,每天只盼着买卖顺利,回来时,可以在彰仪门"关里"的大茶馆,吃一顿生葱生酱卷大饼,喝几碗"土末子"的茶,这就知足了。他不抽烟喝酒,也不赌钱,更不像有几个年轻的拉骆驼的似的,脸那么黑,还天天在想媳妇。他是根本不知道媳妇是怎么回事,反认为是一种怪事情、使人觉着"不大光明"的事情。

这一天,他跟着他的叔父拉着一共四匹骆驼,最后还有一个小骆驼,是跟着它的妈妈练着走道儿的。煤,一共驮的是三千斤,天色还黑着,就冒着寒冷的北风离开了家,来到彰仪门关里的时候,天才大亮。今天的运气好,立刻就遇着了主顾,却是一个仆人样子的人,在前面领着他们,进了城。走了不算太远,就进了一个也不知是什么胡同里,有个好阔的一家大门,这个仆人说:"到啦!先看看地方,你们就往里边搬吧。"

现在刘得飞的叔父刘大脖子,因为脖子上的一个瘤子越长越大,连低头都不方便,他就借此为理由,索性不出力气了。这三千斤煤,这个人家全都买下,叫卸在院里,是一重一重的第四重院落,还得拐过一个夹道,进两重小门的一个空院里,因为这空院是靠着大厨房的后窗,煤放在这里取用着方便。刘得飞心里有点生气,暗道:"我今天可真应了那句话,门头沟的骆驼,倒了煤(霉)啦!"

这个人家的老爷也不知是个干什么的,媳妇真不少,还有,大概是老妈儿跟丫头，都还很大的"讲究"，说："送煤的!你可留点神，别把煤洒一廊子。煤，堆得高一点，别占着半个院子，听见了没有？"刘得飞没有言语，心里说：还他妈的用得着你吩咐？于是他就一袋煤一袋煤地往里来背，上台阶、过门槛，进大门、二门、三门、垂花门、瓶儿门，过穿廊、游廊和许多的廊，咕隆的一声，倾倒在那个"指定地"，然后抖一抖口袋。就这样，他出来进去的，不多的时间，已将煤堆成了一座小山，而空口袋也叠起了一大堆。

忽听有人说："哎呀! 怎么这送煤的就是一个小孩呀？他可真有力气!"咯咯咯地又发出一阵笑，都是"媳妇"的声音。刘得飞扭着头四下去看，到底也没看见说这话和笑的人，但是他可更有了精神，加倍努力，又来回走了几趟，便把三千斤煤完全卸完了，拿袖子擦擦头上的汗，当然又抹在脸上不少的煤，忽又听得有两声笑。吧!不知是从哪儿竟扔来了一个又红又大的苹果。

刘得飞看见了这个苹果，不由得一怔，心想：这是谁跟我闹着玩？苹果在地下已经沾了不少的煤渣子，可是它那大而红，真诱得人发馋。本来，他哪里吃过这么好的水果？当下不由得就拾起来了，笑着说："这是给我的吗？"四面看了看，还是没有人，只那个后窗户里，还有笑声，他知道那里边必定有人，向外边看得很清楚，他可就是看不见人家。他也没去猜那窗里到底是谁，就把苹果咔地咬了一口，真是又凉又甜，好吃极了。

他就背起来那一叠装煤的空袋，一边啃着苹果，就离开了这个小院，往外走去，不想才又走在第二重院内的廊子上，忽见迎面来了两个人。一人当时就把他拦住，说："喂!送煤的小孩，你哪儿得来的苹果呀？"刘得飞本来是很顽皮的，当下他就说："是我买的!"他这么无意中的撒了一句谎，不料，就把这两个人弄得生疑，由生疑而发了怒。后面的那个，浑身穿着绸缎，像是这里的老爷，但这个老爷又不像他看见过的那些做官的、为宦的，那多半是些老头儿，而这个身高、膀阔、眼睛圆、胡子髭着，脸面黑中透亮，年纪不过三十，简直像个关帝庙里的周仓，而在前面问他话的这个人，又活像个狰狞的小鬼。刘得飞哪里怕这两人，就又把苹果吃了一口,龇着牙笑着说:"难道就瞧不起我吗? 瞧我买不起苹果吃吗? "

他这样一再的嬉皮笑脸,不说真话,那小鬼似的恶奴抡圆了巴掌,狠狠地就打了他一个嘴巴,把他嘴里刚咬下的一块苹果也打掉了,半个脸是又发烧又疼痛。他哭着跃了起来,抓住了这个人,嚷着说:"你凭什么打我!你,欺负我!他妈的,苹果又不是我偷来的!"他一用力气,就把那个人给揪得伏在地下了,他说:"你打了我,我就得打你!"说着,哭着,他就骑在这人的身上抡着拳头,一阵乱捶。这个人挣扎着说:"好小子!你敢打我,你是要反了吗? "可是这么大的人被他按住了,竟是翻不过身来。

倒是那位周仓样子的"老爷"有些力气,一手就把刘得飞拉开了,说:"你吃个苹果,并不要紧,可是你得说真话呀? 到底是谁给你的? 因为这苹果是特别大的一种苹果,在外边买不着。昨天人才给我送来,我都有数儿,再赏给你一个都不要紧,可是你不应说是你买来的,因为你就是有钱也买不来。我也不能说你是偷来的,可是,或者是人给你的,或者是你从什么地方拾来的,只要你说出实话,就没有你的事!"

刘得飞这才哭着说:"你,问你们家里的人去吧!我给你们送煤,不知怎么着,就由那后窗户掷出个苹果来,我也没看见是谁掷的。我想:苹果既没有主儿,难道就不许我拾起来吃吗? 你们就打我? 不行!"他还要揪住那刚起来的人拼命,却又被那位"老爷"拦住了。他这位老爷倒是一位老爷,别看长得像周仓,说话倒还讲理,他说:"得啦,得啦,他虽打了你,可是你也打了他,我明白啦!苹果一定是我家里的小孩隔着窗送给你的。"刘得飞说:"不是小孩,是你们家里的娘儿们,她掷出苹果的时候,还在那窗户里喳喳直笑呢,我听得出来,是娘儿们的声音。"这位老爷的黑脸上发红,皱着眉连连地摆手说:"算了!算了!一个苹果,给了你也不要紧,你就去吧!"那个挨了一拳头的人,此时更像是一个小鬼儿了,他说:"喝!想不到我栽了这么个跟斗,竟叫一个送煤的小孩把我打了一顿。"他的老爷十分不耐烦的样子,又向着他连连地摆手。同时,刘得飞又背上那一叠空口袋,依旧啃着苹果,流着眼泪,走出去了。

他到了门外，还不住抹眼泪，他的叔父刘大脖子正由一个仆人的手中接过钱来，一五一十地点着，当时也没看见他这样子；待了一会儿，把钱数对了，他才看了他的侄子一眼，立时就惊讶地说："怎么回事呀？谁打的你？脸怎么都肿啦？"刘得飞哭着，把刚才因为吃了人家的苹果挨了打的事，详细地说了一遍。刘大脖子当时就气得不得了，直嚷着说："他们凭什么打你？为个苹果就打人？这还行？干脆叫他把咱们的煤再给装上，咱们不卖给他了！"那付给他钱的仆人，赶紧就劝他说："你说的这叫买卖话吗？我也不是偏护着我们老爷，我们的老爷金三爷，平时真没欺负过人，哪里能够跟一个小孩子过不去！这一定是有别的事，绝不会只为一个苹果。"刘大脖子说："我知道呀！我早就都听明白了啊！苹果一定是这里边的年轻的娘儿们给我侄儿的，才叫老爷吃了醋。可是，你别瞧我这侄子个子高，实在他今年才十五岁，难道就会跟娘儿们吊膀子吗！他不过是嘴馋，为这个，就把他脸都打肿了？"

这仆人又劝他说："得啦得啦！你们就认点亏吧！做买卖的人，总得忍点气，已经打了，你争也争不出什么来吧！就算拉个主顾得啦，以后我们绝不叫别家的煤，你们再送煤来，我们一定连价钱都不还！"

刘大脖子的大瘤子本来气得都像紫茄子一样，这时才渐渐地恢复了原状，可是还气愤愤地说："我还敢给你们这儿送煤？这一回打了我侄子的嘴巴，下一回还不得把我这个大脖子砍掉了，得啦！我不敢惹你们，你们是恶霸！"

刘得飞牵起来一串骆驼，苹果早吃完了，他的叔父却仍是气恼着。出了这胡同往西走不远，就有一家大茶馆，刘大脖子就向他的侄儿说："把骆驼停住，咱们先进这茶馆，吃点什么吧。"

这家茶馆比他们常照顾的那彰仪门外的茶馆地方稍稍狭窄一点。堂倌里也有熟人，一见他们进来，说："喝！大脖子，少见哪！"又看见了刘得飞的这种神情，就惊讶着问说："怎么啦，跟人打架啦？脸怎么都肿了？"

在这茶馆里喝茶的、吃饭的、谈天的、拿着几只鸟笼喂鸟儿玩的，人本来很多，都看见刘得飞被打的这个肿脸了。刘大脖子是一脑门子的气,指着南边说:"那个胡同里的那家人,简直是恶霸,是阎王,因为他们家里的娘儿们给了我侄子一个苹果,就惹得他家里的老爷发脾气,就不容说话,他们就打人!"

他又把刚才的情形详细一说,他是为给这个熟识的堂倌听,同时也发泄发泄心里的不平之气,却不料他说话的声音太大太激昂,就被这里的人全都听见了。当时,这里的这些人,有的是笑,有的也表示不平,有的互相加以谈论,简直很少有漠不关心的。并且,刘大脖子也不知那家的人姓什么,可是这些人就全知道了,就有人说:"是韩金刚的家里呀!他们本来就是不讲理。"

韩金刚似乎是很有名的,他家里的事情好像是颇能作为人的闲谈资料,因此就有人在旁边闲谈起来了,说:"他巴结上了黄老公,就给他补了个御前侍卫,当时他就比中堂的派头儿还大,立刻就拿势力欺压人。"又有的说:"今年夏天,他不是又把丽春班的小玲珑拿五百两银子给接出去了吗?"对面又有个人说:"你们还不知道,卖老豆腐的常九的女儿才十六岁,也被他连用钱带仗势地给弄到他家当小婆子啦,那家伙,真是个色里魔王。"

刘大脖子倒不管旁人的这些谈论,他还是在生闷气,刘得飞是脸疼得仿佛连嘴都不能张,心里幻想着,怎么样才能报这笔仇。他们叔侄要的是大饼,夹着生葱生酱,就往嘴里吃,正在吃着,有个人就走到他们的旁边来了,说:"小兄弟!你慢慢地吃,吃完了我带着你去见韩金刚,我要去问问他,绝不能就叫他白白地打了你。"

当下,他们叔侄就都停止了吃那大饼,而翻着眼睛看这个说话的人。这人年纪有三十多岁,长得相貌不错,衣履也很整齐,看他穿那身打扮,好像是个练把式的、会武艺的,也可以说是就像街上的流氓地痞,手里拿着一个铁鼻烟壶儿,腰带子上插着连着皮鞘的匕首。但是,此人的态度不恶,神情也很诚恳,可也不知他为什么要替刘得飞打这个不平。

刘大脖子是看见有人出来管闲事,他反倒缩了头,就说:"算了吧!我们还得拉骆驼运煤呢!哪有工夫跟他惹那闲气?"刘得飞却高高兴兴地说:"对啦!你得带我再去一趟,你们看看,我这半边脸越来越肿,牙都活动啦,非得叫他家赔我点什么才行!"说着他又哭了。

这个人却摆手说:"你先不要哭!哭,还算是好汉子吗? 咱们也不是要向他韩金刚借端诈财,是至少也得叫他拿出几两银子给你买膏药。北京城里这个地方,有人是专爱欺负人,你这一回挨了嘴巴白挨了,他认为你是好欺负的,下一回就能留下你们的骆驼。这个亏不能白吃,走,我带着你问他去!"

堂倌在旁边笑着说:"好啦!彭二爷出头管这闲事了!"

这彭二似乎很有名声,而平日颇受人尊敬的一个人,刘得飞也不知道他是干什么的,当时就要跟他去。刘大脖子也希望着这个彭二能够为他的侄子逼出来几个养伤的钱,还得表示他们拉骆驼的也不是好欺负的,他遂就说:"我在这儿等着,你们就去吧!至少得跟他们要五两,不,十两,还得说明了,我的侄子要是回到家里有点好歹,我还得叫他们给抵命。"

遂就在许多人的眼光相送之下,彭二带着刘得飞走出了茶馆。这里,就有好事的人,说:"玉面哪吒现在要去找韩金刚,这是成心找碴儿,说不定就得比比武呀!咱们快去看热闹吧!"当下就有好几个人也跟着走了。

刘得飞被彭二拉着气昂昂地走,不多时就又来到刚才他卸煤的那个地方。他一看,正巧,门口儿停着两辆骡子车,那长得像周仓似的老爷,他就是韩金刚,带着个擦胭抹粉的小女人,刚要上车,也不知是要往哪儿去。彭二就赶上前去说:"韩爷!你先别走!"指着刘得飞又说:"是谁把这孩儿的脸打成了这样? 这太不对啦!"

第二回　拜名师一心学武技
　　　触情网五载印相思

　　韩金刚不由得一怔，当时把脸沉下来了，他可是并没立即就发脾气。他本来认得这玉面哪吒彭二，早先都是吃镖行饭的，谁还能够不认识谁，不过现在已与以前大不相同。两年以前，韩金刚跟彭二一样，镖店就是家，挣来了钱就吃酒赌博，有时穷得能够没有一条整裤子，可是虽穷而硬，动不动就抱打不平，动不动就抽出小刀子拼命，而且还仗义疏财。但是二年以来，韩金刚却渐渐地改了样，因为他认了一个在皇宫中颇有势的太监做他的干爹；同时，他又巴结上了皇上的一个本家，即是"宗室"，俗称为"黄带子"，他也拜了义父，所以他现在有两个有钱有势的干爹。他本人并且补了"御前侍卫"的官职，因此他置了房子，成了家。不但是成了家，还陆陆续续地弄来好几个小老婆，雇用了许多的仆佣，交游的都是当朝的显宦。

　　他跟玉面哪吒彭二那些人早已断绝了往来，并且谁也不敢再叫他"韩金刚"了！这本来是一个浑名儿，足以说明他的出身是不大高，所以他十分忌讳。他现在只喜欢人们称他"金三爷"，因为皇上和黄带子全都是姓金，这个字儿高贵，而且叫出来又响亮；并且这时候做官的人都是指名为姓，名字的头一个字是什么便被称呼为什么爷，这样才显着"官派"，才不同凡俗。

　　但是今天，他想不到因为一个送煤的小孩子，竟惹了一场闲气。他不愿意弄得人都知道了,他是极力地忍了又忍,可是也有些是实在不能忍的;就是他的几个小婆子,真是水性杨花,叫他防不胜防,而管也没法子管,气又不由得不生。这种滋味是在两年前他打光棍儿的时候绝想不到的。尤其今天,看见个有点力气的小煤黑子,就掷苹果,这成了什么事? 要叫我戴多少顶绿头巾?

他没法了,气又难出,这才命人套车,要带着他这最不安分的小女人到城外"罗天寺"去住几天;他跟那寺里方丈极熟,那里也清静,颇可以消愁解闷,也可以劝劝他这个女人。不料,才出门口还没上车,彭二就来了,并且还是领着那小煤黑子来了。

这口气,本来是不能再忍了,然而打起来有什么好处? 自己是个御前侍卫,他至今还是个地痞,跟他合得着吗? 平素又知道彭二在镖行里是第一流的人物,不大好管闲事,这次他出了头,一定是另有原因,还是不惹他才好。于是,韩金刚把才沉下的脸又改为和颜悦色,笑着说:"老二,很多日子,咱们没有见面谈了! 我老想叫人请你来在一块喝几盅酒,我的差使总是忙,应酬也多;我也知你买卖很忙的,怕你也没有工夫,就这么,倒好像是疏远了,其实咱们的交情还跟早先是一样。今天的这事你不知道,其实没有什么,这个孩子也不是我打的,再说他虽挨了打,可是他也打了人。"

他把话才说到这里,玉面哪吒彭二就说:"我本来不愿意管闲事,可是这件事太说不下去! 原因是为一个苹果,可是苹果又不是他偷的,是你们家娘儿们给他的。"这句话把韩金刚说得满面通红。

彭二又说:"老韩,我不能称呼你什么金三爷,也不管你是侍卫、刺猬,你的干爹有多大势力我也不怕;你现在发多大的财,也与我不相干。我就认识你是韩金刚。咱们在一块儿混过,有一年你过不去八月节,是我替你还的账;还有一次,大老雕、金眼虎、绿毛猴那几个人,要收拾你,是我彭二给你解的围。干脆说,你现在阔了,你不认识我了,可是我还认识你。你的家务事乱七八糟,小老婆怎样给你出丑,我也不问,只是你要凭仗着财势欺负人,打人,叫我知道了,我就要管管,我就得打个不平。"

韩金刚这时的面已渐渐发紫,心里的气实在无法再忍耐了。彭二又指着刘得飞说:"今天的这件事得弄清楚了, 你快说苹果是谁给你的?"刘得飞就指着旁边那小女人说:"多半就是她!"韩金刚怒不可遏地抡拳向刘得飞打去,刘得飞赶紧往旁边一闪,韩金刚又一脚,当时就将刘得飞踹倒了。

可是同时,刘得飞的身子一撞,又恰巧把那个小女人撞得也坐下了。就听哎呀一声,两个人滚到了一起;小女人新的花衣裳不但摔了一身土,还叫刘得飞给沾了一身煤。在旁边看热闹的人,都大笑起来。

彭二却一手扭住了韩金刚的衣领,一手抽出了短刀,说:"韩金刚你别打他,咱们两人拼一拼罢!今天,你打死我白打,因为你有势有钱,我彭二却杀了你准给你抵命!"

韩金刚伸手要夺他的刀,可当时就被彭二将腕子扣住了。韩金刚知道彭二的武艺高强,自己要是跟他干,立刻就得吃亏,可是这个僵局非得想法子解开不行,这个脸只好就这么丢了,以后再想法子报复罢!于是他故意地叹了口气,说:"彭二哥!你当时就要我趴下,再也见不得人吗?我并没怎样得罪过你,我做的事有什么不对,你可以指教。现在,有话进到里面细谈行不行? 在这门口儿,我太难看了!"

彭二听了这话,才把韩金刚放了手,旁边的刘得飞自己也爬起来了。那个小女人,却早已叫由里边出来的仆妇给扶起来,羞得连头也抬不起来,被搀进去了。

彭二拉着刘得飞,跟随韩金刚进了门,就被让在客厅里。彭二这时是完全占了上风,韩金刚是勉强地笑,勉强地谦恭客气,勉强地拉故旧,套家常。刘得飞却半糊涂半明白的,他只知道彭二是胜了,而且彭二厉害得很,现在无论他要什么,韩金刚都得给;无论他说什么话,韩金刚也都得听。

彭二的意思就是劝韩金刚以后不可太骄傲了,有那钱,得做些善事、义举,别净想着弄小老婆。他并说:"我因为早先跟你有交情,近来看着你闹得太不像话了,得罪的人太多了,所以今天借着这件事,才来找你;这倒是关照你的意思,因为咱们两人早先有交情,我来找你,总比别人来找你事情好办。"这言外之意是告诉韩金刚，倘若如此骄奢淫逸、一意胡为，那么被别的江湖侠客看不下去了，而出头来打不平，那时韩金刚是一定更得吃亏。

韩金刚现在是只有点头的份儿了，结果彭二却说，以后如有什么事，如资助孤儿寡妇及贫病潦倒在异乡的人，自己的钱周转不开的时候，随时都可以来要；自然每次也只是三两五两的，用不着太多，可是不许他拒绝。

这件事韩金刚答应了。彭二又说："把这孩子的脸打肿了，你得拿出点钱来给他买膏药。"韩金刚当时就给了十两银子，彭二也满意，并且也没有再要求别的。于是韩金刚叫仆人给热了点酒，叫厨房给炒了两样菜，就留彭二在这儿喝酒；两个人谈起闲话来，仿佛刚才的事情都不提了，二人又恢复了旧交。刘得飞在旁边看着，倒觉着很奇怪。彭二可也没有多坐，只饮了一杯酒，挟了几筷子菜吃了，随就拱了拱手说声："再会!"拉着刘得飞就走，韩金刚还要往外送，可是他已带着刘得飞出了门。

回到了那茶馆里，这时随去瞧热闹的那几个人早就都回来了，都已知道了彭二占了上风，都说今天把韩金刚管教得对。刘大脖子却早就等急了，见刘得飞回来，就问说："这饼，你还吃不吃啦?"刘得飞依然是没事人儿似的，一句话也不说。虽然他的脸还肿着，却一点也妨碍不着他吃东西，拿起那都已经凉了的大饼，蘸着酱，就着大葱，照旧大口地吃。彭二却坐在他们的旁边，把刚才韩金刚给的那十两银子，白花花的一大块，交给了刘大脖子，把刘大脖子乐得大脖子上的肉都直往上耸。他笑着说："哪用着这么些钱买膏药呀? 他的这个嘴巴可倒挨得真值!"

彭二说："这不过是为争一口气! 其实你的侄子刚才确实也打了人家。"又笑着说："你这侄子不错，我倒很欢喜他的，要叫他老这么跟着你拉骆驼送煤，未免把这孩子委屈啦!"

刘大脖子说："我也不愿意，可是要叫他在家里闲待着白吃饭，我哪儿养活得起他呀?"

彭二说："这不要紧，以后可以叫他跟着我，我教给他点武艺，并叫他学着做点镖行的买卖。他的吃、穿、住，我都供给，一个月暂且支给他五两银子，叫他全都给你。"

刘大脖子笑着摆手说："那也用不了！五两银子我能买两匹骆驼；要拿它雇伙计，一个能卖力气的着用的人，带吃带工钱，一个月有三两银子足足的够了。"

彭二说："这就完了！那么由今天起，你就叫你的侄子跟着我吧，以后你还可以随时来看他。我就住在东边天泰镖店，这茶馆里的人全都知道。"

刘大脖子笑着说："彭二爷，这还用说吗？连我也知道呀！我这侄子能够跟着彭二爷学买卖，总比跟着我天天拉骆驼，当个小煤黑子，还常受人的欺负强得多。再说，我也算是对得起他的爸爸，我那死去的哥哥呀！"刘大脖子这时是真喜欢，同时也引起他有一点伤心。

旁边，刘得飞可是乐极了，他心里想：好！由今儿起，就不拉骆驼了，就跟着这么大的英雄彭二爷学武艺，学刀枪剑戟、斧钺钩叉，就当镖头了！好！还挣银子，谁还敢欺负我？真好！他乐得连饼都顾不得吃，拿大葱蘸着生酱竟往脸上去抹；那酱跟煤渣子，还有刚才吃的苹果皮都沾在一块儿，连上红肿，显得他的小脸儿更好看了！他刘得飞真高兴得要飞起来。

事情就这样定规了，由现在起，小煤黑子刘得飞就算是玉面哪吒彭二的"高徒"了。旁边有些个熟人就都来给彭二道贺，彭二就指着刘得飞说："以后诸位就多多地关照他吧！"接着又叹了口气，说："我虽然还没有老，可是这几年的江湖我也走够了，真没什么意思！我就愿意趁早儿歇一歇，可是我当初跟着我师父学艺不容易，这份本事白白地丢了还是有点不甘心，所以想早些收个徒弟，把武艺都传授给他，我好洗手。这个孩子你们是看不出来，他身高膀阔，膂力雄厚，要是指点指点他，学些武艺，将来真能够给我争光。再说这孩子忠厚老实，长大了，准不至于干坏事！"

他替刘大脖子会过了茶钱、饭钱，笑着说："没有什么别的说的，待会儿你那串骆驼，得你自己拉回去了。无论什么时候，你要想你的侄子，就自管到天泰镖店去看他；你可千万别以为他是过继给我了，或是卖给我了，那可就误会了。"

刘大脖子笑着说："彭二爷就别说了，我都知道，他跟着彭二爷这样的人，我还能够不放心吗？"

当下，彭二又笑了笑，随就带着刘得飞先离开了这茶馆，回到了天泰镖店。这家镖店很大，彭二在这里也只算是个大镖头。另外，还有个掌柜的姓徐，却是个买卖人，一点武艺也不会，但是有资本。开镖店也得有充足的本钱，万一镖银被什么强人劫了去，就不能立时声张，先得如数把镖银垫出，才能够维持得住信用；然后，能不能把已失的镖银讨回来，那得看你的本事，讨不回来可就赔了账，还得吃哑巴亏。这里的徐掌柜虽是个外行，但是专会拉拢买卖，因此他家的生意特别兴隆，又因为有玉面哪吒的名声震着，所以从来也没有出过什么事。

其实彭二是任事儿也不管，他懒极了，整天去管闲事，去喝茶。今天他又领回来一个小煤黑子，别看是个煤黑子，待了一会儿，彭二在柜上支了几两银子，就带着他到街上，出去了半天，上澡塘里洗了澡，剃了头；到新衣庄买了全套的衣裳，又买了一双青布鞋，瓜皮小帽。回到了天泰镖店里，浑身上下全都换了，嘿！谁还能够认识刚才那个小煤黑子？现在，这不是谁家的一位英俊体面的小少爷吗？小脸还有点青里透红，好像是苹果似的。

玉面哪吒彭二喜欢极了，就仿佛是得了个儿子似的。当日晚间他即叫来了几桌酒席，邀请来了几位朋友，在厅堂中摆上了香案，点着烛，烧着香，叫刘得飞跪在地下给他叩了三个头；可惜他是个"光棍儿"，没有师娘，刘得飞的头也就没法子再叩了。当日刘得飞就算正式拜了师，一些朋友们全都给彭二道贺，当晚欢呼畅饮，热闹非常。

到了次日，彭二就认真地传授给刘得飞武艺。一清早就起来，没有别的，他先叫刘得飞举石锁，然后他把一个满装着铁砂子的麻布口袋，跟刘得飞两人在院中来回地扔。并且无论镖店里有什么用力气的事情，其实他们管不着，可是彭二总是逼着刘得飞去做，因此，刘得飞觉着这一天真比拉骆驼、搬煤还累。

到了晚间，彭二还教给了他两套拳，并向他说："你因为已经十多岁了，筋骨儿已经发硬了，学习飞檐走壁、蹿房越脊那些功夫，不是不行，是已经有点晚了，练不到那登峰造极之处。这些玩意儿，你别以为是只有当贼的才会，咱们用不着，其实不然！走在江湖上，有时要是不会那些功夫，还真得吃亏。现在你只仗着你的身体还结实，当练些气力的功夫，以刚克柔，将来还许能够在江湖上闯一阵。"刘得飞一听，这才知道学习武艺真不是容易的事，比拉骆驼搬煤难得多了，越学越深，越深也越难，越难反倒觉着越有意思，越觉得彭二的武艺渊博，而且指点得极为得法。

彭二是这镖店里镖头，柜上有饭，可是他不大爱在柜上吃，常常要到外面去叫。刘得飞虽然是个在此闲住的人，可是若在柜上混一碗饭吃，也不至于有人说什么，但彭二却不愿意这样做；即使刮着大风，下着大雨，他也是掏出钱来，叫刘得飞买着吃。买的也不过是烧饼、大饼，有时还吃窝窝头，无奈刘得飞天天练武用力气，身躯越来越高，体格也越健壮，吃得越多，他这个吃，彭二就有点供不起；何况刘大脖子来，每月还得给钱。

许多人都觉彭二收了这个徒弟，简直是收了个债主，太冤枉了！然而彭二一点没有埋怨，并且他在外面还时常惜老怜贫、赈济贫病，管一些出钱费力不讨好的事情。到他实在手头一个钱也没有了的时候，他就想起韩金刚来了，便叫刘得飞替他要去，有时三两，有时五两，韩金刚倒还如数地把银子交给刘得飞，带回来给他。

就因为刘得飞常到韩金刚的家里去，渐渐地跟韩家的人都熟了。别人倒不是都知道他早先在这儿拣过苹果，挨过嘴巴，可是他却只要一来到了韩家的门前，就不由得想起往事，脸面上就一阵发烧。

他本来是一个天真无邪的小孩，但镖店那个地方不好，一些镖头们都是些无赖子，什么话都讲；专爱评论谁家的老婆，还喜欢说某某家的姑娘与某某家的男人的一些私情的事。刘得飞起初是不大爱听，后来竟渐渐地喜欢听，并且时时盼着那些人说了。

他的身躯渐渐长得强壮，简直是一条大汉子了，因为不觉得光阴已过去了将及四年。

他的叔父刘大脖子，那脖子也不像早先那么大了，因为瘦了，也老了，并且越混越穷，早先拉过的骆驼都逐渐地死了。

玉面哪吒彭二是虽还不显着老，可是已露出来了暮气。这三年多，江湖间和北京城又出了不少的能人、英雄豪强，虽然彭二倒还没有栽过跟头，可是不得不将锋芒隐起，不愿轻易和人家较量，因此他渐渐地有一些"不吃香"了。他对人的态度却变得和蔼了，不得罪人；闲事还管，可是抱不平的事不打了；对韩金刚也真算是恢复了旧交，在他自己真周转不开的时候，就不得不派刘得飞去索要。

韩金刚"金三爷"这几年是越来越阔，家里的小老婆置得更多。刘得飞去了好几次都没见着他，可是三两、五两的银子算什么的，何况韩家的仆人们又都认得刘得飞，不必等着去请示，也就给他啦。早先他算代他的师父来这儿要"胳膊钱"，简直就算是讹诈，现在实如同求乞了，他真觉得惭愧。

尤其这韩家仿佛有一个与他有关的人，这就是韩金刚家里的那个小女人。早先在韩家的那些女人之中，她的年纪最小，也就十五六岁，跟刘得飞的年岁相差不多；是个瓜子脸儿、眉清目秀、很苗条的女人，刘得飞跟她曾在这大门前撞到过一块儿。刘得飞一见了她，就觉着她一阵脸红，有时候还笑，刘得飞认定那天的苹果就是她扔的。刘得飞打听出来她是这儿的五姨太太，名字叫小芳。小芳似乎也很对他有情，但二人从来也没说过一句话。

这几年来，刘得飞是日渐英俊，完全不像早先那个"小煤黑子"了。小芳也渐渐地身材高了，头发丰满了，更会打扮了，简直成了个美貌的年轻妇人，不再像个小丫头似的了，同时不知为什么她的神态上似乎添了一点忧郁。她也不跟韩金刚常常地出门了，似乎是已失了宠，但是她倒仿佛自由、随便了。每逢刘得飞来，就时常看见她，有时是在门前"卖呆儿"，嘴里还嗑着瓜子，有时她又抱着一个未满周岁的小孩。她总是那么看着刘得飞，还微笑着像要说话，像要想招呼一声似的。

刘得飞可是不行，他脸烧得自觉着好像喝了酒，到门房好好歹歹地要了钱，低着头就走。走了之后，他可又恨自己，恨不得打自己的嘴巴，觉得自己太糟糕；跟人家说句话又算什么的？我又不是大姑娘，人家倒还开通，我却真是泄了气。每有这么一回，他就自怨自艾，又抱歉又发呆，总得一天老想着这件事。不过他却不敢做什么幻想，因为他师父彭二的正气与至诚，实是时时对他加以无形地感化和教训。

玉面哪吒彭二现在留上胡子了，镖店掌柜又聘请来了一位名叫"追魂枪"吴宝的著名镖头，那个人既有名，又会联络，师兄弟很多，盟兄弟尤众，渐渐就把他压下去了，他已成为不甚重要的角色了。有人激着他跟那吴宝比武，彭二却摇头，说："我不比，万一比不过人，可怎么办？"

其实刘得飞的武艺也可以说是学成了，在本镖店既可以添个名儿，挣点工钱，别家镖店也有人来请。刘得飞愿意干，不忍得再吃师父喝师父，还得叫师父每月给叔父钱；他并且立志，自己只要是发了财，要把历年由韩金刚那里要的钱都如数奉还，还给师父养老。可是彭二不叫他干事，说："干什么呀？镖头还是好人干的吗？你就安心学习武艺吧，武艺是为护身，是为帮助人，不是为刚学了几手儿，就去拿它欺负人、混饭！"彭二对刘得飞的感情有如父子，而亲敬有如兄弟，有时，感动得刘得飞都几乎要哭。

彭二的名气是一天比一天低，时运愈来愈劣。最近他因为管闲事，衙门押了他半个多月，出了狱就害了病；去治病，又恰巧有个同去治病的人丢了银子，硬说是他偷去的，气得他病势日重。韩金刚是到外省出差去了，钱也不能再派刘得飞要；他还有个穷干妈呢，八十多岁了，最近死了，也是他给发葬的，幸亏这一个月，刘大脖子还没来要钱。可是那追魂枪吴宝却不断地向他们师徒寻衅，就在院里大声嚷着："什么他妈的玉面哪吒？他也配！带着个什么他妈的徒弟？也能算这镖店的人？一个月之内，就叫他们滚开！不然，我拿枪把他们连师傅带徒弟，全都挑出去！"

刘得飞听了，忍不住气，当时由壁间摘下来宝剑，就要出屋跟吴宝去拼。彭二却一伸手就将他拦住,脸上毫不动气,说:"合得着吗?这话又不是天泰镖店的掌柜说的,若是掌柜说的,咱们师徒当时就走;他可不行,我不认得他,也不愿跟他一个小辈怄气。我在这儿吃定了,住定了,可也不跟他还手,就等着他来拿枪把咱们挑出去,等他挑的时候再说。"师父能忍这个气,刘得飞可实在忍不了,但又不敢不听他师父的话。

刘得飞天天在气愤、忧急、感动之中生活,同时遥遥地仿佛还有一点渺茫的相思在牵系着他的心,他就只有加紧地日夜不断地练习功夫、武艺。

这天,吴宝真的手持着"追魂枪"挑他们来了。他站立在屋门外,把刘得飞叫出去,说:"你们该让让屋子啦,我家里的人要来这儿住,我已跟掌柜的说了,他也叫你们今天就走。本来,你师父有两年都没帮着镖店做买卖,他还算这儿的什么镖头?你,这儿更没有你的份儿。走!不是我追魂枪吴宝不懂交情,是你们看不起我,成心在我的眼前穷腻!想要无赖!"

刘得飞当时脸就紫了,但是没有师父的吩咐,还是不敢不忍气。最令人难办的是,镖店里那几位跟彭二相交多年、跟刘得飞也很熟的人,现在没有一个给从中调解,却全在袖手旁观。刘得飞的肺都要气炸了,可还极力地忍耐着,说:"我师父现在屋里病着起不来,等我们见着掌柜的再说,好不好?"

吴宝却说:"掌柜的上保定府收账去啦,十天也回不来,我就是掌柜的。"

刘得飞却忍不住,大骂道:"你也配?"只这么一句,招得吴宝当时就抖起了他的追魂枪,瞪着眼说:"好吗,你竟敢骂你吴大太爷?"刘得飞说:"你妈的狗屁爷!"立时,毒蛇似的长枪就向着他刺来,他便疾忙躲进了屋。

吴宝因为自己是个使长家伙的人,得防着屋里地方窄,抖不开枪,所以不能追进屋里,只站在门外暴跳如雷地不住大骂,用他那杆"追魂枪"向门框上直扎。

这时，刘得飞愤怒地自壁间抽出了宝剑，三尺青锋，光芒闪闪。可是病卧在炕上的彭二忽然一滚身下了地，连鞋也没穿，只光着袜底。刘得飞着急说："师父，你还是躺着吧！我学了武艺是为干什么的？能够眼看着叫这么个人这样的欺负咱们？"他执剑正要出屋，他的师父玉面哪吒早已抢先出去了。

吴宝的追魂枪，见了彭二反倒不扎了。彭二此时虽然带着沉重的病容，可是因为一振奋，精神依然十分的畅旺。他双目一瞪，两年来也没这样发过脾气，就说："吴宝！你也是走江湖的，就是不明白江湖义气，也不应任意凌人！我彭二从来没得罪过你，你可是欺我太甚！"

吴宝说："这话你说不着！现在这个镖店，做买卖只仗着我一个，你跟你那徒弟，咱们没交情，你们为什么白吃？"彭二一笑，点头说："这行，由现在起，我就不吃柜上的饭，不要一个钱。"吴宝摇头说："那也不行！"彭二瞪着眼说："什么不行？"吴宝拧枪说："立时我就得用枪把你们挑走！"

未容他的枪刺来，彭二就一个箭步跳跃过去，要徒手去夺他的枪，但吴宝的身手也颇漂亮，身向旁闪，枪反扎来。他的枪，无怪名叫"追魂枪"，的确是狠毒而且疾快。幸亏彭二也闪得疾速，同时刘得飞手抡宝剑来帮助他的师父，那枪尖才自彭二的脸旁扎空。

彭二趁势急急地退后，刘得飞的宝剑抵住了追魂枪，剑似青虹闪闪，枪如梨花乱坠。交手了三四合，吴宝就觉出刘得飞这小子剑法高低且不说，力气是非常之猛。他可是有点着急，心里不得不打一打算盘了。因为他欺负彭二，原是因彭二尚有一点虚名，打了他，也可以给自己愈增名气，可是彭二这个徒弟又不好惹，万一吃了这怔小子的亏，那可是"弄巧反拙"。

此时彭二向刘得飞斥道："得飞！你快躲开，我还行！今天还是绝不用什么家伙，非跟他拼到底不可。来！姓吴的，你的枪自管再来！"吴宝却冷冷地笑，双手持枪，眼睛不单盯着彭二，还得时时地溜着刘得飞；因为这小子未必真听他师父的话，而且力大、勇猛，宝剑仿佛也很沉。

现在彼此在虎视眈眈，相持未见胜负。在旁瞧热闹的人，这时才过来解劝,可吴宝仍然不下台。他说:"众位哥们儿,你们给做个见证,我要跟姓彭的拼到底;我要是不把他挑出去,我就自己滚蛋!好在我是个保镖的,他也是个在江湖混的,谁也不算欺负谁,只凭的是各人的武艺、功夫。我虽是力壮年轻,他可也不老,我们的身材又一般高……"

吴宝的这话倒说得真对,因为二人的身材和肥瘦几乎是一个样,要是只看后影,真分不出来,都是腰细膀宽的一条好汉。不过,彭二有些黑胡子,又因为病,所以是消瘦枯黄,不像吴宝的脸那样黑中透着紫。当下吴宝表明了并不是欺负彭二,只为是叫他走开,同时又说得"拼到底",可是不跟刘得飞干,因为"合不着""他不配"!

旁边的人又劝着说:"有什么话明天再说,好不好? 或是约定个日期再比武? 现在先冲我们的面子,再叫他们在这儿住一天。"

吴宝还没有还言,彭二却先大怒,他拍着胸说:"姓彭的不是怕谁,是无论如何我也不能走。我在这镖店十几年,我不忍得给这镖店惹事。吴宝,你要是不服气,今儿晚上咱们就定个地方? "

吴宝昂然说:"定个地方?好!西直门外头高亮桥,你敢去吗?你可不能带你这徒弟,因为我不能理他。"彭二点头说:"好!就是高亮桥,漫说我这徒弟我绝不带他,若有个别人帮助我,我也不是人!"吴宝说:"好!一言为定了,晚上六点钟,不去就是胆小的鼠辈!"当下他把枪又掉了个花儿,愤愤地走了,那几个人也跟着一同走去了。

这里彭二的怒气好像渐渐消散了,看了看他的徒弟,脸上现出一种很难过的样子。刘得飞赶紧一只手提着宝剑,另一只手前去搀扶,就回到屋里,彭二长长地叹了一口气,说:"想不到我竟受人这样的欺负,连病也养不了!"

刘得飞就愤愤地说:"他是趁着师父得了病,才来欺负您,平常他大概也不敢。可是师父,您老人家何必跟他一般见识?您还照旧养您的病,今天我去,我到高亮桥去会一会他!"

彭二微微一笑,摇着头说:"你自然是一片好心,初生的犊儿不怕虎。可是,我如今要是死了倒还可以,可我却还活着,还没把你的武艺教成。"

刘得飞说："成了,我觉得我已经学成了,练好了。漫说他一个追魂枪吴宝,就是十个追魂枪二十个吴宝,我今天也得把他打在高亮桥的桥底下!"

彭二本来是正躺着,听了这话,就不禁哈哈大笑,坐起来说："你真是小孩子的见识! 无论怎样,追魂枪吴宝也是目前站得起来的一位英雄,他的朋友众多,其中不少都是具有真功夫、好武艺,今天不定得有多少个人去帮助他。"

刘得飞忿然说："我也去帮助您!"

彭二沉下脸来,说："刚才你没听我向吴宝说的什么吗? 我绝不能请别人助拳,更不许你去,因为这倒是我一个恢复名声的机会。本来我已倒霉这些日子了,别人都以为我玉面哪吒不行了,今天我趁着病,要打败吴宝跟他那些朋友。从此以后,我的威名更得远震,我还得硬棒硬棒、振作振作,要不然将来连你想找一碗饭都难。至于你,好徒弟,别太自满,你的武艺还差得多呢!还得学两年,我才能够带着你,一家一家去登门拜托;告诉各位老师、前辈,说你跟着我学成了,那时你才算出师自立,我才能够把你放手。现在,你就听我的话,好好在家里待着吧!别看你帮我不成,反倒跟着我吃了亏,叫人家笑话;我若把个还没教熟了的徒弟就拿出来了,那才真是给我玉面哪吒丢尽了名声,泄尽了气!"

刘得飞觉着师父也未免"言之过甚"了,便像是争辩似的说："可是,师父!你如今病得这样,还跟他们去怄气,我怎能放心? "

彭二发怒说："我用不着你关心! 本来咱们江湖人的性命就是浮萍草,不定几时就吹飞了。你将来若是武艺学成,走南闯北,我也不能净跟着你,那时也得由你的命;这不像是妈妈孩子,谁都不能离开谁,学得硬棒点,我死了你也不要哭。还有,学武艺练功夫的人,都得心无二用,近来我就看你时常地散了心,好像外头有什么事似的,所以韩金刚的家里,我也不叫你再去了。"

这句话却把刘得飞说得面红过耳,好像是心里的事,就是常常想着韩金刚家里的那小女人的事,已被师父猜着了似的。他不禁低下头去,惭愧着。彭二倒是没有再说什么,只是说："你要是不听话,今天硬去帮助我,咱们师徒可就绝交了,我不能再认识你这个徒弟了!"这话把刘得飞吓得身上有点发颤,同时心里委屈得恨不得大哭一场,因为师父从来也没跟他说过这样无情的话。今天可也难怪,本来他就病得很重,又受了吴宝的无理欺侮,所以他的脾气改变了,他现在就好像是个疯人。

第三回　长河助武师徒乖离
小院栖身豪杰落魄

　　彭二现在是十分的兴奋,也不再躺下歇着了,他就换衣裳;换了一身紧箍着身的、利落的衣裳,又往怀里带了点钱,披上他的一件老羊皮袄,就向刘得飞说:"你看着家,晚饭你还是出去买几个烧饼吃,就得了,炕上凉席底下有钱,你可以随便地拿。"

　　刘得飞点头答应着,就见他的师父走了。这使他非常难受,因为见他的师父脸是那么红,一定是又发了烧,而且身子还有点晃摇,走路都仿佛没有劲儿似的;这样的一个病人,去跟追魂枪吴宝那些个凶徒拼命,今天晚上还能够回得来吗?

　　所以,彭二走后,刘得飞一时也在屋里待不住,他就想:师父虽说不叫我去帮他,可是到了现在,我要不帮助他,难道眼看着就叫人把他打死? 欺负死? 我不能够那么听他的话,那么没良心。干脆,这时追魂枪吴宝大概还没走,不用等着他去到高亮桥,跟我的师父去干,我就先跟他干一干得啦!

　　当下,刘得飞想着他的师父出了镖店,一定已经走出很远了,他就拿起了宝剑,出屋去找吴宝。可是,只见这时的镖店,是清静极了,原来吴宝等一些人,早就都出去了,只有一个写账的先生在柜房里看着"瞽人词",是什么"呼延庆大上肉邱坟",嘴里还在哼哼着。刘得飞就向他问说:"高亮桥在哪儿?"这管账的先生看了他一眼,便笑着说:"怎么,你也要去看看吗？我劝你趁早把你师父拉回来吧！别跟吴宝赌这闲气了！吴宝，论名气他现在比你师父大，武艺也比你们高，闹出事来，掌柜的回来，明着是你们有理，可也得落个没理！"

刘得飞的心里更气，就着急地说："你快告诉我，高亮桥到底在哪儿？"这管账的先生眼睛还看着那本小书，微笑着回答说："你还拉过骆驼呢，连那个地方全都不认识！出了西直门的关厢就是。那个地方，常有人约定好了，在那儿打野架。"

刘得飞转身就走，他也不回屋去，就一直出了镖店。对门就是一家烧饼铺，这几年来，刘得飞几乎天天在这儿买烧饼当饭吃，所以他跟那烙烧饼的熟极了。这时那烙烧饼的人，隔着窗户看见了他，就高声地叫道："小刘！你还要芝麻火烧不要？你要是要，我就给你留下几个，再待会，可就没有啦。"刘得飞摆着手说："不要！不要！"他此时是什么也不顾得了，急匆匆地就走。

他本来认识西直门，就抄着近路走，但是因为离着彰仪门大街这个地方太远，他走了约有一个钟头才到。出了城，就是关厢，关厢之外有一道河，河上的坚冰尚未融解；一座不大的石桥建在河面，这原来就是"高亮桥"，是一个往来的要道。附近十分的荒凉，有空旷的田地，疏疏的树木，远处还有那苍翠的西山。

这时正是正月底，天气犹寒，北风呼呼地吹着，吹得人的身上打战。日已快落了，大约至少也有五点多钟了，可是这里并不见有人，刘得飞诧异着想：怎么看不见他们呀？我师父没来，吴宝他们也没来，莫非他们已经打完了？不然就是换了个别的地方打去了？

他正在纳闷，来回地走了一会儿，突然见由南边来了一大群人，定睛一看，原来就是吴宝；还有些个都是帮助他的人，提枪的提枪，拿棍的拿棍，看那样子全都气势汹汹。刘得飞就想要迎过去，跟他们先"大战一场"，把他们打个落花流水；等到师父来的时候，就没事儿了。可是忽又见这群人之中，就有他的师父彭二，神气还很昂壮，手里也提着一杆扎枪；大约是他们刚才在关厢茶馆内见的面，喝过了茶，便一同来这儿比武。

刘得飞现在倒为了难,师父不叫我来,我偏来了,无论我是好心是歹心,师父一定也先把我大骂一顿,不叫我在这儿,那我不就白来了吗? 于是他就赶紧跑开,远处有一个坟墓,他就将身向下一蹲,用坟墓隐住了身形,手中却紧紧地握住宝剑;偷眼向那边去看,就见那边吴宝的一些朋友围了个大圈子,就把彭二困在了核心。刘得飞这时心里十分紧张,只是离着那边太远,那边的人影行动,在这儿虽看得清;可是那边讲的话,这儿是一句也听不见。刘得飞的心里真着急,就见大约是彭二说了些话,吴宝也不愿当时就"以众凌寡",所以立他的那些朋友全都散开了;吴宝的一杆枪和彭二的一杆枪,当时就对斗起来。

　　两杆枪都带着红缨子,吴宝的追魂枪,缨子既长且新,枪头儿也闪闪发光;彭二却不知是由哪儿抄来的一杆破枪,缨子都要掉光了,枪尖也发了锈,是黑的,所以两人的枪很易分别,当时对斗起来,越杀越紧,只见追魂枪宛如梨花,吴宝确实是很不弱。彭二生平不以长枪著名,刘得飞跟他学了三年多的武,虽也学过长枪,晓得师父对此并不外行,可是还没料到竟是如此的熟练;虽是一杆破枪,使用起来却不在吴宝以下。他竟往来驰驱,枪如毒蛇恶蟒一般,就与吴宝厮杀了三十余合,把旁边那些人的眼睛都看直了。

　　刘得飞也索性站起身来,不在坟头后面藏着了,他就手提宝剑往近去走。他就看出来师父所用的是叫"盘龙枪",这种枪法是可以护身,而不易制胜;吴宝的枪法却是另一路,招数都极毒狠,枪法十分的特别。他不愧是专学枪的,一定受过特别的传授,下过清苦的功夫。因此彭二的枪法起先还可以施展、进取,后来,也是因为他身有重病,气力不足,就只有剩了招架了。刘得飞一看,心说:"不好!"只见吴宝的银枪乱点,处处追魂;彭二是木杆虚抢,堪堪就要败走,那些人都一齐狂呼:"来!再使点劲!吴老弟,行!彭二眼看就完了!"

　　刘得飞看见他的师父在这紧急之时,他就什么也不管,什么也不顾了,舞动着宝剑飞奔过去,同时大喊道:"你们这么些人,欺负我师父一个,他还正害着病!来!我跟你们来!"彭二一看是他来了,就怒斥了一声:"滚开!你不要管!"自己还要努力与吴宝拼杀,可是刘得飞已经搅在他们的当中，用剑向吴宝猛砍。

吴宝大怒，说："混账！你也要陪着你的师父送死吗？"挺着长枪，向刘得飞的咽喉猛刺，刘得飞却并不闪避，只用剑去磕。只听铛的一声，吴宝就觉着两只手都发麻，再换力，拧枪去刺他的腹部，不料刘得飞的剑又削过来；虽没把枪杆给削折，他的枪可当时就撒了手。他慌了！大惊失色，刘得飞的剑又挟着风向他的头顶削来。幸仗旁边他那些朋友，一齐抢动了家伙上前，十多个人齐把刘得飞围住，枪杆齐递；刘得飞却剑法不乱，竟似虎入狼群。

这时吴宝已经又拾起他那棍枪来，晃动着喊说："停住！停住！本来说好彭二是不叫他这个徒弟帮助，如今，眼看彭二就栽跟斗了，却又忽然使出他的徒弟来瞎搅，算了！咱们不打了，彭二他要是有脸，叫他以后还见人？言而无信，枉称了半世英雄好汉，敢情跟娘儿们一样。咱们不跟他斗了！跟他这还没出师的小徒弟更合不着！胜之不武……"

他虽是这样说，他那几个朋友却不但打不过刘得飞，还有的被宝剑所伤，躺在地下哎呀哎呀地直叫。刘得飞又凶猛地直奔吴宝，却被彭二用枪拦住，怒斥道："走！走！走！这里有你的什么事？走！"刘得飞还不服气，还瞪着那些人，只是他的师父用枪拄着他的后腰，逼着叫他离开这里。他没有法子，只好边走随回头，他的师父却永远在身后跟着他，逼着他，那边的吴宝等人都不住地一齐鼓掌大笑。

刘得飞既恨那些个人，可又怕他的师父，被他师父逼着就进了西直门。他几乎要哭了，他的师父彭二却以从来也没有过的冷淡对他说："你就先回去吧！"说毕，彭二就手提着扎枪，无精打采地往东去了。

他还想追上他的师父，可又怕再碰钉子，只好自己就回去吧！心里气愤不平，可又有些欣喜，暗道：吴宝那些人原来真不成！我的武艺总算学得不错了，今天虽然违背了师父的话，可是幸亏我来；我要不来，师父准得吃亏，我看师父面上虽是不高兴，心里也准是喜欢吧！

他一边走着一边想，又烦恼可又高兴，不觉着回到了天泰镖店。天已黑了，就见那厅堂之内，灯烛辉煌，一片划拳行令之声，十分的热闹，原来吴宝那些人早就都回来了。按理说，他们今天应当算是输了，并且有个人受了剑伤,还许要打官司;可是没那些事,他们快乐得很。刘得飞不由心里纳闷,想着:这是怎么一回事呀?他们反倒庆贺起来了,莫非是故意气我们师徒吗?好!你们等着,只要我师父不管我的时候,咱们再干!

他愤愤地回到了屋内,把宝剑再挂在壁间,点上了灯。这时彭二就回来了,刘得飞赶紧就笑迎着说:"师父,您老人家回来了!快歇歇吧!"彭二却沉着脸摆手说:"从今以后,咱们不算是师徒!"刘得飞不由怔住了,彭二说:"你不要见怪!因为今天你不听我的话,叫我在许多人的面前失信!丢丑!我得走。刚才我已见了吴宝,我对他说算我栽了!就算是他用追魂枪把我挑出去了;从今晚起,我就不在这儿住。"

刘得飞的心中难受,立时就愁眉苦脸地说:"师父!你别这样生气,你饶我一次。今天的事,是我错了!"彭二摇摇头说:"你也没有错,不过你叫我失信,我没面子再见人!"刘得飞掉下泪来,说:"师父!那么你一定要走,我也跟着你去!"

彭二哈哈大笑,但笑过之后,立刻就绷着脸,怒冲冲地说:"你能够净指着我养活你吗?你这么大,也应当自立了,永远跟着我还行?你可以去想法子谋生,或是再回家找你叔父拉骆驼去,干什么不能够吃饭呀?可是,你要记准了我的话:第一不许你去偷盗;第二不许你再指着我的名字找韩金刚要钱;第三,你斟酌着办吧,反正别给我坏了名气!"说着,他把他的那简单的随身东西收拾了收拾,拿起来就走。

刘得飞赶紧揪住他的衣襟,哭着说:"师父!我跟你去!"彭二狠狠地说:"你要敢跟着我,出了门,我就一刀断了你的命!"刘得飞跪下了,彭二却把他一脚踢倒,愤愤地说:"你的腿竟这么软,你不是我的徒弟!咱们爷俩,永远不必见面了!"说毕,带着愤怒走去了。

这里,刘得飞真恨不得痛哭一场,但是他站起来了,心说:师父既是这样的脾气忽变,一点情义也不讲了,我再求他也是没用;他说得对,我这么大了,也应当自立了。不过我们师徒这次的失和,都是追魂枪吴宝给挑拨的,干脆我跟他去拼,去要他的命吧。他抄起了宝剑要往外走,却又将自己拦住了,暗想:师父刚走,我何必就给他惹事?慢慢说吧,反正我不离开北京,吴宝他也跑不了!

于是他放下了宝剑,却又思虑着:自己是不是也应该离开这儿呢?要是还在这住着,吴宝也不能够把我奈何,可是何必要那泼皮,又给师父坏名气?不如我也从今儿就离开这儿,也叫他们看看我,不是离开师父我就不能活,也不是离开这儿就没地方住。妈的!追魂枪吴宝!有什么话咱们日后再说!

当下他也动手收拾彭二给他留下的这点东西,并发现在炕席底下有几吊钱;他知道这是师父故意留下的,怕他立时就没有饭吃,感动得又不由一阵鼻酸。他又发愁师父那病,恐怕从此就见不着面了,不由得眼泪一对一对地往下直掉,但当时又自己斥责自己:哭什么? 好汉子,大英雄,眼泪就这么容易掉吗?妈的,我永远不再哭!他好像是自己跟自己生气、使劲,要使自己坚强。

现在,先得找今儿晚上睡觉的地方,可是在这城里,认识谁呢? 师父的朋友自己也不愿去求,自己却只认识对门的卖烧饼的,于是他就赶紧到了对门的烧饼铺。这铺子里有一个专管烙"吊炉"烧饼的,名叫张歪子;一个管炸油麻花的叫冯大,还有一个小徒弟。另外有两个天天背着筐子摇着个手鼓在外面卖"货"的,一个姓陈,是个麻子,一个姓岳,是个老头。掌柜的年纪也很老了,就是张歪子的爸爸,也是京西的人,跟刘得飞说起来是"乡亲";这几年来,彼此熟得跟一家人一样。

当下刘得飞来了,据实的一说,烧饼铺的人就全替他抱不平。张歪子说:"揍他去!我拿我那铲烧饼的铲子,跟他的追魂枪干干!"陈麻子说:"彭二爷也是,徒弟救了他,他反倒跟徒弟绝啦,那个人,我看是要倒霉。"张老掌柜的却道:"你搬到我这儿来住吧!慢慢再找事。找不着事,或是你还回家拉骆驼,或是在我这儿学着烙烧饼;旁的话不敢说,烧饼、麻花,还能供得起你吃,有钱没钱都不要紧!"

刘得飞这时倒喜欢了,他遂就回到镖店里,到柜房去说:"我师父搬走了,我可也要搬走了,把房子交给你们吧! 你们可别以为我们是让吴宝给挑出去的,他没有那么大的能耐!"本来掌柜的现在没在家,柜上的写账先生跟几个伙计也都做不了主意,可也惹不起追魂枪,他们要走，就走吧，也省得再住下去，镖店里就许出事；所以没有一个人劝他，也没人催他去走。刘得飞气愤愤的，取了他的那点随身东西，拿着他那口宝剑，就往对门的烧饼铺里住着去了。

他住在这烧饼铺，这里的人虽都对他很亲热，可是他觉着没有在天泰镖店里舒服。在镖店里是他跟他师父两个人住着一间大房，那院子就是他们的，怎样抢拳打脚，甚至蹿房跳墙都没关系，白天整天睡觉也没人管。这烧饼铺可不行，五六个人，都挤在一间小屋的小炕上，虽然暖和，可是脚臭气就难闻；并且他紧挤着陈麻子睡，陈麻子人是很好的，可就是身上的虱子太多。

这几年他舒服惯了，与他拉骆驼的时候不同了，他受不了苦了，可是有什么法子？他还得甘心地受着。他刚一睡，也就是半夜一点多钟，张歪子、冯大跟那小徒弟就都起来了，烙烧饼、炸麻花，得一直工作到天明。烟油的气味弥漫着，刺激得他在梦里也咳嗽，简直睡不好觉。次日，也一天不断地有买卖，或是有人来找老掌柜的闲谈。他一个寄住在人家这儿的，更不好占着人家的炕头睡大觉。

他的性情，这几年很受玉面哪吒的影响，什么事都要"面子"，都不愿意叫人不愿意；不独是这儿陈麻子他们煮的面条，让他吃他也不肯吃，连他吃这里的烧饼、麻花，也是当时就付钱的。

他整天闲着没有事，一看见对门的吴宝等人出入，他就气得眼红。他又怀念着他的师父，曾向很多熟识的人去打听，也没有人知道，简直就仿佛玉面哪吒彭二已经离开了北京，高飞远走了，或是已经因病死在什么地方了，他的心里实在难受。

他的叔父刘大脖子倒也进城来了一趟，先到天泰镖店去找他，听那里的人说："刘得飞不在镖店里了，在对门的烧饼铺里闲住着了。"所以就又来到这儿找他。他见了他的叔父更不由得难过，因为刘大脖子是又病又穷，简直不像样子了，说是："骆驼全都卖光了，就仗着给村子里的一个小茶馆烧烧水灌灌茶，混两顿饭吃。"倒是没有跟他要钱，临走时却嘱咐他说："有工夫你应当回去一趟！因为咱村里的骆驼赵家，他现在养着五十多个骆驼，正要雇伙计；知道你有力气，你要是回去，他一定能雇你,咱干什么的,结果还得去干什么。彭二教了你几年武艺,现在他不管了,你还能够拿着武艺换饭吃吗?在这烧饼铺里闲住着,你可又不卖烧饼,也不是个长事呀!"

刘得飞对他的叔父无一言可以回答。叔父走后,他的胸头更为抑郁,便一心一意地要想在镖行找个事做。北京城的镖店不下七八十家,他师父的老朋友,至少也还有十个八个的,平常不大见面,现在他不得不硬着头皮前去拜访;说明了他是要找个事,只要能够管吃管住,他就于愿已足。但是他师父的那几个"老朋友",如利合镖店的铁天王薛五,就说:"现在各镖店的买卖全都不好,裁人还裁不够啦,谁还能够邀镖头,找伙计?"悦远镖店的唐金虎见了他,就吸着气说:"你不行呀!你还没出师呀!武艺还没学好呀!镖行这门槛儿,你怎么能够进呀?"

他又去找他师父的师兄弟卷毛狮子周大才,周大才反倒骂他一顿,说:"你把你的师父气走了,却来叫我给你找事?别说我也给你找不着,能找我也不管呀!好!你跟追魂枪吴宝结下了这样的深仇,太岁刀韩豹、判官笔小罗崇、黑虎鞭焦泰、双铜灵官陈锋、赛黄忠马宏、金眼夜叉……"当时他说了一大片人物,说:"这些个人跟追魂枪吴宝都是生死兄弟,你得罪了一个,就把他们全都得罪了!你师父都站不住脚了,都躲啦,你不但不快些离开京城,还想在京城混,想在镖行充人物,那你这小子可想错了,趁早别打算吧!"

刘得飞听了这些话,气得肺都炸了,当时他一句话也没有说,就回到了烧饼铺。不想烧饼铺也住不成了,因为吴宝对这里的张掌柜的已说了话,说:"你们叫刘得飞住在我这镖店的对门,就是成心跟我过不去,是要找别扭,是气我!限你们当时就把刘得飞赶走,要不然,我拿追魂枪给你们拆了铺子!"

其实,张老掌柜的倒是豁得出去,说:"让他拆吧!我拼出跟他打官司了,拼出我这条老命了,你自管照旧住着!"冯大跟岳老头儿却是吓得不得了,冯大竟要卷铺盖辞工,连今天晚上的油麻花他也不敢炸啦。

刘得飞觉着这不对,不能因为自己一个人与别人结了仇,就拆了人家的买卖;人家留我住是好意,是恩情,我不能反倒把人家害了。所以自己情愿立时就搬走，就是今晚上睡在大街上，也不愿累及人家。

　　结果，算是陈麻子给他找了个住处。离着这儿还不远，有一座破庙，是关帝庙，庙里的道士把所有的殿宇全都租给了一些小贩，群居着生活。这些小贩都是"京师"附近各县的人，每年秋后到北京来做小买卖，春天再回家去种地，等秋后再来，如此的周而复始，其中自然也有不少是长期以此为业的。他们卖的多半是老豆腐、炸豆腐、熏鱼、硬面饽饽，这都是北京人所最爱吃的点心和夜宵；他们大半是凑在一起，大批地做好了，而分途去卖，也有掌柜的和伙计。这种地方，叫作"锅伙"，都是些个光身汉，没有一个女人。

　　陈麻子因为天天在街上卖烧饼，所以也就认识了这些个人。当日他把刘得飞带到了这里，介绍给了卖熏鱼的江四，跟七八个卖熏鱼的住在一间屋；言明他在此住一天，要给江四房钱，制钱二文，这倒还不算多。同时，这儿住的全是男子，庙门日夜不关，一切方便，刘得飞住着最合适，而且院子虽脏，但是宽大，正好练剑打拳；殿宇虽旧，却是结实，蹿房越脊，也不至于踢掉了瓦。

　　于是，刘得飞就在这里住下了，不过住处虽然有了，钱却渐渐地没了。他怕把钱花光了，所以一天只吃一顿饭，其余虽是饿了，也宁可勒勒肚子，咬着牙，绝不太显露出穷样子来；可是他眼前的路，却越来越窄，简直走不开了。

　　春风已暖，草木重生，北京城的景象越来越繁华，连卖老豆腐的常九都说他近日来的买卖很不错，不必再指着他的女儿补贴他了。可是刘得飞呢，这最年轻、最强壮的"好汉英雄"，却已经感到日暮途穷，无以为生。

第四回　打镖车英名震京师
买豆腐小鬟传绣带

北京所谓的老豆腐,其实倒是一种比较嫩的豆腐,是在锅里煮得很热,连汤盛上一碗,外调以酱油、香油、芝麻酱、豆腐乳汁、韭菜花、虾酱、辣椒油……很多的滋味。这么一碗,可以就着烧饼吃,也可以独自吃它,算是"点心",也可以算是菜;从早晨就有卖的,一直卖到傍晚。在这庙里住着的,做这种行业的也有四五个人,其中以常九为最老。他已经六十多岁了,听说他从十几岁就卖"老豆腐",至今已约五十年。其间,他也娶过妻,还生过一个女儿;他挣过钱,积蓄过,可是后来又叫他糊里糊涂地都花光了。他的妻也死了,抛下他一个人,他仍然是每天挑着那份担子,出去卖老豆腐。

有人说:"别看常九那个样儿,他的女儿比鲜花还好看,是个有钱人家的小老婆,常来给她爹送钱!人家常九,比咱们有办法!"这些话刘得飞倒还不大往心里放。

不过,他每天的一顿饭,就是一个玉米面的贴饼子和一碗老豆腐,他的心里也跟老豆腐那些调料似的,咸的、辣的,简直什么都有。尤其他忍受不住追魂枪吴宝的气,他躲到这儿来,吴宝还派了个镖店里素日与他熟识的伙计,特地找了他来,说:"小刘!你别在这儿住啦!连你的师父都因为惹不起他们才跑了,你干吗还在这儿,成心当他们的眼中钉?现在天泰镖店,都得听追魂枪吴宝的,他又请来了好些个本领高强的朋友,你惹得起他们吗?何必还在这一带住着?何必还常上那烧饼铺,拿眼瞪着天泰镖店?我来劝劝你,到别处去闯一番江山去吧!在这儿,那追魂枪可对你没怀着好心!"

刘得飞微微地笑着,点了点头说:"好吧!过两天我就走,以后大概我也不能再到北京来啦!"那伙计点头说:"对啦!外省的钱好挣,彭二爷就是不定上什么云南、云北发大财去了!你出外去闯闯,过十年八年的回来,那时或许比韩金刚还阔!千万躲一躲追魂枪,他可不是个好东西!"刘得飞又点头,他现在老实极啦,简直跟个骆驼似的那么温驯。可是镖店的伙计走后,他却又暗中长叹,心说:师父!我不能再听你的话了,我得跟追魂枪吴宝干干!也得跟北京这些霸道横行、欺压良善的恶镖头都干干了!

当日他出去了一趟,听人说:"天泰镖店应了一号大买卖,是走张家口去的,银子多少车,富商和官员官眷有多少位!这件买卖,有多少家大镖店争、抢、运动,都没到手;因为追魂枪吴宝的名头大,所以叫他给得着啦!这笔钱一定挣得不少,天泰镖店跟吴宝都发了大财啦!"刘得飞在烧饼铺里坐了坐,把这些事全都打听明白了。当日,他可吃得很饱,并赊了几个烧饼带回去,一夜他兴奋得简直睡不好觉。

次日一清早,那常九已经把老豆腐做好了,可还没有挑出去卖,刘得飞就去吃了两碗,把昨天赊来的几个烧饼也都吃了;"老豆腐"也是赊的,他说明白了,自己的口袋里只剩了二文钱,还得给今天的房钱。因为他平常为人老实,所以常九也仿佛很可怜他似的,就说:"不要紧,你几时有钱,几时再说吧!"

他此时因为吃饱了,所以全身都有力气有精神,想起来了追魂枪吴宝这些日来对他的欺压、凌辱,怒气就从胸中直升。他去拿了宝剑,走出了破庙,就一直奔向天泰镖店。

这时候,太阳才将滋芽儿,时间还早,但天泰镖店的门前热闹极了,今天因为有镖车要往外走,而且应得是一件特别的大买卖,所以得特别地郑重其事。吴宝可还不能为这个买卖就亲自出马,他得留着点身份,以便将来再应比这还大的买卖,并且得防备着万一镖车出去了,而发生了事故，那时候他还能够出头去办理。

今天吴宝派的是他的师弟太岁刀韩豹、盟兄赛黄忠马宏，还有从大同府特邀来的出名的好汉罗崇；因为这人年轻，而又生得短小精悍，所以江湖上都称他为"小罗崇"。小罗崇使的是一对特别的家伙"判官笔"，这一回的镖，就仰仗着此人；但是他昨夜宿在娼寮里，现在大概还没起来啦。

门前已停着有十多辆车，现在可还都是空车，得等着小罗崇来，才能够去装镖，听说银子大概就有几十鞘；现在，十多个赶车的，正在预先就争论着，你的车上装多少，我的车上装多少，谁也不愿意多装。听说还有几个大掌柜的和几位官员和女眷，此次也都"搭帮"，一同走路；约定的是上午九点钟，在利通诚票庄的门前见面，就从那里出发。

现在才六点多钟，镖店门首来了不少"赶档子"做小买卖的，什么老豆腐、杏仁茶、烧饼、油炸果，全都在这儿摆设起来了。一些赶车的和镖店里的小镖头、大伙计们都在门前各选所好的吃起了早点，吃完了就预备走张家口去啦，这有多么高兴呀！这些伙计、镖头们就都阔得很，都穿着新做的"短打"的衣裳，肥裤裆，系着纺绸的腿带，有的穿着薄底的靴子，有的是靸鞋，腰间都系着宽宽的"什衲"的板儿带子，这表示出来他们是"练家子"，是保镖的；现在个个都兴高采烈地正在门前吃着，说着。

这时，就见刘得飞从西边走来了，这里有不少的人都认识他，有的就远远地指着他，笑说："喝！这小子倒还没饿死！听说他一天就吃一顿饭，也能够活着，可真是怪事！"又有人惊讶着说："他拿着宝剑来干吗呀？别是他饿极了，穷疯了，来这找对头吧？这小子可怔，也有点力气，咱们可是提防着他点！"有人就要进店去报告追魂枪，却被别人拦住了，说："干吗呀？这么点儿事，值得就去告诉吴大爷吗？看他能够怎么样？"

此时，刘得飞已来到门首，有人就假笑着向他招呼，说："小刘！起来得真早啊！吃一碗呀？"刘得飞却怔柯柯的，什么话他也没听见，手持着宝剑向镖店门里就走。当时两个小镖头，也顾不得正吃着的东西，赶忙来拦他；刘得飞却不容分说，一拳将一个打得脸肿鼻青，一脚将另一个踹得坐在了地下,他三步两步就闯进了镖店。

那太岁刀韩豹眼快手快,急忙抄了一口扑刀迎过来,就说:"喂!刘得飞!你想要干吗?有话可以跟我说!"刘得飞瞪圆了眼睛,脑上的青筋也都迸起来了,大声地说:"我跟你说不着!我要找吴宝,叫他还我的账!"韩豹说:"喂!你先说说,吴大爷到底欠你什么?"

刘得飞气愤得都要哭出来了,说:"他欠我的可多啦!他欺负我们师徒,把我的师父气走了!"韩豹说:"你师父彭二是自己愿意走的,因为他在北京城混不开啦!跟吴大爷有什么相干?"刘得飞又说:"我在对门烧饼铺里住,吴宝把我撵走;我搬到庙里,他还叫人告诉我,得离开北京,他妈的欺负我到了什么地步?"

这时赛黄忠马宏赶过来了,他本来没见过刘得飞,但是大概常听人说,当下他便从中给劝解,说:"不至于吧?吴镖头一天忙到晚,他哪有闲工夫跟你作这个对?你别是受了谁的骗了吧?"刘得飞却不听他的劝解,一直就奔向吴宝住的那屋子。马宏赶紧又追去拦,并说:"喂!你再听我说,你有什么过不去的事,那不要紧,三吊五吊的,我们都可以帮你个忙!"刘得飞顿脚大骂说:"谁是来找你们告帮?我就找吴宝,叫他得还我的账!"

这时,他把那追魂枪吴宝可骂急了,吴宝是正在屋里洗脸,听见了这话,立时推开屋门探出头来,怒声地说:"好个小子!你耍无赖竟敢耍到吴太爷的头上?来!把他拉出去,揍他!"

此时各屋里镖头,什么黑虎鞭焦泰、金眼夜叉钱禄等等一些人就都出来了,而且个个全都抄起了兵器;门口外的那些人也全都拿着家伙,把大门给堵住了。处处是刀光闪闪,棍影沉沉,更有什么钢叉、铁鞭,仿佛就要立时把他打烂在这个地方。刘得飞却昂然持剑,毫无惧色,并且骂得更厉害了,说:"吴宝!你这不算能耐!你应当自己出来,老子今天要斗一斗你妈的追魂枪!"

吴宝却在那屋门口冷笑,吩咐众人上前,当下七八个人手举着家伙,就向着刘得飞逼近。

刘得飞把剑一抡,准备着厮杀,但此时柜房里的徐掌柜的,赶紧跑出来了，急得直摆双手，说："别打!先别打!刘得飞!你上柜房来，有话可以跟我说。你师父本是我的好朋友，他帮我做了不少年的买卖，我没在柜上的时候他走的，现在我还正找他呢!刘得飞!好侄子!有什么话可以跟我来说，千万别在我这门儿里闹出事来。"刘得飞听了，就点头说："好!"把宝剑指着那屋子说："追魂枪吴宝，小子!你滚出来!咱们到门外干去!"说着他向外就走。

那堵门的几个人都笑了，说："哈!这小子倒会自找台阶，他看见事不行了，他要跑!"所以也都不拦阻他，让刘得飞出了门。刘得飞却站在大街上，又向着镖店大骂，指出名字，非得叫吴宝出来跟他干干不可。那徐掌柜的还直在院里劝，说："今天咱们的买卖还没出门呢，千万可别惹事!"

那太岁刀韩豹却因为今天是他们出门保镖，气得不得了，说："买卖还没出门，就先来了这么个小子这样的大闹，咱们就都没办法，这还配保什么镖? 出了门更不定得受谁的欺负了，人家主顾对咱们还能放心吗? 我非得把这小子打死不可!"

当下就由他领头，追赶上刘得飞;刘得飞却反扑过来，拧剑向他就刺，韩豹急忙以扑刀相迎。两三合，韩豹就觉出刘得飞的剑虽轻，可是力气却真浑厚;剑的招数不但壮，而且巧妙，他不得不后退了三四步。焦泰扬起了铁鞭，钱禄晃动起来了钢叉，便一齐跑过来帮助他。

这本来是在大街上，来来往往的车马行人很多，可是现在这几个人拼杀起来，吓得车也都停止住了。坐车的跟赶车的，还有走路的，及特意赶来的一些闲人，全都在两边拥挤着看这热闹——镖店的门口打架，原是常事，也是人们最喜欢看的事儿，所以，连烧饼铺的人也都出来看来了。

刘得飞的宝剑就舞了起来，只见寒光闪闪，先是黑虎鞭焦泰过来与他斗。黑虎鞭焦泰这个人身体强壮、膀阔腰细，脸色黑得跟铁一样，却真是与他的外号相合;手中的七节钢鞭有数十斤重，举起来向刘得飞的身上就砸，旁边看着的人全都捏着把汗。但刘得飞很巧妙地就躲开了他的鞭，同时也巧妙地进取;三四回合之后，黑虎鞭就显出慌张的样子来了，太岁刀韩豹急忙抢刀助战。刘得飞的宝剑闪烁，游若银蛇，身体往来闪避、辗转，并且有时更猛烈地向前逼近。他抵住了这一个太岁、一只黑虎，却更显着剑法绰然有余，而神情沉稳、不慌不忙的；而那两个人都显出发累、着急的样子，光抢着家伙却近不得他的身。

这时那金眼夜叉钱禄哗啦啦地舞动着"三股钢叉"，好像是大法船上纸扎的那个"开路神"，又如戏台上的"金钱豹"，真是凶猛至极。他蹿到了近前，就专叉刘得飞的咽喉，却被刘得飞用剑铛的一声将叉磕开。同时左侧的黑虎鞭又盖顶砸来，刘得飞却不敢以剑去迎，疾向旁闪，而右边的太岁刀却又向他的脖颈来砍；他赶紧闪身、后退，不料那双铜灵官陈锋，自他的后边也来了。一对双铜虽不太粗，可是加起来也有百十来斤重，一只向他的后腰来挝，一只却向他的肩膀猛然砸下。这时看不出刘得飞是怎样躲闪的，他居然和燕子一般，轻快地就躲开了，杀出了重围。

不想那赛黄忠马宏，抢着一口长把的大刀拦着他，同时吴宝手挺着追魂枪也出了镖店，怒喝道："一齐上手！他妈的！咱们这么些个人，连这么个小子也收拾不了吗？"他急得跺脚。那赛黄忠等人一见大镖头出来了，更都是精神百倍。他们一共是两口刀、一对铜、一只鞭、一杆钢叉，真可以说是各样的兵刃全有，从四面齐向刘得飞来进。两边远远看热闹的人看着都不平了，有的就喊起来说："不公道！"

追魂枪吴宝瞪着眼，向人丛去找那喊的人，倒没有找着，他可看见了被阻住的那几辆车。有外城御史衙门的陈文案，这是他的老朋友；有敬武镖店的卢天雄；这可真叫人家看不起，连个无名的小辈，我们都打不过，还敢应大买卖，那可叫这"同行"耻笑了。他又看见了一辆车上，坐着个抱着孩子的小女人，他也认识，这是他的朋友韩金刚的姨太太。一个女人，不叫赶车的转别胡同，赶快回家去，却在这儿坐在车上，卷起了车帘，看这些男人们打架拼命。这有什么可看的？也不怕吓着孩子，韩三哥可也太没家教了，真是，人不可以老婆太多。

当下，追魂枪吴宝看见旁边有这些人都正在看着，镖车本来都快到了，到走的时候了，可是现在反倒都闪到一边，这真令人着急，也觉得面上难看!此时他手下那些"灵官""太岁""夜叉""黄忠"的鞭铜刀叉等等的,简直是瞎抡了,竟然就打不过刘得飞一个;刘得飞的宝剑飞舞,前遮后护,身体往返跳跃,煞是英雄。他觉着自己要再不上手,真不行了,于是他就大叫一声:"都躲开!叫我一个人跟他较量较量!"便抖动了追魂枪扑奔过来。

但他不来上手还好,刘得飞只是为施展武艺,表现身手,还怕把人伤了或杀死了,得打官司;现在见追魂枪也来了,刘得飞可是真急了,当时宝剑就使得更紧。他使出来毒辣的招数,先一剑刺着了赛黄忠的右胸,这老家伙当时扔了大刀,就倒在地下。刘得飞从他的身上跃过,宝剑又直取金眼夜叉,那夜叉曳叉而逃;黑虎鞭上前来救,刘得飞却斜劈一剑,正中此人的右臂,黑虎当时也扔了鞭趴下了。追魂枪吴宝将枪梨花乱点,追了上来,狠狠向刘得飞的后心就刺,刘得飞翻身剑取,只一两合,追魂枪便要"糟糕",幸仗太岁刀飞身上前;但刘得飞反手几剑,又将"太岁刀"刺倒。金眼夜叉是早已跑回了原阵,再也不出马了,只仗着双铜灵官来帮助追魂枪,但这两个人更是敌不过刘得飞。

此时看热闹的人有不少高声喝彩的,刘得飞就越发的精神抖擞。同时他也看见一辆车上坐着个小女人,正在望着他笑,那正是小芳,前几年就扔给过他苹果的那"心上人";他更高兴了,更不知所以了,剑舞身回,英风倍起。

此时吴宝曳枪退后,陈锋的双铜难抡,刘得飞想着:这时还不报仇吗? 反正已伤了三个啦,官司是一定得打了,为什么不叫吴宝也受点罪? 于是他挺剑专取吴宝。追魂枪吴宝虽然尽力地招架,可也腕软枪沉,真是危在顷刻,却又没脸,也无法逃脱。

正在这时候,他的救星来了,只见一个二十来岁的精悍的小伙子,赤着膀子就奔来了;双手持着一对怪样的武器,却是都有二尺多长,浑铁打成的,形如两根短棍,但"头儿"都极尖锐,刘得飞猜着这就必定是"判官笔"。

此时,吴宝和陈锋都躲开了,只由这才在娼寮中睡够了觉,今天那档子"大镖"全仗他一人保着的,"判官笔小罗崇"来打了。这是大同府最出名的英雄，北方镖行后起的唯一好汉，他的"双笔"就像鹿的两个犄角，而刘得飞的剑也如犀牛的那只独角，就互斗起来了；二人几乎是势均力敌，煞是好看。一连二十余回合，越杀越紧，难解难分，四面的人都看直了眼，烧饼铺的张歪子恨不得飞出个烧饼，打着小罗崇的眼睛，好叫刘得飞趁势得手；那车上的小芳更着急，小脸儿都发紫了，恨不得也下车去帮助。

追魂枪吴宝见刘得飞连战了这么半天之后，如今小罗崇来了，竟还不能够胜他，就想：这小子可真可以！有这小子，天泰镖店非得关门不可，我们非得没饭吃不可！于是，他赶紧就招呼着手下所有的伙计，不管会武的不会武的，说："你们都一齐快拿家伙去帮助小罗崇，杀死了这个小子，我去打官司！"他嚷嚷着，他手下的人纷纷去拿家伙，可是敢过去上手的简直就没有一个。他急得像被大火焚身，喊声愈为暴烈，把一杆追魂枪直抢。那边的刘得飞是单剑飞舞，小罗崇以双笔招架，也还未分出了胜败。

忽见那些看热闹的人一齐乱跑，车也乱跑，马也乱奔。原来，外城御史衙门已经派了班头、捕役约十多名，吧吧地挥着皮鞭，哗哗地抖着锁链，都赶来捉人。小罗崇回身跑进了镖店，刘得飞也趁着这一阵乱就溜走了。

一阵乱过之后，天泰镖店的门前反倒显着平静了，刚才还虎斗龙争，车拥人挤，现在却几乎连个人也没有了，车也都跑净了，只还留下预备"走镖"的那几辆空车。可是那边，吴宝应得这档子"大镖"的那些主人，巨商、官员跟官眷，已经派了两个人来到，通知着说："今天不走啦，过几天再说吧！镖还没有走，你们的镖店就先出了事，我们可不放心了！买卖咱们另商量罢！"

吴宝这时更着急，也更忙碌。他把外城御史衙门的几位老爷，都给请到镖店里，并把受伤的赛黄忠马宏、黑虎鞭焦泰、太岁刀韩豹全都叫人给抬进来，请官人一一去看。他请官人立刻就去捉拿刘得飞，并说："那个小子就是彭二的徒弟，彭二一定还在北平啦，这一定是彭二在背后主使，最好连刘得飞带彭二一齐捉来！"官人却说："你们是互殴呀！要打官司也得两边一块儿去打，都没有什么便宜，又没出人命，顶好还是私了了罢，你们斟酌斟酌罢!"迫魂枪吴宝可真发愁。小罗崇也怕打官司，他却不怕将来跟刘得飞再较量。当下，众班头捕役们在门前又查看了一番，彼此商量商量，就都回衙门请示去了。

这种镖头互殴本来是常有的事，仅仅伤几个，没有出人命，向来都不打官司。可是此时的刘得飞，他也没别的地方可去，只得提着宝剑，又回到庙里；心想待会儿官人一定来捉他，这他倒不怕，然而觉得刚才的那场架，打得实在无味!虽然多少也出了点气，可拦不住迫魂枪吴宝还做他那大镖头，自己的师父也不能因此就回来，而自己呢，还是没钱，还是得挨饿!

他早晨本来吃得很饱，现在还没到晌午，可是，这一定是因为刚才那一场恶战太用力气了，把肚子里的食物消化得太快了，现在又空了，饿得慌，又想吃，可是哪儿来的钱?妈的!看你能把我饿死不能?我偏不吃东西!他跟自己的肚子赌着气。

待了会儿，好!他打架的事情，原来这庙里的人全都知道了。卖熏鱼的老王伸着大拇指，说："行!刘兄弟!你真可算武艺高强，一个人能杀他们那些人，真是赵子龙复生，李存孝再世!"

卖炸豆腐的徐二可还批评他，说刚才他不应当把力气都白用在黑虎鞭、双铜灵官那些人的身上，以至判官笔来到，未能取胜。擒贼应先擒王，打人应先打强，把他们里最强的那个小罗崇若先打趴下，其余那些个人也都没用了。

卖老豆腐的常九，别看是个老头子，他还很佩服着这年轻的好汉。他向着刘得飞说："你今天打得对!把天泰镖房拆平了，那你才算好样儿的!天泰镖店除了你师父他还是一个好人，其余什么迫魂枪、黑虎鞭，跟新来的那判官笔，都是些混蛋，都是些恶霸，杀了他们才好!"

卖熏鱼锅伙的掌柜的江四，走过来向常九摆手，说："得啦!你还不去做你的买卖?还在这儿等着谁啦?你的姑娘不是昨天来看过你了吗?今儿她不能再来啦，刚才有人看见她抱着孩子坐在车上，看了半天打群架的。你等着你的姑娘来了，再夸得飞吧!现在干吗呀?他年轻气盛的人，还能禁得住你这样老奸巨猾的人一捧？他今儿没弄出人命来，可也得罪了不少的人，你以为这是好事儿呀？"

江四的为人平常最刻薄，嘴里说出来的话尤其难听，当下他这么一说，别人就都不言语了，因为犯不上跟他抬杠。

刘得飞这时却不住地发怔，心里思量着，莫非韩家那小女人就是常九的女儿？她也常到这儿来看她爸爸？我怎么没遇见过呀？细想了一想，蓦然就想起来，前两天，仿佛是常九的屋里有女人说话的声儿。本来这庙里住的虽都是些男人，可是有时也从外面来一两个妇女，那都是附近的住户，跟这儿这些卖东西的都很熟；有时一清早，就拿着个碗来买什么老豆腐跟熏鱼，为的是一来邻居的关系，可以便宜点，多给点，二来为的是赶个"开锅热"。不过那些个妇女多半是头也不梳，脸也不洗的，还多半是毛头小丫头子，所以自己向来也不注意。没想到小芳也常到这儿来，这儿还是她的娘家，这样一来，以后常九的老豆腐，我更不好意思吃啦！

此时江四却向他说："得飞！其实你也不是我们这一行的，我本不愿意叫你在这儿住，都是因为陈麻子的面子。可是你别出去惹事呀？你要惹得那些个镖头来这儿一闹，砸了我的家伙，我可找谁给赔？找你赔吗？得飞！老弟！这些日子你手里一共有几个钱，我还不知道吗？你连饭都没有辙，还打什么穷架？真的！我说话太嘴直，你听了可别恼！"

刘得飞没有言语，一来是还正在幻想着那小芳，二来是江四本来说得对。"饭都没辙"，这是北京的俗话，干脆就是挨着饿了，任凭天大的英雄，若是挨了饿，还能说什么呀？他不禁在暗中叹气。卖熏鱼的、卖老豆腐的，连常九都担着他们各自的货物，又出去谋生去了，刘得飞在这里一天也没做什么事，衙门也没有来抓他，可是他一天也没吃饭。

次日，起来得很晚，天气还照样的晴和，日子还这么长。好不容易才熬到近午，他可还是决定不吃东西，因为也实在没有钱买东西吃。肚里难受，而口水特多，尤其在这里，所有的人除了卖吃食的，就是做吃食的。这屋里熏鱼，那屋里炸豆腐，常九那边又在磨老豆腐，还有，那硬面饽饽整整烙一天，为的是夜里才出去卖；所以处处是烟油的香味，眼前尽是充饥的东西围绕着他这个饿人。他想尽了救饥谋生之法，竟没有一条道路，他又真不甘心饿死，心想着：只好再找张歪子去赊几个烧饼吧。那究竟是乡亲，同时，再去看看天泰镖店的景象如何。判官笔要是在那儿，我还是得跟他决一胜负！

当下，他倒是没有再带上宝剑，出了屋一看，敢情天色已经不早，太阳都转向西了。天空的乱云也都有些发黑，且都镶上了金黄色的边儿，一块一块地搅得他的眼睛发花，两腿尤其发软，他心想：不好！真得找点什么东西吃去！不然，饿死倒不要紧，妈的什么追魂枪、判官笔，趁着我没力气，来找我复仇，那才是干吃亏！

他走到院子里，还故意挺直了腿，想迈大步，可是头禁不住就发晕；他更得谨慎了，走出庙门的时候，他几乎要用手扶着墙。在这时，就见门口儿站着一个穿着蓝布褂、花缎裤子的十二三岁的小姑娘，胳臂夹着个手巾包，手里拿着个空的大碗，正站在庙门口儿向外张望，看见了刘得飞，就问说："常九没回来吗？"

刘得飞站住了，把这小姑娘细看了看，就见她仿佛还有别的事似的，因为她有点偷偷摸摸的样子，好像怕叫人看见，因就问说："你是要找常九买老豆腐吗？"这小姑娘摇着头说："买不买老豆腐倒不要紧，我还要找刘得飞。"说时就用眼直直地盯着他。刘得飞倒不禁很是纳闷，点头说："我就是刘得飞，你找我干吗？"这小姑娘噗哧一笑，说："你就是刘得飞呀！得啦！我就快给你吧！老豆腐我也不买了！"说着，把她夹着的那手巾包儿交给了刘得飞，她转身往南就走，走得还很快。

刘得飞赶紧拿着这包儿往前去追，问说："喂喂！你先别走！你先告诉我，这包儿里是什么东西呀？"小姑娘说："你不会打开看吗？"刘得飞怔柯柯的，说："是谁叫你给我的呀？"小姑娘笑了笑，脸上仿佛也有点红似的，说："是我们五太太叫我给你送来的，她说也不用跟你细说，你全明白。"刘得飞心说：我哪儿明白呀？

小姑娘又说："这事可也别让常九知道，你看！"她举起那只空碗来说："我是假装儿给我们小少爷来买老豆腐，我才出来的，其实就为送给你那包儿；我们五太太说了，这是她的点小意思，将来有什么话再说吧!"说着,忙忙地又走。

　　但是才走了几步,她忽又自己转回来,跟刘得飞距离很近的,悄声说:"咳!还有几句话,也是五太太叫我说的,我差点儿就忘了告诉你!五太太说,今儿上午她赶紧就去见了外城御史胡大人的三太太,替你托了人情,说是你打伤人的那事,已经没事儿了,叫你放心!她还叫你得拿钱吃点好东西,因为身子骨儿比什么都要紧。"刘得飞听到这里,不禁鼻子觉着发酸,眼泪仿佛都要流下来。小姑娘笑了笑说:"我回去啦!再见吧!"说着,她就拿着那只空碗,跑跑颠颠地就走了。

　　这里刘得飞的心里真不知是一种什么滋味,看这半天,胡同里也没有人来往,他就把这手巾包儿打开。一看,原来是一条带子,也就是练武的人腰间常扎的那种"板儿带子",是又宽又硬,用丝线衲出极为精细的各种花样,这恐怕没有十天半个月的工夫是做不成的。刘得飞心说:她送给我这么一条带子,是干什么呀?是为叫我系着吗?这是她买来的现成儿的,还是她亲手特为我做的呀?又见这条带子上附着有三个口袋,都是为装钱用的,全都鼓鼓囊囊的,里面真许是有钱;他就全都掏了出来,只见是两个很小的金"如意",一锭金子,还有几张钱庄开的票子。他虽不大认识字,可是这种庄票他还见过,上面的字也能略略认得出,只见有一两的,有二两的,还有一张是五两的,总之,真不算少。

　　当下,刘得飞的神情紧张万分,腿都发抖,手也乱颤;为怕有人看见,他赶紧就把这些财物全都装好,而将这条带子就系在自己的腰间。他连饿也忘了,精神倒振发起来,因为想不到,都快要饿死了,突然发了这么一笔财:这可真是救了我,我先快找个地方去饱餐一顿罢!

　　于是他高高兴兴地出了胡同,来到大街,他也不会找什么著名的菜馆,却就又到了那个早先他拉骆驼与彭二相遇的那家大茶馆。因为他已有两三年没来,这里的堂倌也都不认识他了,当下他就像个阔大爷似的,找了条板凳一坐,吩咐堂倌说:"给我快来一份大饼,两碗卤面,把你们新做的肉火烧拿十个来;再炒一盘肉片,溜一碗丸子,煎几个荷包鸡子,来一盘炮羊肉……"他尽量想也想不出什么菜名儿来了,就说："够了，够了，快点上吧！"

堂倌连连地答应着，待了一会儿，就先把肉火烧跟大饼给他拿来了。他就一只手拿着肉火烧，一只手拿着卷着大葱，蘸着生酱的大饼，往嘴里去填，就觉着真香，真好吃，吃到肚子里立时就舒服。厨房那边刀勺乱响，待了一会儿，堂倌又把什么卤面、丸子、鸡子等等，陆续地都给他送来了。他眼看着这些东西，都是属于自己的，他吃得简直顾不过来了，并且一不小心，还咬着了自己的舌头，觉着生疼。

他把空空的肚子很快地给装满，他得松一松腰间新系上的带子了。摸着了带子，又摸着了钱，他蓦然觉出这件事情有点不对！虽不是偷来的，不是抢来的，可也有点不光明。这是娘儿们的钱，是人家姨太太的钱，我一个堂堂正正的男子汉，花这个钱可真寒碜得慌；我对不起师父，也对不起自己，要叫我的对头追魂枪他们知道了，得把我看成一文不值！

他放下了筷子发着怔，恨不得当时就去找那个小姑娘，那一定是小芳用的丫头！去跟她说明，带子我可以留下，金银和那"如意"，我是一点也不能要，请她照旧给她们的"五太太"送回。但是如今已经吃了，回头就得拿这钱给，说我不用，也算是用过了。到哪儿再借点钱？给她补上，再还给她，那才对，是得这样；她看得起我，那另说，向什么外城御史替我托人情，也不是我求的她。她跟我有缘，从打扔给我那个苹果的时候，我们就有缘，可是这只能记在心里，我将来再报答她。她要也是个男的，我可以跟她八拜成交，不愿同生愿同死；她却是一个女的，还是韩金刚的姨太太，这我可怎能跟她接近呢？不行！不行！我刘得飞是个人，是彭二的徒弟，我不能够干这事。当下他倒发起愁来了。

第五回　春风得意奇技惊人
　　　雨夜扬镖娇娥思嫁

　　这个茶馆里，现在的人也不少，并且有很多的人都交头接耳地谈话，眼睛可全看着他，还有的用竹筷子表现出来刀枪的架势。刘得飞就心里明白，这些人都是在谈论他呢！他的心中非常的高兴，就想：我刘得飞今儿是行啦！有了名，又有了钱；可是名是真的，是我打出来的，钱呢？是怎么来的？想起来可真叫人惭愧！

　　心里正在想着，嘴里也还不住地填，突然有几个人自外进来了，都是镖头的打扮，这倒把他吓了一跳，还以为又是追魂枪吴宝那些个人，找他报仇来了。但是，等到这几个人走到灯光临近，他才看清了，原来他认识，其中就有悦远镖店的唐金虎，是他师父彭二的好朋友。他还没有言语，唐金虎一眼就看见他了，几乎喜欢得要跳起来，说："老侄！你真叫我们好找！我们找到庙里没有你，找到烧饼铺也没有你，原来你在这儿啦？"

　　刘得飞发怔地问说："你们找我干什么？"唐金虎说："找你来有事，有好事儿！你吃完了没有？喝！你一个人吃这么些个？你真有钱呀！得啦，都算我的啦，堂倌！堂倌！"当时他把堂倌叫过来，给算账，他就替刘得飞把钱给了。刘得飞说："我还没吃完呢！"唐金虎说："没吃完正好，我们那儿已经摆好了酒席，正等着你呢！快走，快走吧！"

　　刘得飞一边系着腰间的带子，一边又问说："唐三叔！到底有什么事,你说明白了啊?"唐金虎笑着说:"你就走吧!反正是件好事儿,你到时自知。"唐金虎拉着刘得飞的胳臂,跟着的那几个人也全都笑嘻嘻的。

出了这茶馆,唤来了骡子车,唐金虎跟刘得飞坐在一辆车上,当时就咕噜噜地走去,不一会儿就到了悦远镖店。上次刘得飞曾来过,曾向唐金虎求事没有求成,反倒遭受了一场奚落。今天的情景,却与那日大不相同,他简直是一位贵宾,被这些镖头们给恭敬地请来。

这里还有好几个很阔很阔的人,唐金虎就一一给刘得飞介绍,原来这几个人就是追魂枪吴宝应的那档子"大镖"的主人,都是大商人和给大官当差的所谓"二爷"。因为他们那档子"镖"金银太多,本来是讲妥请天泰镖店给保,他们相信追魂枪吴宝的手下人才济济;可是不料今天早晨,刘得飞去一闹,就把吴宝手下的那些"人才"全都给打了,他们才退了镖,临时改变行期,要另请高手保护。唐金虎这才趁势一撺掇,说今天大闹天泰镖店、力敌众人、给追魂枪吴宝十分"难看"的那位小英雄刘得飞,正是他的师侄!所以他才摆席请客,请来了刘得飞,当面讲好,那档子买卖是由他们悦远镖店做了;明天就起镖,由唐金虎亲自出名保护,同时聘请刘得飞为本店的大镖头,明天就一块儿走,保镖去往张家口。

干脆,刘得飞也听明白了,这档子镖就归给他了;算是他从吴宝的手中把镖夺过来了,不过由唐金虎出名。其实,刘得飞不但一个人得负责保着这档子镖,还得同时保护着唐金虎呢。

镖主儿对这位新出的英雄刘得飞是完全信赖,唐金虎便以跟彭二的面子,请刘得飞务必帮忙。刘得飞哪受过这样的荣幸?当时他就十分高兴,满口答应了。接着又大吃了一顿,吃得他都倦了,就想回去,唐金虎却笑着说:"你还回去干吗?我已经派人把你庙里存着的东西,宝剑跟破铺盖,全都拿来了,屋子也都给你预备好了,从此你就在这儿住吧。这镖店是我开的,以后也就是你的,咱们师叔侄,同心同意,以后专揽大买卖;凭着你的武艺,再凭我的名气,咱们要是不发财,不在北京城的镖行称雄,那才叫怪呢!老贤侄,你是赵子龙,今早晨天泰镖店门前那一战,那就是'长坂坡';我是刘备,以后我的江山,都得仗你保着呢!"刘得飞听了很乐,觉得自己真是走了运啦!于是,就到唐金虎给他预备的一间干净敞亮的屋子,盖着新被、新褥,去睡觉了。

舒舒服服地睡了一夜,次日,唐金虎又买来了新衣叫他换上。新衣上再系着那条"板儿带子",腰里还有金又有银,他真个阔起来了,自己也洋洋得意。一霎时,门前摆满了昨天天泰镖店的那些车,镖主儿,还有女眷,也都坐着车来了。唐金虎还命人严加防备,恐怕追魂枪吴宝、判官笔小罗崇那些人也前来搅闹、复仇。

此时门前也聚满了不少看热闹的人,都料到必定又有一场大战,不料追魂枪那些个人真的认了输,到了十时左右,还没个人来。唐金虎哈哈大笑,吩咐着:"起镖!"当时一大列车,辚辚地走动,无数的镖旗鲜明招展。唐金虎骑着大马,意态昂然,手下的一些小镖头、小伙计也莫不眉飞色舞。街上的人就像看婆媳似的那么拥挤,齐把目光注视在刘得飞的身上。

刘得飞穿着新衣,系着新板儿带子,挂着宝剑,骑在一匹枣红大马上;只是一样,他骑马就跟骑骆驼一样,姿势不大好看,然而他可真是神气,谁不说:"这么年轻的人,竟有这大的本事!一下子就从最有名的追魂枪吴宝的手里把这么大的一档子镖给夺过来了!以后,镖行的生意还有别人做的份儿吗?不得全是他的吗?"不过刘得飞也不骄傲,他只是乐不可支,当下他就像新中的状元跨马游街似的那样荣耀,保着大队的镖车就出了西直门,往张家口走去。

一路上春风扑面,遇见了不少骆驼队,越过了不少高山峻岭。唐金虎很细心,他知道那判官笔原是大同府的镖头,在这一带地方很熟,现在抢的是他的镖,他还能够服气?还不得来找点麻烦?所以就得特别小心,并且也嘱咐着刘得飞。刘得飞仍旧是不在意,心说:判官笔哪能就来呀?来了我也不怕他。

镖车成队,再往北行。不料走到了一个地方,名叫马脖子岭,地势极为险恶,山路迂回,风沙扬起;走了大半天,也没看见个别的人。这时就忽听得嘶嘶的一阵声音,极为尖锐。刘得飞还以为是鹞子叫唤呢,就仰面向天去看，看了半天，可连一只鸟儿也没有。

此时车夫们可都惊讶起来，唐金虎来到刘得飞的近前，悄声说："听见了没有？"刘得飞发怔问说："听见了什么？"唐金虎说："口哨子响，一定是有强人。"刘得飞向四下里张望着，说："在哪儿啦？我怎么没有瞧见？"

唐金虎摆手说："先别声张！叫车上的客人知道了可不好，再说还有女眷，更不可大惊小怪的。不过听了这声音，可知附近必定有强人，他们已看见咱们了；可是他们也得先斟酌斟酌，未必就敢冒然下手。"刘得飞一听，当时就锵然一声，亮出了他的宝剑，一边走，一边向各处张望，只见山岭连云，如同翠障，那狭窄的小路蜿蜒有若长蛇。

如是，又向下行五六里，只见前面的山岭上出现了十多个人，个个的手中全拿着光芒闪烁的刀枪；而后面，也自远远的一遍松林之中，驰来了十多匹马，马上的人也全都拿着兵刃。这里跟着镖的众伙计们，有的就喊道："不妙！要是熟人，说几句话也就过去了，生手子可就麻烦啦！"说着话，也一齐亮出来了家伙。

唐金虎手使着一根"齐眉棍"，他先向车上的众客人说："没有什么的，大家放心，我们有办法。"刘得飞却不等着对面的贼人往下来，他就催马迎上去了。

那十多名强人持刀撑剑，向他扑来，为首的还直嚷："你们是悦远家的镖不是？快答话，要不是他家的镖，我们就不截！"刘得飞却说："你们这些小子，既是来了，想不截还不行呢！"他抡剑就舞，有人还问他："你是不是刘得飞？"刘得飞却大声喊："我是张飞！"

当下他因为骑着马，厮打不惯，就一跃而下，宝剑如一条银蛇，向这些人乱钻乱扎。十几个强人齐力与他争战，却抵不过他的身躯伶便，别人的刀枪都挨不得他的身。他的剑法可又十分厉害，差不多劈一下，就准砍倒一个人，刺一下也必定就倒下一个；他是力大身猛，如虎入羊群，一霎时山坡上就倒下了五六个，其余的强人尽皆逃窜。

此时那骑马的群盗也到了，已经与唐金虎等人杀在一起。唐金虎骑着马，抡着齐眉棍，已经被陷在重围之中，张皇着嚷说："得飞！老侄！

你快来吧!"

刘得飞又挺剑自山坡跑下,他跑得真比马还快;同时他就看见这十几个马上的强人,为首的正是那个判官笔小罗崇,就怒喊道:"小罗崇!你来得真好!咱们在城里没打够,来这儿再拼拼吧!"

此时,那判官笔小罗崇一眼看见了刘得飞,就像是看见了欠他债的人,说:"好!我找的就是你,咱们两人来,叫他们全都住手!"于是,他手下的十多个骑马的人一齐闪开。

唐金虎逃出了重围,赶紧去保护着镖车,在马上还不住地喘气。山头上那几名被刘得飞杀散了的强人,此时也都聚在一起,在上边又抢刀抢枪地给小罗崇助威。悦远镖店的镖头伙计们是都持着家伙,神气十足,可是全不敢上前拼命,只把目光都盯在刘得飞的身上。

那小罗崇也下了马,将手中的一对怪家伙——判官笔对准了刘得飞的胸和咽喉,就恶狠狠地走过来了。刘得飞只横剑挺身站立,问说:"你是要镖? 还是要命? 要镖就提防我的宝剑,要命你就赶紧逃走!"

小罗崇狞笑着说:"什么?你还叫我走?走也行,除非是你立时将镖交还,还得把你的脑袋割下来给我才行!"刘得飞气得拧剑向他就刺,小罗崇以"笔"相迎。

他的这对判官笔,既可以当作双剑去刺人,更可以作为短棍,所以,只要是刘得飞的宝剑一来到,他就用"笔"去磕,本来就是凶得绝伦,至今更拼出了一切。他右手的"笔",如同毒蛇钻穴,是突突地不住向着刘得飞的胸膛去点;左手的"笔",是喀喀地专磕刘得飞的宝剑,有如"吴刚伐桂"之势。同时,脚下是一步紧一步向前进逼,口里还喷着唾沫说:"凭你这小辈,拉骆驼的小煤黑子,连你师父都不要你了的龟孙子!你竟敢……惹了'追魂枪'还另论,你还胆敢来冒犯我? 你也不打听打听大同府的三对笔? 我父亲'魁星笔'老罗龙,我哥哥'阎王笔'大罗岱,那,都比我还厉害哩!你竟敢惹我们罗家的笔? 好个瞎了眼的龟孙子、鳖小子!"

刘得飞被他骂得益为愤怒,起先还巧妙地与他迎杀,将剑时时躲避着他那"笔",因为究竟剑是一种轻巧的兵刃,不可与浑铁去撞,所以他的剑只是挽花、撩月,乘虚进取。怎奈小罗崇不管这一套,依然是凶猛地逼迫,这可真招得刘得飞的性起了,呼呼呼反向罗崇逼近;也不顾他的"笔"能撞损了剑鳞,更不惧他两面同时进取,只见寒光闪闪随风至。小罗崇可也不含糊,双"笔"齐抢,待刘得飞的宝剑劈下来,他就用"笔"去架;尽管架住了,然而他也觉出刘得飞的力大剑也重。

一霎时,刘得飞忽又抽剑挽花,小罗崇又将"笔"去扎刘得飞的胸际。不料刘得飞向旁一侧身,腾步跳起来;真是"得飞",一点也不错,比鹰还疾速,那剑就如鹰的翅膀子,唰的一声向下来击。小罗崇就像是一只兔子,他的"笔"就像兔子的两只耳朵,但这兔子也很厉害,就用两只"耳朵"猛的去迎那鹰翅——宝剑;却未料到刘得飞的宝剑并不向下击,竟又以拨云撩月之势,向旁展开了,他就疾忙以笔去迎;更不料刘得飞的宝剑呼地向下削来,同时忽又翻飞而上,这一下,乃是"玉面哪吒"彭二真传的剑法,更兼刘得飞的力猛手快,竟使得小罗崇无法招架。一时的慌乱,就听喀的一声,小罗崇一声喊叫,就摔倒在血泊之中;他的右手连腕子带那支笔全被斩断,疼得他身体紧缩在一起。但那另一只手中的笔,他还握着不放,并且猛向刘得飞掷去;可是不行,掷得不准,立时被刘得飞躲开了。

那边的唐金虎喊一声:"好侄子!快再给他一剑吧!"刘得飞当时又将宝剑举起,但心中有点犹豫,因为小罗崇已经受伤了,何必还要杀他?所以剑还未落。而这时那山上的和骑马的强人全都一齐摆手,嚷嚷着说:"不要!不要……"一个人就下了马,过来向刘得飞抱拳,说:"刘大镖头!请你手下留点情!他已经成了残废,今天我们都算是栽了跟斗啦!可是,君子人不做绝事,你给他留一条活命,将来冤仇还可解;你要是下毒手,那他可还有他的老子跟哥哥,并有许多的朋友。"

刘得飞说:"我也不怕他的什么老子跟哥哥,什么'魁星笔''阎王笔',谁管他什么笔?刘大太爷全不怕。你们把他抬回去吧!叫追魂枪吴宝可也小心一点!"当下,他也就不再理这些人了,向着唐金虎笑笑,说声:"咱们走吧!"遂又上了马。这时的一些人看了这场"血战",有的不禁胆战心寒,有的却又皱眉咧嘴,车上的女眷们把眼睛闭着,连看一眼也不敢,当时这一队镖车又咕隆隆地走动起来。

爬过了这道山岭,迎面虽仍有挟着沙尘的风阵阵地吹来,可是毫无阻挡;刘得飞意态自得,一些人对他是越发的敬佩。如是,又走了一天多,便到了张家口。

这样大的"镖",凭一个人保着,竟能够毫无损失,平平安安送到了此地。也不用有人给传扬,这里的人,尤其是镖行,早就都知道了在马脖子岭,刘得飞剑伤判官笔的那件事情;何况跟来的小镖头、大伙计和那些赶车的又是一宣扬,把北京城天泰镖店门前的那件事,说了个真真切切,谁能够不信?

还有一个新从北京城来的呢!那也是北京镖行有名的人物,开设着敬武镖局,姓卢名天雄。在那一天,天泰镖店门前的情景,他是亲眼所见;刘得飞不但是个后起之秀,简直是猛勇无敌,可称为江湖第一。卢天雄本来就是此地的人,又很有名,经他这么一说,立时,就无人不知刘得飞了。

按理说,镖到了当地,保镖的人应当亲自拜访本地的各家镖店。唐金虎在这里原有不少熟人,他刚要带着刘得飞向大家去介绍介绍,同时想给他自己也吹一吹:"我是他的师叔!"不料,他还没有这样去办,本地十多家镖店的大镖头就全都到"栈"里来拜访刘得飞。这个问他与追魂枪吴宝结仇的经过,那个向他又细问与判官笔恶战的情形,这个说:"久仰大名!"那个也说:"尊师彭二爷也是我的老朋友!"简直把刘得飞给捧上了天。刘得飞真受不惯这个,他也不会说什么话,只是见了人就抱拳、拱手。

卢天雄是比他们前一日赶来的,好像是另有用意,特别的跟刘得飞接近,当晚就请刘得飞到他的家里去吃饭。他是住在一家名叫"镇成镖店"内,这镖店的掌柜的就是他的胞兄,名叫卢天侠,外号叫"镇长城",是一位老英雄了;买卖做得也不错,在本地可称第一,用着不少镖头和伙计,却没有外人,不是他的儿子、侄子,就是他的徒弟。他有一个女儿,不但会写账,还里外的事情全管。

刘得飞是同着唐金虎来的,他一进门,这里的许多人就争着瞻仰他。他先被让到柜房里，就看见了一位十七八岁的大姑娘坐在账桌旁，正在噼里啪啦地打算盘，手上戴着两三个金戒指；长得虽说有点黑，可是模样真不错。她专心地写算，并没有注意刘得飞。刘得飞被让得落座，卢天雄又向他的哥哥卢天侠夸赞起来刘得飞在天泰镖店门前及在马脖子岭那两件堪称"惊天动地"之事，把刘得飞说得真如生龙活虎。旁边的人听了，都目瞪口呆地对着刘得飞，那位写账的姑娘就不禁也直向他这边来看。

她的爸爸跟她叔父也没有给她向刘得飞介绍，她好像有点不高兴似的，推开算盘就走了；临出屋的时候，她由刘得飞的眼前经过，又盯了一眼。刘得飞也看了她一下，见她穿的是青衣裳、绿裤子，梳着一条大松辫，脚下是窄小的绣花鞋。

刘得飞不好意思多看人家的姑娘，他除了对于这位姑娘会打算盘，也会写账，感觉得有点稀奇之外，并没有想到什么。唐金虎却问说："这就是侄女吗？"卢天侠点头说："对啦！就是那孩子。"唐金虎又问："你老哥只是这一位千金吗？"卢天侠捻着那花白的胡子，微笑着说："她是第二的，大女孩子已经出嫁了，这个孩子……"唐金虎说："想必是写算皆通了，你老哥可真会养女儿。"卢天侠笑着说："什么吧！不过是小孩子家，没什么事，叫她帮帮我，好在我这柜上也没有外人。只是这个孩子的脾气不好，总是缺少教训之故。"

卢天雄却在旁说："我可不是夸我这侄女，她还是文武全才呢！文的虽不是会什么诗词歌赋，可是写封信，记个账，都是清清楚楚的，又好又快；武艺是自幼跟我学的，刀法精通，真叫她当个镖头都可以。她还自己练了一种武艺……"

他哥哥卢天侠又去说别的话，仿佛故意拦阻他，而卢天雄却又说："我这个侄女，名字叫卢宝娥，简直真是我们家里的宝贝，我哥哥的这镖店一时也离不开她。"卢天侠又笑着说："因为我老了，常常想，奔波了半世，到如今这年岁，还不享点清福吗？天雄他自己在北京做着买卖，不常回家，也不能够帮助我；幸亏我还有这么一个丫头，所以我把什么事，全都交给她办，我才算省了心。"

卢天雄指着他的胞兄说:"我这哥哥的脾气怪!连我嫂子都常跟我说,他只叫女儿给照料买卖,却永不为女儿的终身大事想一想。"卢天侠又笑着说:"我这个女儿可不能够马马虎虎地就嫁出去,想要娶我的女儿,他非得有一表的人才,精通的武艺,赫赫的名头,家里也得过得去……"卢天雄向刘得飞说:"你听!我嫂子时常托人带去话,催着我给我侄女在京城找个女婿,可是我哥哥挑得又这么严,我上哪儿给她找去呀?"说着,他就不住地望着刘得飞,唐金虎却又用话在中间直搅,又去说别的。

待了会儿,就入席饮酒,接着菜饭也端上来了。吃完了,唐金虎就催着走,说是得回栈房上歇歇。卢天雄挽留不住,便命用镖店里的车把唐金虎、刘得飞二人送回去了,是时,已是二更时分。

他们住在栈房,是分为两个单间,为什么二人不在一个屋里住呢?这就是唐金虎要摆一摆派头。现在这栈房的屋子,几乎全都被他们的人包下了,唐金虎嘱咐刘得飞说:"在此千万不可露出一点穷气来,处处都得吹着,这与咱们的买卖有关。因为这次出了名,以后就许不断要来张家口,卢天侠是这里镖行的头领,咱们不可得罪他;他的兄弟卢天雄又在北京,咱们都是同行,嗣后更得常联络着,可是……"

说到这儿,忽然他又不说了,只把眼睛看着刘得飞,带笑地问:"刚才你看见卢天侠的女儿没有?"刘得飞说:"看见了又怎么样?"唐金虎笑着说:"我不过是问问,你觉着那姑娘长得如何?"刘得飞说:"我没看清楚,我也向来不爱看人家的姑娘。"唐金虎故意纳闷地说:"那么你将来就不娶媳妇了吗?"

刘得飞听人谈到"媳妇"两个字,就好像大姑娘听人说到"婆婆"似的,立刻脸就红了,摇着头说:"要媳妇干吗?不娶媳妇就不能够活着了吗?"

唐金虎伸着大拇指头,向他夸赞着说:"对!这才是英雄的话!为人无论多大的本事,一近女色就完了!我看卢天雄现在是要用美人计。"

刘得飞问说:"什么叫美人计?"

唐金虎笑着说:"没有什么的,我不过是随口说说,这些话就不必提了,咱们还是说点正经的。现在镖是交了,明天大概就可把账全都算清。其实依着我的意思,明天就回去,回到北京你就看吧,不定得有多少号儿的大生意都在那儿等着咱们呢!可是这些伙计都愿意多歇两天,他们还都想办点货,什么口蘑、羊皮等等,都想要带回去再赚一笔钱,可是我主张咱们绝不可在此多留,后天,无论如何也得走!"

刘得飞也愿意快些回北京去,他是另外有一件心事,就是现在腰间系着的带子和那些东西。他想着:小芳待我真不错,她给我的这些东西跟金银,我要不收下,倒像是看不起她啦。可是她对我的这些好意,我拿什么报答她呢?给她买点什么呢?因此也颇费了一些心思。

次日,唐金虎的"镖主儿"把账都算清楚了,沉沉的银子四五封,约有三百两;他就先给了刘得飞四十两,叫他先花用着。刘得飞十分高兴,跟一个同来的小镖头出去,买了五斤口蘑、一对狼皮褥子,还有一盒子奶酥、两幅牛毛毯子,这全都是张家口的名产。他买来了,也不说明是送给谁,就拿回到栈房里。卢天雄又在这里了,可是见刘得飞一回来,他却就走了;唐金虎把他送出门去,回到屋里又气又笑,说:"到底是叫我猜着了,卢天雄用的果然是美人计!"

刘得飞又问说:"什么叫美人计?"

唐金虎说:"这事情我也不能瞒着你。卢天雄跟随在咱们的后边来到张家口,他原来不只是看望他的哥哥,他却是想给他的侄女做媒,他看上你啦!他的哥哥要招门纳婿,叫你到他的家里,不但做养老女婿,还得给他当伙计。卢天雄也是想跟你拉成了亲戚,以后借重你的名声和武艺好帮助他保镖!"

刘得飞一听,不由有点生气,同时又想起那卢姑娘,她叫什么卢宝娥,长得可也不错,会写会算,听说还有一身好武艺。唐金虎拍着他的肩膀说:"老侄!你不用生气,我已经用话把他们顶回去啦。我说:不行!刘得飞他自己说过,他绝不娶媳妇!他是一条好汉子,以后是专心练功夫,交朋友,走江湖,绝不要家口之累。"刘得飞倒有些怔住了。

唐金虎又拍了他的肩膀说:"老侄,我是跟他们这样说呀!叫他们死了心,断了念头。其实'不孝有三,无后为大',你又没出家,还能够真一辈子也不娶媳妇吗？只是凭你刘得飞今日有如此的名头，又有咱们这买卖、兴隆的镖店，你想说亲，真的，要多少有多少。这就得端端架子了，得细细地挑一挑选一选啦！凭卢天雄的侄女，昨天咱们看见的那个姑娘，长得那么黑，好像是尉迟恭的二姨、张飞的三舅妈、李逵的妹子、包公的大姐，真还没有我俊俏呢，会能够配得上你？再说十八岁的姑娘还没定亲，整天跟些镖头、伙计在一块，谁知道她是怎么回事？不过就是认得几个字，会算账，可是那算什么？开镖店做买卖，要叫媳妇管账，那还能有出息？所以我就跟他们说了，不行，不行，刘得飞是我的侄子，由我这儿就不行。"

刘得飞眼里的那个卢宝娥，倒实在不像唐金虎说得这么难看，不过既是已经说出"不行了"，那就不行吧！他心想：实在说，可也真不行，我将来的媳妇，也是得挑选挑选。我觉着最合适的就是小芳，因为我们两人有缘；从扔苹果的时候她就跟我好，直到现在给我绣带子、赠金银，她实在是最关心我的。她长得又那么白，而且好看，她的爸爸老常九人也不错……只是，根本这是瞎想，根本这更不行！因为她不但已嫁了韩金刚，还有了孩子，我刘得飞是好汉子，绝不欺天害理，做遭人唾骂之事……

当日他的脑筋很乱，这才难办呢！打天泰镖店，斗追魂枪，杀判官笔，那都不算什么，唯有这些事——将来说媳妇的事，可真为难！卢宝娥既不行，小芳更不行，将来就是遇见"行"的，我也不要，我真决心做和尚了。

晚间，他宿在他那屋里，孤灯一盏，客味凄清，窗外又簌簌地落下雨来。他将屋门关好，躺在炕上，先解下那条板儿带子，翻来覆去地看了多半天，觉着活计真细，小芳的手儿真巧，这比打算盘、写账可难得多啦，女人还是应当学这本事才对。他又把那两个小"如意"拿出来细看了看，这种东西也是金子做的，薄薄的，前面像是个小老虎头，连着一个小铲子似的，这就叫"如意"，听说它的样式很像是草书的"如"字，取吉利之意。皇上赠给有功的大臣，大臣赠给他的亲友，尤其是定亲，或是祝寿，大都要用这种礼品；小芳把这东西赠给我，可不知是什么意思？她也是愿意我处处随心、事事如意吧？她可不知道，无论我出多大的名，发多大的财，受多少人的恭维，我也还不算如意，我不喜欢，我心里还有时难过；除非是再遇见我的师父彭二，他老人家照旧地跟我好。想到他的师父，他确实伤心，窗外的雨声更增添了他的愁绪，他就吹了灯，睡去了。

睡了也不知有多少时候，他在梦里突然有一点惊异的感觉，立刻就醒来了；这也是师父彭二把他训练成的，只要是一醒，脑筋当时就清楚。现在他觉出屋门是开了一道缝，外面簌簌的雨声还不断在响，有一股潮湿的雨气随着风儿吹了进来，他觉出是有人进屋来了。他可不敢抬头去看，因为这时要是一动弹，进屋来的这个人必定拿着刀，钢刀一落，自己的性命就完了；所以他依旧装睡，两眼却微微睁开。只见进屋来的这人已到了炕边，穿的是黑布裤子，身材似乎不大高，竟伸来了一只手。刘得飞一看，不由得惊讶，因为这是一只纤纤的女人的手，指头上带着三个戒指！他可真害怕了，当时就翻身而起，嚷了一声："你是干什么的？"这女子却也吓了一跳，当时由炕上拿起来一件东西，呼的一声就跳出屋去了。屋门就开了，外面的雨下得还真不小。

刘得飞着急地说："把我什么东西拿去了？"他找了找，裤腰带也在身旁了，可就是没有了那两个小如意。他当时就明白了，想必是在自己没睡觉的时候，在灯旁拿出那两个小如意来玩赏，大概在那时，就有人隔着门缝儿偷偷地看见了。其实那也不是什么值钱的东西，她拿去就拿去吧！我也不要啦，反正我也知道她是谁啦！于是，他把屋门又关上，点上灯，系好了板儿带子，穿上鞋，细细地再查看，别的东西全没丢，就是那两个小如意真没有了。他未免心里有气，就骂着说："好不要脸！"

而这时，突然间门又开了，噗的一声，外面的人把他的灯给吹灭了；其时快极，他简直没看清楚外面那人的模样。他立时大怒，抄起宝剑就追出了屋，只见那人在雨中一纵身就上了对面的房屋，却飞来了一支暗器。刘得飞一伸手就接住了，见是一支钢镖，就说："你就是这本事呀？我犯不上理你。"遂就带着气把屋门又关上，关得严密的；把灯又点上，灯捻挑得很高，屋子真是亮得很，他就心说：你再来吹吧！反正我不理你,我刘得飞是好汉子!

当时,他就像赌气似的,索性不睡了。待了半天,外面那人也没再来,他就又把得来的那支镖,就着灯光细看;觉着分量极微,又细又小。这是一种"女镖",打也打不死人,不过,太讨厌了,我真得赶快离开这儿。

雨下了一夜,到了第二天还不止。路上尽是污泥,车马都不能够走,这可真没法子动身。唐金虎也着急,说:"我还不放心家里呢! 昨儿夜里我做一个梦,梦见咱们一走,追魂枪吴宝就到我家里大闹,把我的小孩都给打伤了!"刘得飞说:"不至于吧?吴宝要是那样,他一生的名头更算完了。"唐金虎说:"是啊!我做的是梦呀,可万一要是真的呢? 也别说吴宝就不能够干那事,他气疯了,什么事情全都做得出。"刘得飞没有言语,唐金虎也没提昨儿夜里的事,大概他是不知道;刘得飞也没有告诉他,就把那支镖收起来了。

雨下得真愁人,待了些时,忽然镇成镖店又派了一辆骡车来,说是请唐掌柜的跟刘大镖头前去吃酒,那儿全都已经预备好啦。刘得飞摇头说:"我不去啦!"唐金虎却又有点犯馋,就悄声说:"咱们别不去呀!本来昨儿卢天雄来提亲,我满口地说不行不行,卢天雄脸上的颜色就不大好看;今儿请咱们,咱们要是不去,那可就把他们得罪了。既是同行,将来还要在这条路上做买卖,总是不得罪人为是;何况人家的卢宝娥长得虽然黑,可是个黄花女儿,人家自己还看得很重呢,咱们不要,别人抢还许抢不来呢。那件事就不用提啦,咱们还是不妨去吃他的菜,喝他的酒。"

刘得飞也不愿把事情弄得太僵,所以他就跟唐金虎坐着车,冒着雨,又到了镇成镖店。今天这里的菜酒预备得特别的丰富,卢天侠、卢天雄对刘得飞招待得更为殷勤。

吃饭的地方仍是在那柜房,一来的时候倒是没有看见卢宝娥,可是待了会儿,因为有几个伙计从外面收了账回来,这就不能够不把管账的小姐请出来给算一算了。当时卢天雄一边吃着饭,一边就派人到里去请,并且说:"你去告诉宝娥姑娘,这儿没有外人,还是唐大叔,跟她的刘大哥。她要是还没吃饭，就叫她也到这儿一块来吃吧，我们的菜，还没有动哩。"一个伙计答应了一声，就出屋去了。

待了好长的时间，才见那卢宝娥打着一只油纸伞从里院出来；走到这柜房的门前卸了伞进了屋，却谁也不理。唐金虎带着笑招呼了一声："我们这儿给姑娘留着座呢？来吧！"宝娥却摇头说："我吃过了。"她真是连眼皮儿也不抬，一直就奔那账桌，吧啦吧啦地去打算盘。她今天换了装束，穿的是红缎子的小夹袄，绿绸子的夹裤，特别显出来娇娆。

这里刘得飞不由得向那边看了一眼，心里却想起来昨夜的事，暗想：我应当问问她，得叫她把那两个小如意还给我，因为那是人家的！可是，万一昨儿晚上的那人要不是她，是我猜错了，那可就麻烦了！这件事在他的心里斟酌了半天，结果是不好意思去跟人家要，因为那本来也不是什么要紧的东西，更因为昨夜那件事，既是连唐金虎全不知道，也就不必再说出来了。他便发着呆吃菜，卢天雄给他斟了酒，他也就喝。

此时，卢天雄当着面又夸赞她的侄女，说卢宝娥的刀法多么强，镖打得多么准，又说："既能写，又会算，这不是夸，她要是个男子，是我的侄儿，我早就把她带到北京去啦！真的，说实话，她也许早就把什么追魂枪吴宝跟判官笔小罗崇打得降服了！唐大哥跟刘镖头你们可别恼，果真那样，这次的买卖你们也许落不着，我们在这儿有家，又有买卖，这条路上必定比你们吃得开；无奈，宝娥是个姑娘，是我的侄女，可就不能帮助我干什么了。"

卢天雄当着大家夸他的侄女原不要紧，但是他这话味儿里却带着点妒嫉唐金虎、轻视刘得飞的意思。刘得飞不禁笑了笑，但这笑似乎近于一种冷笑。唐金虎也忍不住说："这也不要紧呀！卢二弟，你应当把侄女接到北京去，叫她帮你做做买卖，那你一定得大发其财！"卢天雄却摇头说："不行！不行！我哥哥他把女儿养得太为娇贵，在柜房上办事，他还放心！有几次宝娥都打算跟着镖车出去，闯练闯练，可是她爸爸不愿意。"

这时卢天侠倒是在旁直摆手，说："为这事，天雄常常跟我抬杠。咱们也不是把女儿养成千金小姐,却是咱们原是好人家,虽说以保镖为业,可不是江湖卖艺的,哪能够指着姑娘出去做买卖呀?"

他望着刘得飞说这话,刘得飞听了就颇表赞成,连连说:"对!对!女的哪儿成?我在镖店也这么几年啦,从来没听说谁家镖店有过女镖头。"

他是无意之中说出了这话,不料就被那边的卢宝娥听见了,当时就用眼睛向这边来狠狠地瞪。刘得飞又微笑一笑,他这一笑,可笑出祸来了,那卢宝娥立时就站起身来,气愤愤地问说:"你笑什么?你刚才谈论我什么?"刘得飞也不由得生气,就说:"我笑,你还能够拦得住我吗?这太岂有此理了!谈论你的那是你爸爸。"卢宝娥说:"你也说来的!"

那账桌旁边的两个正在交账的伙计,赶紧给劝解,唐金虎跟卢天雄却都不言语,卢天侠倒是说:"宝娥!不可跟刘大哥这样。"卢宝娥却尖声地嚷起来说:"他是谁的刘大哥?我不认识他!什么他在镖行多年?我就没听说有他这么个人!现在来到咱们这儿……"

刘得飞也忿然站起身来说:"不是我要来的,是你爸爸跟你叔父请我们来的!"

卢宝娥却说:"他们请你来?我今儿却要叫你们滚出去,以后你们还休想来到张家口!"刘得飞不由得更是冷笑,说:"你好大的口气呀!"这时突见卢宝娥抄起算盘打来,幸亏刘得飞伸手给接住了,要不然准得把杯盘碟碗尽都打碎。

这时卢天侠气了,怒喊道:"宝娥!你这是怎么啦?给我得罪朋友,教人笑话我没有家教!快走!"他的女儿可又抄起砚台,用手高高举着,还要向刘得飞来打。刘得飞也怒目相视,说:"你来吧!你的镖我都不怕,这什么算盘、砚台,我更不怕了!"卢天雄倒怕下不来台,赶紧把他的侄女劝出屋去,劝回了里院。

这里唐金虎一直也没有吭气,他倒是愿意卢宝娥跟刘得飞揪打起来,顶好卢天侠、卢天雄也跟他们打到一块儿。那样一来,虽说交情是吹了,以后还许成仇,可是毕竟比他们卢家兄弟用美人计把我好容易给请到手的刘得飞夺了去;叫他们又得女婿又发财,叫我一个人落场空,将来还得挨吴宝的打,叫判官笔找我去报仇,那又强得多了。所以他现在就是"坐山观虎斗",愿意刘得飞怔来一气,把卢家的人全都给得罪了才好。没想到,没有打起来,卢宝娥"蛾眉直竖,杏眼圆睁"的凶了一阵,经她的叔父一劝,就往里院去了。

卢天侠又给刘得飞敬酒布菜,说:"我这个女孩子缺少管教,刘镖头你千万不要放在心上。"刘得飞居然又笑了,连连摇头说:"没有什么的,我绝不放在心上。"唐金虎却心说:喝!你的心可真宽,就是不能因此发生了嫌隙,可也不应当立刻就饮酒和好呀!

因此唐金虎不大赞成刘得飞,本想再讥讽他几句,使他生一场大气,拂袖而去;可是又想不起说什么话,才能够有效。正在思索着,卢天雄进屋来了,说:"得飞!你可别在意,我那侄女就是这个脾气!她回到了里院直哭,这都是我哥哥嫂嫂自小时把她娇纵的。可是你也别以为她跟你那样,就是瞧不起你,那可就错了,我这个侄女的脾气怪,她看得起谁,才跟谁发脾气呢! 她越佩服谁,才跟谁越厉害,其实她的心里倒是一点也不厉害;她要是看不起的,就连理也不理,瞧也不瞧。"

唐金虎也不知他是说了些个什么,照他这样一说,卢宝娥扔算盘扔砚台,向着刘得飞大发雌威,那还是因为跟刘得飞特别的好啊? 他们是还没忘了要把她嫁给刘得飞吧? 这可不行,这是成心给我过不去,我非得想法子给他们拆台不可。于是他就笑了笑,说:"二位卢老兄,说句实话,你贵府上的这位小姐,我跟我这个师侄可都惹她不起。咱们也别因此耽误了交情,我们已经打搅半天了,现在就要告辞。"

他是没等着菜上齐就要走,故意做出来不大高兴的样子,刘得飞也要跟他走。卢天雄说:"怎么着? 莫非真叫我那侄女把你们二位得罪了吗?"唐金虎摆手说:"没有的话!却是因为那位姑娘现在院里直哭,我们在这儿喝酒也喝不下去啦!再说万一姑娘再看得起我们,一边哭着,一边拿出刀来跟我们拼命,那时我们可怎么办? 动手吧,不对;不动手吧,干挨,所以我们不如趁此告辞吧!"

那卢天侠的脸色此时颇不好看,唐金虎假若再说几句,他们真能够打起来;刘得飞也仿佛气有些不悦,发着呆,瞪着眼,握着拳头。卢天雄恐怕事情弄僵了，就赶紧叫镖店里的车，把唐金虎、刘得飞两人送回去了。

第六回　金镖宝剑再度相逢
侠士蛾眉深宵聚首

　　两人回到栈房,唐金虎又把那卢宝娥挖苦了一顿,说:"长得不但黑,脾气还那么暴,简直是个夜叉精,谁能够娶她做老婆呀? 倒贴两万银子、十顷地,连我也不要,他们还想招你做养老女婿? 这真叫作看不起人。明天,无论雨住不住,咱们赶快走吧!倒不是怕他们,是真要跟他们打起来,太有点合不着!"

　　刘得飞也越想越是生气,不过,要说那卢宝娥的脾气暴,是真的;说她长的黑,那却未免太甚,因为她长的虽有点黑,却不难看,擦上胭脂粉还真漂亮。可是,谁管她漂亮不漂亮? 快些离开这儿是真的。

　　此时的雨,虽还在下着,但是越下越微细了,天光也越来越亮;到了傍晚之时,居然晴了天。夜间,有些月色,刘得飞在屋里真不敢睡;想起那个小如意,虽不是什么要紧的东西,可是究竟不甘心,不过又想:也犯不上为这么点事,就去向卢宝娥索要。

　　一夜无事。次日,车已套齐,马也备好,带着这次保镖赚得的钱和办的一些土物,唐金虎、刘得飞和他们手下的一些伙计就离开了张家口;也没人给他们来送行,卢家兄弟更都没再照面。唐金虎心里倒很喜欢,暗道:这么一来,他们的那想头就算吹了! 省得我好不容易才搭上这个伙计——刘得飞,要叫他们一个黑丫头就给拉了去,那我才冤呢! 因此,他在路上就对刘得飞很是亲热、尊重。

走了一天，就到了马脖子岭这个险要的地方了。才过了山坡，刘得飞又想起那天与判官笔小罗崇在这地方的一场恶斗，真是痛快！闯江湖有那么一件事，是永远也不能够忘。如今来到这儿，手还觉着有点痒痒，最好什么魁星笔老罗龙、阎王笔大罗岱也再来了这儿跟我较量较量，那才算是更为痛快了！

这时唐金虎却催促着说："快点走吧！这地方可有点悬，你看四边除了山就是树林，连个村庄，连个人都没有。咱们不怕谁，可是犯不上在这儿再出事！因为已经卸了镖，又没有客人跟着，咱们就是再做出什么惊天动地的事来，也没人看见，也不能给你去传名；咱们要自己去跟人说，人家倒说咱们是瞎吹。走江湖的人就是，把本事要显在明处，在这儿要是再跟人瞎打，那算是白得罪人，白费力气，一点也不能因此抬高身份。快走吧！快点走回北京，咱们再跟同行的夸耀夸耀去！"他一边笑着，一边这样说，表现他的经验、阅历仿佛全都高人一等似的。

无奈因为是才下过雨，地面太滑，尤其这下坡路，骡子跟马实在都不能快。所以无论唐金虎怎样催促，依然是走得很慢，唐金虎不由就生气了，骂道："你们真都是饭桶！怪不得我的镖店开了十多年，永远没应过一件大买卖，从来没保过一件像样儿的镖，敢情真不行！要不是我师侄，人家得飞帮助我，咱们将来真得挨饿！"他向他的一个老伙计，名叫秃尾巴鹰的狠狠抽了一鞭子，说："你还笑什么？你不会接过鞭子赶着车，领头在前，快一点吗？"

他正在使脾气，蓦听嗖的一声，一件什么东西从他的耳朵旁边飞过去了；绝不是鸟儿，倒好像飞镖。他不由吓得打了个大冷战，赶紧回首去看，就见那山坡上站着一匹黑马，骑马的却是身穿一身青衣，头上蒙着一块桃红色纱帕的女人，手擎着单刀，向下叫道："刘得飞！你站住！"

唐金虎看出来这正是卢宝娥，他不由笑着说："啊哈！这个丫头的脸可真大！人家不要她，她还追下来？待我去……"他刚想拨马迎上去，却又觉着不妥，因为不知道这丫头的本领到底如何？她既追了来，来意就必定不善，我把她弄不回去，再吃了她的亏，那可真寒碜。于是他就向刘得飞看了看,说:"怎么样? 她现在是逼上咱们来了! 她又有镖,这丫头不讲理,咱们是应当躲着她,还是跟她干干呢?"

这时那山坡上的卢宝娥又连打来了两镖,全都被刘得飞毫不费事的接在手中。唐金虎一看,对于刘得飞就更加倍的钦佩,同时他一点也不发慌了,就说:"怎么样? 你去斗一斗她吧? 反正不给她个厉害看看,她是不死心,她是绝不肯走。我不好意思跟她怎么样,因为我是她的长辈。"刘得飞虽是很生气,可真是不愿意跟个女人去争较。

这时卢宝娥又在上面叫他,说:"刘得飞,你有胆子来吗? 别以为你有多大的能耐,你敢跟我打一打才算……"这时候连唐金虎带一些个伙计和赶车的人全都哄然大笑,把刘得飞笑得倒好难为情。他更加生气,便抽出宝剑,催马向上就走。

到了山坡上,那卢宝娥在马上抡刀向他就砍。刘得飞以剑相迎,他也不下马,只探身伸臂,巧妙地以剑抵挡;并想趁空叫卢宝娥负一点轻伤,也就算完了。可不料卢宝娥非常凶悍,把一口刀舞动如飞,寒光乱闪,逼近了刘得飞。刘得飞也就不客气了,运剑迎杀。

两人交手二十余合,那卢宝娥竟拨马往北山坡跑了下去,这下边的一些人又都大笑狂嚷。刘得飞也就往下去追,明知道卢宝娥必定要回手打镖,所以不容她缓手,就紧紧地追到她的背后,相离不过二尺。卢宝娥在马上翻身抡刀,刘得飞却将剑平着向她的左肩一拍,啪的一声,说声:"你还不快些走!"

卢宝娥吃了一惊,当时更急了,脸儿真气得黑中透着红,嗖嗖嗖,抡刀又向刘得飞紧砍,马也拨回来,向着刘得飞紧逼;两匹马的马头几乎顶在一块儿了,她把刀又高高地举起,狠狠地杀来。刘得飞却以剑一迎,只听当啷一声响亮,刘得飞愤怒地说:"我是不愿意伤你!你要是不服,咱们就都下马,或是比拳,或是刀对剑,痛快地厮杀一阵,怎样?"说时瞪起老虎一般的眼睛。只见卢宝娥的脸更红,涔涔的汗珠由鬓边滴下来,她忽地嫣然又一笑,虽然还举着刀,却不再凶狠,只是似羞似恨地说:"我问你,你为什么瞧不起我?"

刘得飞说:"我也不是瞧不起你,我也用不着瞧得起你!"卢宝娥又问："那……为什么我叔父跟你们说了，你可不愿意？"刘得飞莫明其妙地说："你叔父跟我说什么啦？我怎么不知道？"

卢宝娥的脸儿更红了，咬着嘴唇，待了半天，才说："他大概没跟你本人说，他可是跟唐金虎说了！你别假做不知道！"说着又瞪了刘得飞一眼。

刘得飞这才恍然明白，自己也觉着有些难为情，同时又更生气，就说："原来你为的是那事呀？告诉你，那不成，我怎能给你家做养老女婿？那办不到。"

卢宝娥说："不是叫你到我们家里，是……你说叫我跟你到哪儿去，我就跟你到哪儿去。"说到这里，她羞得似乎要哭了，刀放下去，头也低了下去。

刘得飞摇头说："不是养老女婿，我也不干，凡是当女婿的事儿，我就不干。"卢宝娥抬起脸来问说："那么，你要干什么？什么你才称心？"刘得飞说："我要干，我就干镖行，我就保镖，别的什么事我也不干！我什么事也不能够称心，除非跟我师父见了面。"

卢宝娥用手指指他，笑说："原来你是个傻子！得啦，我也不跟你废话啦，反正你明白，你已经把订礼给了我，你不能够再娶别人啦！"

刘得飞急了，说："谁给你订礼啦？你怎么胡说？你这个女的，是怎么回事呀？"

卢宝娥冷笑着说："不用再说啦，反正我已告诉了你，咱们算是定啦！过些日我到北京找你去。"

刘得飞说："你千万别找我去，找我我也不理你！告诉你不行，就是不行，我这辈子也不想娶媳妇啦！"卢宝娥拨马就走了，往北走了不远，她还回首看看，又冷笑了笑，然后就纵马向北，一溜烟似的驰去。这里，刘得飞装了一肚子气，心说：怎么这些个女人们比男的还能够拉得下脸来？这可真是怪事情！自己只好也拨马，又过了山坡，就见他们那些车马还在下面等着。

刘得飞放开了缰绳，飞一般地驰下，唐金虎一些人就问道："怎么样啦？把那丫头打走了吧？"刘得飞点了点头。唐金虎又问说："伤了她没有？"刘得飞又摇摇头。他实在不愿把刚才那详细的情形对这些人说，因为是想着，为人应当学着忠厚，那卢宝娥能够拉下脸跟我说那些话，我不理她就是了，我也不便把那些话去告诉别人，叫别人讥笑她。反正，我不遇着我师父，我也绝不娶媳妇，无论什么女人；我不要她，可是我也不给她太难堪。

这就是刘得飞心里拿定的主意，他真没把女人当作一回事。早先，他还觉着女人似乎有点神秘，可是自从遇见了个小芳，又遇见这么个卢宝娥，他对于女人真有些看不起了。

当下由这马脖子岭又往南去走，沿路上一些伙计跟赶车的，都不断地谈说着关于女人的事，他却连听也不乐意听。唐金虎又对他说："老贤侄！凭你这样的武艺，凭你现在立下的这点名声，将来一定要发大财；凭你这年轻，凭你这一表堂堂的英俊相貌，将来要一百个媳妇也有。"

他笑了笑，又说："可也不能娶那么些个，娶多了，她们净得打架；还是娶一个好，不过这一个，可就得仔细地挑选了。别忙，将来我帮助你挑选！咱们非得要那有沉鱼落雁之容、闭月羞花之貌，知三从、晓四德，还得身家清白，头是头，脚是脚，能洗会做，拿出去见得起人，那才行，那才不亏负你。这事儿你将来交给我办，我的这两只眼，不是吹，最会替人家相媳妇。那卢宝娥，我一看就不行，你看怎么样？她还能够拿着刀，骑着马来追你，可见是个疯丫头。"刘得飞也不言语，不过心里确实有些烦恼，自己也不明白是什么缘故。

又走了几天，便回到了北京城。他夺了天泰镖店的买卖，保着那样大的镖，竟能够平平安安地送到，又大摇大摆地回来。在马脖子岭，他折服了判官笔小罗崇的事也传扬开了，弄得镖行里无人不知，并且都惊为奇迹，把他看成了神人。所以，不但刘得飞，连玉面哪吒彭二之名，现在也时时为人提起，都说："彭二有好徒弟！"又说："咱们北京城出了这么一条年轻的好汉，也是光彩，恐怕再没有人能够比得上他了！"

天泰镖店现在是黯然无色，追魂枪吴宝的声誉一落千丈，也看不见他出门了，更没人敢把镖交给他们去保了。悦远镖店，却忽然买卖兴隆,房子、院墙全都刷新了,招牌也重新上了油漆,描上了赤金和朱红,又雇了些伙计,请了几个二三路的镖头,并且换了镖旗。以前不过是破布上写着"悦远镖店"四个褪了色的字,现在却是用白纺绸绣红字,是"京都悦远镖局","唐金虎""刘得飞"两个名字排列着也绣在上面。这样的旗子就预备着好几十杆,因为每天至少要出去三四档子镖,都得插这旗子;刘得飞却不必亲自跟着,只用他现在的名头,就足以将江湖震住。

唐金虎现在是满身的绸缎,他的老婆孩子也享了福了,柜上永远是不断有人来讲买卖,小买卖他们还一概不应。他的架子也顿然大了起来:早先,唐金虎不过是个平庸之辈,常在小酒馆里喝酒还欠着账;现在,几乎天天要到大饭馆、大饭庄去坐席,结交了不少的达官显宦、巨贾富商,平常的人他连理也不理了。不过他对于刘得飞可永远殷勤备至,供给钱花,供给丰富的饮食起居,就好像是曹操对付关云长的那一套,联络得无微不至。

好在刘得飞人很老实,虽有别的镖店主人托人、送礼,百计千方地要请刘得飞,还有人在暗地里跟他说:"你为什么不自己开个镖店呢?唐金虎是个势利小人,你忘了你早先不得意的时候,他对你是多么冷淡?好男子应当自己创一番事业,别再给他干了!"刘得飞却也不为所动,他整天是那么诚诚恳恳的,好衣裳他也不穿,好吃的他也不爱,嫖赌的事情,他更是一点也没有。

他常到早先那烧饼铺里去坐着,跟那张歪子冯大、陈麻子等人,有如兄弟一般的好。他挣的钱都送到京西,孝敬了他的叔父刘大脖子,并周济了一些家境困难的老亲旧友。他对于镖行的朋友无不和蔼,称人家为"前辈",恳切地托人去打听他师父的下落。

他有时还到那庙里,什么熏鱼、杏仁茶、炸豆腐、硬面饽饽等,他想吃什么就买什么,因为现在他有钱了。可是那些个做小买卖的老朋友,如江四等人,又都不好意思要他的钱,都说:"吃吧,还给钱干吗?咱们是谁跟谁?难道连这么点还过不着吗?你也太客气啦!"他可绝不愿意欠人一文,尤其他对于那老常九,他吃一碗老豆腐,必定要给两碗的钱。

有一天常九病了,他就劝常九不要再去做买卖,他赠给了常九三十两银子,并且说,以后还可以随时供给。

他就在常九的屋里, 又遇着一次那一回为小芳传递绣带的小丫鬟,这小丫鬟直望着他笑;当着常九的面,他们不能说什么。他走出了庙,小丫鬟也跟着他出来,手里拿着一个空碗;因为她是专要买常九的老豆腐,可是常九病了,没做老豆腐,她就索性不买了。她跺跺脚,向刘得飞说:"怎么你说走就走吗? "

刘得飞转身回来,脸红红的,笑着问说:"还有什么事儿? "

小丫鬟说:"你也不打听打听,我们五姨太太她近些日好不好? "刘得飞说:"她还能够不好吗? "小丫鬟说:"好? 哼!反正没有你好,你现在是发了财啦!"

刘得飞说:"我也没发财! 不过你告诉她,我永远也忘不了她;无论她遇着什么为难的事,只要她告诉我,我就万死不辞。"

小丫鬟笑笑,说:"这才像是人说的话,得啦!你就走吧!以后你可常来,我有时也借着买东西常来,咱们得老通着点气儿才好。"

刘得飞:"以后我恐怕没有工夫常来,万一有什么事,你可到悦远镖店去找我。"小丫鬟笑着说:"得啦!以后再说吧!只要你别忘了我们五姨太太就行。"刘得飞说:"不能忘。"遂就走了。他一边走一边想,自己真不能忘了小芳,不能忘了小芳这五载的知己、一片的恩情。她是我的姐姐,又如是我的长嫂,我将来必定要舍死忘生的去报答她!

他慨叹着,回到了悦远镖店。从此起,他越发的励志,行事端正,磊落光明,因为他心里有一位恩师和一位贤姊!就说小芳是他的"贤姊"吧!俱仿佛在鼓励着他,他不敢有一点颓废懒惰,或是自觉着不对的行为和念头。

还有,他从张家口带来的那一盒奶酥、五斤口蘑、一对狼皮褥子、两幅牛毛毯,本来都是为送给小芳的,但是刘得飞常常发愁,这怎么才能够送给她呢? 由常九那里转送她是不行的,因为常九还不知道。假使常九知道了,那个老头子也许弄不明白,还许把他女儿大骂一顿,也骂我一顿呢! 是的,不能够叫他知道。

那个小丫鬟倒可以替我传递东西，不过，不但夹着狼皮褥子跟牛毛毯进韩金刚的家恐怕不行，就是拿着奶酥跟口蘑，要叫韩金刚看见了一盘问，可也准得出麻烦。出了麻烦就坏，弄得众人皆知，谁能说我们是光明磊落，真是没一点别的事呢？男女之事，尤其是一个著名镖头跟个著名恶棍的家里小老婆，到人的嘴里还能有好话吗？我的嘴又笨，不会辩解，只有跟人打架，越打架越得闹得人都知道了，再说无论如何是我没理。

不好，不好，那四样儿礼物，等慢慢地再送吧！所以他见了那小丫鬟，从来就没提过。他也不愿多到那庙里去，就是因为不愿再碰见那个小丫鬟，以免跟小芳越套越深；深了可实在不好，拔不出腿来那可难办了！

不料这一天上午，他刚在院子里练完了功夫，忽然看见由镖店的大门外走进来一个小姑娘；这不是别的人，正是小芳用的那个小丫鬟，刘得飞觉着非常诧异。小丫鬟可一进门就看见了他，当时就一笑，跑着进来，刘得飞问说：“你是找我来的吗？”小丫鬟笑着说：“不是找你，我还找谁？这些日子你怎么不到庙里去啦？我去了好几回也都没看见你，幸亏我们……”看见旁边没有别的人，她才说：“我们五太太知道你在这儿住着，她才叫我来。”

刘得飞悄声问说：“有事吗？”小丫鬟点头笑着说：“自然是有点事，还是好事儿，可是在这儿不能够说，你跟我到门口外去好不好？”刘得飞一想，门口外就是大街，虽然是跟这么一个小丫鬟说话，可也难免招人的注意，遂就叫她跟到了自己的屋中。

小丫鬟一进来，却不住地东瞧西望，说：“你这间屋子很好呀！就是你一个人住着吗？”刘得飞点点头，问说：“她叫你来，又有什么事？”小丫鬟却先不说，还是不住地看这屋子，又问：“你的老婆不在这儿住着吗？”刘得飞的脸不由得红了，说：“我没有老婆。”摇摇头又说：“我没有老婆。”

小丫鬟不禁又笑了，这才说：“我们五太太叫我来告诉你，今儿她要到西直门外罗天寺去，因为那儿有焰口，她去了至少也得住三天；叫你今天务必得去,好见一个面。"

刘得飞摇头说:"我可不能够去,我镖店里的事情太忙。"

小丫鬟说:"你白天忙,晚上还忙吗?无论如何你今天也得去一趟,不然她一定不但生气,还真许死了!"刘得飞惊问着说:"为什么事?"小丫鬟说:"我也不能跟你细说,你见了她的面,自然就会知道了。这几天,她真难死啦!简直天天哭,想寻死,我劝她也不行;非得你去劝劝她,给她想个办法,要不然,她可就回不了城了!她非得死在那儿不可!你千万去一趟吧!"

刘得飞紧紧皱着眉,还没有答应,小丫鬟却就要走,并说:"我把话算带到了,去不去还是由你,就凭你的良心啦!我还得去买东西呢,我可走啦!"

刘得飞把她拦住,正色地问说:"你非得把她到底是为什么事情,她有什么难处,告诉我才成。我看看若必须我去,我就一定去,不然,我可不能去,因为我没那工夫。"

小丫鬟把眼睛一瞪,说:"既找你来,还能够没有要紧的事,拿你打要着玩吗?你要是救她,你就去一趟;你要是见死不救,那也随你。"说着,由刘得飞的胳膊底下一钻,撞开门就跑出去了。

这里刘得飞也没往外去追她,只是呆呆地站着不住地发怔。他想:到和尚庙里去与小芳见面,总不大好,可是听那小丫鬟说,仿佛小芳现在已身遇大难。本来,韩金刚那家伙待人还能够好?小芳既在难中,不用说她还对我有好处,即使素不相识,我也得去救她,给她想个办法,那才不愧是侠义英雄!于是他就决定去了。

刘得飞不禁心里烦闷、疑惑,在屋里待不住,所以又走到院里。镖店的伙计瞪眼狮子小程向他眯眯地笑着,问说:"刚才找你来的小姑娘是谁呀?"刘得飞一时答不出话来,只说:"是朋友家的。"

唐金虎又叫伙计请他到柜房里,因为现在有几件买卖。第一件又是往张家口,刘得飞便摇头说:"我不去了。"唐金虎也笑着说:"你不去不要紧!好在这个买卖不大,随便派两个人,借着你的名声去一趟,也就行了。再有半年,难道卢宝娥那个丫头还找不着养老女婿吗?索性等她有了女婿，那条道儿你再去走，省得他们跟你瞎缠。"刘得飞一听这些话，心里真腻烦，真气恼。

唐金虎又说："另一件买卖是往东走，到丰润县，镖也不大，也用不着你。还有一件买卖现在还没讲好，这股路可远了，是要到河南开封府，可以借此机会，你再往南闯闯名声。"刘得飞点头说："这个还行。"

唐金虎说："那么今天晚上你就跟我到天兴楼去吃便饭，跟那镖主儿见一面，商量商量好不好？"刘得飞却摇头说："今天不行，今天我要出城去。"唐金虎说："今天你是要回门头沟去看看吗？"刘得飞点头说："我要去看看我的叔父。"唐金虎说："那么咱们改在明天或后天再谈吧，好在这件买卖倒是不忙，到月底，人家才往开封去呢。"

唐金虎对刘得飞是无事不迁就，遇着一点事情，就要献殷勤。当下听说刘得飞要往门头沟去，他就问刘得飞是不是要支钱使用，刘得飞摇头说："不用，我的钱还存着很多。我也不会花。"唐金虎又说："你这位老叔父，一个人在乡下也很苦，为什么不接到这儿来？这镖店里添一个人吃饭，算什么的。"刘得飞说："慢慢再说吧！"嘴里这样说着，心中对于唐金虎的这番隆情厚意又是十分的感激。他对于人的好处全都感念不忘，何况是小芳；今天无论如何也得去见见她，如果她真有大难，需人舍命杀身去救她，那才好，那正是报答她的机会。

午饭后，他就令镖店的伙计给他备上了他最爱骑的一匹枣红大马，带上了剑，又带上了十几两银子，他就走了。

骑着马出了西直门，在关厢里跟人打听明白罗天寺的地点，原是顺着长河一直往西去走。长河，就是西直门外的一道河，"高亮桥"就横跨在这河上。这里也就是昔时玉面哪吒彭二与追魂枪吴宝比武的那个地方，从那时起，彭二——他的师父，才与他分离；所以他来到这里，心里是很难过的。河水清清，杨柳依依，天气十分暖。这河畔有不少洗衣裳的妇女，见了他的马，都不住地扭着头看，他却不看人家；有些在河边玩的小孩子，就在他的马后边追着跑，他回头笑笑，就又走。

顺着河岸走去约有四里地，便见道旁有一座大庙，面对着河。这里的柳树特别的多，也都十分的粗大，柳丝万缕的都垂在水波里；水也深而清，岸上还生着不少的绿草。庙门前有四五辆骡车、一顶轿子、两匹马，几个轿夫在柳荫下蹲着赌钱，三个仆人样子的坐在长板凳上，喝茶谈天，很是清静的；人不多，飞来飞去的小燕子和蜻蜓倒是不少。

刘得飞一来到，向庙门看了看，那匾上有三个字，他只认得当中的那个"天"字，就知道一定是"罗天寺"无疑；下了马将缰绳就系在柳树下，托这村里的人给他看着。一个正在闲谈的仆人，却问他说："你是哪个宅里来的？"

刘得飞一听这个人竟把他也当作了什么宅里的仆人，他就摇了摇头，说："我是镖店里的。"

这人就又问他："你是镖店里的，到这儿来可做什么？"刘得飞说："来找一个人。"这人说："你找谁呀？你要找和尚，和尚今天没工夫，现在里边正念着经呢。你要是找什么宅里的，今天来这里烧纸的，只有我们这几个宅里的女眷，都是些太太们，你可来找谁？千万别怔往庙里去走！"

刘得飞一听，倒不由得发了怔了。他的确不惯跟女人打交道，尤其现在庙里的一定不只是小芳一个女人。若当着很多的什么太太、姑娘，我更不能够跟她说话；我尤其不能说，我是她叫的，是要给她办理什么为难的事情，那就不定得叫别人如何的猜想了，她的脸上也一定挂不住，还得说我太冒失。真的，这可别怔来，我先打听打听吧！

于是他就找了一块青石头，坐下歇着，跟这三个都穿得很干净的富贵之家的仆人就谈起来。不过人家谈十句他只能谈一句，因为他不敢多说话，怕把他心里的事情，叫人家知道了；他也不会编谎，总也没说出，他来到这儿是找谁。

这三个仆人之中，有一个最喜欢说话的，就告诉他说："今天这里不过是有一场小焰口，是外城御史衙门胡老爷的三太太、吏部侍郎家的二太太和御前侍卫韩老爷家的五太太请的。这三位太太是干姊妹，娘家的妈全都不在了，太太们现在有了钱花，享了福，可不由得想起了生身的母亲来了；这才请这里的和尚给做一番道场，为的就是尽一点孝心。"

旁边另一个仆人说："要是正经的夫人太太，绝没有这事，这都是些个姨太太。就拿我们的这位太太说吧，她本来是个从良的，离着家不定多远哪！家里的爹妈大概早就死啦，给我们老爷当了三姨太太，受了也不知有多少气；早先夫人活着的时候，拿鞭子打，那是常事，现在才好一点。"

又有一个仆人说："这里边顶年轻，长得最漂亮，人也最和气，命也最苦的，恐怕就是韩侍卫的那个五姨太太了。你们想：她嫁了个韩金刚，她还能够好得了吗？早先听说还得点宠，现在要不是她的两个干姊妹还有点势力，早就叫韩金刚这小子虐待死了！"那好说话的仆人又问说："韩金刚到底有多少个姨太太呀？"这个人摇头说："数不出来，现在至少也有十个吧，被他亲手打死的就有两个啦。"

刘得飞听了这些话，不由得义愤填胸，觉得自己今天来得对，定要见一见小芳，问她受了那韩金刚多少屈辱，然后自己就急速地驰马进城替她报仇；不然，空当个大镖头又算得什么英雄？打伤了判官笔也不算好汉！如今那里明明有一个色中的魔王、凌辱孤弱妇女的恶棍，我的宝剑剪除不了他，我就算白学了这身武艺！武艺原为的就是剪除豪强，扶助孤弱，仗义行侠。

当下他越想越生气，越觉着小芳受苦，使他痛心，他就站起来说："我到庙里去看看。"那好说话的仆人说："你到底是找谁呀？可千万别去忤撞。"刘得飞点了点头，就大踏步往庙里去了。

庙里的院落很深，人却很少。往里去走，就听见念经的声音，并敲着九音锣、钟磬，叮儿当儿地响，还吹着笛和笙，声音宛转、嘹亮，而含有些悲凉的意味。再往里走就是正殿了，殿门大开着，当中高高地设着佛像；下面另一张桌上摆设着好几个灵牌，还供着祭菜。有三个女人，在仆妇和婢女搀扶之下，听着和尚的指示，叫她们跪，她们就都得跪；叫她们起，她们就全起。

这三个女人倒是没穿着缟素，可也周身没有一点红紫，都是青布的上身、青布的裙子，发上也都蒙着青纱。其中一个是高身材的，一个是有点胖，年纪都有三十多了，跟在最后面的，就是那娇小玲珑而楚楚可怜的小芳。

这三个富室的姬妾也都是薄命的人，在经声咒语之下，在钟磬铙钹的声音里，全都深深地低着头，用白布的手巾拭着眼睛；一种悲哀的气氛，触到了刘得飞的心中。刘得飞注意地看，见搀扶着小芳的是一个仆妇、一个丫鬟，但并不是他认识的那个小丫鬟。这使他的心中又不由得闷闷，因为连一个他所认识的人也没有；小芳又不抬头，没看见他。他就想：我来了还不跟没来是一样吗？究竟，小芳现在是有什么急难的事情呀？我又不能够赶上前去问，这可真叫人着急！

殿里虽然钟声不停，经声也那么永远念着，可是庭中清静，不见人往来，小麻雀还直在地下跳。刘得飞就如同是一个泥塑的神像一般，呆呆地立在这里。蓦然，身后边发现了脚步之声，他回头一看，倒吓了一跳，原来正是他认识的那个小丫鬟，点着手叫他，他就跟着走，走到墙角一个砖砌的神厨旁边。

这厨里有一尊小小的泥像，是个白胡子老头子，大概是"土地爷"。小丫鬟就站在土地爷的旁边，皱着眉，指着他，低声地埋怨着说："你真是个傻子，站在这儿看什么？要叫两位太太看见，不是给她招事吗？咳！你可真是！你不会在庙门外去等着吗？"刘得飞怔柯柯地问说："我得等到什么时候啊？"小丫鬟说："那可说不定！也许叫你等到半夜里十二点，你怕麻烦就别来！告诉你，你看见了没有……"她用手偷偷地指向殿里，说："那个高身材的是胡家的三太太，胖胖的那个是祁二太太，这都是我们五太太的姊妹；可是你的事情也还瞒着她们呢，叫两位太太知道了也是不行。"

刘得飞几乎要叹出气来，说："既是这样，何必叫我来呀？"

小丫鬟说："不是因为想跟你见见面吗？！这次要是不见，你们这辈子也见不着。"刘得飞说："咳！到底是有点什么事啊？"小丫鬟说："我没法儿跟你说，我说了也不算，因为不是我自己的事，还是你等着见她吧。"刘得飞说："现在倒是见着了，可是我也不能够过去跟她说一句话。"小丫鬟说："你不会等着她吗？连这么点耐性儿你都没有，她可真是白跟你好啦！"

刘得飞说:"我想,我既不能跟她说话,等着她,我又着急;我们干镖行的人性情全是这样,要办就办,要杀就杀,要砍就砍!"

小丫鬟惊讶着说:"喝!你看你说话有多么横呀?你吃了横人的肉了吗? 你要杀谁呀? 要砍谁呀? "

刘得飞握着拳头瞪着大眼,愤愤地说:"我要杀韩金刚!我去砍韩金刚! 我知道小芳受的这些苦都是韩金刚干的;凭什么小芳年纪才这么大,她可是在五年前,就叫韩金刚抢去做小老婆了?"小丫鬟摆着双手说:"你别嚷嚷!"刘得飞点点头,和缓了一些说:"我不嚷嚷,可是,我想她找了我来,绝没有别的事,就是这件事。这其实很容易办,你去告诉她,我立刻能给她报仇!"

小丫鬟摇头说:"不对,她要是找你给去报仇,还用得着要见你的面吗?我去跟你说一声,也就行了。谁不知道你会打架,会跟人拼命,你都出了名啦!可是不对!我们五太太还天天心焦,怕你早晚闯出祸来,还想劝你改改脾气呢!待会儿你见了她,可千万别跟她说这些凶话,说出来,能够把她吓死。她找你的事儿,她可也没跟我说,据我猜么……"

她瞪了刘得飞一眼,又说:"你真是个傻子!傻小子!得啦!你就快出去吧!到庙门口外远远去等着。到晚上,我想非得等到晚上不行,这庙有个后门儿,到那时候,我想法子跟和尚把钥匙要过来,开那个后门儿去找你。"看见刘得飞又皱起眉来,她就又瞪眼问说:"你觉着麻烦吗? 那你可以不等啊!这就都凭你的良心啦!"说着,一摔手就走开了。

刘得飞满腔的疑闷压在心里,他慢慢地移动脚步,就见那小丫鬟也走往殿里去了;他恨不得也跟着走进去,但实在还没有那勇气。他又看见小芳了,那玲珑的身材,素净的打扮,愁郁的神态,白净的带着泪的俊俏脸儿,她是比早先瘦得多了,可惜也没有抬一抬眼皮。

刘得飞只好向庙外走去,到了外边,沿着庙墙走了一走,就见西边果然有个后门儿,也可以说是旁门。这个门前的地面很窄,有一棵大柳树,走不了几步就是一个泥洼,通着河;现在里面的水还不很多,可是已长了不少的芦苇了。这个门闭得很严,尘土很多,像是向来也不开的样子;但到了今天夜里,就许要开了。刘得飞真不敢想,到了那时候是一种什么情景;不过他觉着不大合适,那太鬼鬼祟祟的,仿佛并非英雄之所当为。

可是,事情都已说定了,别说半夜,就是等到五更天我也得等,这有什么法子?除了如此,我就没法跟小芳说话,永远不说一句话也不行呀!已经是四五年的默默交情了,何况她今天找我又有要紧的事情。也就是这一回,我给她办完事也就完了,永远用不着再见面了。是的,今夜我都得把话跟她说明,我要把事情做得光明磊落。

他发着呆,在这小门前又站了一会儿,隐隐还能听见庙里的钟磬铙钹不住地奏着。他又想:得什么时候才能够奏完呢?心中不禁既着急,而且惆怅,只得仍然退回去,就又到了那三个仆人谈天的地方。

这三个人都翻着眼睛瞧着他,面上露出对他怀疑的样子。那好说话的仆人就问他说:"怎么样啊?你找着了人没有?"刘得飞摇了摇头。那仆人又问说:"你到底是哪儿来的呀?找的是谁呀?"刘得飞依然摇头,他就跟个傻子似的,口里只说是:"我找的那个人没来,大概他待一会儿才能够来呢?"

这个仆人笑了,说:"大概你是上了人的当了!今天这里没有外人,只是几位太太。再待会儿念完了经,我们也就都回城里去了,这儿只剩了和尚啦!你就等着吧,到晚上这河里可有鬼出来!"刘得飞听说有鬼,可不禁有一点害怕,但是,谁管他?晚上就是连小芳都走了,我也要来的,只是晚饭在哪里吃呀?看这里的三个仆人,不但喝着茶,还吃着鸡蛋糕,却一点也不让他;那边的几个轿夫跟车夫们都是越赌越高兴,什么也不顾了。

暖风阵阵地吹着,太阳渐往西移去。他在这儿一时也不能安心,眼睛还时时看着庙的大山门;虽然他知道看也是白看,小芳是不会走出来的,那边的旁门这时更不能开。他就问说:"这附近有卖吃食的地方吗?"那有胡子的仆人指着鸡蛋糕说:"你来两块好不好?不用客气呀!"刘得飞摆了摆手。这个人就向西边指着说:"往西,再走不远,就是北坞村,那边有小铺。"

刘得飞点了点头,又在这块石头上坐了一会儿,就想:越在这近处等着,越是叫人着急! 不如索性到那边去,找个小铺先吃点什么,歇一些时,然后我再回来。那时这里的车跟轿子大概也就走了,我再一个人在这儿等着,既省得饿一夜,又省得这些人净看着我,他们也不知我是怎么回事。这样一想,他就自言自语地说:"好!我就到那边去买点吃食,待一会儿……"他故意说:"我可不一定来不来了。"也没有人理他这句话。

刘得飞去解了马骑上,绕过了河,直往正西,走了不到二里地,便来到北坞村。这里原是一个很冷落的小村,统共也不到五十户人家;虽不靠近大道,可是因为附近的风景很好,尤其这春末夏初的时候,常常有人来游玩,所以这里开着一家很干净的野茶馆,还带卖面饭。掌柜的是个老头儿,还有个老婆儿跟一个十六七岁的姑娘。姑娘长得不甚好看,可是很利落,烧火、做水全都是她,不过她就是不管伺候客人。

刘得飞在这里下了马,马就放在对面青草地上,他在凉棚下一条板凳坐下。老头儿给他沏了一壶茶,他并要吃烙饼,当时老头儿就吩咐那姑娘给做。那姑娘却回过头来问说:"是吃什么饼呀?吃油盐的?还是吃葱花的呢?"这声音,仿佛比小芳的那个小丫鬟说话的声儿还好听,因为是宛转的,不那么横;更比卢宝娥那带着"土音"的话腔儿受听得多多了。可又不知道小芳说话是什么声音?因为他记不起来了,脑子里也越想越乱。

老头儿把姑娘的话转来问他,他就说:"吃葱花饼吧!"可又想:何必叫这姑娘麻烦呢?遂就赶紧改口说:"不用,我还是吃油盐饼吧!"那姑娘看了他一看,仿佛是笑话他没有一点准主意。当下,就见那姑娘由面缸里舀了一瓢干面,倒在盆里,又倒上水,这时就在火上坐上了饼铛;然后她和面、擀面、洒油盐,两只手儿真快,比刘得飞打拳使剑的时候还快,不大的工夫,就把饼烙在铛上了。

在这时候,刘得飞不禁又有一种感想,心说:将来是得想法儿娶一个媳妇儿,要不然谁管烙饼呀? 老吃镖店里的饭,或是买着吃,那不但费钱,还不是滋味儿。咳,娶个媳妇可不是一件容易的事,因为哪有合适的呀? 还得比卢宝娥长得白,还得像小芳那么跟我"有缘",又得像这个姑娘会烙饼,可就真不容易了!他也不敢太胡思乱想了,因为觉着那太不对。待了会儿,老头儿就把姑娘烙好了的油盐饼,给他拿来,他吃着仿佛都觉着不大好意思。虽然没有菜,可是他觉着这饼也太好吃了,就就着茶,一连吃了五大张。看了一看,太阳还很高,他就趴在桌上睡了。

糊里糊涂地睡了一觉,醒来夕阳已落,他这才赶紧算账付钱,拉着他的马离开了这里。但他却不骑着马,他觉着脚步很沉重,往前走着仿佛有点发怯,不,好像是很作难似的;到了这个时候,他忽又感觉有点怕见小芳。满天的金色晚霞,光辉灿烂,映着长河,好像抖动着一条锦绣的带子;杨柳舞得也更起劲,晚风犹带春寒。蝙蝠四五只,在他的眼前飞绕。

又来到了罗天寺的山门前,他看见那些骡车、轿子、车夫、轿夫跟那些个仆人,现在已全都没有了,地下留了一些骡子的粪尿。他倒不禁惊讶,心说:那几辆车里,也有韩家的车吧,怎么如今也走了? 莫不是小芳也回城里去了? 又想:不能,她是因为有要紧的事才找我,而且是约定好了的,她怎么能够没见我的面,就回去呢?

可是他也没法子去询问,因为这一带,此时连一个人也看不见;山门是已经关了,那个小旁门可还没有开,并且不像是曾经开过的样子。他又把马系在树旁,走近了庙,向庙里侧耳静听;他简直怀疑自己的耳朵聋了,因为连一点声音、任何的声音也没有听见。他想向里面大声叫那小丫鬟,可是那小丫鬟叫什么名字呀?至今他还不知道。又不能够叫小芳,因为那不太莽撞了吗?而且这事大概还不应当叫和尚知道。他又想:这其实不难,一耸步就可以跳过这堵墙,但,觉着那样也不对。

他只得又回到河边的柳树下,坐在那块青石上等着;好在肚里有五张那个姑娘给烙的油盐饼,一点也不饿。此时,只有一两个鬼影似的蝙蝠,回翔着,陪伴着他。渐渐的,蝙蝠也没有了,身边的暮色越来越浓。

天空转为深青色,霞光反变成了片片的白云,黑了不大的时间,忽又越来越亮;因为东方,就在柳梢以外、长河的尽头,天边已升起来一个半圆形的月亮，旁边还点缀着几粒小星星。他不禁喜欢，心说：好啊！他昂然地站起身来，离远了柳树，自言自语地说："月亮出来得好，省得黑摸咕咚的，倒像是干什么见不起人的事；这倒叫月亮爷看看，我刘得飞做事是光明的！"

他看着庙前这块地方，既平坦而又干净，没有人；月亮在天空像是悬着一盏灯，正可以在这里走一趟剑，于是他从鞍旁锵然抽出了剑。这口剑是他师父留下的，他日夜地摩擦、舞练，但此时，他倍加睹物思人；因为他已经感觉到他同小芳的事，现在已走到了很危险的一步。这一步，就可以看出他是不是一个知恩尚义的好汉、肝胆血性的豪杰，也许由此就以性命酬知己；倘若意志不定，那将来就见不起师父。

他在庙前抖起了寒光，剑锋指处，宝剑疾进，身躯腾转，脚步飞扬；忽然如大鹏扶摇于云霄，忽然又如猿猱潜行于平地。此时只有明月在惊窥，稀星在偷看，片片的浮云如随着他的剑光在移动。他练得高兴，简直忘了他是在这儿等着小芳，忽然听见旁边有人说："喂！别练啦！"

第七回　月淡淡娇女诉衷情
　　　仇深深群雄谋小侠

　　他这才急忙地收住了剑势，借着月光一看，原来那个小丫鬟已经走出庙来了。他手提着宝剑迎上去，小丫鬟的眼睛跟星星那么圆，瞪着他，并且拿鼻子哼他，说："你在这儿干吗？你怎么闲不住呀？她都出来啦！"刘得飞赶紧往旁门走去，小丫鬟又说："你快把你的刀放下吧！别吓着她！你看你练了一脑门子的汗，成了什么样儿啦？傻子！"

　　他赶紧把宝剑放在庙墙根，拿衣袖擦了擦头，跟着小丫鬟走到那旁门前，一看，却是什么也没有。小丫鬟说："你可还得在这儿等一会儿！"说着，推开了那小门，跑进去了，随手又把小门关上。这里，月光照不到，风吹着他的头跟身上，更觉着凉爽，心可倒突突地跳起来了，这是怎么回事？他自己也不明白。

　　又等了半天，这半天他的精神可真紧张，才见那小门又开了；院里的月光里一闪，一条纤细的影子无声地袅娜地走了出来。他知道就是小芳，他的心简直要跳出来了，但他可不敢迈步了。小芳可也止住了脚步，定睛看了看他，也像是有点迟疑似的；但是，因为他不向前，结果小芳就像是被吹来的一朵花似的，那么飘摇地走到了他的近前。他这才看见了小芳头上的乌云，身上的裙裾，模样儿也隐约地看出了，并且见她在青小袄上罩了一件绣花的长坎肩，正仰着脸儿望着他。

　　刘得飞的脸直发烧，一抱拳，嘴里说……可说什么呢？心里有话是不错,脑子却全都想不起来了,嘴更不管用了。他就笑了笑,说:"我,我,我等了多半天啦!我都吃完了饭啦……"小芳嫣然而又凄惨地微微一笑,这美丽的可怜的小脸儿依然仰望着他,他就又向小芳拱了拱手;他也怪了,到了这时仿佛只会抱拳与拱手了。不想,一下子,他的右臂就突然被小芳的两只手揪住了;他大惊,赶紧往后去退,但小芳将头也贴在了他这只铁臂上,就抽搐、哽咽地哭泣起来。

月光照着他们两个人,小芳的柔秀头发与闪烁的耳环就压在他的臂上,使得他的臂无法伸展了,并且小芳的泪水分明已汪然地流湿了他的胳臂;这使得他感情兴奋,而又心里发痛——他的心从没有这样疼痛过,他就说:"干吗呀? 有什么话对我说! "

小芳忽然双手摇晃着他的臂痛苦地说:"只要我今天能够跟你说半句话,我就死了也不冤!"刘得飞说:"你也别死呀!有事说出来,我给你去办呀!"

小芳更伤心了,在他的胳臂上摇头,说:"我也没什么事,用不着你给办。我就是,五年前,不知为什么,我就跟你……"刘得飞说:"是,我也还记着,你扔了一个苹果给我吃。"小芳跺着脚说:"那苹果不要紧,却是我的心! 仿佛从那个时候,就都……"她更哭泣着说:"都给了你啦! "

刘得飞对这句话可是不大十分明白,不过由此倒想起了往事,拉骆驼背煤的时候,尤其是那天才认识的师父啊!他不禁也难过了起来,就说:"你放开我的胳臂吧!"

小芳却跺着双脚说:"不!我要永远在这里揪住了你!"

刘得飞心说:这才难办呢!这真比卢宝娥还难办呢!而且这又同不得卢宝娥,我能够跟她比武;这,这是我的恩人,是我的姐姐……因此他就也慷慨悲痛地叫了出来:"姐姐!"

小芳抬起了脸来,含着眼泪又向他嫣然一笑,说:"你别也难过呀,你是有名的英雄刘得飞呀! "

刘得飞趁势轻轻地拿回来胳臂,深深地到地一躬,说:"我刘得飞没有父母跟亲人,只有一个师父,他老人家也走了!我不会说话,我保镖也不为的是钱,也不为的是打人。我打人,得打那坏人;谁欺负我师父,或是害了你,我就一定打他。姐姐!你告诉我,韩金刚待你怎样? 你叫我拿我的头去换他的头,我也立时就干!"

小芳摇摇头说:"那些事现在倒不用说,哎呀!你原来是这么一个老实人。"

刘得飞垂手侍立,低着头说:"是,我什么也不会。"月光已渐移过来,淡淡地浸着这雄壮少年英雄的全身,他在这纤小的美丽少妇的眼前,像个绵羊似的。

小芳便把头抬起来,拿手帕揩拭眼边的残泪,又微笑着问说:"你明白我吧?"刘得飞点头说:"我明白。"小芳停了一停,欲语复止,结果又带着颤声儿地问:"你明白我的心吧?"刘得飞又点头说:"是!我明白姐姐的心。"

小芳忽然着急地说:"你别叫我姐姐!什么姐姐姐姐的,我不爱听!"

刘得飞倒为难了,心说:我应当叫什么呢? 他不敢太抬起脸来,因为小芳现在的脸儿是正迎着月色,她那好看的头发,那清秀的眉毛,那明丽的眸子,那不高不低的鼻子,那会喷出许多好听的声儿的小嘴,那……

这时风儿撩动她那鬓边的秀发,益发撩起了刘得飞记忆中的往事。在往时,他的确对于小芳有过一点不应当的念头,其实那也只可说是一种不具体的幻想;但是后来,尤其是小芳赠给他那条"板儿带子"之后,他就一点不应当的幻想也没有了。如今他虽看见了小芳的美丽,但这却是一种圣洁的美丽,如观世音菩萨的像,虽然美丽,却只令人起敬,而不敢亵渎。

小芳又说:"你知道,我十五岁就被韩金刚硬抢到他家,为抢我,他打得我的爸爸吐了血! 直到现在,我爸爸还卖老豆腐;韩家的门他不登,韩家的钱他不要。我在韩金刚的家里,为什么能够待这些年呢? ……"

刘得飞说:"我知道,你是因为有了那小孩。"

小芳急躁着说:"谁说那小孩是我的? 就是我常抱着的那个吗?

那……哎呀，原来你还不知道？我那丫鬟她没告诉你呀？你去打听打听吧！没有人不知道的，那是韩金刚的四姨太太的小孩。他的那四姨太太，比我先进他的门不到半年。我一进门，四姨太太就受了气，又待了两个月，她就生了那小孩。可是有一次她因为招恼了韩金刚，被由屋里踹到院中，就那么给踹死了……"

刘得飞忿然地说："韩金刚竟是这么一个杀人不眨眼的东西？"

小芳紧摆手说："你听我慢慢地说。我因为那孩子没人抚养，我才抱着她，可是我也不是为那不是我的孩子才活着。告诉你，我是时时刻刻地心里惦记着你，在韩金刚跟前，我也是时时当心着他跟你的事。"

刘得飞惊诧着说："他怎么常提我吗？"小芳说："他不但是常跟吴宝那些人提你，还常提你那师父彭二。"刘得飞赶紧又问说："他们知道我师父现在哪里吗？"

小芳说："咳！你这个人糊涂！我不能跟你细说，因为我一细说，你必定要生气。不过你也放心，你师父一走，他们起初也不把你放在眼里，现在可又都不敢惹你了；再说我跟外城御史的三太太拜干姊妹，也为的是你。反正你暂时不要紧，可是将来，你还得提防着点吴宝跟韩金刚。"刘得飞听到这里，气得更说不出一句话来了，只是哼哼地冷笑。

小芳又拉住了他的胳臂，仰着脸望着他，悲切地恳求似的说："我不该告诉你，告诉了你一定又去找他们打架，你可千万不要那样！求你答应我这件事。"

刘得飞又想了半天，才点头说："好！我不去找他们打架，可是他们不能再欺负你。"

小芳说："我现在有了两个好干姐姐，我也再不怕他欺负了。就是，我常想，我给他永远做一个五姨太太，算是怎么一回事呀？我跟你一样还年纪轻，我知道我已不配……怎么办，只是我又盼着你能够……"

刘得飞说："你叫我怎么样，我拼出这条命报答你！"小芳惊喜过望，笑着说："真的吗？那我可……"她似乎是又惭愧又而感激，就说："那么，你千万听我的话！你以后遇事也得忍着点，别一来就打架，像那天在天泰镖店门口时，可真把我吓死了！"刘得飞微笑着说："那不要紧。"

小芳又流着泪,跺脚着急地说:"我可是知道你的武艺好,不过,究竟我不放心! 连保镖的那个事情,我都不愿意叫你干。"刘得飞说:"只要我找着我的师父,我就不再保镖啦。"小芳点头说:"那也行,我想要慢慢的,我给你点钱……"

刘得飞摇摇头说:"韩金刚的钱我是绝不要了! 你的钱也是他的钱,连你上回给我的那金子银子,我全都一点也没动,将来我全都还你。还有,前些日我到张家口去,带了那地方出产的狼皮褥子、羊毛毯等等的东西,也为是送给你的,可是我还没得工夫送你。"

小芳收起泪来,辗然地一笑,说:"天都热了,你送我那些东西,为的是热死我吗? 得啦!就先搁在你那里存着吧!暂时别送给我。我们那里,除了我那心腹的小丫鬟香儿,哪个也靠不住。这罗天寺里的和尚都是韩金刚的好朋友,要不然我在这儿住几天都不要紧。我那两个干姊妹倒是跟我好,可是她们不明白我,咱们俩的事,暂时还是不能让她们知道……"

刘得飞昂然地说:"咱们的事,让谁知道了也不要紧,敢说是光明磊落!"小芳听了他这话,似乎又不禁忧愁起来。

月慢慢地往柳梢西移去了,风儿吹来更冷,河水在眼前一闪一闪的。小芳又将刘得飞的胳臂放下,正经地说:"那么以后你把挣的钱攒下一点。"刘得飞说:"我都没有花,我也不会花。我攒得的钱,预备将来都给我叔父,因为我叔父现在西山门头沟住着,就仗着我养活他。"小芳说:"为什么不在西山那边买几亩地呢? "刘得飞说:"因为我攒的钱怕还不够。"小芳说:"我能够借给你,再凑上你攒的钱,慢慢地置上地;只要有十几亩,就够一家子吃的啦,将来连我的爸爸跟你师父,都可以上那儿去住,那不好吗? 你也得有个家呀? "刘得飞说:"对啦!以后就这么办! 我攒下的钱就交给你,你给我存着,等到够了的时候再买地。"

小芳笑着点了点头,仿佛对于他这话很是满意。

她袅娜地向南走了几步,刘得飞也跟着往那边走去。忽然小芳又回身止住了步,仰着脸儿望着他笑,问说:"你看,这个地方儿好不好呀?"刘得飞点头说:"挺好!"小芳娇媚地笑说:"那么以后咱们要是再见面,也就还在这儿。"

刘得飞问说:"以后还有什么事要见面?"小芳说:"事情多极了!以后我无论遇着了什么为难的事,可都得你给我拿主意!我好不容易才找着了你这么一个依靠,你千万不准变心。"刘得飞点头说:"行!行!"

小芳忽又问说:"我还问你一件事,你早先没成亲?"刘得飞说:"什么?我早先是成心?哪件事呀?"月光照着小芳的脸有点红,问说:"你这么大了,你的叔父还没给你娶媳妇,一定是因为你早先没有钱,娶不起,也订不了吧?"

刘得飞真不愿意听人家问他这种话,同时,他的脑子现在又想到追魂枪吴宝跟韩金刚的身上,心里又不禁在冒火;对小芳问的这话,他根本没注意,根本没有十分听明白,但是他又把头点了点。小芳却仿佛有点不高兴的样子,然而又很关切地问着说:"那么,你现在当了大镖头啦,有了钱,也有了名了,难道就没个人要给你说媳妇吗?"

这……刘得飞本要立时就把卢宝娥的事情说出来,可是又想:说不得!不是为别的,是小芳给我的那两个小金如意,都叫卢宝娥给偷了去啦!小芳倒不能为别的事生气,为这事她还能不生气吗?好!我给你的东西你不好好收着,却叫个黑脸的姑娘都给偷了去啦?这也显着我武艺不高呀!不能说,一说出卢宝娥,就全都得说,还是不能说。所以他就把头摇了摇,说:"没那事儿!我也不要!我倒不管脸黑脸白,我是都不要;会打算盘会打镖的姑娘,我也不要!"

小芳噗哧一声笑了,又问说:"那么你要……"说到这里,她把话止住,忸怩地赧然地笑着,把刘得飞望了半天,忽又问说:"那么你觉着我怎么样?"问出这话来,她立时低下了头去拿手绢拭泪。

刘得飞说:"你好,这还用说?咱们两人早就有缘。"小芳听到这里,感动得不住地哭泣,仿佛连站都站不住了。

却听刘得飞又打了个呵欠,道:"天不早啦!我要困了,因为我练功夫,天天早晨戴着星星就起来,晌午也不睡觉。这时大概有三更天啦,我可真熬不住了,你也该回庙里睡觉去了,待会儿和尚还念经吗?"他问这话,小芳却不回答。他就又问:"以后这儿不再念经的时候,你还来吗？你告诉我,省得我来的时候扑空。"小芳却依然拿手绢拭着眼睛。

刘得飞忿然说:"你也用不着再伤心!反正,追魂枪吴宝跟韩金刚,他们不再欺负你跟我便罢,只要是再敢拔咱们的一根汗毛,哼!你看……"他跑到墙根,把宝剑抄了起来,小芳一眼看见了,就说:"你快点收起来吧!我看着害怕!"刘得飞微微地笑着摇头说:"我不能够怎么样!因为我已经答应了你,我不去找他们打架。可是,天真不早了,你也应当睡觉,我也该走了,以后咱们只要常常见面就得啦!"

小芳突然又赶过来,紧紧地拉住他的胳臂说:"这可是你说的,从此以后常常见面。"刘得飞点头说:"一定!"小芳又郑重地问说:"你可是说的咱们是定下了缘?"刘得飞说:"没有缘我今天还不来呢!咱俩早就有缘。"小芳又说:"永远?"刘得飞说:"一辈子!"他叹一声,又说:"大丈夫知恩报恩!这话也不用说,将来都得叫你看见。"小芳慢慢地松了手,说:"这就行了!那么……"她此时又转悲为喜,但是依恋不舍地说:"我可要回庙里去了。"刘得飞说:"明天晚上我就许还要来。"遂就站住。

待了半晌,忽然小芳又笑着问说:"你怎么不走呀?"刘得飞说:"我得等着你进了庙,看你关上了门,我才走,要不然我不放心你。"小芳又笑笑,笑的样子更是美丽,她就又袅娜地走去。她才走到小旁门前面,那小门就从里边开开了。她一步迈在门槛里,一步还在门槛外,又回首向着刘得飞笑,并点了点头。刘得飞提剑抱拳,就见小芳慢慢地进去,小门儿也慢慢地关上了。

月影愈向西移,光愈低暗,地下的树影、墙影全都十分模糊,河水也仿佛变黑了。天上的云更多,星光全隐,夜风吹来飕飕地响。刘得飞怅然地走到树下,将剑入鞘,遂就解下马来,慢慢地一步一步地离开了这座庙。他又回首望望,不知道小芳这时进到庙里,是就睡呢？还是哭泣?或是喜欢?咳!总算是有缘,到底见了面,说了话了;以后还能够常常地见面说话儿,还许跟亲戚一样的来往呢？这缘还真不浅呢!真许就这样儿永远的,一辈子,直到她老了,我也老了。这倒不错,我也不必娶媳妇啦!可是,娶了媳妇也不要紧,叫我的媳妇也常跟她见面说话儿呀!就是一样儿,我媳妇管她叫什么呀?叫大姑子?又不对;叫嫂子?妈的,韩金刚却不配当我的哥哥!

一想起来韩金刚他又不禁气愤陡起,心说:妈的韩金刚,他把小芳当他的小老婆,只要不欺负她,我倒不生气;令人可气的却是,原来他跟追魂枪吴宝,两人是一个人! 逼走我师父、害我,原来不是吴宝一个人干的,是有韩金刚给他出主意,得!我记住了!以后再说!

他这样发呆地站立了一会儿,一生气,就把小芳给忘了;遂回身牵马,再走几步,就飞身上马,放缰疾驰。嘚嘚嘚,这连串的马蹄声,震动在这夜静无人的长河河岸,荡起了滚滚的烟尘,而且跑起来也不怕马撞着了人,所以他倒非常的高兴。可是忽又想起了一件事,他就赶紧将马勒住,心说:不行呀!这时候正在半夜,店门也都关了,我想去投店住宿,店家也一定不收;我要进城,城门可非到天亮才能开。若叫查街的官人拦住我,问出才从罗天寺来,那可就把小芳也得说出来了;虽没什么的,可是究竟不好,别再往前走了!

当下他就下了马,又一看,这河边还很干净,不但没有人,真许地下连个蚂蚁也没有。他打着呵欠,觉着疲倦极了。虽然身上穿的衣裳很干净,可是衣裳算什么? 脏了可以洗洗,将来还许叫小芳给我洗衣裳呢——不用,别累着她;我早先拉骆驼的时候,是随便躺在地下就睡觉,那个样子小芳都不嫌我,现在,真的,我应当还像那时候那样洒脱。于是,将马拴在河边的一棵树上,他就往地下一躺,虽觉着不大习惯,可是因为他太疲乏了,所以不大会儿,就沉沉地睡着了。

他跟他师父练功夫的时候,养成了一种习惯,如若没什么特别的事情或是声音,就怎么叫他搅他,他也是不能够醒;可是遇有特别的事情,或是异样的声音,他能够当时就醒,脑子也立时清楚。他在这里睡了多时,其实天都已经亮了,他可还在睡;虽然有往城里去的骡车跟小车,咕隆咕隆、吱吱扭扭地响着,他可是并没有十分清醒,身子又懒得厉害。这里柳树摇摆着春风儿,倒是十分的凉爽,他愿意再睡一觉。

又待了一会儿,忽然听见一种异样的声音,却是嘚嘚嘚嘚……这声音由远处震动着地面,传到他的耳里,他立时就惊醒了。他急忙站起身来,一边拍着衣裳上的土,一边瞪目向西北方向去看;就见由道路的尽头滚来了一片尘烟，原来是七八匹马，马上都是非常健壮而且态度骄横的人。他也没细细地看，只见有一个人耳朵后头生着许多黑毛，样子很怪；这人的背后背着一件家伙，罩着黑布的套，仿佛是笛子或是箫之类，但是一对——两支。刘得飞猜出来必定就是"判官笔"，他不由得一惊，幸而，这几个骑马的都没有注意到站在路旁柳下的他，从他的眼前飞驰着过去了，像是往城里去了。刘得飞扭头望着这一片尘烟，心中诧异：这几个人是哪路来的镖头？莫非是专为找我而来的吗？

他发了一会儿怔，微风往他的脖子上吹着，柳丝都拂着了他的脸，河里的水在眼前流着，他忽然又想：昨夜我为什么在这里睡了一个觉呢？想起来昨夜跟小芳见面，觉得是另一股味道，不禁又想了半天。忽然他又想到了韩金刚跟吴宝，不禁怒气向上直冒，遂就解下马来，骑了上去，一揪马的鬃毛；他这匹马也就嘚嘚嘚地向东疾驰，不一会儿就又进了西直门。

他回到镖店里，不禁有些惭愧，仿佛昨夜是做了什么亏心事似的，暗想：如若被唐金虎他们知道了，还不得又拿我打趣吗？却不料现在的镖店里，仿佛是有什么事似的，个个人的脸色全都显得很慌张，尤其是唐金虎，一见了他，就说："我的大爷！你昨晚上怎么没回来呀？我刚派了秃尾巴鹰往门头沟去找你，正发愁他还许找不着呢！幸亏你回来了！"

刘得飞不禁惊讶，就问说："有什么事？"唐金虎却笑说："你一回来，事情就好办啦！别忙，跟我进柜房来，听我慢慢地告诉你。"马已经叫小伙计牵到棚下喂去了，刘得飞就拿着他的宝剑，发着呆，跟随唐金虎走进了柜房。

唐金虎说："你昨天到底是上哪里去啦？我可听说有个小姑娘找过你？老侄，你年轻轻的，在外面干些荒唐事，我也不怪你，可是，你在哪里睡的觉呀？怎么滚得一脊梁、一屁股、一脸的土呀？"刘得飞不由得脸红了，自己也不能说实话，又不会临时编谎。

唐金虎却是没往下再说，只故作从容镇定的，先叫刘得飞在椅子上坐下，然后悄声地说："昨天下午，你走了不大的工夫，利合镖店的铁天王薛五就来找我，说是他听来的信：你的仇人、判官笔小罗崇的爸爸魁星笔老罗龙跟他的哥哥阎王笔罗岱,全都快要来啦!"

刘得飞一听,不由得蓦然醒悟,就说:"我看见了他们一个,他们已经来了,可是我不怕!"

唐金虎诧异得怔了一怔,说:"你怎么会看见他们了？他们是昨天晚上来的,可是听说后来又出城去了,大概是又请了在京城附近住的几个有本事的人,可不知都是谁？"

刘得飞说:"管他们是谁？我刚才看见他们都进城来了,我姓刘的一点也不怕!"唐金虎说:"你听我细说!这一次,听说只先来了罗岱,那老罗龙大概还在后边,还没来呢!"刘得飞忿然说:"无论谁来我也不怕!"

唐金虎却扬目说:"你别这么说,这一次要想收拾你的不只是一两个人。小罗崇的爸爸、哥哥跟追魂枪吴宝还都不算,又有卷毛狮子周大财;你别以为他是你师父的把兄弟,因为嫉恨咱们的买卖好了,更恨你这么一个后生小辈居然能出了名,所以也帮助他们。还有,卢天雄,他的美人计没使成,要把侄女嫁给你,你没要,他也翻了脸啦,说是非把你踢出北京不可。这另外听说还有一个人呢,那是你师父早先给得罪的,你知道吗？那人是现在的御前侍卫,有势有钱,并且也精通刀枪武艺……"

刘得飞站起来,握着拳头大怒说:"我早就知道他!我还认识他,他就是韩金刚!"

唐金虎说:"你既知道就完了,这个人可惹不得!还有什么太岁刀韩豹、黑虎鞭焦泰、赛黄忠、双铜灵官、金眼夜叉,这些人都是你的仇人,另外有些是跟着罗岱来的,他们还正在请人,反正这样说吧!因为你小小的年纪,初出茅庐,北京城的镖头就都给你压下去了,这就不行,所以他们非得把你收拾了不可,恐怕还得要你的命!"刘得飞气得只是冷笑。

唐金虎却又叹了口气说:"昨晚上我一夜也没有睡,我就为此事着急。我想如今只有两个办法:一个是你索性跟他们去拼,但只怕是不行,因为阎王笔罗岱,那本事一定得比你高,何况还有韩金刚、卢天雄,那许多人，万一你有点舛错，我也对不起你；第二个办法是我把这镖店关门，我带着你去给他们一一谢罪，我想这个办法还好……"说着，他就观察着刘得飞的脸色。

只见刘得飞的脸真跟个紫茄子似的，尤其因为沾着许多泥土，凶恶得更像是泥塑的小鬼；两只眼睛皱在一起，跟铁链子似的，那双拳头紧握着，仿佛是松不开了。可是他的两只眼睛起始是瞪得很圆，都几乎冒出火来了，后来却渐渐地有点"泄劲"，只见他发着呆，好像是想到别处去了，末了，他却哼了一声，说："姓刘的不怕他们！给他们去谢罪，那是休想！可是我也不找他们去拼，我只在这里等着他们，看他们敢来不敢来！"

唐金虎怕的就是这一手儿，那些人怎么不敢来呀？来了还不先把这镖店拆平了吗？他说是要领着刘得飞去向人谢罪，那是激将法，实在是他恨不得刘得飞立刻就找那些人去拼。拼赢了，镖店更得出名，发财；拼出祸来，那是刘得飞的事，他还可以说：刘得飞不过是他雇的！却没有想到刘得飞竟这样谨慎起来，倒像是听了谁的劝，把命看得很宝贵了。

当下唐金虎就不禁抓耳挠腮，又说："我还听了一个信儿，我不敢跟你说，你的师父，原来早就叫韩金刚给害死了！"刘得飞听了这话，脸色又涨得发紫，瞪着两只大眼发了半天的呆，紧接着汪然地流下了眼泪。唐金虎却微笑着，说："好侄子！你哭不算是英雄，如今就是或者服软，给他们去下跪，也别再想你的师父了；或者就去跟他们拼！找他们去，别等着他们找到这里来。"

刘得飞听到这里，当时就忿然地抄起了他的宝剑儿；可是他似乎又想了一想，并没有将剑抽出鞘来。他把许多的眼泪似乎是硬瞪了回去，什么话也不再说，就走出去了。唐金虎赶紧跟着看他，看他要是拿着宝剑出门口，那可就好了，没想到刘得飞没出门口，却走往他的那屋里去了。

刘得飞回到屋里，胸中怒不可遏，最难忍的是听说了他师父的死讯，这真使他的心痛、肠裂。但是细细一想，觉着唐金虎的话不太靠得住,这倒不是别的原因,却是他坚信师父玉面哪吒彭二的武艺高超,别人绝不是他的对手,绝害不了他。不过却又想,师父走的时候可正在害病,而且韩金刚专以暗箭伤人,也说不定,师父是早已遭了他们的毒手了吧。

他心中将信将疑,想了半天,镖店里就开饭了。他到柜房里去吃饭,唐金虎陪着他,又说到了什么罗岱、吴宝等人之事,并说刚才听说他们确实由城外请了几位人来,只还不知是谁,倘若是镇京西佟老太岁,那可真得小心一点;那是几十年来北方头一位大侠,只是隐居多年了,想来他不会出头管这闲事,可是也说不定,因为韩金刚神通广大。刘得飞听了,只是一句话也不说,他心里就在斟酌着办法。

饭吃过了,他依然坐着发呆,可就渐渐地拿定了主意,觉着第一得赶快去打听打听,师父彭二他老人家现在是生是死。如果师父还是安然无恙,那就与罗岱、吴宝、韩金刚全都不相干,他们欺负我,我还是忍;因为我还得遵守着我答应过小芳的那句话,忍到最不能忍处我也得忍。可是如果证实我师父真是死在他们的手里了,那可不行!那我就不能再管小芳,我得豁出了性命跟他们拼。

他这样想着,不由就捶胸跺脚,真像忽然得了疯病一样,把唐金虎都吓了一跳,但唐金虎的心里却很喜欢。刘得飞说:"吃了半天,连点酒也没有,这不行!"唐金虎赶紧说:"因为你平常不喝,所以我也从来不预备。这好办,你喝白的,咱立刻就叫人去打几斤;你要喝黄的,咱们就买一坛子来。"刘得飞摇头说:"不,我出去喝去!"唐金虎说:"对!这几日你也真应常常出去到酒楼坐坐,茶馆走走,要不然叫他们真觉着你是怕了。"

刘得飞依然一句话也不回答,站起身来向外就走,唐金虎跟在后面还问说:"你带着零钱了没有?其实没零钱也不要紧,酒楼茶馆全都认识咱们,你说一声,他们就能够给记账。"又想叫人给他把宝剑拿来,可是刘得飞空着手就出去了。唐金虎又不放心,赶紧派了两个伙计——癫头三和老鼠小二,在后面跟着他。

刘得飞才一走出镖店的门首,忽就见有两个人横着就走过来了,猛力向他身上就撞。这两个人的面目都很生,都长得极为结实、凶横、这同时的一撞,若换个别的人,当时准得爬倒;可是刘得飞竟立定了脚跟儿,不但身子没歪,反把那两个人几乎给绊倒了。刘得飞立时明白了,这是成心来找麻烦的人,他不由得胸头的怒火直往上冒。那两个人立时就要由衣襟底下齐抽短刀,但是刘得飞赶紧躲开几步,就想过马路;可是南边早已有两个人在盘马等候,正当他过马路的时候,两匹马又直撞过来,刘得飞却急忙地跑过来了,没有撞着他。马上的二人却泼口大骂:"笨蛋!软包!这样子也配充大镖头!"

这种侮辱使得刘得飞更加倍地冒火,当时就要扑上去。然而忽又有一种力量将他挡住了,这种力量却是一种柔软的力量,立时他的心就发软了,想着:别!别!昨晚才答应的,今天就又打架,实在对不起小芳!一想起了昨晚,昨晚那庙旁的柳波月影,小芳的秀发明眸,又如现在他的眼前;那柔和的态度、那温婉的声音,又都如在身畔,像一片梦似的又把他迷住了,使他出神了。

他虽然紧靠着铺户门前的高石阶走,可是他竟不知道怎样走了,他有点糊涂了,幸亏这时候那两匹马没有再撞来,不然他真连躲也不会躲了。他就赶紧定了定神,心里简直没有一点主意,后悔昨晚答应了小芳不跟人打架,又后悔不该走出镖店来,弄得现在进退两难。怎么办,难道气就这样的受了?或是真违背了在"恩姐"面前的诺言?

这条街就是北京最热闹的前门大街,车马纷纷,人来人往,但据刘得飞看来,仿佛都是罗岱、吴宝、韩金刚的那一伙,都是要来向他寻仇似的;他虽不怕,却觉着作难。旁边的铺子,每家都是六七层的石阶,都有写着一大串字的"冲天招牌",都还有楼;尤其是茶馆、酒楼的楼,是最高最大,里边也最热闹。刘得飞本来出镖店的时候,就想到去酒楼,他倒不是为找人捣麻烦,而是为打听他师父的事,现在他倒不敢进去了;因为想着光天化日的大街上还有人侹撞人,马也要侹撞人,可见罗岱、吴宝、韩金刚的人早已密密地布置好了,茶馆酒楼中还能够少了他们吗?进去,我不找他,他们一定也得来找我,万一我忍不住气,那岂不对不起小芳吗?因此,他倒真仿佛有点害怕了。

正在踌躇不前,忽听身后有人叫道:"你在这儿干什么啦?"他赶紧回身,却还是怔柯柯的,跟他说话的这人却笑着说:"你不认识我了吧?"他其实认识,这是他师父早先的把兄弟——卷毛狮子周大财,也是个保镖的;不过刚才曾听唐金虎说,他也帮助罗岱他们了,所以,现在刘得飞不禁对他很怀疑。周大财是一个矮胖子,连鬓胡子卷着,面貌倒很和善,又笑着说:"老侄呀!我正找你哩,得啦!快跟我到酒楼上坐一会儿去吧!我有一肚子的金玉良言,就要找着你,跟你说一说!快点跟我进来!"

旁边就是酒楼,字号是"一壶春",楼下摆着酒缸,缸的上面铺着平板,就当作桌子。许多的酒客都在这儿喝吃,其中多一半见了卷毛狮子周大财,都站起来打招呼,但是见着了刘得飞,有的是诧异得变了形,有的是把眼瞪得像酒杯一般大。周大财略向那些人点点头,就带着刘得飞顺着楼梯直上了楼。

楼上倒还座客稀少,尤其周大财带他进了雅座,更是一个人也没有。周大财就问他:"你吃过饭了没有?"刘得飞说:"我刚才吃完。"周大财说:"那么咱们就喝点酒罢,要紧的是借这个地方,咱们爷儿俩得谈一谈。我早就想找你谈谈,就因为你住在唐金虎那里;别看我们两人也是朋友,可是自从他仗着你发了财,他那个门口儿我就绝不走。"他气愤愤的,又叫堂倌给拿酒、拿菜。

他穿的是两件小褂,现在脱下一件来,一边脱,一边又说:"得飞!要说起咱们两人来,可比跟唐金虎近,我是你师父的生死弟兄;扳个大说,你师父没在这里,我就是你的师父。"

刘得飞听了此话,不由得一阵悲戚,他就问说:"你可知道,我的师父,他老人家在哪里了吗?"周大财说:"我虽然不能够准知道他在哪里啦,我可有地方去打听他,因为我认识一个人,一问那个人,就能够知道你师父的下落。"刘得飞赶紧问说:"那个人是谁?"

周大财却不回答这话,堂倌把酒和菜都摆上来,他就自斟自饮,自己拿着筷子吃,又说:"你永远不去找我嘛,倒仿佛我是个外人!你就由着唐金虎耍你,他发财,你跟人结仇。"又悄声说:"你知道你现已弄成什么样子了?有多少人现在都想要收拾你?"刘得飞愤愤地说:"这我不怕!"周大财赶紧又摆手,笑着说:"你别都不怕呀?等你怕的时候可就晚了!那阎王笔大罗岱和追魂枪吴宝,今天他们还邀请来了……"

刘得飞却摆手说:"你别说这些人!这些人我不怕他们,可也绝不跟他们打架;我关心的是我师父,没有一个时候,我不惦记着我的师父。"说到这里,他不禁落下来两行眼泪。

周大财说:"你师父真算是收下了个好徒弟,亲生的儿子也难得像你这样的孝顺。可是,要想找你师父,那只有先去找一个人,此人就是大名鼎鼎的金三爷,绰号叫韩金刚。"

刘得飞一听,不由当时脸就发红,同时又不禁气愤,说:"找他干吗?"周大财说:"他是你师父的好朋友,有几年,你师父花的钱,全仗着他供给,这大概你也知道。"刘得飞点头说:"我知道,可是他们不是好交情。"

周大财说:"他两人交情虽然不好,可也认识了多年。韩金刚供给他钱,不是怕他,却是敬重他;对他睁一只眼,闭一只眼,不跟他较真儿,愿意帮他那么一个朋友。虽然你师父的脾气向来不好,他可也不怪。"刘得飞摇头,心里哪信这话呀?

周大财又说:"韩金刚还常跟我提到你,愿意跟你见面谈谈;他怕你师父没在这里,你虽受不了别人的欺负,可能够受别人的骗。他还亲口说,他要给你跟吴宝、罗岱等人讲和,因为本来都是一家人。"刘得飞连连摇头,说:"什么我都信,这话、这事,我可不信。"

周大财立时就站起了身,发誓赌咒地说:"你不信,我就带着你去见见他!"刘得飞冷笑着说:"我早就见过他韩金刚。"

周大财说:"你见过他是在早先,现在他更阔了!他早先做御前侍卫不过是七品,现在成了四品啦,戴上蓝顶儿大花翎了,天天跟万岁爷见面,你看他阔成什么样子啦?他的那最得宠、最漂亮的五姨太太,也交了不少达官显宦的夫人。"刘得飞一听这话,好像是戳着了他的心,尤其是"最得宠"三个字,惹起他的怒火又腾起来万丈多高,他脸色立时就变了。

周大财又悄声地说:"早先的韩金刚确实也是个混混,现在他那人变得可是好极啦!对人和气极啦!尤其喜爱少年有才之人,更关心老朋友。他对于你的师父,大概就是不知道的下落,也能够设法找出来,因为他的手面大、眼皮杂,各处的州城府员、官员老爷们都跟他有交情;他要是托那些个人为你去找一个人,还费什么吹灰之力?"

刘得飞听到这里,觉着也有点理,就说:"谁能够去托他?我可不去托他,因为我不能够上他那里去。"周大财说:"这是为什么呀?韩金刚为人最好交!近几年他虽发迹了,可是更好礼贤下士,他的家里整天高朋满座,他的妻子姨太太都不避人,他最以朋友为重。"刘得飞摆手说:"那我更不能够去了。"

周大财说:"我看你还是去一趟的好,待一会儿,我就带着你去,因为这时候,他一定下班了。他家里今天又来了一位老英雄。说起来这还是你师父的老前辈呢!此人住在京西望儿山,已有二十年不问江湖之事,今天算是又被请进了城,现就住在韩金刚的家里。"刘得飞问说:"这个人姓什么?一定是个老头子了?"周大财说:"他的年纪快有七十岁了,姓佟,外号叫佟老太岁。"

刘得飞是刚才听唐金虎说过此人的名字的,知道是被那罗岱给请来,专为跟他作对的,心中不由又有些生气,就说:"我没听我师父说过这个人,大概我师父一定也不怎么佩服他。他是个老人了,别管他名声多大,武艺多好,我,我还是用不着见他。干脆韩金刚那儿我还是不能够去,无论谁说,我也不信他是好人。他要知道我师父的下落,派人来告诉我,将来我找着我的师父,那时也许向他道声谢;他若明是知道,可不来告诉我,或是我的师父已经被他所害,那就……"说到这里,他更为愤恨,就伸手向腰间去摸,仿佛是要拔出剑来,至少得亮出来向桌上斩一剑,才能够出气。可是,他这时才觉出没把宝剑带出来,他简直有点糊涂了,自己也不明白是气的,还是被这些事情给搅的。

这时,周大财又斟着酒儿,并且还给他斟了一杯,说:"你别净生气呀?事情你也得细想一想,我说的都是忠言。虽然你的武艺高,可也不应当净得罪朋友;只认识一个唐金虎,旁人都是仇人,那早晚得吃亏。

再说冤家宜解不宜结,今天我想带着你去见韩金刚,就是这个意思;由他出头,给你跟罗岱、吴宝等人讲和,然后再叫他们一同去找你的师父,找着就把他请来,那岂不甚好吗?"

刘得飞说:"他们肯帮助去找吗?"

周大财说:"有什么不肯?他们都是江湖人,只要的是面子,无论有多大的仇冤,一说就能够说开;他们还一定出死力给你帮忙,替你去找你师父。反正你的师父他虽是走了,可也绝离不开江湖,他离了镖店护院,就不能吃饭,这你还能够不知吗?别看你在北京出了名,外头的事情你可还不熟,他们却是到处都有朋友,若托他们去找,一找就准能够找着。你何苦空跟他们拼命作对,不跟他们讲和?不叫他们去找你师父呢?"

这话,刘得飞听着,更觉着有道理,反正我也不想跟他们拼命,连打架我都不能够,那么,跟他交交朋友,倒两全其美。到韩金刚家里就应当今天去,因为小芳在那庙里,大概还不能回来。这么一想,他就点了点头,爽快地说声:"好!"

周大财掀着胡子直乐,说:"你这才是我的好侄子嘛!好,干咱们这一行饭的,是得这样,有朋友得交,不可得罪。那么,咱们还是少喝一点酒,因为到了韩金刚的家里。他一高兴,一定要摆两桌。你可记住了,见了面,大家只是嘻嘻哈哈,过去的事可千万一字也不要提!"

刘得飞当时又摇头,变了脸了,说:"为什么不提?我找他韩金刚,为的就是向他打听我师父的下落,不提过去的事还行?"

周大财说:"提是可以提,却不能猛然就提。干脆这样办吧!你师父的事情交给我办,问时由我去问,打听时由我去打听;我包你一个月,准能把你师父的下落打听得出来。"

刘得飞却说:"一个月?我等不得。"周大财说:"那么半个月,你也得给人容点工夫呀!你师父要是往江南去了呢?也得派人到江南找着他,才能算哪!"刘得飞不再言语了,心里却觉着半个月也时间过久,恨不得当时就见着师父才好。他的师父离开他确已不少的日子了,他真不明白,为什么单独现在,他的思师之心就这样的既痛且深。

他现在是十分忍耐不住，催着周大财立刻就带他去找韩金刚，弄得周大财对他都有点疑惑了；可是见他没带着宝剑，便也放下了心。又喝了杯酒，吃了几口酒菜，周大财就把酒杯向桌上一摔，说："好!咱们这就走!"刘得飞先站起身来，周大财也不叫堂倌算账，他是站起来，套上那件小褂就走，堂倌还恭恭敬敬地把他送到楼梯口。下了楼又听见一阵招呼，都说："周大爷您回去呀？"周大财只向那些人略略地含笑点头。

刘得飞对于他的这种光荣，可也不由有点羡慕，心说：周大财算个什么？他并不是多么有名的人，居然就到处有些面子；可见朋友是得交，不可以光凭武艺当镖头，只使人怕，而不使人敬，这一点，我倒得学一学。今儿先跟韩金刚讲和，对啦!跟他交朋友也还有一种用处，以后得劝他待小芳好些。

当下他们走出了这酒楼，街上还有几个人，当时就凶横地往近走来。但是大概是周大财向他们使了个眼色，他们便都止住了脚步，但用一种怒视、轻视的目光来看刘得飞；刘得飞也不理他们，跟着周大财向南走去，那几个人在后边不住地哈哈大笑。周大财悄声说："你斗得过吗？这都是吴宝和罗岱手底下的。他们的人多，你只是一个，唐金虎他在这时候能够帮你什么忙？"刘得飞说："我不怕这些人，我只是因为发过誓，不再跟人打架了。"

周大财说："这才对!好侄子，想不到你为人竟是这样的聪明! 我看你是要走运了，不但你们师徒不久就要聚首，韩金刚还一定得出力帮你的忙。他真许一高兴，就给你开一座大镖店，字号就叫得飞镖店;还能送给你一房好媳妇，他有个妹子，将来我设法给你做媒。"刘得飞一听这话，脑子更乱了，想着：跟韩金刚做了亲戚可也不错，因为那样一来，就跟小芳也成了亲戚啦……

他们随走随谈，不觉着就来到彰仪门内韩金刚住的那条胡同里了，并望见了韩家的那个门。见门前停着一辆新骡车，周大财就喜欢着说："咱们来得正巧，这一定是金三爷刚由朝里回来! 咱们要是早来，他还许不在家呢。"已经来到了这门口儿，周大财可不敢再说什么"韩金刚",而必须用尊称了;他在此时,样子也显着特别的恭敬。

其实这个门口,刘得飞可称是走熟了。旧地重来,他倒没想起来别的,却想起来五年前他往这门里运煤,小芳扔给他一个苹果;那苹果的香甜味儿,好像至今还溢在口里。这么一想,他不由得更发呆了。

周大财已经上前,跟门里的两个仆人笑着打招呼,问说:"三爷在家了吗?"这两个仆人原来早就认识刘得飞,一看见了他,就不禁都直了眼。周大财带着刘得飞往里就走,两个仆人慌张地追着、跟着、嚷着说:"先请到客厅来坐吧!"当下便把他二人让进了外院的客厅。

这大概是专为接待比较生疏的客人的地方,刘得飞也想起来了,他跟着师父彭二到这屋里来过,当年的事,历历如在目前。细想起来,师父彭二确实欺负过韩金刚,他们两人的仇大概解不开了,那么,我今天算是来拜访与我师父作对的人吗?

他才想到这里,周大财就已经对那两个仆人说明白了:"今天是带来悦远镖店的大镖头刘得飞专为拜见三爷!"当下,一个仆人急往里院去回禀,剩下的一个仆人就招待着他们,眼睛却时时不住地向刘得飞来盯。

刘得飞的眼睛是不住地向这屋内各处去扫,他就觉出韩金刚比早先更阔得多了,他妈的更阔得多了!可不知道我的师父究竟被他给害死在哪里。一见了面,非得问他不行,他若不说,我非得揍他杀他不行。不知为什么,刘得飞的无名怒火自胸膛往上直涌,他的忍耐全都没有了,只紧紧地握着拳头。

第八回　入深宅冤家成好友
　　　敲小窗软语报惊音

　　但就在这时，忽听得窗外一阵细碎的脚步声，伴着娇滴滴的笑语喧哗，刘得飞当时就专心地听外面的动静；厅外面是几个妇女的谈笑声音，似是才由门外进来，而往里院去了，没听明白说的是什么，也没分清其中是不是有小芳。不过他想着：一定没有小芳！韩金刚家里的女人早先就有一大群，这不定是他的哪几个姨太太；这都与我不相干，小芳这时一定还在城外那庙里。

　　然而他却有种异样的感觉，思想也堕入回忆，并且想得极远。他知道这地方就是小芳五六年所居住的地方，她在这里睡觉、吃饭，发愁、流眼泪，专想着一个人，那个人就是我。我对于这里的关系也不能说不深，由运煤、拾苹果到今日。这个地方实在是个好地方，它叫我能在此遇着小芳；但也是个顶坏的地方，它把小芳给害了，把我也给拉在这里了。这一座座的大瓦房、一层层的宽院落，就使我刘得飞仿佛靠着它做了一场梦，直到现在还没醒；将来也许这梦会做得更深，但也许就在这里挥剑杀人。

　　周大财现在就像等着要被皇帝召见似的，维恭维谨，还有些坐立不安。待了半天，那仆人由里边出来，说："三爷出来了！"周大财赶紧就站起了身，垂手侍立。刘得飞倒是想：我偏要坐着，看他能对我怎样？周大财直冲他努嘴，他也不理。

这时又听窗外几声沉重的脚步,就进来了韩金刚。刘得飞傲然地抬头一看,韩金刚比早先胖得多了,胡子修得很整齐,脸也发白点;早先他长得像周仓,现在仿佛像曹操了。刘得飞连身也不起,韩金刚却向他细看了看,便大声笑起来,说:"哎呀!这就是得飞刘老兄弟吗?要是在外边,我真不敢认你啦!哎呀,这真是有好师父必定有好徒弟,近来我只闻你名声日大,如雷贯耳,不料你相貌也变得这样魁梧了! 了不得,后生可畏,老兄弟!来!"

他伸手来拉刘得飞,刘得飞却恐怕他是来施什么诡计;所以虽将腕子被他拉住,但同时预备着还手之式。可是,竟觉出韩金刚的这只手是很温暖的,他面上更现出诚恳、亲近的笑容,说:"老兄弟!咱们可不是自今日起才认识的,我可不能跟你客气! 你既然好不容易来了,我也不能叫你当时就走,来吧!请到里面,咱们真得谈一个痛快。"刘得飞不由得也站起了身,不知说什么才好,只觉有些不好意思。

那边周大财递着笑走过来,弯着腰说:"三爷真好眼力,原来还认得刘镖头!我就说,三爷为人最关心老朋友。刚才在酒楼里,我劝了他半天,他才来。现在这不是吗? 您跟他又见面了。本来么,俗语说:'英雄惜英雄,好汉爱好汉',三爷是位大英雄,得飞是条好汉,不见面说不开,一见面自然就分外亲热。"

韩金刚说:"本来我们也没什么说不开的,这几年外面有人给造的谣言,我全不听,我知道得飞也不能信。我不但跟他是熟人,前几年他还小的时候,我就喜欢他;我跟他的师父、我那彭二哥,我们更是生死弟兄。"

周大财又笑着说:"谁不知道啊? 这话我也跟得飞说了半天啦,当年三爷待玉面哪吒彭二哥,真是亲手足一样。"

韩金刚一听,眼睛便显出来潮湿,长叹了口气,说:"他也是该!他不听人劝,他的性情是耿直,然而太别扭。临走的时候还到我这里来,说跟人怄了气,非得离开北京不可。我知道他跟吴宝向来不大和睦,我想给他们说和说和,劝他不要离开北京。因为凭他那个脾气,纵有好武艺,到什么地方也是不行!不想他说,他并非跟吴宝惹气,却是和另一个人，我也就不能再问他了。他还由我这里拿去了二十两银子，我想多给他，他还不要。由那天他就走了，直到如今，不觉着五年了。"他这样说着，也不知是真是假，周大财就不住地连声叹息；刘得飞却心痛如绞，泪下如雨。

韩金刚拍着刘得飞的肩膀，说："来！到里边咱们再细谈，大财！你也来！"于是刘得飞和周大财，全都跟着他出了这屋，往里院走去。

进二门、三门、垂花门、瓶儿门，刘得飞觉着这里的门好像比早先更多，也更干净，而且阔，处处养着花，挂着鸟儿，而迎面就遇见了不少个女人。

周大财跟在最后边，低着头走。韩金刚却依旧拉着刘得飞的手，边走边大声地说："我早就想把你找来，可是你住在唐金虎那里，我冲着他，就不能够去。我知道他一定在背地说我种种，还许说你师父是被我给害了呢！还许说追魂枪吴宝跟你们师徒作对，是我在背后头。他那个人本来就是那样，尤其是仗着你，他发了财，听说谁去找你，他一定把两只眼睛瞪得很圆。"刘得飞觉着唐金虎那个人也实在是这样，韩金刚说得不算错。可以说，今天一看韩金刚这个人，好像还不错，似乎还可交，可是想到他对待小芳的种种，又不禁怒从心头起。

韩金刚对待刘得飞越发亲热，连周大财也跟着沾了光，一直被延请到最里院，让进了大概是他的卧房。屋里还正有几个妇女在抹纸牌，一看见了生人来，就要回避，韩金刚却说："你们不用躲，这都不是外人。这个叫周大财，外号叫卷毛狮子；你们看他这把胡子，本来是个老头子啦，你们用不着回避。这位……"指着刘得飞说："他更是鼎鼎有名，他现在是北京城最出名的少年镖头，人可是极为忠厚。"

刘得飞也觉着怪，他为什么要带我来到这间屋呢？这屋里可真阔，四壁全都辉煌灿烂，摆着叫不出名字的东西。这时韩金刚就指着屋里的几件东西叫他看，说："瞧！这全是万岁爷赏给我的。"周大财看了，不但是艳羡万分，而且肃然起敬，仿佛是要朝着这几件御赐的东西磕几个响头似的。刘得飞却一点也不在意，管他是万岁爷、千岁爷的，与我不相干。

又见韩金刚把几个正在里间木炕上抹牌的妇人叫下来给他介绍，说："这几个全都是你的嫂子，只这一个是我的妹妹。"刘得飞一看，他这个妹妹长得好像个小鬼，身上的缎子衣裳发着光，好像上着油漆；脸上那些胭脂粉擦得真厚，像是特雇来瓦匠给抹的。

刘得飞倒不注意他这个妹妹，只专看他那几个小老婆，只见并没有小芳在内，他略放了点心；同时见这些个妇人，长得没一个好的，更觉得小芳是长得俊，那么俊的人夹杂在这些人里，可也真冤屈。这几个女人没事做，还聚一块抹纸牌，可见都不是有教养的妇女。然而，这几个女人可都跟刘得飞不错，很客气地让他落座，还给他殷勤地倒茶。

韩金刚又说："老兄弟！你不要客气！以后你若闷得慌了，可以在每天这个时候来找我，因为每天这时候我就从朝里回来了；十天值一回班，除了值班，或是有什么应酬之外，晚上我准在家。你来了，可以一直就进里院，我对你，敢说是妻女不避，因为本来咱们是自己人。以后你如若遇见什么周转不开，或有什么困难的事，只管跟我说；我敢先答应你，我绝没有给你办不到的事。"

刘得飞见韩金刚的态度和谈话全都是这么慷慨，他就也说："好！韩大哥！你既是这么个人，我刘得飞交你这个朋友了。"

韩金刚喜欢得直笑，说："本来，我并不是当面夸你，像你这样又忠厚又老实、武艺高强、名声远震的少年英雄，谁不愿跟你交朋友？抛开你师父不提，就是咱们两人早先不认识，我也得交你。告诉你说吧，我有我的心思，这现在还不能跟你说……"

他笑了笑，喝了一口他小老婆给他倒的茶，就又说："现在要不跟你说，我的心还真痒痒；我这个人就是一个直性儿，心里一点也存不住话。告诉你也不要紧，就因为我现在当的这个差，御前侍卫之职，虽比不上中堂、尚书，可是天天跟皇上见面；内廷里，除了太监，就是咱能进去。万岁爷雇咱们，雇的就是咱们这身武艺，好保护他老人家，可是不瞒你说，我的功夫，因为多年不练，早就全都搁下了，所以我才想将来找一个帮手；我值班的时候，叫他帮助我去值班。可是那宫廷大内，叫别人去还了得吗？北京城的镖头们，我全都认识，可是全都觉着他们靠不住。因此，我才想到你，你要是能够帮助我去当差，慢慢地我再给你补上一个实缺，将来博一个封妻荫子，比当一辈子保镖的，要强得多吧？"

刘得飞说："这事我现在也不能就答应，得等到见了我师父，问他；他让我去帮你，我才能够帮你。"

韩金刚一听，脸上立时露出不高兴的样子，淡淡地说："不忙！本来这我也不过是随便说说，真要往宫廷大内去带进一个帮忙的，还不那么容易呢！"他的脸有点沉下来。

周大财就说："三爷这是一番好意，要不，怎么不去找别的人呢？"

刘得飞也无心去考虑这件事，茶也不喝，只说："韩大哥！咱们现在既是交了朋友，我得把我心里的话告诉你了。我今天来，就为的是三件事，要不为这三件事，你请我我也不来。"

韩金刚问说："哪三件？兄弟你只管说出来，我一定给你尽心尽力去办！"

刘得飞说："第一件事最要紧，就是你得告诉我，我的师父现在哪里啦？我想即刻就去找他。"

韩金刚说："你的师父在哪里，我要是知道，我早就把他设法请回来了！天地之大，江湖之宽，你那师父向来是爱东走西闯，他又无家无业，哪有准去处？不过今天你既来求我，我一定设法托人，赶快把他找回来就是，反正我一定尽心！"

刘得飞长长地叹了口气，又说："第二件事，是请你去告诉吴宝，跟阎王笔大罗岱，就说我现在已不愿再跟他们打架，可是他们别逼急了我！"

韩金刚说："这件事容易办！本来，都是一家人，纵有些小小的仇恨，也应当一说就开。我跟吴宝交情不深，跟罗岱也只见过一面，但这不要紧；可以由我出面，叫大财把他们都请来，我给你们摆酒讲和。第三件事是什么？老兄弟你快说！"

刘得飞说这第三件事的时候，可颇费了一些斟酌，脸也不由得有些红了。他想来想去，觉得还是不可把自己与小芳的事贸然就说出口，因为那一定要与小芳不利;再说当着周大财和几个女人的面,是更不应当说。然而不说,心里不痛快,早晚也得说,还得光明磊落,无隐无瞒的说;不过,他的嘴唇动了一动,结果是没有说出来。

韩金刚却大笑,说:"有什么话你就说吧!老兄弟!无论你是用钱,或是叫我给你做媒,我都立时给你办。"

刘得飞一听这话,倒不禁吃了一惊,就说:"第三件事不是别的,就是韩大哥你以后得多做点好事,尤其待你家里的人,要好一些!"

韩金刚又笑了,说:"一定是你听外人说的,我早先不孝顺父母;我对我的妹妹也不好,她这么大了,我还不给她说婆婆家;我又待仆人们刻薄寡恩,是不是?我早就知道有些人背后批评我,可是你只知其一不知其二;我无论对谁,也是问心无愧,慢慢你自然就晓得了。我愿意你常来找我,或是你索性在我家里住些日,就可以看出我的为人。"

周大财在旁又说:"三爷心地最宽厚,无论待谁都好,都是热心肠。"

韩金刚说:"不过老兄弟他跟我说的也都是忠言。我向来对人是舍财舍命,结果是挨骂,受埋怨,他的师父彭二还不是如此吗?外人都说我把彭二害了,所以,为这些个外人说的混账话,我也得跟我这位老兄弟深交一交,至少也得叫他明白我!"说到这里,韩金刚似乎非常愤慨,又冷笑,又叹气。

刘得飞就站起身来,说:"韩大哥!今天我们把话既都说明,我算认识你了,以后我不再听别人的话!只求你帮帮忙去找我的师父,其实大概在一半月内,我也要离京,前去找他。打搅了半天,请你莫怪!现在我要回去了。"

韩金刚却拦住他说:"你先别走!我还有话,没跟你说完。"周大财也笑着说:"不用忙!多坐一会儿,三爷一定是还跟你有话。"刘得飞只得又坐下,问说:"什么话?"

韩金刚拿眼睛盯了盯他,又笑着说:"你跟我一连说了三件事,你说完了,我可也有三件事要请教你。第一件是你在张家口,跟卢天雄、卢天侠弄的是一件怎么回事⋯⋯"

刘得飞回答说："他们要把姑娘许配我，我不要。"

韩金刚说："卢天侠的女儿卢宝娥，名声可很大呀！听说长得也不错，镖是百发百中。是你不愿意呢，还是唐金虎拦阻你呢？"刘得飞说："是我自己不愿意，唐金虎管不着我。"

韩金刚又笑笑说："看不出老兄弟你这小伙子原来是个铁罗汉！可是，你是真的一辈子也不娶妻呢？还是现在假若有人把姑娘给你，还陪了许多嫁妆，你也可能乐意呢？"

刘得飞说："无论什么，我也不乐意！找不着我师父，像这些事，我连想它也不想。"

韩金刚迟疑了半晌，然后又正色地问说："那么，现在有一位老英雄要会会你，你是见他不见他？"刘得飞问："谁？"韩金刚说："是北几省闻名的老英雄，你师父跟我，都是他的晚辈，他的外号叫佟老太岁。"刘得飞说："我听说了，他是吴宝、罗岱给请来的，专为要对付我的。我本来不怕他，可是因为我已发誓，不再跟人打架了。"

韩金刚说："你绝不跟人打架，可为什么还保镖呢？"

刘得飞说："这是昨天晚上我才发的誓。再说佟老太岁一定是个老头儿，我打了他，便是我不讲理。"

韩金刚摆手说："不要紧，我也绝不能叫你们一老一少打起来。可是那老侠客脾气很怪，他此来，倒不是跟你作对，只是他不信，一个玉面哪吒彭二教出来的徒弟，又很年轻，居然在京城出这样的大名。他不信，他不服，所以非来看看不可。我想，不如你就叫他看看？"

刘得飞说："叫他看看也没什么，我就是这个长相，我是背煤出身，现在还是这浑样儿。他要是想看我的武艺，我也可以练练给他瞧，我可是不会那些花拳花棒。"

韩金刚笑着点点头，说："这就好说了，你先在我这里等着他吧！待会儿，他们一定来，到时你们上前院子练去，那里地方宽绰。"

周大财在旁边捧场说："到时候我也开开眼，还得烦那位老侠客也练几手儿呢！"

韩金刚就说："那么你现在就辛苦一趟，到天泰镖店把他请来。如若吴宝罗岱他们也要来,你也不必拦挡,我在这里摆酒……"说着,就站起来,点手叫周大财,说:"你来!我还有另外两件别的事,要托你顺便去办。"说着,周大财就同他出了屋子,也不知是到外面谈说什么去了。这两人实在是有点鬼鬼祟祟的,未免惹刘得飞生疑,他就瞪着眼不住向门外去看,可是这屋门已被韩金刚回手给带上了。

这屋子虽然都通着,可是应当称为三间,是两明一暗,很宽大,棚顶很高,还悬着精致的玻璃灯数盏;到晚上若是都点起来,一定倍觉辉煌。由刘得飞坐的这个地方向右边一斜脸,就能看见里边的木榻上,围着一张炕桌,坐着几个小老婆;韩金刚的妹妹也扒在一个小老婆的肩上,嘻嘻地笑着看,看的就是抹纸牌。这种抹纸牌,刘得飞是知道的,因为在镖店,那些小伙计们就常赌这个,不过那是大嚷大喊,有时能够揪打起来;而这几个女人却都是轻轻说话,轻轻地笑。她们也赌的是真钱,也有输的都像要哭了似的,更有赢了钱的,乐得都闭不上嘴,叫婆子给倒茶,叫小丫鬟给装烟。大概是有一个不知是第几位姨太太,她把钱输光了,叫一个老婆子出去给她取钱,也许是去找谁借钱。

老婆子出屋多时,没有回来,她不回来不要紧,韩金刚却仍然没回来,因此更叫刘得飞起了疑心,同时更加急躁,他愤愤地小声叨念着:"怎么还不回来?把我一个人撂在这里,是干什么?"他真要踢开椅子扬长而去,然而又想着:究竟得等一等那佟老太岁,既是他想看看我么,我已经答应了;若是走了,倒仿佛怕他看似的,那可真叫人耻笑,连小芳也得耻笑我!这样一想,只好再耐着性子等一会儿。可是在这时候,忽见屋门一开,走进来了一个小丫鬟,刘得飞一看,不禁地吃了一惊,同时也不由得脸红了。

这个丫鬟就是跟着小芳的那个"香儿",她手里拿着一个小手巾包袱,里边大概不是钱,就是零碎的银子。一定是这屋那个姨太太赌输了,临时派那老婆子去找别人借,现在是香儿给送进钱来了;可知是跟小芳去借的,同时并可证明小芳是已经由城外回来了,她回来得可也真快!并且见香儿抬眼瞪了他一下,仿佛并不诧异似的,什么话也没有说;自然,在这众目睽睽之下,她哪能够显出是和自己认识呀!香儿的脸孔沉着，仿佛是有一些不高兴，一直走进里间，把那手巾包袱交给了一个姨太太，说了两句话；可也不知是什么话，说完了转身就走，从刘得飞眼前不远的地方走过去了，连眼皮也都没有抬。

刘得飞可真坐不住了，想着：既是小芳已经回来了，她知道了我竟跟韩金刚交了朋友，她得多么生气？待会儿，佟老太岁、大罗岱、追魂枪一些人全都来了，说是只为看看我，说是只叫我练练武，韩金刚说是要摆酒讲和，可是我这脾气也说不定，也许就踹翻了桌子跟他们打起来，那小芳可更得生气了：好啊！你昨天晚上发的誓不再跟人打架，今天立时就打起来了！还在她的眼前打起来了，那她不得气哭？不行！我得快走开。

他出了屋，临出屋的时候，里间的那几个女人全都停止了抹牌，惊奇地看他，大概是他的脸色太不好了。刘得飞又着急又发怔，忙忙地往外去走。不想才走出了一个院子，就见韩金刚在廊下，正吩咐仆人做什么，一看见了他，便说："老兄弟，你怎么不在那屋里坐着了？"刘得飞就说："我要回去。"

韩金刚赶忙过来拦他说："你可不能回去！我已经叫周大财去请他们，并叫人请唐金虎去了，索性大家见个面；以后北京城的镖头武师，就全成了一家人，再也不可存着什么意见。酒菜都正在预备了，今天这些事，归根说还专为的是你一人，你要是一走，不是给我个干撩台吗？我若这次失了信，以后再请他们，他们也不能到了，倒显出是你见不起人，是玉面哪吒彭二的徒弟见不起人。"

这话又把刘得飞胸中的怒气激起，他想了一想，也对呀！我现在走了，就是怕他们来了；给我自己丢人不要紧，给师父丢人，将来可更见不起师父了！所以，他就站住了，更是发呆。韩金刚又拉住他的手，说："你还是别走吧！反正唐金虎也知道你在这里啦，他柜上绝没什么事，再说他待会儿也一定来。"刘得飞真没有准主意了，便依旧被韩金刚给拉回到刚才的那屋。

他原想着是再等一会儿，如若那些人还不来，我再走；反正得快一点走，别在这里叫小芳生气。不想，韩金刚立时向那些小老婆发脾气，说:"你们还弄什么牌?刘兄弟来了,也不知道帮着我应酬应酬!"更向他的妹妹瞪眼,大声呵斥着说:"大姑娘!你又不会弄牌,你可看什么? 快来,陪一陪刘大哥!"又指着刘得飞说:"这不是外人!"

当时,这些女人都吓得收起了纸牌,纷纷下了木炕,来殷勤地应酬刘得飞。这个给倒茶,那个又拿点心,还有的像是赔罪似的说:"刘兄弟可别怪我们!我们只是贪玩!"韩金刚的那个妹妹却走出去了。刘得飞被这几个女人伺候着,却也有些不好意思,心想:这几个女人也都倒霉,怎么都嫁了韩金刚?

却听韩金刚大笑着说:"因为你是个铁罗汉,所以我才特叫你的这几个嫂子都来应酬你。告诉你,老兄弟!咱们练武是一件事,成家又另是一件事,不能为练武就当和尚。一个男子离不开女人,没接近过女人的,那叫作傻瓜一个,而且还是个苦瓜。你看,哪个保镖的不讨老婆?除了你师父彭二,可是他早先还有两个姘头呢! 他一定没告诉过你,我可是都知道。我韩金刚就是这点不成材,老婆真多,可是我还觉着少呢;我因为有这几个老婆,才使我天天快乐,不像你,这半天我就尽看见你皱眉了。这不对,一个男子得有点丈夫气,得看得开,拿得起来,心要宽,精神要大;别尽皱眉发怔,皱眉发怔,就是想媳妇啦。

"我敢说,你现在要是有个媳妇,你的脾气绝不能够这样古怪,你也就会说话了,好交朋友了。女人的好处你绝想不出,她能把个铁罗汉给变成棉花球似的,棉花球团在外面闯,才不怕碰钉子;你要永远是铁罗汉,那非栽跟头不可,还是一碰见硬的就要糟糕。老兄弟,我告诉你一句忠言,你赶快去办,或是你快到张家口娶那卢宝娥,喜事由我包办,这里还给你预备喜房;或是我给你做媒,你要什么长相儿的,我准能给你找着什么样儿的,你同时娶两个,我也给你办得到。别等着你师父了,你师父大概发了一笔外财,不定躲到什么地方,成了家,早抱上孩子享福去了!"

这一大套话,叫刘得飞听了,觉着糊里糊涂的,同时,这边一只戴着金镯翠指的手给他来送点心,那边又来了个染着娇红指甲的切了果子来了。门外还送来了菜,另一个穿绿衣裳的先摆上了酒盅,还有一个穿绣花裤子的摆来了醉螃蟹、松花鸭蛋、酱肉片、炸小虾等等各种的酒菜,韩金刚说:"都来!叫大姑娘也来,小芳呢?怎么单单她不来?"刘得飞一听这话,立刻神色忽变,坐立更显着不安了。

却见韩金刚高高兴兴地又说:"都来喝酒!酒菜不够,还得来!叫厨房快预备!那大桌的席不要紧,那得等晚上才吃呢,再说吴宝、罗岱、唐金虎那群忘八蛋都不要紧,给他们坏点的吃,没有什么。得飞,老兄弟!反正你一人等着他们也是着急,不如咱们先乐一乐,我现在拿亲戚待你,我看你跟卢宝娥那事不成,不如咱们结下一门亲吧!"刘得飞简直不明白韩金刚是怎么一回事,不知他还要胡说些什么。

这时这些女人忙忙乱乱,叫他都看花了眼,叫他都起了厌恶,发了急,蓦然一想:韩金刚现在使的这莫非就叫"美人计"? 他妈的,他想用这些娘儿们先收拾我吗? 想到这里,他的脸色又渐变,眉头又紧皱,更发起呆来,两只拳头也不由得紧紧地握起。

忽见屋门又开了,从外面走进来一个穿绣花的红衣红裙的少妇,环佩叮当,莲步轻移;刘得飞一看,原来正是小芳。

刘得飞现在一点酒还没喝,脸可突然就跟一块大红布似的了,他想:现在没话说了,见了小芳,这么熟的人,昨天晚上还见面谈了半天呢,难道装作不认识? 我可不会,我得当着这些人光明磊落地说开了,韩金刚要跟我结亲也行,她就是我的姐姐!

当下,刘得飞站了起来,又要拱手,韩金刚却笑着说:"老兄弟你就别拱手啦!这个也是我的小老婆。""小老婆"这三个字招得刘得飞加倍恼怒,他几乎当时就要将盛醉蟹的盘子抄起,向韩金刚打去。但小芳三步两步就走近前来,说:"这醉蟹太冷,吃下去能够肚子疼,刘兄弟还是别吃吧!等一会儿叫厨房做点别的酒菜吧。"辞意是那么温和,刘得飞明白又是劝他不要打架,他只好饮下一杯酒,而将胸中的怒气强按下去,做出老老实实的样子来。

韩金刚却笑着说:"你看我这小老婆多么会体贴人,这是我最宠爱的小老婆。"小芳却说:"得啦,你就别说了。"刘得飞的心中说不出是怎样的生妒,韩金刚又笑着说:"将来只盼你有这么一个好老婆,也就得了。"这话说出，小芳也不由得一阵脸红。

刘得飞又由小芳的手中接过酒杯来饮了一口，同时觉着脚下被人轻轻踢了一下，他立时就放下酒杯，心说：怎么，你既给我斟酒，可又不许我喝？小芳向他直使眼色，他没看出来，韩金刚也没看出来。

各样的热菜一件一件摆上，真丰富，还有醋熘鱼，几个小老婆连丫头、仆妇依旧忙碌着伺候他，韩金刚也不住地向他夹菜、灌酒。同时韩金刚自己也不住地喝，他先脸红了，由红而发紫，并且不停地跟刘得飞谈闲话；谈他过去的一些得意之事，怎样发的财，怎样弄的这些小老婆，怎样做的现在这侍卫。他高兴极了，也不管刘得飞爱听不爱听。如此就磨烦了很多的时候，窗外的天色渐渐黑了。

刘得飞是因为小芳在旁，他的举止既受拘束，心里又十分的不安，想走既不行，坐又坐不住。酒，今天居然喝了好几杯，头不禁有点发晕，可是心里还明白；忽然就想起那佟老太岁等一些人，这时候怎么还没来呢？连去请人的周大财也不回来了，唐金虎更没有到，这是什么缘故？

他遂就停杯向韩金刚去问，韩金刚却摆手说："管他们呢？他们都爱来不来，反正我请了他们，已经给了他们面子了；他们要不要面子，我也不管了。刘兄弟，你放心！不要怕他们，你交了我这样的朋友，还怕他们吗？无论官面私面，只要有我韩金刚，包你吃不了一点亏，谁也不敢惹你。今天我特意请你，叫我这些小老婆都出来陪你，就为的是把这件事传出去，叫人看看咱们两人的交情是多么深厚！"

刘得飞一听，越发诧异，心说：这是干吗呀？韩金刚跟我这样深交，难道真是出于一番好意吗？

正在想着，又见韩金刚吩咐人点灯，再添菜、换酒、搬凳子，叫他的小老婆们，连小芳也在内，都陪着来吃。一时衣香鬓影，围绕着刘得飞越近，小芳就在他的身旁，韩金刚还怒声呵斥道："你们也不看看，刘兄弟的酒杯空了半天啦！你们也不管给斟，算是干什么的？"他拍着桌子，震得杯碗都乱动，又向小芳瞪眼说："你发什么呆？你是想什么啦？你就在刘兄弟的旁边，为什么不给他斟酒？"吓得小芳赶紧给刘得飞去斟酒。

　　不想这是新灌来的满满一壶黄酒,小芳一失神,壶盖先掉了,酒就洒了刘得飞一身。韩金刚更是大怒,把拳头捶向桌上,嚷着说:"这是怎么回事?成心给我得罪朋友吗?"刘得飞却摇头说:"不要紧!我的衣裳不怕沾酒,你喊嚷什么?"他紧握拳头,仿佛要跟韩金刚打架似的,把几个小老婆全都吓得惊惶失色;小芳更是紧紧地咬着嘴唇,两眼含着泪水,仿佛要哭。韩金刚倒笑了,说:"你倒护着她们?怪,我打她们,骂她们是常事!因为要是不会打老婆的,就千万别弄小老婆。像你,倒是个多情的男子,女人若嫁了你,倒是造化。"

　　他哈哈又一笑,说:"刘兄弟,事到如今,我不妨跟你把话说明白了吧!因为我有一胞妹,今年二十五岁,刚才你已看见了,长得还不难看,可是这几年来我尽顾给我自己弄小老婆,却把胞妹的婚姻大事耽搁了!又加着我说过,非得是有钱的,还得是官,更得好武艺,我才能够给,这样一来,吓得别人都不敢来求亲,弄得她高不成低不就。

　　"老不给她说婆家也不像话,人都得笑话我,我看来看去,可就看上老兄弟你啦!你虽没有钱,可是有名;你虽不是官,可是京城第一名大镖头,你的武艺更不用说了,所以我想佟老太岁、大罗岱也都一定敌不过你。你要是能做我的妹婿,我必有重重地陪送妆奁。以后咱俩是大舅子和妹婿,我仗着你的武艺,你仗着我的钱,在京城,谁还敢惹咱们?这是我跟你说真话,你点了头咱们就算订了,绝没你的亏吃;你要是不答应,你可得想一想,将来你别后悔。"说出这话时,他是笑着,可又瞪着两只恶眼。

　　刘得飞却不假思索地就摇头,说:"不行,不行,我不能够答应,我不愿意。"

　　韩金刚把眼瞪得更大,问说:"那么你要什么样的媳妇呢?难道说你还是想要张家口的卢宝娥?"刘得飞说:"她?我更不要!"韩金刚忽又笑了,说:"怪啦!那么你可要谁呢?"刘得飞说:"我没见着我的师父,我绝不要媳妇。"

　　韩金刚笑着说:"你别把师父跟媳妇拉在一块,这是两件事,不是一件事。你定了亲，不必当时就讨，再说你有了媳妇，再去找你师父，别人也不能说什么，咳……"

他叹了口气，似乎觉着刘得飞傻，然而傻得可爱，因为这样又傻又有本领的人，才愈使他韩金刚有点舍不得，因就又笑了笑，说："咱们先说一句开玩笑的话吧！反正说媳妇也不过是挑女人的丑俊，女人的丑和俊原也都差不多，你来看看，眼前的我这几个小老婆，都年纪不老，有的是瘦的，有的是肥的，有的柳叶眉，有的樱桃口，你看看挑挑吧，她们哪个配当你的媳妇？你就用手指，不要紧。"

刘得飞此刻不由得十分惊讶，心里猜着：我跟小芳的事，莫非他已晓得了，他要做一个顺水人情，把小芳让给我？他若真肯将小芳让给我为妻——但她是我的姐姐，怎可做我的媳妇呢？咳！谁管它！把她接出了这个地方，叫她逃出了韩金刚的手，以后再说。于是他的心里不禁欢喜，而又不住地盘算。他又去看小芳，见小芳的脸倒不红，而是直发白；这种娇羞可怜之姿，叫刘得飞的心里既爱惜而又情急，实在忍不住了，他就用手准确地一指，说："她就行！她这样儿的我才能够娶，我才愿意。"

这话一说出来，许多人都惊讶地望着小芳，小芳却早就把脸低下去了。韩金刚又哈哈一阵大笑，只说："老兄弟！你喝酒！"便叫他的另一个小老婆给刘得飞去斟酒。

韩金刚没再说什么，小芳却立时就躲避出屋去了，刘得飞反倒觉着十分不好意思；不是怕韩金刚，倒是怕小芳生了气。他又喝了半杯酒，就听韩金刚又说："天这么晚了，老兄弟你就不用回去了，住在我这里，晚上佟老太岁若来了，咱们再开一桌；他如不来，我还有点事跟你商量。现在我看你喝得也差不多了，你若住在我这里，管保什么事也没有，回到镖店可就难说了；佟老太岁纵使不去找你，那大罗岱等人也未必干休，倘若去找你……"

刘得飞听到这句话，不禁怒气又往上涌，把酒杯吧地摔了一下，又听韩金刚说："你虽然不怕，可是究竟惹气，不值得的。"这话倒说到刘得飞的心上，因为他也实在不愿惹气。同时又想：在这儿住一晚也好，因为刚才我一定把小芳得罪了,她口虽不言,心里不定有多么生气了。今夜我住在这里,应当找着她住的房子,跟她解释解释:我把话说错了!我并不是要将应当作我的恩姐的人作为我的媳妇,我是希望你跟我离开这个地方……

又想:刚才当我点出小芳的时候,韩金刚并没有说不行,也许因为他的小老婆太多了,他不在乎一两个的,愿意分给我一个?他说待会儿有点事要跟我商量,大概就是这件事。刘得飞如此一想,心里便萌发出许多的希望,他有点坐不住了,浑身发烧。

韩金刚又说:"你再喝一杯酒吧,待会儿我就叫人送你到旁的屋里歇歇去!等你睡一个觉,半夜起来,我再请你喝夜酒。我向来对待至交的朋友全是这样,尤其你,今天你虽没点头答应亲事,可是咱们早已不是泛泛之交。近些日,我也颇有一些耳闻,今晚上,非得给你一个玩意儿看看不可!"说到这里,又不禁哈哈地一阵狂笑。

刘得飞此刻已经有些头晕了,不敢再喝酒了,因为到夜里还得办事呢!纵使韩金刚不把小芳交给我,我也得设法把她救出;救出之后将她安置在一个稳妥的地方,然后我再往天涯海角去寻我的师父,妈的!指着韩金刚他们去找我师父是绝靠不住。今天我已经看见了,若还叫小芳在这儿当小老婆,那真使我羞得慌。

当下他的主意已经决定,心就更急,于是装作喝醉的样子,就要趴在桌上睡觉。韩金刚命仆妇叫来了两名力气强壮的男仆就把刘得飞搀出了这屋,而送到这个院的西屋,把他放在床上;两个男仆出去,就将门倒锁上了。

屋门外的锁头喀地一响,不禁把刘得飞吓了一跳,心说:不好!我上了当啦!原来韩金刚是想暗算我!当时气往上涌,一滚身,坐了起来;四下看看,屋里很黑,前后都有窗棂,都闭得很严。他先去摸摸后窗,就见也锁着了,窗户格儿是木头做的,十分的小巧,还黏糊着纸,推了半天也推不开,大概是从外面锁着的,这真使他着急;又到前窗去看,却安得更是结实,简直现在就是把他困住了。他不禁更是生气,心说:好啊!韩金刚原来是这么一个奸徒!今天周大财把我骗了来,他用计将我稳住,原来是想要害我。好!你太小瞧了我刘得飞!

当时,他就要将这窗户和门全都砸开踹毁,而跳将出去,抓住韩金刚,用拳将他打死!这在刘得飞并不是办不到,他的神力,他的猛勇,这间小屋实在困不住他,但是,他顾虑着小芳:看今天这事,韩金刚要害我,恐不只是为帮助吴宝、大罗岱等人,大概小芳跟我的事,连赠给我绣带,及昨晚在城外庙旁见面的事,他都已晓得了,这倒于她不利。我若打出屋去,我的手里又没宝剑,未必就能立时取胜;在那时,倘若他一时气恼,先命人去收拾了小芳,而使小芳惨遭毒手,那可怎么办?这倒是应当细想一想。

因此他就很发愁,仔细地考虑着,又去撼动那后窗,但仍然开不了。那一根根的窗格儿倒是经不住他的拳头砸,他的拳头砸去,咚的一声,立时就砸断了两根。他心说:可别再砸了,再砸就要被这儿的人听见了!韩金刚手下的恶奴恐怕不少,我跟他们斗,也得斗半天。于是他就发着怔,看着窗外。

天色已黑沉沉的了,这后窗户之外是另一个偏院落,院里也有几间房,房里也都有灯,可是不太亮,大概是仆妇、丫鬟们在这里住。他于是又狠命地去砸这窗户,咚咚地又砸了几下,这后窗上的木格儿就被他砸得七零八落;他又用手去撤折,如是这窗户就成了一个大洞。

正在这时,忽听窗外有个人说:"哎呀,你是要干吗呀?"刘得飞一听,不由吃了一惊,因为这是女子的声音,并且还异常厮熟,他于是就叫着:"小芳!小芳!快来帮我的忙!"那说话的女子,闻声立时就跑近了窗外,惊惶惶地悄声地说:"原来是你呀!刘得飞呀!你怎么在这里啦?"

刘得飞这时才看出这矮小的身形,原来不是小芳,却是随身服侍小芳的那个丫鬟——香儿,他立时就更着急,并带着一点惭愧地说:"我上了韩金刚的当了!他把我送在这屋,锁上门窗,预备着要收拾我。妈的,他却不知我是装醉,这么个小屋就能困得住我啦?"

香儿悄声地说:"韩金刚现在前院里了,那里来了好些个人,都是镖店的。"

刘得飞说:"我知道,那一定是追魂枪吴宝跟阎王笔大罗岱他们那一群忘八蛋!"香儿说:"他们正在喝酒啦,还有一个老头子。"刘得飞说:"那就是什么佟老太岁!他们太欺负人,我本是忍着气,忍了一天的闷气,就为的是小芳。"

香儿悄声地惊恐而又紧急地说:"你还提小芳啦?还提我们五太太啦?你还不知道吧?"

刘得飞惊问着说:"她怎么啦?"心里却怦怦地不住紧跳,因为小丫鬟说的话太可疑又可惊了,莫非小芳这时已叫韩金刚给打死了?害死了吗?

此时,香儿在窗外呜呜地哭起来了。他抽搐着,低声惊恐着说:"我们的五太太,她好多日没受这罪啦!刚才,三爷、韩金刚拿着那皮鞭子追到房里,就向我们五太太没头没脸地抽,抽完了还给捆在柜门上,现在还在那里捆着呢!一定是,就是跟你的事……"刘得飞没等到说完,心里早已腾起来了怒火,当时拳又抢咚咚地向着窗上猛砸,又喀嚓喀嚓地将这窗上的木格儿乱掘、乱拆、乱扔,当时这个洞就越来越大。

但此时前窗之外,却有人说话:"干什么啦?是刘得飞……""这个小子……""快开门!快开门!"有人用力来砍着门,并说:"让我进去结果了他就得啦!留着他终究是个祸害……"

小丫鬟香儿吓得回身就跑,刘得飞愤怒的咚咚、喀喀又连将窗狠砸了两下,趁此飞身就向外去蹿;只听喀嚓一声巨响,他的脚是先端出去的,身子如"白鹤敛羽",同时就越出了这后窗。

而房上忽然有一人跳将下来,原来这就是刚才在前窗砍门没有砍开的那人,现在由房上爬过来了,急快地抢刀向他就砍。刘得飞闪身避开,同时一脚踢去,这个人当时就往前一栽,吧嚓一声栽在地下了。但是他的刀仍紧握,敏捷地站将起来,急忙回身舞刀,却不料刘得飞早用了一个"苍鹰擒兔",飞扑了来;不容他还手,吧的一声,立时将刀夺到手中,同时顺手将刀向下一擦,这人哎哟喊也没喊叫出来,便被杀伤,而昏倒在砖地之上。刘得飞这才看出来,这人正是追魂枪吴宝的手下的,他的名字叫金眼夜叉。

刘得飞也不再管他,赶紧手提钢刀,顺着这"过道",就向后院走去。走了几步，就见那小丫鬟缩在一个墙角里，战战兢兢地说："怎么？那个人是死了吗？"刘得飞也不答话，仍急急地说："你快带着我去救小芳!"于是这香儿，就带着刘得飞去往后院，指着西屋说："就，就，就……"她可是说不出话来了，两条小腿都像跑不动了。

刘得飞立时就往她所指的那屋走去，踹开了门，走进屋去就将手中的钢刀一抢，只听屋里的两个仆妇，还有一个是"小老婆"，齐声惊叫着："哎哟!妈哟……"都咕咚咕咚地爬到炕里的被褥堆那边藏着去了。

刘得飞瞪大了眼睛，借着几上的烛光一看，只见小芳的情形真是凄惨。她仍然穿着白天的那身红衣红裙，倒好像是个罪人；头发已被鞭子抽乱，那秀丽的小脸儿上也有紫青色的横一道竖一道的鞭痕。她正低着头痛哭，看见刘得飞进来，她的带泪的两只秀眼立即惊惧地睁开，而哭泣、抽搭得更加厉害了。

她的两手还被倒剪着，捆在大竖柜柜门的铜环上；她是跪也跪不下，站也站不住，看这样子，实如一只待宰的羔羊，真是可怜。刘得飞看了真是痛心，当时赶奔上前，用刀把捆绑着小芳手的绳子全都割断，小芳的身子就倒在他的怀里了。他赶紧用一只胳臂抱住，就说："走吧!你跟着我走吧!"小芳却趴在他的肩头上不住地哭泣，一句话也不能说，一步都不能走了。他就只好将小芳往他的身上一背，向外就走。

但是这时院中，迎着屋门有两个人一齐抖着长枪，怒喊说："刘得飞!你出来!滚出来!"这正是追魂枪吴宝和黑虎鞭焦泰两个人的声音。

刘得飞自己是不害怕，然而他现在是背着小芳了；若是闯出去，和他们拼斗就十分的不便，小芳也容易受伤，因此就十分着急。他又怕被院中的人看到屋里，而打来什么暗器，所以就先一回手，用刀吧的一声，将几上的烛台砍掉在地下。可是蜡烛倒在地下，还不住地燃烧，并且将地下的一只女人的花鞋给引着了，渐渐地冒起了浓烟。那藏在被褥堆上的三个女人，又不住哎呀哎呀地怪叫，并喊着："着了火啦!"

第九回　起斗中庭暗逢人助
　　　　潜身小铺自叹郎痴

　　外边又有人在怒喊："刘得飞,你忘恩负义的东西!今天我好意地待你,你反倒在我这里杀人,还敢侮辱我的小老婆？"这正是韩金刚的声音,刘得飞听了,心中不住地冒火。同时又听到屋外,远远的有女子惨呼哀求之声:"……不是我哟!我没说话哟!哟哎哟……"这又像是那小丫鬟香儿。刘得飞将牙一咬,向小芳说:"咱们闯出去,你可千万用两只手抱住我的脖子!"说时,他用刀尖将屋门顶开,同时急抢刀开路,背着小芳向外一跳,就跳到了屋外。

　　那追魂枪吴宝就迎面一枪,猛地扎来。追魂枪吴宝这时凶悍异常,不但是仇人见面,分外眼红,而且他的枪法,这些日练习得较前更为狠毒了。他哧哧哧地急三枪扎来,专取刘得飞的咽喉,但都被刘得飞用刀喀喀喀地给磕开了。那焦泰是在左侧,今天他没使鞭,却也用的是长枪。他的枪法,不在吴宝以下,而且力气更为浑厚,是如"怪蟒钻洞",专扎刘得飞的左胯,刘得飞又得赶紧跳开躲避。

　　刘得飞手中的家伙不便利,他是使剑的,拿着刀,真有点外行;同时还背着个娇躯时时在颤抖的小芳,而小芳又把他的脖子抱得很紧,使他更觉着不方便。对面的两杆枪丝毫不让的往前来扎,一个手持双"判官笔"的凶汉也跑来了,大喊着说:"叫我来要这小子的命,给我的三弟报仇!"刘得飞不敢轻敌,知道这一定是大罗岱,当时双笔夹双枪,

嗖嗖、咻咻如疾风骤雨。刘得飞只得将刀乱舞,舞成了一股上下飘腾的
白气,这样,才暂时将他和小芳保护住。他随打随向后退,一个老头子
又站在门那边,大喊说:"别放他跑了!"

那边是来了很多的人,有的高高举着灯笼,有的晃动着比灯还光
芒耀眼的兵刃。韩金刚就在那边了,他却嚷着:"先住住手!叫他先把我
的人放下!刘得飞!你得明白,今儿你绝逃不开了! 我的小老婆多得很,
你抢去一个不要紧,可是你绝抢不走,我这里的人若一拥上前,你当时
就不得活。可是,我还看在你师父的面子,你快放下我的人,我就给你
一条活路! "他这样喊着,情急而力嘶。

刘得飞在那里仍在与那三人拼斗,他的力气又足,那判官笔与两
杆枪,虽极力要致他于死,可是都近不得他的身;大罗岱的双笔是施展
不开,焦泰的枪杆都几乎被刀给砍断了,吴宝也觉有点两腕发麻。这时
佟老太岁手抢一杆铁棍,也要奔上来打,却听又有人喊叫:"不可!不
可! "

刘得飞听了一声,就听出来是卢天雄的声音,心里诧异着:这小子
怎么也来啦?妈的,我不要他的侄女,他就恼羞成怒,来帮助他们吗?可
是见卢天雄把佟老太岁给拦住了,他急急地说:"这么打不对!打死刘得
飞,难免就伤了三爷的屋里人,还是顾人要紧。刘得飞你是好汉子,怎
么做出这事来? 你快把人家的娘儿们放手,我还有话跟你说,我担保他
们不能伤你。"

刘得飞哪管这一套,他一面抢刀狂杀,一面要趁空蹿房而逃;可是
忽然一眼望见房上也有两个人,韩金刚又喊叫说:"房上的两个!你们可
小心点!别叫他背着我的人跑了!"又狠狠地跺脚说:"还是顾我的人要
紧! 刘得飞,你放下她,有什么话咱们好说。"卢天雄也摆着手说:"都冲
着我的面子!我听了信赶来,就为给你们解和来了,刘得飞!刘贤侄!我有
话跟你说。"韩金刚又说:"我也有话跟你商量!刘得飞!冲你师父的面
子,我绝不能害你,你放心吧!"

那边灯光耀耀,人影拥挤,喊声急噪。这里两杆枪,一对笔,还在冲
着他,一齐逼他将小芳放下;佟老太岁的铁棍也高高举起,离着他不过

一尺。刘得飞却一只手向后拢紧了小芳的腰，一手横刀，发出冷笑，说："妈的!谁还跟你们商量事,上当只是一回,你们还提到我师父? 今天俺刘得飞不但要为师父报仇,还要救我这小芳姐姐! "他称小芳为"姐姐",大家听了,不由都怔了。

韩金刚更加暴躁,刘得飞却更为猛勇,他一面接着大喊说:"你们休当俺刘得飞不是好汉! 我救我姐姐是为报她的恩,不能叫她在这里受辱,我姓刘的光明磊落! "一面钢刀疾舞,身背小芳,向外去冲。两杆枪就在后紧追,喀的一声,他一刀就将焦泰砍倒了。罗岱喊道:"别放他走呀!"狂呼声和惨叫声同时腾起,人乱又灯动。佟老太岁一铁棍,铛的一声巨响,打碎了地下不知多少块大方砖,却没打着刘得飞。韩金刚手中也拿着一对护手钩,要拦截,也没有截住。刘得飞身背小芳,钢刀开路,就闯出了这个门,而到了前面的院中。

这时他更勇了,吴宝持着枪率领众人紧紧追来,前院里又有几个壮汉各持刀枪奔到,又将刘得飞拦住了,因此刘得飞又陷于重围之中。他虽更为奋勇,可是无论如何奋勇,也杀不开这重围;他心急如火,汗流气喘,小芳伏在他的身上仿佛瘫了似的,那佟老太岁又舞动着大铁棍奔来了。

就在这时,突然见有两个人哎哟哎哟地摔倒在地,吴宝喊着:"暗器!留神!"可是他当时也扔了枪,身中暗器,躺倒在地,人更乱,韩金刚大声惊喊:"谁!是谁? 放暗器的是谁? "

刘得飞这时也大惊,他也不知道暗器是从哪儿打来的,他更没工夫看是谁打的;他就趁势儿一加力,跑了几步,嗖的一声,连小芳都上了房。他足踏屋瓦,飞也似的就走,由房过脊,过脊上墙,顺着墙头又向前飞跑;越过了几层院落,便将身一跳,下了墙。到了外面,也不顾身后有无追喊之声,他顺着胡同向北就跑。

跑过了两条胡同,就到了大街,街上传来梆梆铛铛的更声,原来才交了二更;巡街的官人自对面走来,同时街上这时还有稀稀的行人呢。他手拿着钢刀,怕被人看见疑惑,于是就把刀扔了,双手背起了小芳,便觉着不费力。又跑了不远,可是他觉着身后背着个小媳妇也不大好啊,何况天上还有月光,于是他就紧贴着墙根的黑影去走,脚步也慢一些了,倒是也没人注意他。如此,他又走了一截路,就见铺户虽都已关了门板,可是一家小铺的里边还有灯,他心里一喜,当时就背着小芳走进去了。

这家小铺,就是他的乡亲开的那家烧饼铺。张歪子正在和面,预备待会儿好烙吊炉烧饼;冯大是正在往面里加白矾,好炸麻花呀。忽然进来这个人,身后还背着一个红衣红裙的小媳妇,可真把他们吓着了。幸亏灯还亮,他们瞧出来是刘得飞,就齐声惊讶地叫了声:"啊呀!"

刘得飞把小芳放下来,可是小芳却晕得站不住,他赶紧又抱住小芳,进了那个里屋。陈麻子正在睡觉,惊得坐起来说:"这是怎么回事呀?"张歪子跟冯大各自张着两只面手都追进来,刘得飞就说:"我们只在这儿歇一歇,待会儿就走!"他把小芳轻轻地放在炕上,对她说:"在这儿待会不要紧,这都是我的乡亲,都是好人。"

这时陈麻子赶紧连着破被卧往炕里边去滚,因为他常常串胡同儿卖"货",他认得这位小媳妇,就说:"哎呀!这不是韩家的……吗?"刘得飞一边喘气一边说:"你们认识她,那更好啦!可别胡疑惑,她是我的姐姐,我刚从韩金刚的家里把她救出来。"张歪子的爸爸老掌柜的也惊醒了,光着膀子就坐起来,说:"刘得飞!你可别胡闹呀!韩金刚可惹不得呀!抢人家的媳妇可犯法呀!"

盘膝坐在炕上的小芳,忽然掠着头发,擦着眼泪,摇着头说:"不要紧!我跟御史太太是姊妹,无论什么事我也护得住得飞,可是……我也犯不上找她们去。得飞!你再想想法子吧!人家这儿是个买卖,咱们也不能多待,咱们倒是上哪儿去呀?"

刘得飞说:"我就有一个地方,就是回我镖店,有我的那口宝剑,我就全都不怕他们!"

张歪子摇头说:"不行不行,你的宝剑使得好,今儿晚上他们也许不敢找你去,可是明天早晨他们一定去人!去了他们,你可以打;去了官人,保你连动也不敢动一动,因为他是侍卫呀!还了得?再说你无论怎么有理,抢人家的媳妇就是没理。"

刘得飞指着小芳脸上的伤,说:"哪里是他的媳妇? 就是个被他欺负被他虐待的。他家里的小老婆一大群,都是被他抢去的,因这,还不知他害了多少人。我现在把小芳救出,是为报恩,这是侠义勾当,光明磊落!"

小芳赶紧把他拦住,说:"你小点声!这个铺子临着街,他们要是从外边走,能够听见里边说话。"又哭泣着说:"得飞!反正我既跟你出来啦,我就不能回去了,回去也是个死。"

张歪子不住地点头,说:"本来,既出来,哪能够回去? 得飞也年轻,我们都知道他,人老实,心肠也好,现在这也是一件好事。不过我们这里可不能住,因为明天一早,就有人来买烧饼,这屋子也常有人来。"

他的爸爸老掌柜的说:"干脆叫他们回门头沟吧!"

陈麻子说:"对呀!得飞,门头沟是你的家呀! 把她送回家里去藏几个月,你也别进城了,干这镖头整天跟人拼命,娶了媳妇也得整天替你捏着一把汗呀!"他们现在简直就把小芳认作是刘得飞的媳妇了。

小芳擦着泪,低着头,抿着嘴唇儿,脸上虽有鞭伤,可是掩不住她的俊俏。她本来是年纪轻轻的,本来跟刘得飞实在配得过,尤其现在穿的是红衣裳,还绣着花,红裙子上有许多皱褶,下边穿的还是红绣鞋;因为有带子,一只都没有丢,确确实实像一位新娘子,所以这几位卖烧饼的老乡要给他们撮合。

刘得飞根本没这么想,他也没看出这些人的意思,不过觉着把小芳送到门头沟,确是稳妥;她可真成了我家的人了,真是我的姐姐了。

事不宜迟,说话就得办,然而,现在九城各门全都关着哩。大家发愁了半天,结果还是陈麻子出的主意,他说送走小芳,得雇一辆骡子车,可是不能在这附近雇;因为附近的赶车的都能立时去报告韩金刚与追魂枪,真许把车停摆,由着韩金刚将人抢回,非得上别处雇去才行。陈麻子有个表弟住在哈德门外,他现在就能找去,叫他的表弟不等天亮就把车赶来。别出彰仪门,因为明天一早韩金刚必定派人在那里去截;不如索性绕远点,出正南的永定门,出城再往西走,不到明天十点钟,也就过了卢沟桥了。当时张歪子也觉着这个办法不错,陈麻子也不睡觉了,当时就走了,找他的表弟订车去了。

刘得飞却想要回镖店把他所攒的银子都带上,同时他还想去取来他的那口宝剑,因为他还预备明天万一走不成,还得跟韩金刚那些人去拼。张歪子说:"你回去一趟也行,可是你得赶紧回来。我们今天一晚上自然都不能睡觉了,可是这嫂子在这里究竟不稳妥;追魂枪吴宝他们就住在这对门,又都知道咱们认识。"刘得飞点头说:"我只去拿了钱,便回来。"小芳说:"你可还得留神他们暗算你!"刘得飞摇摇头,冷笑着说:"不要紧!你放心吧!"当时他就走出了这烧饼铺,并叫张歪子跟着他将门关严了,把外屋的灯也暂时吹灭了。

刘得飞穿着胡同,回到了悦远镖店,心里原想着韩金刚必定找到这里来了,可是没想到这门前很清静的,双门闭得很严。刘得飞心说:大概唐金虎还不知道,索性不叫他知道倒好,不必拉扯上他;他不知道,韩金刚也就不至于跟他来找麻烦。于是刘得飞又纵身上了墙头,由墙上再轻轻跳到院里,只见柜房里还有灯光,算盘乱响,大概是正在算账,可见这里没什么事发生。

他就蹑足潜踪地走到他住的那屋门前,拉开了门,摸着黑就走进去。才摸着走了两步,忽然就觉着眼前晃晃摇摇有一个东西,把他吓了一大跳,赶紧问说:"你是谁?"屋里这个人却说:"你才回来呀?我们五太太没来吗?"刘得飞真觉着诧异,原来这是那小丫鬟香儿,遂就悄声问说:"你怎么会跑到这儿来啦?这镖店里的人不知道吗?"

小丫鬟说:"没人知道。我是刚才在宅里,你砸开了后窗户跳出去,不是我带着你找到我们五太太的屋吗?韩金刚他们知道啦,当时就打了我两个嘴巴,踹了我几脚。因为那时他们只顾跟你打架,却没工夫顾得到我;我就躲在那小过道哭着,我真害怕着他们待会儿一定要把我打死,你跟他们在院里打了个乱七八糟,我也不知道。可是忽然就跑来一个人,把我怔背起来了……"

刘得飞惊讶得不禁打了一个冷战,赶紧问说:"你没看清这个人的模样吗?"

小丫鬟说："我哪敢看呀？我就闭上眼睛了。他背着我上房跳墙，走了半天，就把我扔到这院子里；他一句话也没跟我说，就又跳上房去了。我看了半天，才知道这儿是你那镖店，我认得你这间屋子，我就自己走进来了。我不敢点灯，也不敢吭气儿，我又害怕；我正等着你啦，你就回来啦，你没把我们五太太救出来吗？"

刘得飞怔了半天，但不敢迟疑，只悄声说："你被别人也救出来了，这正好，现在我就带着你去找小芳。以后不许再管她叫什么五太太！明天我就送你们出城，到我家里去！"

小丫鬟一听，当时就哭着悄声说："对啦！你这才算是有良心！我们……她跟我……都算没白跟你好了一场。"

刘得飞摸着了自己多日来储蓄的银钱，并摘下来壁间的宝剑，拉着小丫鬟就出了屋。到院中，听着柜房里的算盘还在响，并有唐金虎咳嗽的声音；他就把小丫鬟背在他的背后，一跃而上了房，由前檐走到后檐，便一跳而下，这就是门外了。他想要拉着这小丫鬟去走，还不如背着她走得快，所以他就仍然背着，撒开腿就跑。

刚跑几步，忽然吧的一声，一块砖头自后边飞来，没打中小丫鬟，却正打中了他的头，很痛。他这一惊非同小可，气也涌了上来，刚要说：什么人？是好汉来拼！拿砖头打人可不光明！但他不敢嚷嚷出来。

忽然又想道：这一定是我的师父！旁人没有这样大的本领，敢跟我开玩笑，我的师父一定在暗中跟着我了！刚才在韩金刚的家里帮我的忙，把小丫鬟救到镖店，一定都是他老人家。于是他就高声叫着："师父！我知道是您啦！您老人家露面叫我见一见吧！当初是我错了，您别再生我的气啦……"他口中这样叫着，心中十分难过，眼睛发酸，然而没人应声。

小丫鬟在他的背后，把脸枕在他的左肩上，说："快点走吧！快找小芳去吧！你是怎么啦？这儿哪有一个人呀？"刘得飞只得又往南跑。

却见南面远远地来了不少的人，还打着大灯笼、小灯笼，好像就是韩金刚院里刚才的那些灯笼。刘得飞知道这一定是韩金刚那些人到镖店来找他,他本想奋身前去格斗,但又想:我把这小丫鬟可放在哪儿呀?再说我师父现在暗处了,他跟小芳一样,都不愿意叫我跟人打架,我还是忍一口气,赶紧去找小芳要紧。好在他们这些人到悦远镖店是去找我,绝牵连不上唐金虎。

于是,他就赶紧背着小丫鬟上了路旁一家的房屋,由这房屋又跳到那家房屋,就把人家的瓦屋当作他的道路,小丫鬟吓得直哆嗦。幸亏天已晚了,下面的人家都已睡了,同时他虽背着个人,身子也还很轻,手脚也敏捷;又加天上有云,月光也不像昨夜那么亮,因此没有人察觉他。那一伙人也就从街上走过去了,还听得到他们愤愤地彼此说着话,灯光里闪烁着刀光枪影。刘得飞暗暗冷笑,他什么也不顾得,就一直回到了那烧饼铺。

他把小丫鬟放下,上前叫门,里面张歪子问了半天,问清楚了是他,这才把门开了半扇,并急急地说:"快进来!快进来!你没看见对门天泰镖店里边,好!跟马蜂窝似的,乱哄哄,又是灯,又是人,刚才走了一大帮啦!快进来吧!"刘得飞便拉着小丫鬟进来了,张歪子一边关门,一边回过头来看,说:"这是怎么回事呀?"

刘得飞带着小丫鬟进了里屋,小丫鬟见了小芳,抱住了就哭,小芳也哭。张歪子关好了外边的门,又跟进来,悄声地说:"这怎么办?一个就够麻烦的啦,这么一会儿,又变成了两个啦!你有了媳妇就得啦,还要干儿女吗?"刘得飞摇头说:"不是她干女儿,是她的丫鬟。是别人把她救出来的,送在我那儿,我就把她带来了。"

老掌柜的连连摆着手,说:"得啦!得啦!先小点声说话!反正她们已经都来啦,车也雇去啦,一个人坐一辆车,两个人也是坐一辆车,有个伴儿倒好。只是,得飞!咱们是老乡,谁还能够不知道谁?这两位堂客若都到你家里去,有的吃吗?"

刘得飞点头说:"有,我叔父已经从我那里拿去不少钱啦,他一定没都花完,我这里还有钱。"说着就从他的怀里,掏出金锭和小的银元宝好几个,都交给小芳,说:"你替我收着吧!"

小芳却给推开,说:"你还是自己拿着吧!交给我,倒许给你弄丢了。

我本来还有些首饰,也都没带出来;还有一些我的体己,可是存在我那两个干姐姐家里了,慢慢地我可以跟她们要去。"

刘得飞却摆手说:"不用去要了!那算来算去还是韩金刚的钱,要到手里也不光明。连悦远镖局柜上我还存着的钱,我都不想要啦;唐金虎待我不错,我帮他的忙没帮到底,还许给他惹上麻烦。他欠我的钱我也不要了,将来我再凭本事挣去,反正我师父也回来啦,刚才救香儿的那人,一定是他老人家……"

小芳说:"你还提你那师父啦!韩金刚把他恨死啦,他们恨你,也是因为恨你那师父;我早就偷听过他跟吴宝在一块儿商量,想要害你的师父,并且害你。韩金刚他还另有个打算,就是想要把他那没人要的妹妹嫁给你,你好帮助他作恶;今天大概你要应了,也就没有后来的事了,因为你不答应,他才要把你害死。"

刘得飞听了,不住地冷笑,说:"他是没看清了我刘得飞! 连张家口那卢宝娥我都不要,我就能够要他的妹妹吗? "小芳赶紧问:"卢宝娥是谁呀? "小丫鬟也问:"长得好看吗? "刘得飞摇头说:"不用管她啦!她住的地方远极啦,咱们先别说那些话,先说明天怎么走? "小芳说:"怎么走? 明天不是坐车走吗? "刘得飞点头说:"是坐着车走,可是明天说不定他们就派人截车。"

小芳决然的说:"由他们去截,反正我就是死了,也不能再跟他们回去!"小丫鬟挺起小胸脯来也说:"我也是绝不再回去啦,我老跟着我们五……"她赶紧改口说:"反正我们就都跟着你啦!永远跟着你啦!"

刘得飞又点头说:"好!这就行!我凭这口宝剑,拼出命去也准得都把你们救走。"他说这话时,愤愤的,显得十分英雄的样子。

老掌柜说:"你看你这么大声嚷嚷,非得叫街上听见不可!我真替你提着心。"说着,这老掌柜的简直不能再在这儿睡觉了,就把他儿子张歪子叫到外屋。

原来外屋的吊铺上还睡着两个人,一个是炸麻花的冯大,一个是小徒弟,都睡得正香。老掌柜的说:"把他们也叫起来,咱们就动手做活儿吧! 对门的镖店看见咱们照旧做着活儿,也就不疑惑了。"于是,外屋就点起灯,升火、热油,开始做起活儿来了。

里屋的小丫鬟靠着炕角躺下睡了。刘得飞仍站着,小芳在炕头坐着,不住地看着他。这时小芳的头发已经挽得很好,脸上的伤痕更衬出她的娇鬈、美丽;她这一身红更是刺眼,简直像个新嫁娘。她也像新嫁娘那么妩媚,斜着眼把刘得飞看了半天,就慢慢地伸手把刘得飞拉住了。刘得飞赶紧向旁躲了躲,说:"姐姐你就睡吧!睡一会儿还得走呢!"小芳却悄声向他说道:"怎么到了现在,你还对我叫姐姐? 不许再叫了,让人听见了,可要笑话你。"

刘得飞却忧郁而正气的说:"别人不能笑话我, 我只认了个姐姐,没做丝毫不光明的事。我师父知道了,他老人家也不能恼怒。"说着话,他又向旁躲了躲,他的腰间可还系着那条绣带,用手又往紧勒,愈显出猿臂蜂腰、健强英俊,然而竟像是个傻小子,小芳不禁轻轻地叹了口气。

这时外面又有人来叫门,把小芳吓了一跳,刘得飞也立时又提起宝剑。原来是陈麻子回来了,他说:"车讲好了!天不等亮,他一定来,绝误不了事。"刘得飞点点头,陈麻子又看见了正睡着的小丫鬟,他就指着说:"嘿!这是谁? "刘得飞还没答言,张歪子就把他拉出去了。

当下,外屋就炸麻花、烙烧饼,通夜地忙碌起来;也许因为这缘故,或是对门天泰镖店的人觉得刘得飞还不能这么傻,不能把小芳带到这儿来,所以竟没人来找。他们这里的麻花炸了两筐,烧饼已经烙得了一大堆。陈麻子偷偷地扒着门向外瞧了瞧,见对门的镖店,门关得很严,里边一点灯光也没有,街上也没有人;他就喜欢了,拿了些烧饼麻花,拿到里屋。

小丫鬟这时也起来了,他们就算是吃了一顿饭,于是就盼着等着。又多时之后,车就来了,于是就叫小芳先悄悄地出去,坐在车的尽里边,小丫鬟挨着她;刘得飞也挤进去,身旁放着宝剑。赶车的把车窗扣得严严的,陈麻子还扒着车窗,向里笑着说:"小刘!再见呀!到时候我再给你贺喜!"刘得飞也没注意去听,他只听见吧的一声,鞭子一响,骡子就拉着车走了。

车走得很慢，走的时候见天空的星星还不少，月色显得模糊，及至走到了永定门，正巧星失月坠，天色将将发晓；他们这辆车便随着许多等城门的车辆，趁着一阵杂乱，就出了城。一出城，赶车的可就把鞭子紧挥，车就走得快了，顺着城墙一直往西。刘得飞将车窗解开，他露出头来，呼吸了一口气，说："这就不怕他妈的韩金刚了！"

回首看看，见身后坐着小丫鬟跟小芳，全都是十分欢喜；小芳的眼波一掠一掠的，尤其显出来情意缠绵。小芳的美丽多情，在刘得飞的心中，并不是不受感动，然而有一种东西，这东西大概就是正义、人格，来拦阻他。他并且最注意的是昨夜有人相助之事，他急于要将这两个女人先安置好了，然后他还回到城里找师父，所以他就催着车，紧紧地走。

他们这辆车走尽了北京城南面的城墙，照理说是应当再往北，登上那股石头道，才能一直往西；但他们为躲避韩金刚派人在那里挡截，所以就走上了一股土辙。这股路是坑坎不平，车颠动得太厉害，小丫鬟就又叫又笑；叫是哎哟哎哟地叫，笑是格格地笑，小芳就拧了她一下，说："你怎么啦？你疯了？"小丫鬟说："我是因为喜欢，现在咱们可算是逃出来啦！"小芳不禁回忆起来前尘，从她被硬抢进韩金刚的家，直到昨晚受过的苦，现在脸上的伤痕还在痛着。她不由得一阵难过，掏手绢擦眼泪，恨不得这时让刘得飞安慰安慰她，但刘得飞现在只顾催赶车的，说："快走！还是快走！"

车从偏路又认向了正途，这里满是铺着平石的大道，一直通到卢沟桥，往来的车马极多。赶车的就又要把车窗扣严，刘得飞却摇头说："不行！我觉着挤得慌，我可不能够在车里！"小芳央求似的说："可是我……我还不愿意遇见认识我的人，你还是把车窗遮严了吧！"于是，刘得飞就将车窗遮严，叫两个女人在里边，他自己却坐在车窗外，跨着辕子。

这时的天气实在很热，恨不得扇扇子才好。而石头道上，尘烟滚滚，车轮咕噜噜地发着响亮的声音，同时后面又有嘚嘚嘚的马蹄之声追来。刘得飞不由得回首一看，就见后边来了两匹马，马上的人一个是双铜灵官陈锋，一个是赛黄忠马宏，这全是追魂枪手底下的，也都是刘得飞的仇人。当时两匹马就从车旁擦过，一直向西，仿佛没看见他们似的。刘得飞只是怔了一怔，然而毫不畏缩，仍然向赶车的说："快着点走!"于是骡子又嘚嘚地前行，车轮又隆隆地急滚。

又走了约有二里路，身后边又听见马蹄紧响。他赶紧又一回首，却见又来了两匹马，马上一是太岁刀韩豹，这人更不被刘得飞放在眼里；那另一个，刘得飞见了却不由得生气，原来正是卷毛狮子周大财，他心说："好小子!"

此时周大财先赶来了，但相离还有一箭远，他就大声地叫："得飞!我的老贤侄!你把车停一会儿!"刘得飞回首怒目望着他，却不发一语。周大财既着急又带着笑说："老贤侄!冲我的面子你再回城里一趟!昨天那事是他们的不对，我叫他们给你赔罪，可是你得把那五姨太太连那小丫鬟都送回去；不然与韩金刚的面子太难看，与你的名头也不好，把你师父的名声也丢完了……"

刘得飞忿然说："你说什么?"说时从车中取出宝剑来一举，那周大财吓得勒马向后退去。刘得飞就怒目说："你骗我到的韩金刚家，想害我，现在又想骗我再进城，再害我?"

周大财的马向后退了很远，可还依然大声地说："你这样做事太不光明，再说你也跑不了!"

刘得飞却冷笑着说："看你们谁敢往前来?"又说："你说我做事不光明，将来我叫你看!我是个侠义英雄，如今救的是我的恩姐跟她的丫鬟，你们敢胡说八道，我就跟你们拼!"

那边太岁刀韩豹早已亮出刀来了，刘得飞就要持剑跳下车去拼斗。小芳却趴在小丫鬟的肩上，伸手将他拉住，语声颤颤巍巍地对他说："你千万可别……可别……这是大道，更不能打架!还是快点走吧!"刘得飞不由又忍下了这口气，就又叫车快走。那两匹马在后面还跟随着，可是越离越远，马仿佛倒没有这辆骡子车走得快。

赶车的也知道是刘得飞的威风把那两个人吓住了，于是也帮助刘得飞向后边骂，鞭子更吧吧地连挥不止；骡子浑身是汗，不住地向前跑去,车跟着就好像是在飞,眼前可就望见了滚滚的"浑河"即永定河了。河上有长龙一样的石桥,就是卢沟桥,是北京著名的风景地,名叫"卢沟晓月",更是个险要之地。

第十回　斗起长桥侠女相助
　　　情生良夜好汉为难

　　这桥是早先刘得飞拉骆驼的时候，每天至少要走两趟的，现在因已天热，所以没看见一匹骆驼；可是桥的石栏杆上雕刻的那样式不同的一个一个的狮子，却依然存在。他们的车疾疾向上去走，车轮的声音显得更大，在车上的人觉着更颠簸。还没有走到桥的中心，突然，就被几个拿刀持枪抢铁棍的人截住了，一齐怒声喊说："站住吧！刘得飞你这小子，今天还想拐了娘儿们跑吗？"

　　刘得飞并不吃惊，手中紧紧地握着剑柄，扬眉一看，见就是双铜灵官陈锋、赛黄忠马宏、佟老太岁、阎王笔大罗岱；另外又来了一个虎背熊腰、身材矮小，可是十分结实、满脸灰白胡子的老头子，手持一对特别长也分外尖锐的"判官笔"。这不用说，一定是罗岱和罗崇的爸爸，那绰号为"魁星笔"的老罗龙了，这老家伙大概是今天才从大同府来到。他们倒有主意，知道刘得飞必从这里走，所以先赶到这里来等着。

　　这地方桥身虽宽，可是两边都是水，前边截住，后边的周大财跟韩豹也追来了，个个手中的家伙全都举起。佟老太岁的大铁棍向下一砸，铛的一声巨响，幸亏这桥结实，不然能给砸塌了，他怒嚷着说："刘得飞！我活了这大年纪，还没见过你这样的大胆横行的小辈！硬从人的家里抢娘儿们，什么东西！今天我非得把你打成肉泥！"

　　老罗龙嘿嘿地冷笑说："我道刘得飞是怎样的三头六臂，原来就是这么一个乳毛未脱的小崽子？我来的这趟真不值得。在马脖子岭伤了我的二儿，原来就是你这么个小孩子？孩子你下车来吧，快跪在这桥上叩头，把人家的姨太太交出来，我老头子也真不愿要你的小命！"

刘得飞虽然叫车已停住，他却依然守护住车帘，并不下来，他手握宝剑，拱拱手说："你们两位老英雄，别听信旁人的话。韩金刚他凭什么抢去人家那些良家妇女，在他的家里，受气挨打？我就是为这不平，我救的是小芳，她是好人，她早就是我的恩姐。"

佟老太岁大怒，高举起铁棍来说："你说什么？花言巧语，你骗得了谁？快！快下车来，扔下你那宝剑，便饶你命，要不然我一棍连车带你全都打碎！"

刘得飞听了他这句狠话，心中实在气愤已极，便在车上蓦地就站起身来，手抡宝剑，向佟老太岁就砍。佟老太岁疾以铁棍横迎，老罗龙自侧面又双笔齐进。刘得飞却将剑变换招数，当啷当啷舞起，杀退了罗龙的两支笔，剑从佟老太岁的胸前掠过，佟老太岁不得不曳着棍向后去退。而这时罗岱又挺双笔扎来，刘得飞剑舞如飞，使他反倒闪避。

最可恨的是周大财，带着陈锋、马宏等人就去掀车帘，要把小丫鬟跟小芳都揪下来，车里哎哟哎哟地直叫。刘得飞疾忙回身，喀喀喀宝剑紧削，周大财等人虽然以刀招架，可也抵挡不住；当时周大财跟马宏齐都被剑斩倒在地，陈锋跑了。

罗龙父子的"笔"又一齐扎来，佟老太岁的铁棍自下边扫到，但刘得飞一跃而起，形如飞鹤，宝剑狂舞，呼呼地带着风，同时大喊："赶车的快走！"那赶车的——陈麻子的表弟也真能干，趁势抢鞭，赶车就跑。

然而大罗岱叫他的爸爸和佟老太岁敌住刘得飞，他却与陈锋跑去追车，三两步便已追上；陈锋抢着双铜，罗岱挺着判官笔，他们就要将车拆了，连车里的人也都不顾。在这危急之时，忽见罗岱惨叫一声，双手扔了"判官笔"，趴倒在地，头上流出了血，原来中了一镖；陈锋是腿上中了一镖，也躺倒在地，车咕隆隆地飞似的驰去了。

刘得飞一面死力抵挡佟老太岁跟老罗龙，同时他还把那边的情形看得清清楚楚，不禁大为惊诧。他一面抡剑继续抵挡，一面侧目向右边

看了一眼,就见原来是由东边来了一个骑小黑驴的人,却是个女的,打
镖的就是她;她又打来一镖,佟老太岁扔了大铁棍也趴下了。这女的下
了驴,抢刀也来战罗龙,并尖声说:"刘得飞你快走!"刘得飞再一看,哎
呀!这原来正是卢宝娥,她怎么由张家口来了?

卢宝娥此时又一镖,把罗龙也打躺下了,她就急急地说:"刘得飞
你还不快走!傻东西!韩金刚还有人呢,他们眼看着就来了!"刘得飞收了
剑,说:"卢姑娘!那么你呢?"卢宝娥就噗哧一笑,她这一笑也真好看,脸
儿虽黑,却很风流,腰儿纤纤有如杨柳;然而这是一棵随风疾舞的杨
柳,她的身手真是矫健。她的手里拿着镖还拿着刀,身穿藕色的小衣
裤,直说:"快走!快走!保护着你那小姐姐妹妹,快点请吧!韩金刚来了全
有我,用不着尊驾您!"

刘得飞又惭愧又感激,他也不知应当说什么话,只好转身向西跑
去。他追上了那辆车,跨上了车辕,又催着快走,咕隆隆咕隆隆一霎之
间就过了桥。桥的这边本来拥挤着许多过路的车马,但当时就给他们
让开了一条路,齐都扭着头看他们,他们的这辆车就过去了;骡子的四
脚不停,车的双轮飞动,赶车的虽想立时叫停,可也停止不住了。

如此又往西走了二里多地,车走得才缓了一些,回首已看不见卢
沟桥,更看不见卢宝娥了。刘得飞心里真佩服,又感谢,觉着刚才幸亏
有她来救,幸亏她会打镖,可是她原在张家口,怎么会来的呀?来了是
为干什么呀?莫非她是专为帮助我才来的吗?啊!她真跟我好,她可真有
本事,只是现在那桥上连死带伤,趴着躺着的有好几个,那能就算是完
了吗?她救了我,我算是跑了,可是把一大堆麻烦都给了她;韩金刚和
官人就是找不着她,也能去找卢天雄,我叫人家受连累,我算什么好
汉?因此心中又气又着急,恨不得即时又回去,有什么事情一人去当。
然而他又不放心小芳跟这小丫鬟,想着只好先把她们安置好了,然后
自己再回城里去;别的不说,反正还得找着卢宝娥,给她道个谢。

这时小芳坐在车的尽里边,向外对刘得飞连问了几句话,问是刚
才得到了谁的帮助才脱的险,刘得飞却没答言。赶车的说:"是一个女
的,真很厉害!"小芳惊讶着说:"什么?是一个女的?她是干什么的呀?"

刘得飞只说："是一个女保镖的！"详细的话，他却一句也不说，因为是不好意思说。

要是没有卢宝娥提亲的那件事倒不要紧，有了那件事，可真不好意思；早先不叫人家当媳妇，嫌人家黑，现在可多亏人家这黑丫头来相助，何况人家也不是怎么太黑呀？比我背煤的时候那张脸可白多了！再细说，更不好意思，因为小芳给我的那金如意，现在还在卢宝娥的手里；女人的心眼窄，她要知道我把她的如意弄丢了，她得有多生气？我也算丢人。得啦，不说吧！反正我把小芳救出来，是已经报了她的恩；卢宝娥对我的好处，我将来也必报答，绝不欠账！又想：连卢宝娥都知道小芳是我的姐姐，并说小丫鬟是我的妹妹，那么，她可算是我的什么呢？这可真不大容易称呼她啦，干脆，见面时，我就称她一句"女英雄"！

骡子车慢慢地走着，到了夕阳衔在西山角的时候，就来到了门头沟。刘得飞也许因为有好几年没回家的缘故，进了村子，他看着很是生疏；又因为骆驼都找凉快的地方"避热"去了，所以连一个长脖的骆驼也没看见，他更感觉着景况萧寥、冷落。到了他的家门前，一看，也改了样儿了，土房更显得破了。

他就叫车停住，宝剑放在车上，他先下车走进门。见了邻院胡大嫂，头发都秃了；胡大嫂的儿子比他小两岁，现在也成人了，倒还认识他，说："哎呀！你是得飞呀？你怎么回来了？"他的叔父刘大脖子，现在已是一个孤老头子，脖子不但不大了，而且变得又瘦又细，说："得飞，你还回来？"刘得飞顾不得一一行礼，只说："外面还有人。"

这时小丫鬟搀扶小芳也下了车，走进来了，刘大脖子跟胡大嫂母子看着全都惊讶。门外的邻家妇人也赶来了好几个，都说："这是得飞的媳妇呀？"小芳当时就一一地见礼，真好像媳妇来到了婆家似的。刘得飞却张口结舌，因为回到家里，还能对老邻居说，这是我的姐姐吗？这话不能说，因为都知道我本没姐姐；说是媳妇，又实在不是，他只得含糊其辞，说："我是送她们来这儿住，她们来这儿住住，就是住住。"

刘大脖子只住一间屋子，屋子还很小，当然也脏得很，胡大嫂就说："快让到我这里屋来吧！你大哥又没在家，等给他们收拾好了屋子，你们再住!"刘得飞把赶车的也请进来喝水休息。天色已不早了,赶车的今晚也不能回去了,只好也在这儿住;所以房子小,真麻烦啦。

胡大嫂当时就把小芳跟小丫鬟全让进她的屋,几个邻家女人也都跟着进来,悄声地评头论足,说:"这媳妇长得不错!"可是刘得飞怎么给说来的呀? 还带着个丫鬟,大概是拣得的一个便宜。

当下,刘大脖子就追着问了:"我没听说你娶媳妇,怎么会带来了媳妇?"刘得飞摆手说:"慢慢说!慢慢再说!"他这样一支吾,人家都更狐疑起来。小芳是害着羞,低着头,一声也不言语,小丫鬟更把嘴闭着,于是刘大脖子就害怕了,说:"得飞呀!你可别弄回来麻烦呀? 这媳妇是哪儿的? 你别在城里惹祸呀!"

赶车的陈麻子的表弟,却在窗外说:"没什么的,我知道,他是昨晚在烧饼铺里娶来的。"刘大脖子说:"是张歪子那烧饼铺吗?"赶车的回答说:"对啦,是我的表兄陈麻子给他做的媒,媳妇的娘家也没人,那小姑娘是她的侄女。"

赶车的大概对刘得飞的事已看明白了,知道他不会说,所以才替他胡编了这么一套谎。不想这些人就都相信了,立时女人们全都给刘大脖子贺喜,说:"您这可有了侄儿媳妇了,还来了一位亲戚的小姑娘。"又向得飞说:"你得请我喝喜酒呀?"刘得飞只好笑着,说:"我们饿了,我这儿有钱,谁给我们买点饭食去吧?"说着就从怀里掏出一块银子来。

胡大嫂说:"都说你在城里保镖发了财,敢情是真的。可是咱们这村子,你忘了? 连个卖饼的也没有,干脆我给你烧锅做饭吧!"她就要下手。小芳却急忙站起身来拦阻,说:"大嫂子,哪有这样儿的? 我们一来就先叫您忙!您告诉我锅在哪儿,叫我自己做吧!"胡大嫂说:"不行,不行,我们这村里的规矩,新进门的媳妇不能就做饭,还是让我来吧!"

小芳依然客气着,这时就有邻家的女人点上了屋里的灯;灯光一亮,可照出她脸上的鞭伤痕迹,原来不是胭脂,当时又使得一些人起了疑,邻家女人们又悄悄地谈论。小芳却走到外屋的灶旁,小丫鬟给她抱来院中的干草,她就生起火来。

小芳真是一进门就成了新妇，她一点不避烟熏火燎，她穿着那么贵重的绣着花朵的红缎衣裙，就坐在灶前地下的一块砖上，烟把小丫鬟刺激得不住咳嗽；小丫鬟也勤快地往锅里添水；一霎时就烧热了一大锅开水，于是就冲茶。这儿也没有茶叶，是现往邻家去借来的茶叶，于是就传嚷得满村子的人全都知道了，来的人更多，都说："我们来看看得飞的媳妇，哎呀！真不错，还一定会过苦日子。"又有人说："快点给人家收拾屋子吧！哪有人家刚回到家里，头一夜就不叫人家团圆的？"所以，大家都在忙乱，小芳跟丫鬟还是一句话也不答。

　　刘得飞拿着个粗饭碗，坐在炕头喝热茶，他却直发怔，还想着卢宝娥在卢沟桥施展的那绝妙的身手；他又不住地发愁，因为现在的情景，简直是要弄假成真，真要把小芳弄成我的媳妇，我可怎能当得起呀？这样，他的心里倒不禁难过起来。别人拿他打趣，说："哎哟！你娶了这么个漂亮媳妇，你可怎么消受呀？"还有的人推他、拉他，叫他跟小芳当晚就拜天地。他却一声也不言语，他甚至要起急，跟人家翻脸，但他极力地忍耐着；好在是回家里暂时躲避，明天我还得进城，绝不可以得罪这些老邻居。

　　待了会儿，胡大哥回来了。胡大哥是以赶驴载客为生，一天不知要跑几趟卢沟桥，一进门就说："今天卢沟桥出了一件事，是个女的，会打飞镖，打死打伤了好几个人，听说那全都是城里的镖头！可惜当时我没在那儿，没看见那个大热闹。"

　　当下许多人又谈论着这件事，把一些邻家妇女，连胡大嫂全都吓得直哎哟，说："那样的女人得有多么厉害呀？多半是个母夜叉吧？"小芳、小丫鬟跟那赶车的全都听见了，可是一声也没言语，刘得飞也只好不言语。

　　胡大哥却又来向他说："得飞！你现在带着媳妇回来了很好，城里那些保镖的简直没有好人，他们整天拿刀动杖的。前天有个人来找你，说是镖店里派的人，催你赶快回去；别说你没在家，就是你在家，我也得说你没在家，因为保镖的来找你，大概没什么好事。我替你做的这个行当真时时提着心！现在你既娶了媳妇，也回家来了，我看着真喜欢。我劝你就在家里住着吧,以后或是置几头骆驼,或是租几头骆驼,还是干你的老本行吧!在镖行混,真不是事!"刘得飞也只得点头答应。

邻家们都很热心,有的帮助小芳烧好了粗米饭,有的早把新房给他们收拾好了。所谓"新房",还是刘大脖子住的那间屋,叫刘大脖子临时搬到邻家去住。小丫鬟住在胡大嫂的屋,赶车的有他的那辆车,就是睡觉的地方。刘大脖子的屋里虽然破破烂烂,可是经过一收拾,也很整齐,还有人临时用红纸写成双喜字,贴在墙上;被褥,连枕头都是邻家借来的;另外由西邻新结婚的陈二嫂家借来了一对锡烛台,点的还是红蜡。真是应有尽有,喜气洋洋,大家还念着吉利的话儿,待了会儿,就将刘得飞和小芳双双送到屋里。

夜渐渐深了,邻家们陆续散去了,窗外也毫无声息。小芳羞答答地坐在炕头,低着头,半天之后,她才渐渐地抬起了眼皮,借着烛光看了看英俊的刘得飞。但刘得飞却离着她很远,依然是个傻子的样子,更不知道他是什么时候把那口宝剑拿进来了,现在用衣袖不住地拂拭;仿佛他这件东西,比什么都要紧,他不但不来看小芳,并且不说一句话。小芳几次都要先开口,然而终觉着难为情。末了,她实在有点忍不住了,好像要是再不说话,刘得飞就能把那宝剑擦一夜似的;于是小芳急得轻轻顿了几下脚,悄声地说:"你在那儿干什么啦?"

刘得飞这才抬起头来望了望她,说:"你就睡吧!我现在不困。"小芳皱着眉说:"你就不睡觉,也应当过来跟我说一说话儿呀?"刘得飞这才往前走了一步。

小芳微微地笑了一笑,斜着脸儿问他说:"今天觉着喜欢吗?"刘得飞点头说:"从昨晚上我就喜欢,因为我把你救出了韩金刚的家,我的心里痛快。"小芳又顿顿脚说:"咱们别再提韩金刚家了!忘了那些事吧!我既跟了你,我以后就是你的人,咱们得说咱们过日子的话。"

刘得飞吃了一惊,他赶紧摆摆手,说:"不行!小芳!姐姐!今天这里的邻家们,无论说什么,弄什么,那都不算。不过咱们也不能分辩,因为一分辩,话就得说好多,事情就麻烦了。我是送你们暂时在这儿住,将来还得给你们另找好地方。你可千万别恼,他们说什么,那全都不算;反正你也不信,我也不能那样干,我绝不能真拿你当作媳妇。"

小芳惊问着说:"什么?"刘得飞说:"你放心我,我不能丧心背德。"小芳说:"这叫什么话?我跟了你……"刘得飞说:"你跟我是暂时躲避那韩金刚。"小芳急得双脚直跺,说:"怎么是为暂时躲避着他呢?我不是为跟你……痛快说吧!我不为在几年前就爱你,就想嫁你,我干吗这样?"她的泪如两串断线的珠子似的,不住地向下直落,肩膀儿一颤一颤的抽搐着,语声哽咽,又说:"难道你觉着我不配?我因是韩金刚的姨太太,就不配嫁你?"

刘得飞连连地摆手说:"不是,不是,我要是那样想,叫我的头掉,叫我死无葬身之地,叫天雷劈打我!"小芳说:"咳!别说啦!你真叫人的心里难受!我也知道你是个好人。"刘得飞说:"因为我是个好人,我才绝不能做不义之事,你对我好,对我有恩。"

小芳急得又顿脚,说:"什么叫有恩呀?"

刘得飞不由得也哭了,大颗的眼泪顺着脸直往下流,说:"我自幼便没有了爹妈,拉骆驼,背煤,你当初扔给我的那个苹果不要紧,可是那我觉着比金元宝还贵重。"

小芳说:"在那时候我就有心要嫁你。"

刘得飞擦着眼泪说:"那时候更不行啦,我也养活你不起呀!后来,我师父玉面哪吒彭二,又是我的恩人,他养活我,并教给我武艺。不料又因为他跟吴宝拼命,我去帮了一帮,他当时便生了气,跟我断绝了师徒之情。我那时住在小庙里,穷得没有饭吃,也没有人肯管我,又多蒙你赠给我金银,并送给我这条绣的板儿带子。"说着把短衣裳撩了一撩,露出在裤腰上系的那条绣带,并用胳臂不住地擦眼泪。

小芳也用手擦着眼泪,依然哽咽着说:"你可知道,我为绣这一条带子,费了多大的心?我的心,早就都给你了!我比你还命苦,还没有人疼爱,幸亏遇着你……"

刘得飞说:"我也没说你不好呀?我敢发誓说,在我的眼里,头一个是我师父,第二个就是你。"

小芳说:"我也不是说我待你比你师父还好,本来这就比不到一块儿,我不能逼着你,我也不是不识羞耻。可是你想,我为什么跟你呀?更不用说这儿你的亲戚、朋友、邻家已都知道了咱们是夫妻。"刘得飞说:"这……"小芳斩钉截铁地说:"这,这什么?这还有别的说的吗?反正我既跟了你,活着是你的人,死也是你的鬼,我永远也不能再离开你啦!除非你……你……你把你那宝剑拿过来,叫我死在你的眼前!"她哭得坐都坐不住,真是十分可怜。

刘得飞赶紧把那口宝剑紧紧地拿住,藏在背后。他真为难,急得头上的汗水直流,却不知怎样才好,不能怪小芳,小芳实在是一片真心;也不能怪她死心眼,女人都是这样。更不能怪她不明白我,她只知道多情,哪知道江湖义气?我跟韩金刚拼命,要只是为抢他的姨太太做媳妇,那我不但枉负侠义之名,简直是不如猪狗!但小芳不仅可怜,也真可爱,又可以说,今天是已经被人弄假成真了。我师父若是在这儿,我可以问他老人家,我应当怎样办,但现在没有人能够告诉我,是否应当就娶她为妻?娶她,总觉不对;不娶她,她可又太可怜,又这么动人的心,我,我可真难死了……

小芳哭着,又说:"你要是不喜欢我,你就快说!你要是觉着我不配,那更好办。你是一个男子汉大丈夫,又是出了名的大镖头,难道连句痛快话都不会说吗?"

刘得飞却真说不出来痛快话,因为他实在爱小芳,只是他觉着实在不应当娶小芳;他的感情和理智相互矛盾着,他的嘴又拙笨,说话哪能够痛快呢?所以急得他直摆手,结结巴巴地说:"得,得啦!今儿你先睡,有什么话明天再说……"

小芳却依然摇头,哭着说:"不!我不能一个人睡,我要你把话说痛快了,讲明白了才行!"

这时候,忽然屋门开了,从外面一下子就飘洒地跳进来了一个年轻女子,把刘得飞跟小芳全都吓了一跳。起初还以为是邻家的妇女,干吗来啦?不能是来闹喜房呀?小芳尤其的惊讶,因为她根本不认识这个女子。

这女子的年岁有十八九,脸儿发黑,却长得妩媚;身穿的是一身青,又瘦又紧,这个打扮很特别,腰间还系着一条青绸带子;肩上挂着一个黑缎绣着白小花的口袋,里面装着些个沉东西,可不知是什么,并且背后还插着一把刀。她双手叉腰站立,对着刘得飞噗哧一笑,说:"我找你来啦!这不是新房? 这应当是我的! 因为你在张家口的时候就已经给了我订礼,你早就把我订下了! "

刘得飞说:"这是什么话?"他认出来的这女子就是卢宝娥。这原也不足为异,她能够在卢沟桥助我拼斗,就能够找到这里来。可是她依然是那样不知羞,谁曾向她下过订礼? 我正在为难着急,她却又来搅!

因此,刘得飞的气直往上升,就瞪着眼说:"什么? 你说的是什么? 你是走江湖的女子,我刘得飞也是个江湖人! 今天在卢沟桥,承你相助,你的镖法、武艺,我佩服了就是,这我以后再报答你。你将来在江湖上遇着了凶险,我舍了命也得救你,没别的,可是你少说这些不识羞耻的话!"

卢宝娥却说:"呸!你不认账了吗? "说着由怀里掏出来一个小绸子包儿,打开了给刘得飞看,说:"这不是你给我的订礼? 你订了人家,难道不算了? 你的手里,还拿着我的一只镖呢!"

她如今拿出来的,正是昔日刘得飞在张家口店中雨夜被她给偷了去的那两个小如意;她是得意洋洋的,还仿佛怕被刘得飞蓦然抢了过去,所以她是仔仔细细地拿着。小芳在旁边看得十分清楚,面露惊诧之色,便看着刘得飞。两个女人全都这样看着刘得飞,刘得飞真红了脸,就说:"卢宝娥,你真不识羞!"

卢宝娥瞪着眼说:"谁不识羞? 当着这女人骂我,我从来也没受这样的欺负! 你因为保镖,那次到了张家口,我叔父跟唐金虎做的媒,你还给了订礼,我爸爸才把我许配的给你的。"

刘得飞急得头上更流汗,直向小芳摆手,说:"别听她的,千万别听她的,她说的这都是瞎话!"

卢宝娥却冷笑着说:"怎么是瞎话? 就算是瞎话,可是救了你,帮助你,那可都是真事儿。我猜出来你自张家口回北京来,一定就得有麻烦! 因为你这么一个楞头青,连半点江湖门槛全不知道的人,头次走镖就出了大名,一定得有些人不服气。我就也来了,住在我叔父那儿,我可还不知道你跟韩金刚有那么深的仇。所以昨天晚上,我叔父听说你上了韩金刚的当,被困在韩家,性命难保,他就赶忙去给你说情,我也就赶忙地去救你。我还没想到你跟韩金刚的这个小娘儿们,原来还有这些个事!"

刘得飞横剑正色说:"你可别胡说!"

卢宝娥又微微一笑,说:"我也都知道了,大概你是受过她的好处,所以你把她当亲姐姐一样侍奉着。别管她是有什么心,你倒是傻呵呵,只知道救她离开韩家,却没想跟她做夫妇。这一点情景,我要是没看出来,我还能够救她?我恐怕连你也犯不上救了!我明白你,你真是个好人,要不然今晚我也不再来。现在我来了,第一就是跟你说,你别忘了,你已把我订上了!这也不是我不识羞,是谁叫有张家口的那回事呢?你能忘了我,我也忘不了你。第二我是来跟你的这个姐姐说说,她是你的姐姐,也就是我的姐姐,她不像你那么傻;我这一来,她就明白啦,她不能占我的份儿。

"第二件事现在顶要紧,我来告诉你们吧!韩金刚现在并不是就完了,他已告到了外城御史衙门和北衙门的正堂,说是你杀伤人命,抢去了他家的女人。你现在藏在这儿,他们哪能够不知道?今天是天晚了,大概明儿一清早,你们就是想走也走不开,趁早儿快想主意吧!在这儿还瞎磨烦什么?难道你们还真把这儿当你们的新房?韩金刚一来到,连你带她,全都得没有活命!"

刘得飞一听,心里的确为难,气恼倒全都没有了,他把宝剑往桌上一拍,愤愤地说:"我不怕!我在这里等候着韩金刚!"小芳却惊恐万分,泪落纷纷地说:"这是干吗呀?要是有地方躲,还是躲一躲吧!"刘得飞问说:"往哪里去躲?再说我于心无愧!韩金刚要说我杀伤了人,那我抵命;要说我抢妇女,那可不行。她,小芳是自愿跟我出来的。"

他一说这话,连卢宝娥都着急了,跺着脚说:"那行吗?你跟人家分辩人家也不能信,天一明,韩金刚带着南北衙门的班头捕役们就一定来,那时能容你分说?"

刘得飞慷慨地笑说："没有什么，或是我跟着他们去打官司，或是我跟韩金刚拼个死活，我刘得飞若是惧怕，就不是玉面哪吒彭二的徒弟!顶好是，卢宝娥你既是一位侠女，你就应该把小芳跟那个小丫鬟都带走，你们做姊妹去；她们有了办法了，你也有了伴儿了，我一人留在这儿跟韩金刚拼，命我不要了!"

他这样一说，连卢宝娥也伤起心来了，又急急跺脚说："这是图什么？都死也不能叫你死!"转脸就向小芳说："你劝一劝他，他还许能听你的话。"

小芳紧咬着唇，沉思了一会儿，就站起来向刘得飞说："你不用生气，也不必为难，现在的事情，我也都看明白啦!刚才我跟你说的那些话，那都是我错了，全算我没有说。我知道你只能把我当作姐姐，这，其实我更喜欢，因为我还没有个弟弟；姐姐跟弟弟是一奶同胞，比夫妻近得多。可是，弟弟，你还得听姐姐的话，我叫你走，你就还得走。"

刘得飞眼泪一对一对地往下流，他低着头，弯着身说："你说什么我听什么。"

小芳说："我是绝不能让韩金刚来了再把我抢回去。"

卢宝娥说："你们现在要走，我就保护着你们都到张家口我们家里去，韩金刚他天大的胆子，也绝对不敢去找。"

小芳摇头说："那么远，我可不能去。"又向刘得飞吩咐似的说："你还把我送到罗天寺庙里去，虽说那庙内的和尚都跟韩金刚认识，可是无论是谁，大概还不能由那佛门净地里去抢人。虽说我一个女人，住在庙里不方便，可是因为我亲娘的灵牌还在那儿供着，我还想放一场焰口呢!再说，至少我也得去辞一辞那灵牌，以后才能再向别处去走。我还有两位干姐姐，我也要把她们请到那庙里去见面，并且给我想法子，保护我。"

刘得飞听了，就点头说："既是这样，倒容易!那么现在就走吧!"他对于小芳的话，真是百依百从。

小芳又笑了笑，说："你愿意当我的弟弟，以后可就得听我的管，不像做夫妻，我得听你的。"她说的这话宛转而凄惨，她的美丽的脸儿这时又挂满了泪。

刘得飞也不再问什么,更不说什么,就去到院中,把赶车的唤醒,说明白了现在还要动身。并去隔窗叫醒了胡大哥与胡大嫂,他把实话也都说了,并说还得赶快躲一躲,不然,到了天明,就能够连累你们。

那胡大哥与胡大嫂本来对今天刘得飞忽然带着个小娘儿们,还有个小丫鬟回来成家的事,就有些猜疑,向那小丫鬟问了问,那小丫鬟也是不肯说;弄得他们睡不安觉,仿佛有什么大祸要临头似的。现在,刘得飞隔着窗,把真情实话尽皆告诉了他们,把这夫妻可真吓得不得了,继而听刘得飞又说是现在就要走,他们哪敢怠慢?当时就把那正在熟睡的小丫鬟叫醒了,说:"你快起来吧!又要带着你走啦!"

那小丫鬟也不知道是怎么回事,幸亏她睡觉不脱衣服,所以一咕噜身就起来了。出了屋,见那赶车的已在门前把车套好了。从屋里出来了小芳和另外一个年轻的女子,这小丫鬟她不知道这是卢宝娥,就非常诧异;月光模糊,照着这女子的黑而俊俏的脸儿,仿佛带着紧张。小芳悲惨惨地对她说:"你去向人家道一道谢吧,咱们打搅了人家半天,现在忽然就要走,真是对不起人。"

这时候那胡大哥出来说:"得啦!得啦!你们就不必再客气啦!快点走要紧。反正明天无论是谁来打听,我一定说你们全都没回来,也不知道你们是上哪儿去啦!可是盼着你们得多保重,事情若没弄清楚,可千万别再回来了!"正在说着,蓦然看见了面生的背着刀挂着镖囊的卢宝娥,他也不禁吓了一跳。

卢宝娥是在门外有一头小驴,她上了驴,小芳跟小丫鬟依旧坐在车里,刘得飞是手提着宝剑跨着车辕。那赶车的也看了看卢宝娥,不禁吐了吐舌头,又打着哈欠,暗叫着:"倒霉!"详情也不敢细问,只问说:"刘爷!这半夜深更的,还上哪儿呀?"

刘得飞说:"罗天寺你认识不认识?现在就上那儿去。"赶车的说:"刚娶了媳妇又要上和尚庙,可干什么呀?"卢宝娥举着皮鞭子说:"你不用多费话,你就赶着车快去吧!"

这时,那胡大哥已经把那门关闭上了,赶车的不敢再多说话,只得赶着车就出了这村子。月光惨黯，大地茫茫，车后的卢宝娥小驴嘚嘚，车里的小芳却又呜咽着痛哭起来。

第十一回　忍泪忏情重栖古寺
携剑入市巧遇恩师

在这时候,女人的哭声是真叫人听了心酸,刘得飞就问说:"你还哭什么呀？"小丫鬟也劝说:"您就别哭啦！现在大家不是还在一块了吗？"小芳的哭声却仍不停止。车摇动得太厉害,使她的哭声也忽断忽续,是愈觉得凄惨。

卢宝娥催驴赶到车旁,说:"大姐！你就不用再伤心了！我告诉你,只要你能脱开韩金刚的手,叫得飞也不去跟韩金刚拼死命,就什么事情都好办！"小芳的哭声仍然不止,卢宝娥也仍不住地追着车劝解,劝她的话越说可越急躁。

现在她的驴,离着刘得飞跨着的车辕很近,几乎擦在一起了,刘得飞就说:"你何必跟着我们？你自己回去办你的事好了。我的事你已帮了不少的忙,将来我一定报答你,现在没有你的事儿啦,你走吧！"

这话把卢宝娥的恼怒当时招起,她厉声地问说:"什么？你说的这是什么话？"

刘得飞说:"我说的这是我心里的话,你跟着我们干吗？已经没有你的事啦。她就是在罗天寺待不住,我会再把她送到别处去,反正绝送不到你那张家口。还有,也许有人愿意在张家口给你们家当养老女婿,你可另找别人;我刘得飞,今天把话都说开了,我一辈子绝不娶妻！"

卢宝娥气得当时从背后唰的一声拔出刀来,盖头向着刘得飞就砍。刘得飞本能地用宝剑去迎,可是不用迎,卢宝娥的刀根本就没砍下来,手就先软了,她长长地吁了口气,说:"真气死我了!天下还有这样没良心的? 这样不给人面子的? "

他们这样一打架,车立时就停住了,赶车的赶紧跳下车去,说:"可真悬!你们怎么说话就动刀呀? 索性等你们打完了咱们再走吧!别出了误伤,那,我这买卖应得,可真够了本钱啦!"

刘得飞一手拿着宝剑,也要下车,但他的另一只手却被小芳由车里紧紧拉住。小芳说:"你这是干什么呀? 人家对我也是好意,才想也跟着送我到那庙里。"

她的悲哽之声未止,又加上苦苦地哀求,刘得飞真又听了她的话,也不下车了,只口里念叨着说:"我也不管她是好意不是! 她的武艺跟镖法我佩服,可是她不该拿着那两个小如意就讹上了我,缠上了我没完,这我不能依她。"小芳说:"算了吧!现在我也什么都不说了,你只把我送到那庙里,就完了。"刘得飞这才不言语了。卢宝娥将刀收起,依然插在背后带子上,仍不住地冷笑。那赶车的又上车来,赶起了车。车仍在前走,驴仍在后面跟随。

小芳在车里虽然忍住了悲声,可是还不住地抽搐着。刘得飞听了,心里更是难受,他简直烦得很,心说:女人真是不好惹! 小芳跟我好,原来是想嫁我,我一摇头说不行,她就这样哭起来。可是无论她怎么哭,我也不能改变心肠,不然我一定就成了万人唾骂的一个贪色的无赖汉了。卢宝娥是真脸厚,讹上了我啦! 可是我虽然爱她的武艺,却绝不能娶她为妻,不然也对不起小芳,得把小芳气坏了。我两个全都不娶,将来剃光了头当和尚,那时她们还能够去找我吗? 我只有这一个法子,这个法子最妙! 所以,差不多他的心里就算把主意拿定了,并且仿佛到了罗天寺,一下就在那里当了和尚最好。那就完了,她们也都死了心了,也就不能再麻烦我啦,这样麻烦,我可真受不了!他此时简直不忍听车里小芳的哽咽声,尤其不敢回头,怕看卢宝娥那含愁带怨的俊俏黑脸。

车走得很快,赶车的对于路径是非常之熟,同时也是恨不得快把这趟子买卖做完了,明天好回家去睡觉,可再也不应这个买卖了,当时只是加紧的赶路。由这里往那罗天寺去，本非近路，所以一直走到月向西坠。天色黑了一阵，东方就显得有些发白，已经望见了潺潺流淌的长河。

刘得飞认出了这个地方，这里已经离着罗天寺不远了。他想起了前夜间的事，那晚，小芳原来就是有意，自己竟没觉出来。想到这里，脸上还觉得发烧，觉着这件事还是不大好办，就是做姐弟也不行；年轻的小伙子忽然认了个年轻的小媳妇做姐姐，也是不大像话。

他正在想着，车已越过了河湾，由庙后转到庙前，就停住了。这时天光已经大亮，这座庙的两面全是汪洋的水，小燕子已醒来了，成双地在水面上飞翔，鸟儿也在柳枝上乱唱。小丫鬟先下车去敲庙门。那卢宝娥并没下驴，她只扬着脸儿把庙门看了看，遂就又斜瞪了刘得飞一眼，就一句话也没说，策着驴向东走去了。

及至和尚将庙门开了，小丫鬟手搀扶着小芳下了车，小芳已用手把头发大致地梳好了，脸上的泪迹也多半擦去了，所以下车时，态度依然十分的尊贵而雍容。她是这庙里的"大施主"，当时和尚就很客气的让她进内，到那特为女施主休息设备的禅堂里，献了茶，还问："胡三太太跟祁二太太那两位女施主，今天也来吗？还做焰口不做了？那灵牌前，我们倒是不断地给上香。"

小芳点了点头，说："她们不一定来不来，焰口也先不做了。我是因为昨晚在家里生了点气，所以现在才来到这儿躲一躲，因为知道这里清静。"和尚点点头，大概这庙里是时常有些好佛的，又曾写过很多布施香资的太太们来到这里"躲气"，不足为奇，所以和尚也不细问。

小芳又嘱咐了一句："无论是谁找我来，可都说我没在这儿。"和尚又点点头，就走出去了。

这里屋里只剩下小芳、小丫鬟和刘得飞，小芳又使了一个眼色，把丫鬟也给支出去了。她就用泪眼望着刘得飞，低声问说："你现在打算的是什么主意？"刘得飞说："我还是那个主意。"小芳说："据我看着，那卢宝娥很不错，再说她会武艺，你也会武艺，你们两人正配得过。"刘得飞又摇头，却不说一句话。

小芳又说:"我也知道我是配不过你了,因为我跟过韩金刚,你不会再娶我了;以前我还痴心妄想,现在我灰了心了。我也觉着你说得对,一个男人,尤其是在外面要名声的人,是应当这样的。"刘得飞说:"我怕受万人唾骂,我才不能答应你。"小芳说:"现在你就再答应了我,我也不能因为我,就坏了你的一辈子名声。我已经明白了!我也不能再哭了,你放心。"刘得飞仍然不言语。

小芳擦了擦眼泪,又说:"我在这儿住着,也不是个长局,韩金刚还能够不来吗?要说再往别处去,可还有什么地方可去?再说我老连累着你,也不像话;咱们两人又没有名分,老在一块儿,还是能叫人说闲话的。何况那卢宝娥也不能再找你,她跟你那么好,她又没嫁过人,长得也很不错;只有我不清不白在中间阻碍着,我也自觉着不对。"

刘得飞说:"咱们的名分还是姐弟。"

小芳说:"算了吧!说这话可真羞人,谁给咱们认的? 我实在不愿意听。好在昨天晚上我到了你家,无论是真是假,你家里的人跟邻居都已经知道咱们俩是夫妻了,那我就不冤。"说到这里,她的眼泪愈发如雨点一般,簌簌地向下不住地落。

刘得飞又为难了半天,小芳这样娇媚地哭实在是令人心痛,可是他又真不愿意为这种哭泣所软化,那样一来,一辈子的名声可就完了。他依然咬着牙,停了半响,就叫了声"姐姐",说:"你还有什么事情叫我给办吗? 因为今天我无论如何也得到城里去一趟,我还得见见唐金虎;我给他当镖头,不能就这样不辞而别呀!叫他倒以为我是偷着跑了似的。"

小芳说:"倘若你进城碰见了韩金刚,可怎么好? "刘得飞微微笑笑,摇头说:"绝碰不见他! 万一要碰见了,我也叫他抓不着,昨天是因为有你。"小芳点头长叹说:"我知道,我就是跟着你,不但能够坏了你的名声,还总是你的一个大累赘。"

刘得飞又皱了皱眉,说:"我又想起了一个主意! 我进城去到那庙里,把常九老头儿找来,叫他也不必再卖老豆腐了。我给你们找一个地方,你们爷儿两个,就带着香儿去过日子,柴米跟零花的钱全由我供给。"

小芳瞪着眼睛问说:"这是干什么呀?"

刘得飞说:"这你也用不着客气,反正常九是你的爸爸,也就跟我的爸爸是一样,他没有儿子,我当他的儿子。"小芳又问说:"那么他想要儿媳,可怎么办?"刘得飞怔了一怔,说:"他要儿媳干吗?有了儿媳倒能使家里不和。"

小芳又瞪了他一眼,说:"你这个人,可真糊涂到了万分!"

刘得飞说:"哦!我明白了。"说到这里,他的脸不禁红了一红,接着就决然的说:"我绝不娶媳妇,更绝不能……"叹了口气说:"咱们两人这一辈子是完了!只有缘当姐弟,却无缘做夫妻,以后我只好多挣些钱,孝敬常九跟你吧!尽我的心。"

小芳却说:"这,用不着你!"她此时的语声忽然变为严厉,脸色也更显惨白,眼泪倒少了。似乎她已经完全断绝了希望,知道跟刘得飞不能够再说什么话了;刘得飞是个死心眼,是个硬性的人,是根木头,是一块冰!

她便说:"得了吧!你爱进城去,你就去吧!我看你也不必去找我的爸爸,他一个苦老头子,以后你要是能够可怜他就行了。倒是你得去找我的干姐姐胡三太太,去送一个信,就说我在这庙里住着啦,叫她今天千万来这儿看我。"

她不住地哽咽,接着就把那胡三太太的详细地点告诉了刘得飞,并嘱咐着说:"那胡三太太的老爷,就是外城御史胡大人。不是听说韩金刚正在托那外城御史捉拿你了吗? 你可千万别去自投罗网,你可托镖店的人把这信儿送了去,其实……"说到这里,小芳已哭得痛不成声,一边哭着又一边说:"信送得到送不到,她来不来,其实全不要紧,我只是为把香儿,跟我几年的那小丫鬟,求她给带了去照应照应。"

刘得飞见小芳这么哭,他的心里更是难受,只点头说:"好啦!这些事我都能够给你办,可是我今天进城,大概当日不能回来。"

小芳说:"你今儿不必回来了,明天你可千万再来这儿看看我。"刘得飞点头说:"明天我一定能够回来! 好啦,事情都说开了,我进城去看看,大概也没什么事。以后我也不在城里混了,我还得上海角天涯,去寻找我的师父去呢!好啦!你就在这儿,也不必净哭了,哭肿了眼睛也不好。"小芳却哭得更厉害了。

刘得飞急于要回城里,当时又看了小芳一眼,拿上他的宝剑就往外走;小芳却仿佛要往外送他,他也没回头,就急急地走出了庙门。这时那辆骡车还没有走,赶车的说:"刘爷,车钱是现在就开发呀?还是我进城见了陈麻子再说?"刘得飞说:"我现在也回城里,还得坐你的车。"当下,他就坐在车里,把宝剑放在身旁,前边放下了车帘,就由着赶车的将车赶走。

他的心里时时难受,回想着昨晚在自己的家里,几乎被那些邻居们弄假成真,叫自己进了一回洞房,这真是对不起小芳;幸亏刚才把话都跟小芳说开了,叫她断了想头,那事做不得。但是我心里有多么难受呀?她长得多好看呀,跟我多有缘呀,假若她不是韩金刚的姨太太,我要不娶,不跟她一辈子老好,我不是人!

不觉车就进了西直门,他隔着车上的蓝纱小窗向外偷看,就见街上还是那么热闹,各干各的,可见昨夜闹韩金刚的家救走小芳和卢宝娥在卢沟桥镖伤众镖头的事情,并没有什么人知道。车越往南走,他见街上一如平常,他就更放了心。

可是还没有走到前门,忽然这辆车在路旁停住了,赶车的遇见了个熟人,谈起话来了。他的心里很着急,就掀起来一角窗帘,向外一看,看见正是赶车的表兄——烧饼铺的伙计陈麻子;也没背着他往日做买卖的那个筐,神情颓废,额角还有血迹,跟赶车的在说话,还是很害怕的样子。刘得飞不由得生疑,就探出头来问说:"陈大哥!你在这儿有什么事?"

陈麻子慌张摆手说:"你快钻到车里去吧!事情弄糟啦!昨天晚上韩金刚就带着人搜查烧饼铺,没把你跟那小媳妇搜着,烧饼铺的人可就都遭了殃啦!把张歪子、冯大全都打成残废啦!幸亏老掌柜的没在铺子里,不然一定得送老命;把面案子、油锅、烧饼炉子全都砸了个稀烂。我也吃了亏,你看……"他指着额角,说:"差一点就是太阳穴!我这条命也是拣来的,韩金刚可真不讲理!"

刘得飞此时已气得紫涨了脸,刚要说话,陈麻子却又接着说:"他们砸完了烧饼铺就去砸悦远镖店,幸亏唐金虎早就溜了,不然也得吃一顿饱打。他们还不解气,又到关帝庙,听说把卖老豆腐的常九那老头也给打了;因为常九是你那小媳妇的爸爸,他可因为女儿的事受了苦,打得大概要进棺材了……"

刘得飞实在忍不住怒气,就催着说:"快走!咱们先到关帝庙去看看常老头!"

赶车的却犹豫,陈麻子也吓得了不得,说:"老爷!你还敢出南城哩?要叫韩金刚那些人看见你,你还能有命?连我也不敢回去啦!我昨晚上睡了一夜小店,今儿还没地方去,我也卖不成烧饼啦,吃饭的地方也没有啦!"

刘得飞说:"不要紧!你先上车来,咱们一同到关帝庙去看看常九,然后再去看张歪子。看完张歪子,咱们一同到悦远镖店去吃饭。"

陈麻子说:"还去吃饭哪? 连唐金虎家里的饭锅大概都碎啦!"刘得飞说:"唐金虎斗不了韩金刚,但我要回去,韩金刚他们绝不敢去找我,今天晚上咱们就在镖店里住。"陈麻子说:"我可也真没有地方住,我这表弟他家里又有老婆,又没有闲地方。"

刘得飞忿然说:"有我,你就不必再怕韩金刚,你看!"他把车中的宝剑拿出来给陈麻子一看,说:"我有这口宝剑,韩金刚绝不敢来碰我。"又把衣裳拍一拍,说:"现在我身上带着金银,我不但出钱给常九治伤,还能赔你的烧饼铺;凡是帮助我的,我都有重谢。事情都办完了,半年之后,我再跟韩金刚去拼,一点也连累你们不着。"

陈麻子想了一想,就说:"好啦!我也豁出去啦!你要跟韩金刚拼,我也得帮助,因为他也打了我。"当下他也爬到车上,并且爬到尽里边,将车帘放下。

有他催着,他的表弟可就又把车赶起来了,而且赶得还飞快。车出了南城天还早,到了那破烂的关帝庙前,刘得飞跟陈麻子就一同下车进去。陈麻子在这儿很熟,可是这时候,在这儿住着的一些卖吃食的还都没回来,他们就一同进到老常九的屋里。这屋里根本就没有什么东西,所以倒没有被砸毁,可是老常九卧在炕上,不住地呻吟,头上、身上虽无血迹,可是内伤一定不轻,他已经显出来生命危殆的样子。

刘得飞叫他:"常老叔!常老叔!"他睁开了两眼,已经不认识刘得飞了;但他倒还认识陈麻子,这也许因为陈麻子的模样儿太容易认。他喘着气说:"喂!陈麻子!你说这是哪儿的事? 我女儿叫韩金刚逼着当了他的小老婆,我连他的门也没登过一次,我不沾他的,女儿我也不要了,谁叫他有钱又有势力呢? 可是他还找我来,带着一大群恶奴,硬说我把女儿藏起来了,还不容我分说就打我,把我的老豆腐担子都砸了。我跟他撞头,他就冲我一脚……"

刘得飞紧握着拳头说:"他妈的,韩金刚真是不讲理!"

老常九这才看出他来,就说:"哎呀!你不是刘得飞吗? 你在这庙里住过,你打过天泰镖店,你是英雄好汉呀!听说我的女儿跟了你去啦?这很好,你是我的小姑爷啦! 你回去告诉我的女儿,别管我,她只要好好跟你过日子就得啦! 我在这儿等死哪,死了我好到阎王爷那儿去告韩金刚!"

刘得飞又气又悲,他觉得自己对不起老常九。他的女儿倒是想嫁我,并且昨晚入过洞房,可是我没答应,有缘变成了无缘;他们父女为人都是这么好,我虽是出于无奈,可是我也太狠心!这话他不愿对常九说明,只说:"老大叔!你老人家就不用生气了,我一定给你们报仇!"他又转脸,皱着眉向陈麻子说:"他这么大年纪了,爬不起来,又没有人服侍他,可怎么办? "

陈麻子想了大半天,就说:"干脆,我也不用跟你上悦远镖店去啦!我看你回到镖店里更悬,韩金刚非再去找你不可,这儿他倒许不能来啦。你现在不是带着银子了吗? 你就给我点银子,我买吃的,带给他买药,我就住在这儿服侍你这个老丈人;反正我这几天也不能做买卖,又没个地方住。"

刘得飞说:"好!"当时由怀里掏出银子包,给了陈麻子几块银子,一锭金子。陈麻子喜欢得闭不上嘴,说:"够啦!够啦!我卖了一辈子烧饼,哪见过这个呀？两年我也花不完啊！你放心,这连你老丈人的棺材本儿都够啦！咳！你可别怪我说话丧气。我把你老丈人的伤服侍好了,将来还得送到你们那儿,叫他跟姑爷、闺女享几年的福呢!"

刘得飞又向陈麻子拱手拜托,他就走了。出了庙门,就用银子将赶车的打发走了,他只拿着宝剑,呆呆地站了一会儿,便迈步昂然地走去;走到大街上,他也毫无恐惧。

来到天泰镖店的门前,看见两扇大门依然紧闭,对门的烧饼铺那扇小门关得更是结实。他上前去推了推,推不开,他就又把门捶了捶,里面才有个小孩的声音问说:"是谁呀?"他答道:"是我,我是刘得飞,里边现在还有谁?"里边的小孩,原来就是这烧饼铺的那个小徒弟,就听他说:"这儿就是我一个啦!"

刘得飞说:"那么,你就不用开门啦!给你这个。"他急忙向里边投了几块银子,并隔着门上的窟窿,向里边说:"张歪子回来,你就把这银子给他,叫他们先养伤,然后开门做买卖,不要怕! 韩金刚再来,有我去跟他斗!"说着便转身走开,气更往胸头直顶。

他大摇大摆地走着,恨不得对面来了韩金刚,然而他一直走到悦远镖店的门前,竟连一个熟人也没遇见。这镖店也闭着双门,他叫了半天,才有人把门开开,原来这里也只剩了一个伙计,就是那"秃尾巴鹰"。刘得飞怒冲冲地叫着:"把门大开着,今天来了买卖,咱们还应,怕谁?"

秃尾巴鹰说:"刘爷,你要早在这儿也没有事呀?掌柜的一吓跑了,他们全都溜啦,连做饭都没有人啦。掌柜的孩子、老婆也全都走啦,现在这儿是一出空城计,就是我一个人儿在这儿啦!"刘得飞说:"你去把他们都找回来, 祸事是我一个人惹的, 我就一个人当!" 秃尾巴鹰说:"好!我就去把他们都找回来,您可看着门。"说着,他趁此时候就也溜走了。

刘得飞走进镖店,双门大敞,他进了柜房,就把宝剑亮出来,坐着等待。但他又困又饿,等了半天,一个人也没有回来,秃尾巴鹰更飞得不知去向了。刘得飞就手持着宝剑到了门外,东张西望,也没看见一个熟人。他恨不得即时就去找韩金刚拼，为京城剪除一害，然而又没有人来给这儿看门，他离不开身；他急得更生气，只得回身又走进门来。

到厨房里去看了看，一点吃的东西都没有。里院唐金虎的家眷住着，他向来是不去的，如今虽明知那院里也没有人，他可是仍不愿进去，饿得他的肚子直响。他蓦然想起来：我的屋里有从张家口带回来的一盒子奶酥，大概还可以吃，谁管它好吃不好吃？先来治一治饿是真的。

于是他走到他住的那屋里，看见什么东西都没有动，上次由张家口带来的狼皮褥子、牛毛毯、口蘑、奶酥四样礼物还都放在这里。他很伤心，这些东西原是为送小芳的礼，可是也没送成，有缘反倒变成无缘了，咳！我将来一定得设法报答她，我虽不能跟她做夫妇，可是得更对她好。

他一边这样想着，一边打开了奶酥的盒子，只见这东西纯粹是牛油做的，没有面，是点心又不像点心；不但已经干了，还长了许多的白毛，这真没法子吃。那口蘑是为做汤的，当然更没法吃了。他叹了口气，又到柜房去找锁头，想把大门锁上，到外边去吃饭，可是连一把锁头也没有。他可真急了，饿得更难受，秃尾巴鹰也不回来，唐金虎等人更都是"孬种"，胆小如鼠，竟全不敢回来了。

他又提剑走出大门，东张西望，连一个卖吃食的也没有，来来往往倒是有不少的车跟人。他想大概白天也不会有贼，于是就抛下了这座空镖店，往南去走；想找一家卖吃食的铺子，买些东西拿回镖店去吃。

他随走随回头，恐怕有什么人溜进那镖店去，可是倒没有。他走几步，仍不放心，又回头去看，可是就在这时候，猛然地就被人用力抓住了他的后背。他惊得赶紧回身，却见原来是一个满脸的胡子的人，穿的衣裳很破烂，好像是个叫花子，抓得他还真不轻。他不由得大怒，说："你抓我做什么？难道你是韩金刚的……"蓦然见这人一瞪眼，他看出来了。"啊呀！"他不由得喊叫起来，说，"师父啊！原来是你老人家呀！"彭二却说："快跟着我走！"这个人正是玉面哪吒彭二，他的师父，他不由得眼泪流下来了，心说：师父怎么落得这么穷呀！

他有无数的话都要对师父说,然而这时彭二哪里容他说话,只说:"快走!快走!你快跟我走!"他哪敢怠慢,紧紧地跟随着彭二,就进了一条小巷。这小巷里可也有不少的人家,不少的人,还都很注意他手提着的宝剑,所以彭二仍是脚步不停。曲曲折折地走过了许多条小巷,彭二才回首说了一句:"你好大的胆!你不怕韩金刚,难道还不怕官人吗?幸亏……"话不待说完,就又带着刘得飞走,走得飞快,刘得飞都有点跟不上了。

又转过了一条巷,就看见了一条不大繁华的街,这里有几家店房。但他的师父不带他进店房,却进了一家小小的命馆。这命馆像一座小小的神龛似的,挂着牌子,上写"赛洞宾""奇门遁甲""六壬神课",临街悬着绿色的竹帘。彭二一掀帘子就走进去了,刘得飞随着进去,只见室中的光线很暗,摆着一张方桌,上面陈列着很大的铜签筒;筒里放着一尺多长的竹签许多支,另外有黄铜的摇钱卜课的盒子,还摆着许多巨大的棋子,上面刻着字。

一位白发白髯的老道,见刘得飞进来,就吧地把棋子一拍,说:"你这个人为何面带凶煞?"彭二赶紧说:"这是我的徒弟。"看这样子,彭二跟这位老道人很熟。

里面还有一间小屋,彭二又带他走进去,就说:"再迟一步,御史衙门的官人们就要进那镖店里拿你去了!他们都知道你已回到了镖店,只是看见你手携宝剑,未敢惹你,可是绝不能放你跑;他们一面有人回御史衙门去叫来班头捕快,一面早有人盯着你了!无论你有理没有理,前天你也不该去骚扰御前侍卫韩金刚的家。"

刘得飞听了这话,倒不由得一怔,觉得师父怎么竟变成一个小心谨慎的人啦?于是他就忍不住说:"师父!你老人家难道不知前天我在韩金刚家里的事?不是我去找他,是他叫周大财把我骗去的。他不但把我锁在一间屋里要害我,他还把他的小老婆,那个名叫小芳的,绑起来用鞭子抽;我才抱打不平,因他太作恶多端。"

他师父玉面哪吒彭二微微笑着,摆手说:"你都不用说了,我全知道!我为什么要跟你分别?就是因为那天在西直门外长河河边,我跟吴宝那些人拼斗,忽然你跑上前去帮我,我一看,想不到你的武艺和勇力竟是那么好!我不能跟你在一块了,在一块你绝没有发展,你永远想依靠着我,所以我才离开你;叫你受点折磨,好自立!"

刘得飞滚着眼泪,说:"师父!自从你老人家走后,我时时在想念你老人家。"

彭二摆手说:"这不是好小子说的话!好小子得自立为人,遇有磕碰,得自己去受,不过你还好。我是自从与你分手,当时并没离开北京,可是追魂枪吴宝时时逼着我;他是受韩金刚的主使,因为早先为你的事我就跟韩金刚结了仇。韩金刚在面上好像不敢惹我,又似不愿和我一般见识,见了面的时候还跟我假客气,其实他是怀里揣着刀;他主使吴宝要我的命,我不得不避出京城,在外面漂流了些日子。前一个月我就回来了,就住在这命馆,因为这位算命的赛洞宾是我的老朋友,别人都不知道。我在街上也遇见过你,你可没看见我,你跟韩金刚小老婆的那些事,我也都知道了。"

刘得飞不由得脸红,说:"那我……我可……我可没……"

彭二微微笑说:"你不用辩解,我知道你们不会有什么苟且之事。可是那小媳妇很好,她又很可怜,既是被你带走了,我也愿意她当我徒弟的媳妇。"

刘得飞不由得发怔了,心说:师父怎么会愿意呢?把人家的媳妇做自己的媳妇,这岂不招人耻笑?怎么师父倒说是对呢?他遂就连连摇头,说:"没有!我虽跟她有缘,她也跟我好。昨晚回到我家里,老亲旧邻们,都要叫我跟她入洞房……"他就把昨夜的情形略略说了一遍,又说:"我没有,我不能干那事。"

彭二问说:"你为什么不能干?"刘得飞说:"因为她本来是嫁了韩金刚。"彭二问:"哪里是她愿意嫁的?是韩金刚硬给抢去的。韩金刚有妻又有妾,哪能够由他抢去一个女子,就得算是他的老婆?那小芳不过一个可怜的柔弱女子,她不能算韩金刚的妻,她幸喜有眼力,看上你可靠。你就应当救她,救她的终身,不应当嫌弃她。"

刘得飞说:"我倒没有嫌弃她,我也喜欢她,可是又觉得那样办太不光明了。"

彭二说："浑蛋!什么不光明?救出来一个受难多年的女子,并没什么不光明。你要是已经娶了妻,或订了亲事,那你自然不应当娶她,可是你还是个光棍。如果娶了她,人家既有了依靠,你也成了家。韩金刚的事,由我办,我跟他去拼一生死,没有你的事,你们自管好好地去过日子。"

刘得飞一听,心里喜欢极了,暗道:原来是对的!我为什么昨晚上跟今天早晨,就全没想开?对呀!她不能算是韩金刚的老婆,她只是一个可怜的女子,我救了她,就应当娶她。对呀!这就好办了,我再见着她就劝她,叫她也别再哭了,我还是跟她有缘。我得拿钱大办喜事,用花轿娶她,跟她再入一回洞房,那时候可就不能叫她为"姐姐"啦,得叫她为"媳妇儿"啦,好!

他乐得简直要笑出来,可是蓦然又想起来那卢宝娥,她还拿着我们的小如意呢!她脸皮厚,硬赖我订下过她,以后要娶了小芳,说不定她还得大闹,那可怎么办呀?这也应当问问我师父,于是他就又说:"还有那个卢宝娥……"

彭二不等他说完,就又笑了笑,说:"那丫头我也知道!本来我跟卢天雄、卢天侠早先都是好朋友,我也没看得起他家,想不到竟出了这么一个武艺超群、镖法出众的厉害丫头!那丫头也不错!实同你说,昨天佟老太岁、老罗龙、大罗岱那些人追你们到卢沟桥,我原也跟着下去了,本想你要是打不过他们,我就去上手。可是没容我去帮助,卢宝娥那黑丫头就去了,凭她的几只飞镖,竟把那凶猛的镖头和恶汉全都打伤,我真佩服她!她的叔父逢人就说,他的侄女已经是许配了你。前三天,卢宝娥那天大概是才从张家口来吧,跟她的叔父,还来这儿算过卦,问她的婚姻能成不能成。那时我就躲在这屋里,没叫他看见;卢天雄要见着我,一定得拉住我,叫我做媒。"

刘得飞摇头说:"我不能要她,我看她没有小芳顺眼,我跟她没缘。"

彭二说:"我倒觉着她也配得过你,更因为她会武艺,若是做了你的媳妇,是你的一个膀臂。不过既然有小芳那事,你也不能娶两个媳妇;再说还是救人要紧,你使一个可怜的女子有了着落,比你自己娶个厉害媳妇应当,咱们好汉子做事不能只为自己方便。卢宝娥的事就不用提了,只当没这回事。将来,等我叫韩金刚完了,那时我就可出头了,我一定去见卢天雄;他想把侄女配你,可也是喜爱你是一位少年英雄,原是一番好意,可是我劝他把那意思打消了吧。"

刘得飞又说:"师父,我还得赶紧回悦远镖店,因为我出来的时候,那镖店里一个人也没有,大门又开着。"彭二说:"你现在回去是自投罗网,御史衙门的官人一定在那儿了。"刘得飞说:"不要紧,我还要找他们御史的太太去呢!御史的太太跟小芳是干姊妹,今天临走的时候,小芳嘱咐我给她的干姐姐去送信。"

彭二说:"这些都不是要紧的事,回头再办不迟。告诉你,今晚我得跟韩金刚去拼,你可不许跟了我去。"

刘得飞着急地问说:"这是为什么?"

彭二却说:"因为我不能叫你杀伤了人命,永远做一个黑人!你年轻,你还有前程,将来你还要娶妻生子,成一份儿家业,立一番事业。我原想也跟韩金刚合不着,可是韩金刚他不该欺凌软弱的人,他打伤了烧饼铺里那些人,还打伤年迈的老常九,这我真不能忍,真看不下去,我非得跟他去较量较量不可。你千万别帮助我,你要再不听我的话,我可不但真跟你割断师徒之情,我可还得跟你翻脸成仇,算是你轻视我,看我一个人斗不了韩金刚!"彭二说着这话,又生起气来,他那两只带有威严的双目,吓得刘得飞大胆颤。

彭二又说:"我不愿意你惹韩金刚,就是怕你因此断绝了一辈子的前程;我早先躲避着他,不是怕他,还是怕因我连累了你。今天若不是看见你傻呵呵的,还在镖店等着叫人捉,还在街上大摇大摆,我真不叫你,你看我这样子!"

刘得飞擦眼泪说:"师父,你老人家没有钱花吗?"

彭二摇头说:"钱我用不着!我只是不愿叫你认出来。好徒弟,你我虽系师徒,但却有如兄弟,更因为你的武艺好,行为正,给我争光不小。

我早先不过是个泼皮,以后却也要做一名义侠。得飞你千万听我的话,第一你犯不上跟韩金刚拼;第二你暂在这里躲一躲,你要到御史家里给小芳送信也行,可是你等着天晚再去,到他们的门上说一句话就行,他们不至于认识你;第三件事最要紧,就是你快娶那什么小芳——就是那跟你有缘的女子做你的媳妇。"末了又问了一句说:"都听明白了没有?"

刘得飞嗫嗫地答应着:"都听明白了!可是我还没有吃饭,师父你老人家吃过了吗?"

彭二说:"你在这儿坐着等会儿,我出去给你买些吃食来,顺便我再到悦远镖店的门口去看看。反正我这样儿,就是遇见熟人,他们也不能够认识我,我绝不会出事,你就在这儿等着我好了。"

刘得飞点头答应着,望着他师父满脸的胡子,破衣褴褛地走出了这间屋子。他缓了口气,心里倒十分欢喜,因为既遇见了师父,又把小芳的事说成啦!小芳的事可真叫他高兴,恨不得当时就跑到罗天寺,把话跟她说明,可是怎么跟她说呢? 就说:行啦!我就娶你当媳妇吧!这话仿佛说不出口。因此他的脸不禁觉着发烧,心里可真乐。

这时,这里的那位道士装束的老先生赛洞宾也走进来,刘得飞急忙恭恭敬敬地打躬。赛洞宾掀着白髯笑说:"不用客气!不用客气!你是彭二的徒弟,就跟我的徒弟是一样。"这位道士装束的老先生,是一个"老江湖",能说会道。他跟彭二的交情很厚,彭二大概早就跟他说过刘得飞,尤其是跟刘得飞正在接近的那一两个女人的事情;刚才他又隐隐约约地听他们师徒说了好些个什么"媳妇""女子",这老先生虽没听清楚,可也早就猜出是怎么一件事了。他就掀动着白髯,大笑说:"你快把女方的生辰跟你的八字告诉我吧,我好给你们合一合婚。"又说:"小伙子!你不用脸红,这是一件好事! 年轻的人得趁早娶媳妇,千万别像我,这么大的年纪了,净给人写龙凤吉帖,自己可没有娶过一天媳妇,你的师父也是打了一辈子鳏过儿。阴阳相生,缺阴少阳,都不是正理,我盼你快把媳妇娶了吧,拿着宝剑干吗? 这凶东西,最能闯祸生灾,千万放下吧!"

刘得飞却一心惦记着师父，并急盼着师父给他买来食物，好治饿。不想等了半天，外面都黄昏了。这命馆里，赛洞宾也点上了一盏香油灯，灯光非常昏暗。他又烧草煮饭，饭味极香，馋得刘得飞的口水增多，肚子更是不住地咕噜噜直响。

又待了一些时，忽见外面走进来一个人，正是彭二，刘得飞就问说："师父！怎么样了？为什么去了这大半天？"

彭二却摆了摆手，说："说话小一点声儿！我看外面有几个人，大概不是御史衙门的官人，就是韩金刚的手下。他们大概知道你在这儿了，只是还不敢贸然下手。"刘得飞就说："在哪里？师父，咱们两人一同出去吧！该怎样怎样，别连累了人家这里算命的老头儿。"彭二摆手说："你先不要慌张，先吃吧。"遂由怀里掏出来几块大饼，另外还有两条熏鱼，彭二自己就先吃了。那赛洞宾也把黄米饭烧好了，还给刘得飞盛了一碗。

刘得飞这时反倒都吃不下，咽不下了，心中又气愤又紧张，听他的师父又说："老常九已经因伤而死了，我刚才帮助陈麻子给他买了一口棺材，拉出城外义地里埋了。因为他的女儿没在跟前，你是他的女婿，可还没有成亲，谁能老看守着他的尸首？只好先埋了就算了，以后你们再给他开吊设祭吧！"

第十二回　探酒楼师徒逞豪雄
　　　　失芳踪深夜滋悲痛

　　彭二又说:"得飞!你吃点东西就快些走!那小芳不是住在罗天寺吗?你就赶快去找她,在那庙里可也不应多待,赶快再走。张家口你不是去过吗?可以到卢天侠那里暂时住些日,这里的事情你全都不要管。"

　　刘得飞还在犹疑着,却见赛洞宾也直催他,说:"你快点走吧!你师父既叫你快走,你就快走吧!先去告诉你那媳妇,就说你的丈人死了,可是也已经埋了,叫你媳妇别难过,好好跟你过日子去吧!"

　　刘得飞站起身来,凄然地说:"师父!我走了!可是咱们几时才能再见面?"

　　彭二却微微地笑着,说:"你找我很难,我想找你可容易。你不用再在这儿磨烦,快些走!等到你娶了媳妇成了家,就是住在海角天涯,不定那一天,我也就找你们去啦!"

　　刘得飞又问:"悦远镖店现在怎么样了?我今天从那里出来就没再回去,也不大对。"

　　彭二说:"唐金虎你倒放心!他虽然躲了,可是他没闲着,一面托朋友,求人情,花钱打点,还给他自己洗刷得干干净净!说他跟你本无交情,不过因为看你漂流着可怜,才把你收容在他的镖店,给你一碗饭,也没想到你屡次给他惹事、闯祸;所以从此以后,他是绝不用你啦!并且若见着了你，还要把你揪住。大概今天晚上他就在一壶春酒楼请客，听说有很多的人，有卢天雄，有御史衙门的，还有别的镖店里的。总之，他们都说得开，卢天雄的侄女用镖打死打伤的那些人，也就都推在你一人的身上了。现在这时候，一壶春酒楼一定很热闹，唐金虎还不得给韩金刚当众叩头认罪吗？只怕韩金刚未必去。卢天雄也得替他的侄女求人家宽容，同时一定又得想法儿捉你，找那小芳。他们是不知道我在这儿了，知道有我，也一定不饶！"

刘得飞忍不住突然又抄起他的宝剑，不料当时就被他的师父夺了过去，说："我绝不叫你去胡来！因为你还得顾你的前程，我只有你这一个徒弟。"

刘得飞急得跺脚，说："师父，你老人家净叫我顾前程，但这口气可怎么忍？"

彭二忿然说："气我去替你出，我连这点事都不能办么？你这是小瞧了我。现在你就趁早儿空手去走，遇见有人揪你、打你，只许你躲避，却不准你还手；你若不听，我拿着这口宝剑或是杀了你，或是我自刎！"刘得飞流泪说："师父，你老人家真叫我难死啦！"彭二一边嚼着大饼，一边说："我要叫我的徒弟将来做一个顶天立地的男子汉！前程广大，流芳百世，那才是我彭二的好徒弟，你难？我可也不容易！"

赛洞宾在旁直推刘得飞，说："你就快走吧！过两天你再来。你师父在这里住了这些日子，我看他的脾气比早先更怪，简直跟疯子一样，若不因为是老朋友，我也早跟他打架了。你别理他！他是又犯了糊涂，明天就许好了！"

刘得飞只好走出了这家命馆，只见天渐黑，因为天气热，外面倒还有不少乘凉的人。他往北走了几步，回头看了看，倒也看不出来有没有人在背后跟着他。他不觉着又走到了一条繁华的市街，这里的人很多，灯也密密的，这边叫卖着酸梅汤，那边摆设着许多水果，还有年轻的妇女出来逛街，更有狂欢的人在酒楼上聚宴。他恨不得到"一壶春"去找韩金刚拼，即使韩金刚没去，自己也应当在众人的眼前露一露头，那才算得英雄好汉。又想得快些去告诉小芳："你爸爸已经死了，你别再生气!"更想到那御史家里是应当去一趟,并不是去求她的人情,却是小芳既托付了我;难道进城一次,连这么一点儿事也没给她办?所以,刘得飞就照着小芳告诉他的那地址,急忙地走了去。

走了半天,方才找到,只见这是一家很显赫的大宅门,门前挂着大灯笼,还停着几辆大鞍子的油得发亮的骡子车。刘得飞就走到一辆车前,问说:"这里就是外城御史的宅子吗?"他问的这人是个赶车的,不想这人当时没有答话,却借着那边门灯射来的灯光,不住仔细地看他的脸;把他看得心里倒直发毛,又很生气。

半天,这赶车的才说:"你不是那天在罗天寺的门口儿,你骑着马去了⋯⋯"

刘得飞点头说:"对了!我来是有一件事,因为那小芳,你知道吗?"这赶车的惊讶着说:"小芳不是韩家的五太太吗?前天夜里丢的,我们这宅里的三太太因为跟她是干姐妹,她正不放心呢!现在刚从祁侍郎的宅里回来,也没有打听出来她的干妹妹一点下落,正着急啦!"刘得飞就说:"小芳现在住在罗天寺,叫她的干妹妹明天千万去。"赶车的说:"你是干吗的呀?是她托付你的吗?"刘得飞回身就走,赶车的还在后面叫他,他却连头也不回。

他现在已经把小芳所托的事情办了,走过了一条胡同,他又无目的地慢慢走着,心想:明天御史的姨太太一定要去看小芳。我既娶了小芳,跟她也算是干亲了,她必定叫她的老爷保护着我,这才真是羞耻!不如我今天夜间就出城回罗天寺,去告诉小芳她爸爸已经死了,可是我当时就走;娶她,那是以后的事,现在我还得去找韩金刚!杀了他我偿命,闯了祸我自己当,用不着媳妇的干姐妹,也不必把事情交给师父去办!

当下他决定了去往一壶春酒楼,就愤愤地往前走去。将走到前门大街,忽听有人叫着"刘⋯⋯"他一回头,借着旁边铺户里的灯光,看出是陈麻子,他赶紧走了过去。陈麻子却一拉他,靠着墙根,悄声对他说:"老常九死了,你知道不知道?"刘得飞点头说:"我听我师父说了!"

陈麻子惊讶地说:"原来那个穷汉真是玉面哪吒彭二呀?他怎么变

成那么老啦？我简直都有点不认识他啦！今天自从你走后，我算是倒了霉啦，老常九就直翻白眼儿，后来幸亏彭二去啦，要不然我一个人还真没法儿啦。常九临死的时候还直叫他的女儿给他报仇，伸直了两条腿，眼睛可还没闭，我倒成了他的送终孝子啦；多亏彭二给出主意，还有庙里的江四帮忙，买了棺材找了地，就把你的老丈人给埋啦。我可又没地方去住，住他那间房子我又怕闹鬼，我正在这儿找店呢。你给我的那钱，除了埋了你的老丈人，还剩下点，我想拿着先用一用吧。明天或后天我就得回家啦，北京城我不能混啦！"

刘得飞却一声也不语，他此时怒气更是将胸塞满。他仰面看着天，天上乌云密布，星光模糊；地下车来人往，前门大街仿佛比白天还热闹。他发着呆，向陈麻子说："好好！那钱你拿去用吧！后会有期，我还有事。"

他抛开了陈麻子，又往南走，走几步就是悦远镖店。只见大门关了半扇，里面的柜房还有灯光，大概秃尾巴鹰那些人都又回来了。他想：这镖店当然不至于有什么事了，因为唐金虎能给人磕头！可是千万不要去替我给人磕头，我是还要去找韩金刚。于是他就连镖店也不进去，紧握双拳，又往南走。

走了约有一箭远，就到了一壶春酒楼的门前，他突又将脚步止住了。这时他又怕起来他的师父，因为他师父是不叫他来的，他也忘了他是怎么就走到这里来了。

这酒楼，前天也就是在这门前遇见了卷毛狮子周大财，周大财骗他到了韩金刚的家，几乎上当送命！刘得飞于是又想起韩金刚的口蜜腹剑和他鞭打小芳，又打死了常九的种种无法无天的恶行。他实在是北京城第一个恶霸！跟我刘得飞的仇恨还是小事，我不能再叫他在这里寻欢作乐！不能再叫他在北京城欺人作恶！于是，他收束不住自己的脚步，当时就又气昂昂地走进了酒楼。

一壶春酒楼里，晚上更加倍热闹，楼下的大酒缸旁全都坐满了人；横着的板凳，竖着的桌子，三个一群，五个一伙，有的高谈阔论，有的捋袖豁拳。有的脱光了膀子，还往嘴里灌酒，大声嚷嚷，胡说八道；有的还拉着女人,女人多半是妓女。灯光之下,奇形怪状,灯又不大亮,气味也很是难闻,热烘烘,乱腾腾,简直再也找不着一点空隙可以坐下了。

刘得飞这时的心里倒不禁有些迟疑,心说:唐金虎给韩金刚赔罪,一定是在楼上,我现在是不是应当就上楼呢?若是上楼,他们若已经来了,当时我可就得跟他们拼命;我若是不上楼,那么现在我来这里又为的什么?

他心里寻思着,两眼就不住地东瞧西望,觉着倒没有什么人来注意他。他想:也许是因为我没拿着宝剑!究竟在镖行中,在街面上,认识我的人还少,所以没人注意我。可是他却很注意这些人,看出眼前的这些酒客,差不多没有干别的,都像是保镖的;并且有的在腰带上插着装在皮囊里的匕首,有的干脆就把雪亮的刀放在酒杯旁边,还有的在凳子旁竖着什么护刀钩、梢子棍等等的家伙。并听有人说:"怎么一个也不来了啊?难道真是给那姓刘的小子给吓回去了吗?"

又有一个人说:"卢天雄已经来了,我想再待会儿一定就全都来到。究竟刘得飞那小子有什么可怕?今天虽听说他回到悦远镖店去了,可是后来忽又悄悄地溜走了,扔下了一个空镖店,他也不管啦!可见他也是胆小,怕人找他去,这叫作'蓬椒杆儿打狼,两头害怕'!"

这人对面的那个人喝了口酒又说:"我看闹来闹去,是咱镖行的人脸上无光。昨天在卢沟桥受伤的、死了的,都是咱镖行的人;可是用镖打人的,也不是外人,是咱镖行人家的丫头;今天在这给人赔罪的还是咱镖行的。只有刘得飞,他虽也吃镖行饭,可是他没拜访过谁,咱不认识;韩金刚也是,虽跟咱们镖行有交情,可是他不吃咱镖行的饭,应当叫他们两个人去斗,咱们别管。"

刚才说话的人又说:"细说,刘得飞也是咱们的同行呀,咱怎能不认识他呀?他的武艺是彭二教出来的,彭二不是保镖的吗?他上悦远镖店是唐金虎请的他,虽然只保镖上过一趟张家口,可也不能说他不是一个保镖的呀!"

那人又拍案子,说:"坏就坏在彭二的身上了,他竟收了这么一个徒弟!唐金虎现在栽跟斗也不屈,他不该请上一个无名小辈,也不拜客,就硬走镖,仗着武艺好,就欺负同行。卢家的丫头也没脸,弄的这是什么事呀?天下只有男追女,哪有女追男?再说刘得飞那小子不但是个好色之徒,还没有良心;他并不要卢宝娥,却硬抢走人家姨太太,这真丢脸!咱镖行里绝不认识他!"

刘得飞一听,这是别人对他的批评,他虽然生气,可又想:也难怪人家!我对小芳的光明磊落,小芳的情景可怜,谁能够像我师父知道得那么透彻?谁能像他老人家那样,不但不疑、不怪,还说是应当?我今天,别的不说,非得叫大家全都知道了我才行!打架拼命在其次,讲理,说明了事情是最要紧。

当下他愤愤的,却又强按着气,也不敢多抬头去看人,就在楼梯旁找了一个不为人注意的地方,将身一靠;连坐的地方都没有,灯光也照不着他。可是虽然人这么多,堂倌却看得很清楚,当时就过来问他要什么酒,还要给他搬凳儿来,他却摆手说:"等一会儿! 等一会儿!"

又听旁边都谈着金三爷长金三爷短的,刘得飞知道"金三爷"就是韩金刚的尊称,看来这些人有的是给韩金刚助威来的,有的却是为看热闹来的。不过他们都骂"刘得飞",像刚才那两人敢谈论卢宝娥的,还真没再听见;就好像大家都不敢,或是不好意思提卢宝娥,不知是为什么,只是都恨刘得飞。这几天,闹韩宅,抢小芳,卢沟桥死伤多人,所有的事情都推在他一人身上了,他成了大家的仇敌。假定这时他被发现在这里了,真许大家一齐上手,来饱以老拳,或是把这些匕首、钢刀、护手钩、梢子棍都向他的身上来"光顾"。他此时真仿佛是四面楚歌,可是他毫无畏惧,只躲避着别人的目光,却时时向着那楼梯去看。

有个妓女唱起了《四季相思》,真难听。这些镖头喝酒还要女人陪着,可见都不是好镖头,都是受过韩金刚的"恩惠"者。其实他们的本事一定都不强,比追魂枪吴宝、双铜灵官、赛黄忠那几个,一定更差得多。这一定是无名镖行里的一些无名小辈,他们不给韩金刚来助威,又能够到哪里去?

他蓦然一回头,见后面有一个门,大概是通着后院,也许是通着厨房,那里的灯光也很低暗;好像是有一个女的,见他这么一回头,当时又退回去了。他想着也许是这里掌柜的家眷,他既没看清那女子的模样,也没有怎么注意。他又看那唱《四季相思》的妓女,唱得还是很难听,但是那字句仿佛有点摇撼着他的心,令他想起什么来了;他开始知道了男女之间似乎是有一种"情",那就是小芳对他的那种情。

外面陆续地来了人,个个全是衣服阔绰,挺胸腆肚,气派十足;这些人不是镖店的大掌柜,就是跟韩金刚差不多的有身份有财势的人。刘得飞只认得其中的一个,是利合镖店的铁天王薛五。唐金虎也来了,虽然换的也是很新的衣裳,像给谁来拜年似的,可是他的样子极为狼狈。这时妓女不再唱曲了,一些喝酒的人也差不多都站了起来,争着挤着去看。这么一来,可把刘得飞的视线挡住了,他企着脚,伸着脖子,也看不见什么。

忽听大家都紧张地彼此悄悄地说:"来了!来了!"大概就是韩金刚来了,可是刘得飞却看不见,他只听得楼梯不断地咚咚乱响,都往楼上去了。

这里的许多人都争着往楼梯上去挤,都是要看看唐金虎今天怎样给韩金刚磕头赔罪。刘得飞胸中的怒气越发忍不住,他也要往楼上去看看;因为他想,唐金虎丢人,也就是自己丢人!他恨不得拆了这个楼梯。

但在这时候,忽然就觉着身后有人直揪他。他吃了一惊,急忙回首,借着微弱的灯光一看,却是一个小伙计,系着油裙,年纪也就有十二三岁。刘得飞就问说:"你揪我干什么?"心里想着:我也不认识你呀?然而这个小伙计却还不住地揪他,并且很有点力气,脸上也表现出来是有事,非得叫刘得飞跟着走。刘得飞心说:这可真怪!遂就转身跟着他走开。

这时因为人挤着人,想要往外走是绝不可能了,小伙计拉着他不放手,就出了后面的门。原来这里是一个小院,厨房也不在这儿,倒有三间矮屋,屋里有小孩在哇哇地哭。刘得飞就惊诧地问说:"你叫我来这儿干吗呀?"这小伙计说:"不是我让来的,是别人叫我去揪你,来这儿躲躲。"刘得飞赶紧问:"谁叫你去揪我?"小伙计却不答话,又往前边去了。

刘得飞不由得发怔，心说：这小伙计大概是一个小跑堂的，或者是这个酒楼的厨房里学徒的，可是怎么会有人叫我躲一躲？这倒算好意，可是他们怎会认得我呀？他越想越觉得奇怪。又见这小院黑乎乎的，一个人也没有，屋里当然是有女眷跟小孩，也没有一个出来的。

他一仰面，就看见这座高高的酒楼上有后窗，可是开得很小，而且很高，一共是四个。就从这四个后窗里，把楼里的喧哗之声隐隐地散了出来，也听不清那是谁在说话，是说的什么。但刘得飞气往上涌，心说：我非要看看不可！于是他就嗖的一声蹿上了房，由房上又一蹿，就上了一个后窗。这后窗本来不大，钻进去倒是可以，然而在这儿趴着却真难受；可是窗洞开着，毫无遮挡，能够把酒楼的情形看得清清楚楚，只见临街的楼窗也都大开，那窗户可都比这后窗大。

楼里现在也不分什么雅座不雅座了，摆着两大桌酒席，还都没有动筷子。灯光照耀，如同白昼一般。人很多，然而下面的那些人可只能在楼梯口儿，伸着脖子来看，却没有一个敢上来的。当中坐的是韩金刚，他那样子简直像个皇上，又像"阎罗天子"，旁边有两个小厮给他扇扇子。他面带煞气，两眼凶恶可怕，只听他说："我没遇见过这样的事！我自从在皇上跟前当了差，更不爱生闲气，可是刘得飞欺我太甚，他又是唐金虎给架起来的。"

旁边是那薛五说："算了！算了！大人不见小人怪，三爷你老人家宰相的肚里能撑船。金虎他绝不是敢跟你老人家过不去，我知道，他跟刘得飞小子本来也素无交情。"

唐金虎站在韩金刚的眼前，连头也不敢抬，只嚅嚅地说："对啦，我也不是跟他有交情，我是因为早先认识彭二，他是彭二的徒弟。"

韩金刚说："我知道啊！我的头一个仇人还是彭二，他早就跟我作对。我只想我是有官职的人，犯不上理他。"薛五又说："听说彭二去年跑到外省，害了一场大病，浑身是毒疮，死在店里了，连棺材都没有。"韩金刚却说："我从来不与小人一般见识，可是想不到刘得飞前夜竟到我的家里杀人，还抢去了我的小女人跟一个丫鬟，昨天更在卢沟桥……"

这时卢天雄在旁边了,便不禁满面通红,连连给韩金刚拱手,说:"我今天先当着诸位,给韩三哥赔罪。那个卢宝娥确实是我的侄女,我的哥哥家教不严,不知怎么,叫她一个人竟自张家口来到北京。她好玩,时常骑着个驴出城去玩,我拦也拦她不住。她跟刘得飞也不认识,前天的事情大概是凑巧,她走在卢沟桥,只看见一群人在桥上打架,她也没弄清楚是怎么一回事,就拿她的飞镖上前去帮忙;不想救的倒是刘得飞,伤的倒全是我的老朋友!我已经把她着实地管教了一番,将来我还要带着她,一位一位地去给伯伯叔叔们磕头赔罪!"

韩金刚却摆手说:"既是你的侄女,我还有什么话说,我还跟她一般见识吗?不过我将来倒要见见她,看她个女孩子家,镖到底打得怎么样?"卢天雄说:"过两天我必定要带着她,到您的府上去赔罪。"韩金刚微微点了点头。

这时唐金虎也连连直打躬,说:"我也在这儿给三老爷赔罪了!求三老爷玉手高抬,我再也不敢用刘得飞了!"韩金刚却沉着脸说:"你光不用他也是不行,你还得给我去找他!"唐金虎哭丧着脸说:"三老爷,我找不着他呀!他大概又回他家里去啦!"韩金刚说:"今天早晨,御史衙门的众差官到西山门头沟去拿他,可是听说他并没回家。"唐金虎说:"我也不知道他上哪儿去啦。"

韩金刚嘿嘿地冷笑,说:"你不知道?你怎能够不知道呀?今天明明有人看见他回你的镖店里去了,后来可又不知上哪儿去啦。他现在绝没离开北京,他有几个去处,你一定全都晓得,你就快说出来吧!"

唐金虎都要哭了,说:"三老爷!我真是不知道呀!我跟他本来没交情,他除了那烧饼铺和常九那儿,还有什么别处可去?"

韩金刚恨恨地说:"烧饼铺已被我砸了,常九老头子也被我打得半死,但是还出不了我的气,我生平也没受过这样的气!"

唐金虎又说:"我实在不知道刘得飞在哪儿了!今天他回到镖店的事,我是后来知道的,因为我连老婆、孩子都早就躲出去了,我怕三老爷你带着人去砸呀!"韩金刚傲然地说:"我是堂堂的御前侍卫,岂肯去砸你那么一个破镖店!"唐金虎说:"我是不知道三老爷这样的宽宏大量。"

韩金刚说:"今天当着这许多朋友,我也不愿十分地逼你。可是你既是刘得飞的掌柜的,没有你,他早就饿死了,也出不了名,这样吧!你再帮一个忙。"

唐金虎说:"三老爷你叫我变鸡变猫,我也干,别说帮忙;你老人家叫我帮忙,是瞧得起我。"

韩金刚大声说:"好!"他遂就站起身来,拱手说:"诸位朋友!今天的事都已说开了,可是我捉不到刘得飞我不甘心,我寻不回来我那五小妾我不能出气;这个脸我要不挣回来,我难再见人。因此,我要请唐金虎受点委屈,我要把他捆绑起来,高高地吊在他的悦远镖店门上。"

这话一说出来,唐金虎简直吓得要趴下。旁边的人,像卢天雄也觉着不好意思,铁天王薛五却说:"这没有什么,叫老唐受点屈也不要紧;捆他由我捆,吊他由我吊,我绝不能叫他难受,可是三老爷打算把他吊多大时候呢?"

这时,趴在后窗上的刘得飞简直把肺都要气炸了,觉着韩金刚是太欺负人了,唐金虎也太可怜了。他瞪大了两眼,就要钻窗去跟韩金刚拼,却又见韩金刚微微地冷笑,说:"无论如何,我要把他吊在他镖店的门前,几时把刘得飞那小子激出来,几时才把他放下。我不是跟姓唐的过不去,我是得看看,刘得飞到底出头不出头救他的掌柜子?那小子气傲,我想他不能不出头。他只要出了头,我就先得叫他送出我的五小妾,然后我把他跟我那小妾都在那镖店的门前砍成肉泥!"

他这话一说出,刺激得刘得飞义愤难忍。然而刘得飞还没有钻进后窗,却见由那临街的前窗忽然跳进来一个人,手抡寒光宝剑,大喊着说:"韩金刚!你太凶横了! 今天我要叫你恶贯满盈,死在眼前!"韩金刚大惊,急忙站起,这人却手抡宝剑向他就砍;他的旁边幸亏有两个保护着他的,一齐举刀将宝剑拦住。

韩金刚看这个人,衣服破旧,满脸的胡须,长得很是消瘦,面目却是很熟,就急问说:"你是谁?"这人却说:"你连我全都不认识? 你忘了彭二太爷爷!"韩金刚说:"啊？你是玉面哪吒彭二？你竟还活着！"

说到这里,他见他手下的一些人虽然都举棍抢刀,气势汹汹,在楼下的也都挤上楼来了,都大喊着说:"打他!打他!哪儿来的这小子？"但韩金刚估量着这些人也未必就能抵得过彭二。因为玉面哪吒在早先就名震镖行,何况他又是刘得飞之师。遂退后两步,用一把大椅子将身挡住,他连连地说:"彭老二,咱们是老朋友啊!很多日没见,见了面,你别这样儿呢？我找的是你的徒弟,没找你;找着刘得飞,我们好说也行!"

彭二却抽回来宝剑向他又刺,怒说:"你不用再说这些甜话,肚子里揣着刀!只为你无故打死老常九的事,我就得叫你给他偿命!"剑闪寒光,毒蛇钻心,向着韩金刚刺去。

韩金刚举起那把椅子向彭二就砸。楼梯边的人一齐拥上,大喊着,刀枪钩棒一齐来打彭二,唐金虎却趁势躲远了,铁天王薛五说:"彭二不对!你得罪了金三爷,你可是找死!"卢天雄在当中却给劝解说:"不可!有话好商量!"然而此时谁还听得见他说话,早就喊嚷嘈杂,纷纷乱打,椅飞桌翻;没下筷子的菜,连盘子带碗,全都飞了,碎了。

此时刘得飞早已钻进了后窗,他师父现在使的就是他的那口宝剑,所以他手无寸铁;这倒不要紧,最难的是不敢上前帮助,怕他的师父生气。可是不帮助也不行,彭二现在一人虽能抵得过众手,可是他摸不着韩金刚;他若不迅速得手,不但来帮助韩金刚的会蜂拥而至,并听有人高声喊着:"去找官人!去找御史衙门!"

刘得飞手举着一条板凳,正在着急,正在犹豫,突然身后的后窗,又有一个人跳下来了,用力推了他一把,说:"你在这儿干什么啦？为什么不快去帮助帮助？"他赶紧回头一看,原来是个女的,正是卢宝娥。他也没跟卢宝娥说一句话,当时就把高举着的大板凳向他眼前站着的铁天王薛五砸去。

这个小子当时正手抢宝剑,高声喊叫着:"你们快努点力,杀他不要紧!他是彭二,是著名的强盗、地痞,千万别叫他伤着金三爷!"他正在逞能,全不顾他早先也是彭二的朋友了,不提防刘得飞把大板凳往他的头上砸来,吧的一声砸了个昏,连喊叫也没喊叫得出。一些人更慌了,回身前来救他,刘得飞却一弯腰,就将他的剑夺到了手中,飞舞了起来,东杀西刺。旁边的人怪喊急嗥,有的受伤,有的丧命,有的人挤着人往楼梯下去跑、去滚,乱成一团,比刚才更乱了。同时卢宝娥也挥动了刀,她叔父卢天雄却藏躲了起来。

这时彭二已用剑将韩金刚砍倒,然后向刘得飞怒喊说:"谁叫你来? 你快些走!不听我的话我就杀死你!"刘得飞又急又怕地问说:"那么,师父你呢?"彭二冷笑着说:"你不用管我!"并向卢宝娥说:"卢姑娘!我托付你,你快将得飞救走!你们去找那小芳,一同远走!快!"

当时卢宝娥就伸手去拉刘得飞,刘得飞急得眼泪直流,只得跟卢宝娥一同钻出了后窗,翻身扒到房顶上。卢宝娥还揪了他一下,笑着说:"你简直是个傻瓜! 刚才我要不叫那小伙计去揪你,你大概还在楼下呢! 得啦,您可站稳了一点,别因为着急发慌,再摔下去。"

这时刘得飞却身躯极为灵便,他在楼顶上站了起来。上面是黑天暗月,脚下却都是不平的瓦,他向前急急地走,是想要看他师父怎样离开。一低头,见下面就是前门大街,街上的人可多极了。有许多只圆形的大灯笼在飘着,人头在滚动着,这大概都是外城御史衙门来的官人。刀光闪闪,人声嚷嚷,并有冷箭嗖嗖之声向酒楼上射来,刘得飞急得跺脚说:"我师父可怎么办?"卢宝娥却在他的身旁拉住他,声音娇媚地说:"你先别着急呀!等一会儿,再看!"

但就在这时,却见由酒楼的前窗飞跃出来一个人,刘得飞不禁叫了声:"哎呀!"跳下楼去的当然就是他的师父彭二。

街上立时更乱了,人都拥挤在一块了。刘得飞奋不顾身,也要向下去跳,卢宝娥却在后面紧紧地用双手拉住他,急说:"你下去干吗? 你师父那么大的本事,他还能够吃亏吗? 咱们不用管了,咱们若一管,他一定要生气,他不是叫咱们去找小芳吗? 咱们就快走吧!"

然而刘得飞就像是一匹牛似的,身子努力地向前去拽。忽然他两脚蹬空,连楼檐的瓦也带下了很多;卢宝娥依然还揪着他,二人手中还拿着刀剑,就像是平空飞落下一对鹰鹞,落到了大街上,当时四下的人都惊慌闪避。

彭二正昂然地大声喊说："杀死韩金刚,杀死别的人,都是我彭二一个干的,与别的人全无干!"一眼看见了刘得飞,他就怒斥着说："你快走!"

刘得飞还要奋身前去救他的师父,但卢宝娥却用力揪他,并且来了一个男子也用力揪他。那边的一些御史衙门的官人倒都没理他,却把彭二团团地围住了,全在说:"把他绑起来!绑起来!"又有彭二的笑声,说:"好!好!我去打官司,杀人者偿命,欠债者还钱,我彭二跟诸位走!"

刘得飞隐隐听了,不禁心如刀绞,但禁不住卢宝娥和那个男子全用很大的力把他揪住拖拽,就给拉到一条僻静的小巷里。刘得飞定了定神,拿手背擦擦眼泪,才借着黯淡的月光,隐隐看出帮助卢宝娥来拉他劝他的人,正是卢天雄。

大街上嘈杂之声,这时已渐渐稀少了,卢天雄说:"他们一定拉着彭二爷上御史衙门打官司去了!这不要紧,谁不钦佩彭二爷是好朋友,他到了衙门绝不能吃一点亏;官司也不要紧,不能判死罪,也不能给韩金刚抵命。衙门的人我又都认识,慢慢我给他去托点人情,不到两个月,他就一准出来。"刘得飞依然是哭,卢天雄又说:"老贤侄你也不用哭了,男子汉大丈夫,不应当净流泪,你看你的师父有多么硬,那才是好汉。"

刘得飞急得跺脚,愤愤地说:"我是好汉,我就得去救我的师父!"说着,他手挺宝剑就要去追。

卢天雄跟他的侄女宝娥又一齐用力将他拉住,卢宝娥说:"有话不会慢慢说吗?救你师父,明天再去救也不晚!"卢天雄也说:"你师父是上衙门去了,衙门是有王法的地方,难道你连王法都不怕了吗?"卢宝娥又宛转地哀求着似的,对刘得飞说:"你师父不是叫咱们先走吗?"卢天雄也说:"对啦!先回到我的镖店里去歇歇吧!总有办法,我担保你。"

刘得飞发了半天怔,然后长叹了一口气,说:"我师父是叫我去找小芳,现在我就去找她,跟她还有话说;说完了,我还进城来。打官司我去打,叫他们得把我师父放了,不放不行。"卢天雄笑着说:"你这都像小孩说的话。"卢宝娥向她的叔父摆着手说:"叔父不用管他啦!他的这脾气,反正咱拗不过他。你回去吧!我跟他出城一块儿去找小芳,那是他的心上人,那小娘儿们把他迷住啦,我也得去跟那小娘儿们去说一说。"于是他们就都把刘得飞放了手。刘得飞当时提剑就走,连头也不回,卢天雄也没办法,只得回自己的镖店,卢宝娥却在后紧紧地跟着他。

刘得飞并不回头,他只是穿街越巷,直奔到西便门与广安门之间的城墙,这就是北京外城的西边界限。他将宝剑插在背后那腰系着的绣带上,就像猿猴一般,敏捷的直向城墙之上爬去,这是玉面哪吒彭二特别传授出来的绝技,顷刻之间,他就爬上了城。城上有很宽的道路,名叫"马道",过了马道,就是临着城外的垛口;向下一看暗月模糊,一片原野,真似一片深深的大海。

这时忽又有人自背后一揪他,娇声地说:"你可小心着一点!"原来卢宝娥也上城来了。

刘得飞不由得暗暗敬佩,心说:这女子的武艺可真不在我之下,并且她还会打镖呢!他回了回头,卢宝娥的脸色黑不黑也看不出来,只见她的影子十分的俏媚;跟她又这么近,高城深夜,四下里又没有人,实在叫刘得飞的脸上有些发烧。然而,他顾不得想这些,他的心里有万分着急的事情,就说:"你跟着我干吗?你屡次帮我的忙,我永远不能忘,可是你别再跟着我,因为你是女的,咱们在一块不方便。"

卢宝娥笑声问说:"那么你跟小芳在一块,就方便吗?"刘得飞正色地说:"小芳,她是我家里的人啦!"卢宝娥急问说:"她算你家里的什么人?你说得这么近。"

刘得飞说:"实在,今天早晨我还觉着我不该娶她。但下午听我师父说,我应该娶她,现在我去找她,好叫她放心。"卢宝娥更急了,厉声问说:"叫她放心什么?"刘得飞说:"叫她放心我娶了她呀!本来昨天晚上,我已经算是娶过她了,可是以后还得再娶一回,得叫她坐轿子,那才算是明媒正娶。"

卢宝娥问:"媒人是谁?"刘得飞说:"媒人就是我的师父。"卢宝娥又问："有什么订礼？"刘得飞说："我没给她,她可给了我绣的一条带子。"他拍拍腰,又说："这就算订礼,还有被你拿去的那小如意。"卢宝娥说："哼!没听说还有女的给男的下订礼的,你好汉刘得飞的脸可真算不薄……真气死我了!"

刘得飞说："我也对不起你,可是没有法子! 现在我得先去告诉小芳,明天我还得来救我师父,或替我师父去打官司,咱们后会有期吧!"说毕一越身就跳下了城墙。这城墙比那一壶春酒楼的楼高得不止有十几倍,他跳下来却依然身体丝毫无伤。他想着卢宝娥是绝没有这本事的,所以他放了心,急急地走去。

夜间的野风吹来十分凉爽,这郊外却连犬吠的声音也听不到。他急急地走着,心里为师父的事依然很是焦急、悲痛;不过又想师父到御史衙门里,也许受不了什么苦,叫小芳托一托她的干姊妹,再转托那外城御史大人,大概就不致判师父的死罪。这办法虽是不光明的,叫师父晓得了,他一定要大怒,可是为救他的命,也就没法子。他想到这些,脚下就更加快。

走了约近二十里地,方才到了长河河边的罗天寺,这时大概已将三更。在这里是听不见更鼓的,可是庙里的木鱼声还梆梆梆不住地响,必是和尚在半夜还要念一场经,这也是日常的功课。庙外月色愈暗,星光发昏,河水和池水全在暗暗地动荡着,也无水声,杨柳垂着的长丝却被风吹得直动。

刘得飞跳进了庙墙,他赶紧先将宝剑放在一个墙角,心里倒为难了。小芳一定睡下了,她虽已是我的媳妇,可是我也不好意思去叫她呀!那小丫鬟一定更早睡了。真不好,夜晚进庙,寻找媳妇,岂不太不光明?先去问问和尚吧!于是他顺着木鱼声,直走到大殿,就见这里点着昏暗的佛灯,有四五名和尚正在低声地诵经。

他把脚步放重,走进殿去,就把和尚们都吓了一跳。有个和尚到佛灯前点了一根火纸捻儿,拿过来细看刘得飞的脸,说："你不是今天一早跟韩五太太来的吗?"刘得飞听和尚叫小芳仍为"韩五太太",他又不大高兴,可是又想:本来这里的和尚只认得小芳是韩金刚的妾,哪里知晓与我的事? 遂就点点头,问说:"她们在那边禅堂住着,大概都已睡了吧? 烦你去给我点个灯笼,我去叫她,因为有事。"

他的话还没有说完,这和尚就很惊讶,又很神秘地拉了他一下;叫他跟出了这座大殿再谈话,省得扰了别的和尚做功课。刘得飞觉出这事情有点可疑了,因为这和尚的态度很慌张。

出了殿,这和尚就急急地问他说:"你怎么还不知道吗? 白天你上哪儿去啦? "刘得飞发着怔说:"白天我进城去啦,怎么,莫非有什么事? "这和尚却着急地说:"韩五太太,不知上哪儿去啦,找不着她啦!"

这好像在刘得飞的头上劈了一剑,他觉着有些发晕,急问说:"是怎么一回事?你快告诉我!"和尚说:"这是后来听那小丫鬟说的,她在禅堂里哭了整整一天,到傍晚时就自己开了便门走出了庙,到现在不知踪影。"

刘得飞惊问着说:"到底上哪儿去啦? "和尚回答着说:"不知道么,我们在庙的四周围找了半天,可也没有找着一点影儿,她莫非是回往城里去了吗? "刘得飞摇头说:"天晚,城门早就关了,这庙离着城又这么远,她怎能够一个人走回去? "和尚也没有话说。

刘得飞又急急地说:"劳你驾!你快去给我找一只灯笼点上,我去找她,我想她绝不能够走远。"和尚皱着眉说:"我们现在也没有工夫呀!今天晚上我们有功课,还没做完呢。"刘得飞急急地说:"你告诉我地方,我自己去取灯笼,自己去点蜡。"

和尚说:"我给你去点一只灯笼去吧!这深更半夜,附近又只是河只是水,没有人家,能够上哪儿找她去呀? 恐怕灯笼也是白点,你还是找不着她。"

虽是这样说着,这和尚可领着刘得飞到了一间僧房里,给他找了一只白纸糊成的灯笼,里面有半截蜡,点上了。刘得飞拿着,手不住地发抖,因为他感觉着这件事不妙,多半又是叫韩金刚手下的人抢去了!可是,和尚明明说的是"她在禅堂里哭了整整的一天,到傍晚时就自己开了便门走出了庙",可又不像是叫人抢去了,难道……

刘得飞现在简直不敢细想,他手提着灯笼,急急地先去到今日白天小芳来到庙里时所住的那间禅堂;他希望小芳没有走,或是自己回来了。灯光一摇一摇的,他走进了这间屋,却见一张木榻上,堆着一份被窝,里边直摇动;他蓦地上前把那被窝一掀,看见原来是那小丫鬟,连鞋也没脱,在被窝里蜷着。她一见了刘得飞就大哭,说:"我害怕!我也睡不着……你上哪儿去啦?五太太也没有啦!"

刘得飞大声问说:"临走的时候,她没告诉你什么话吗?"

小丫鬟哭着又说:"我哪儿知道她是什么时候走的呀?吃晚饭的时候,我们在一块儿啦,她就只是哭,一点什么东西也没吃,我劝她,她也不听;后来她自己出屋,就不回来啦。我等了半天,不见她回屋,我才害了怕,我才去叫和尚,叫他跟我去找;黑乎乎的可是哪儿找得着呀?我们也不敢到河边儿去,怕掉在水里。"

刘得飞的双眼也不禁潮湿,凄然地问说:"今天我走后,她没再提说我吗?"

小丫鬟哽咽着说:"她,她猜着你今晚一定不回来了。她嘱咐我,说明天你要是回来,叫你把我带到城里去,把我交给胡三太太,或是祁二太太。她又哭着说,你现在系着她的那条带子,叫我嘱咐你可千万系好了,别丢了,永远系着,一辈子也系着!系着那带子,就算是记住了她。"

刘得飞一手摸着腰间的绣带,几乎要痛哭失声,谁能够听不明白?他就是心眼发痴,可现在也有点明白了,就急忙说:"咱们快出去!再找一找她。"

小丫鬟急忙地下了木榻,就跟着他走出了屋,并说:"大庙门锁上了,那小旁门刚才我看见是开着啦,咱们还是走那个门吧!"于是她带着刘得飞,借着灯笼的光照着,找到了那个小旁门;可是一看,这个门也锁上了。小丫鬟要找和尚去要钥匙,刘得飞却摆手说:"不必了,你就在这里等着我好不好?"小丫鬟却又哭了,说:"我害怕!"刘得飞只得用牙咬住了灯笼,把小丫鬟用胳臂一挟,就轻轻地上了墙头,然后轻轻地跳下去,再把小丫鬟放下。

他手提着灯笼向各处去照,只见柳丝拂着黑影,塘水撩动着愁波;风还不小,几次都要将灯笼吹灭。小丫鬟紧紧拉着他的衣襟,悲惨地叫着:"五太太!五太太!五太太……"刘得飞也大声喊着:"小芳! 小芳! 小芳……"一声比一声喊叫得急,喊得他的嗓子都发哑了。

此时月愈晦,风愈凉,柳丝摇摆得也更乱。他并且将脚踏入水里,水深没胫,旁边还有很多的芦苇;他手里的灯笼也灭了,更什么也照不着了,四下里更觉昏黑。岸上的小丫鬟又直叫着:"得飞!得飞……你在水里干什么啦? 我们五太太还能在水里吗? 她不能够投河呀……"刘得飞的两脚都陷在深泥之中,芦苇的根儿还直扎脚,一听了这话,却不由得泪水汪然地流下来了。他心里想着:小芳必定是已经投了这水塘,然而现在连尸首也找不着,也许是因为天黑看不见,不能找到。他的心悲痛极了,气似乎都喘不出。

小丫鬟在那里着急地叫他,他只得又一步一步走到岸上。小丫鬟直害怕,说:"我们回去吧!"刘得飞却依然是不甘心,然而夜色沉沉,星微月隐,小芳到底是死是生呢? 他擦了擦眼泪,将腰间系着的板儿带子松了一松,长吁了一口气;又想起这条带子是小芳亲手做的,她待我可有多么好呀! 难道就因为我没答应娶她,她就心窄而自尽了? 现在我可也答应了……因此,他又瞪着大眼看那黑沉沉的塘水,又连声地叫着"小芳",小芳可仍然是踪迹杳然。

韩金刚虽然大概是死掉了,可是师父彭二已坐了牢,小芳又这么不明生死,他的心里真难过,并且十分急躁,恨不得拿来宝剑划破这天空,叫天当时就亮,好看看水中到底有没有小芳的尸体。他并且想:假如是没有,他就往天涯海角去寻;不幸若是有了,他真不敢想象小芳的尸体是多么凄凉,那时他的心是如何的悲痛,然而他已决定,必要横剑刎颈,以报小芳,跟她在那世里做夫妻去!

小丫鬟真是胆小害怕,紧紧地拉住他的胳臂,求他回庙里去,他却摇头,索性坐在地下了。小丫鬟也就坐在他的旁边,待了一会儿,就直打盹儿。刘得飞是越想越心烦,不禁一声一声长叹,可是忽听得背后似乎有人笑了一声。

第十三回　干姊妹古刹训痴人
情姑娘钢刀敲宝剑

　　刘得飞听了这一笑声，当时非常的惊讶，就急忙将身站起，小丫鬟可也差点没有躺在地下。刘得飞问说："是谁？是小芳吗？是你在笑了吗？"可是看了看，身前身后全都没有人，并且笑声也没有了。回忆着刚才那一声笑，还似是女人的笑声，他就纳闷地想：小芳不能够跟我开玩笑呀，而且也不能跟着就看不见了呀。这莫非是她的鬼魂？这样一想，不由得毛发悚然，他又连声叫着："小芳！小芳！我娶你了！"可是依然没有人回答。

　　小丫鬟此时也站起来了，说："咳！我才倒了霉啦！五太太是没有影儿啦，你又快成了疯子啦。你是跟谁说话啦？哎哟你简直是见了鬼啦，这可怎么办呀？明儿我可上哪儿去呀？"小丫鬟也哭了。

　　幸而，天色渐渐地发晓，四周围看得有些清楚了，柳丝一条条的都显在眼前。庙西边的泥洼，就是刘得飞夜间步入的那座池塘，水汪洋的，倒是没看见躺着什么死人，更寻不出一点小芳自杀的痕迹。然而，这座池塘可就接连着那横在庙前的长河，河里的水，流得虽然不甚急，可是相当的深。他就又到河边去查看，随看随走，往东走出了很远。太阳已升起来了，却仍然不见小芳的踪影，他就站在河边，不住地发呆。呆了半天，他才回身往罗天寺走去，又在那池塘旁边细细地寻找；虽然找不着小芳，他可还是不死心。

那小丫鬟坐在庙门前的石阶上，发着愁，两只手托着脸，又不住地打盹。这时东边可就有骡子车来了，来的一共是三辆，两辆在前，一辆在后。那后边的一辆很有点奇怪，还没到庙前，就停住不走了。前边的两辆车却一直赶到了庙门，才停住，由车上先下来的是两个仆妇，跟着就下来了两位太太。那小丫鬟站起来迎着一看，她就大声地哭了，说："胡三太太！祁二太太！您来啦？您瞧，我们五太太昨天晚上一个人儿出去的，就，找不着了……"

来的这两位中年的富贵之家的姬妾，她们当然是因为刘得飞昨天晚上送去了那个信息，料定她们的干妹妹是在这里有了不幸的事；因为小芳前夜在韩家，被人连小丫鬟全都抢走的事，她们已经知道了，所以现在天色才亮，两个人就会在一起，谁也没跟别人说，就急急地来了。将将出西直门的时候，后边才又来了那辆车，至于那辆车上坐的是什么人，她们可也没有注意。

现在看见了这小丫鬟，又听小丫鬟哭着详述了一大遍话，她并且指了指那边，不远处背着身站立着的两脚都是泥的刘得飞，这两位姨太太都是沉默不语，遂后就由胡三太太吩咐说："叫他过来吧！"小丫鬟就跑过去拉刘得飞，说："人家叫你呢！"

刘得飞倒不惧怕，只是真觉着惭愧、懊悔，而且见不起人，但是又不得不转身。他就上前走了几步，向两位姨太太深深地打了一躬。这两位姨太太全都像看新郎似的，那么不住地向刘得飞头上、脸上、身上、脚下去看，看得刘得飞的脸上直发热，不禁低下头去。然而，待了一会儿，忽听胡三太太说："你可真好！你把小芳从她的家里抢出来，可又把她气走了，你可知道你犯的是什么罪名吗？"到底是"官太太"的口吻，问的这话非常的严厉。

刘得飞略抬抬头，见这位高身的胡三太太瞪着威严可畏的两只眼睛，他本来可以用话辩白，可是现在对着女人，他说不出，更不能发急使气，只是又低下头去。胡三太太又说："你知道小芳是我们的干妹妹吗？她要是有点什么好歹，可是得叫你抵命！"

那有点胖的祁二太太倒真心软，直拉胡三太太，说："这事也不能怨他,总是,咱们那干妹妹糊涂;弄的这事,事先一点儿也不叫我们知道,她可真行!"

胡三太太又向刘得飞说:"你可在这儿不准走!你跑了也能抓得住你,你就在这儿等着发落吧!"

这时赶车的已经把庙门叫开了,里面的和尚恭敬地把这两位官太太让了进去。小丫鬟可怜似的看了刘得飞一眼,就跟着进去了;两名仆妇都狠狠地瞪了刘得飞一下,也进庙里去了;剩下两个赶车的却把刘得飞监视住了。

刘得飞沉闷不语,微微抬起头来,但见那边远处停着的骡车,车上的一人也下来了。这人身穿绸子的短衣裤,青缎双脸鞋,像一位大掌柜的;然而刘得飞看了,却不由得更是纳闷。他认识此人,正是卢宝娥的叔父卢天雄。

卢天雄往近走,面带着笑,向刘得飞点一点头,问说:"卢宝娥昨夜跟了你来,她大概也出城来了,你可看见她了吗?"刘得飞更是惊讶,同时也生气,就把头摇一摇,说:"没有,不知道!"卢天雄倒是不着急,只像是纳闷似的说:"她可上哪儿去啦?莫非跑啦?"又看看泥塘,看看那长河的水,自言自语地说:"难道她是投水死了?"

刘得飞真想把心中的气一齐向他发作,因为太可恼了,这简直是欺负人!小芳已失了踪,偏偏他家的卢宝娥也失踪了,也来找我。小芳或许是投水自尽了,他家的那无耻的黑丫头还能够也投水?这不是成心来捣乱吗?但究竟卢天雄是镖行里有名的人,在张家口还有过一点交情,所以刘得飞也不愿太伤了脸面。

卢天雄从容不迫地在河边看了一看,然后就点手叫刘得飞,说:"老贤侄!你来!我跟你有话说。"两个赶车的都不禁直着眼睛去看。

刘得飞往那边走了几步,卢天雄就低声说:"我来特意告诉你,韩金刚是已经见阎王去啦!现在城里头闹得也够瞧,虽说你师父已经挺身去打官司,可是人家还在捉你;追魂枪吴宝他们又出了头,联上衙门的官人,全要捉你归案。韩金刚死了不就算完,他还有不少亲的故的,北京城的镖头也不是全叫你打服了;外省的好汉听说也都要赴京来会你,现都正在路上。老贤侄,你真没看见我们宝娥吗?你快些找着她,你们一同往张家口去,躲在我们大哥那儿,方保无事。"

看见刘得飞已经瞪起眼来,他就又笑了笑,悄声说:"老贤侄,你年轻的人当然气傲,可是你得明白,你不能再进城去了;刚才到庙里去的那两个官太太,她们也护庇不住你。你还是应当赶紧跑,还放心你的师父,我跟他是老朋友啦,他的官司由我打点;不但不能叫他受一点罪,还得叫他过几天就出来,没有一点的事,然后我陪着他到张家口去找你。你要不信,你就看看我的手面,这可不是吹!"

刘得飞的气倒是有些消散了,心中却又不禁掠过一阵辛酸,他落着泪说:"卢镖头,我们不错,你要救我的师父,我谢谢你,将来我必定报答;可是你叫我走,跟着你的侄女上张家口,那件事办不到,她跟我没缘。"卢天雄仍是笑着,说:"你说这话我就不明白,也不是我有个侄女没处去嫁,非嫁你不行,你要是这么想可就错了!"刘得飞叹息,摇头说:"我也没这么想。"

卢天雄说:"这就好说了!自古言'郎才对女貌',我那侄女虽说长得黑一点,可是不寒碜,并且那刀,不在你那口剑之下;夜行功夫,满行;拳脚刨去你,谁也打她不过;算盘、写账全都能;飞镖更敢说江湖第一,保起镖来比你强得多。人也精明强干,更懂得三从四德。在张家口的时候,我怎样跟你求亲你也不答应;其实你不答应也就算了,这事情还能够强求吗?不过,恰巧我的侄女偏也看中了你。她来到北京,也不是专为来巴结你,可是看见你受韩金刚、吴宝那些人的欺负,她就有点不服,她就拔刀相助。你想一想,前天夜里,你被困在韩金刚的家中,若没有她相助,你纵使能够独自脱身,岂还能背出来人家的姨太太?再说那小丫鬟又是谁给救出来的?你不应当装傻装糊涂。次日,卢沟桥上那些人都想劫小芳,想要你的命,然而,您并没费一刀一枪,全仗着我侄女给你解围。昨晚在'一壶春',要不是宝娥帮助你,大概你也跑不了那么快!"

刘得飞点头说:"是!我将来也一定报答她。"

卢天雄冷笑,说:"什么叫报答?我们的姑娘跟你这样,屡次三番地救你,帮助你,你又是一个年轻的小子,我们的姑娘还能再给别人吗?"

刘得飞皱着眉问说:"那么你说应当怎么办?"

卢天雄说:"怎么办?你也不能够一点主意没有!现在,谁全知道你跟韩金刚的姨太太弄的是怎么一回事,那事情我们也不笑话你,只怪你年轻阅历浅,上了一个水性杨花妇人的当。"刘得飞摇头说:"不是,你说错了,是我们有缘,我师父也叫我娶她。"卢天雄说:"彭二哥他不明白,他大概见了你这么一个好徒弟,不知要说什么才好啦,再说你也不是他的儿子,你娶了坏媳妇与他有什么相干?"

刘得飞说:"小芳不坏,可是她也走啦,不知上哪儿去啦!"说着又不住地流眼泪。卢天雄一看他这种情形,不是假的,他是真被那个叫小芳的娘儿们给迷了心,遂就向他详细地问。刘得飞就把最早先的时候,他送煤,小芳扔给他一个苹果,以及以后种种,直到昨晚小芳失踪,全都说了,随之不住地流泪。

卢天雄倒为了难啦,想了半天,才又问说:"那么要是从此就找不着她啦,可怎么办呢?"刘得飞只是流眼泪,不言语。

卢天雄又说:"要是找着她呢?她也没死呢?"说到这里,又先解释着说:"你可弄明白了,我们现在可不知道她是在什么地方,你别疑惑是我们把她给藏起来啦,我们犯不上用那卑劣的手段。再说她是昨天没黑天的时候从这庙里走的,那时我同我侄女才预备要上'一壶春',给唐金虎去解围,并防备你去闹出事来吃亏,她丢了与我们不相干;我侄女还救过她跟她那小丫鬟呢!可是,我又不是吹,你要是托我给去找,因为我认识的人多,地面熟,手底下又有伙计,信息来得快;即使她跑到天涯海角,我要想寻回来她,包管不费吹灰之力。"接着又补充了一句,说:"她要是寻了死,我只能够把死尸给你抬回,救活我可没法子,因为我没炼过仙丹。"

刘得飞对卢天雄说的这话很是相信,于是就不假思索地说:"只要把小芳找着,我就娶你的侄女为妻。"卢天雄说:"丈夫说话,如白染皂!"刘得飞又犹豫了一下,然后就点头,说:"我只要知道她是活是死,就是我师父还叫我娶她,我也不娶她啦!因为事情这么麻烦,大概是没缘。"

卢天雄又说："其实要是这么把我的侄女配了你，也真不光耀，可是没有法子，谁叫我的侄女跟你已经走到了这一步?好，就这么办吧!我回去就叫伙计来，给你找那小芳。"说着话，他点了点头，也没显出怎么高兴的样子。走了几步，又站住向四下瞭望，似乎是观察这一带的地势，然后，又大声向刘得飞说："你要看见了宝娥，就叫她先回城里去好了!"说毕，即上了他那辆骡车，往东回去了。

这时，那小丫鬟又从庙里跑出来，急急地叫刘得飞进去。刘得飞也不知是又有什么事，虽然他对那两个官太太有点发怯，可是也不能够不进去，遂就跟着小丫鬟到了里面。又是在那禅堂里，他又见到了祁二太太和胡三太太。这两位官太太，大概是把小芳跟刘得飞的以往的情义和刘得飞的为人全又听小丫鬟说了一番，她们了解了这二人之间的一段深情，并感慨做姨太太的命运而自伤不已;现在也是才都拭干了眼泪，见了刘得飞，也就不像刚才那样严厉了。

胡三太太就说："你跟我们那个干妹妹的事，我们现在也明白啦，总算是她的命苦! 你这个人倒是个老实人，可是有点糊涂。现在，最要紧就是把她找着，她也许是还在这一带，不然就是一个人儿进城去了。什么尼姑庵，或是她爸爸早先认得的人家，都应当去找找。你赶紧找，我们回到城里也派人去找;我们知道她的脾气，很软弱，还许不至于寻短见。你也放心，只要把她找着，她愿意跟你，我们也都喜欢;将来你们办喜事的时候，我们还都要送礼去呢，我们也是亲戚。"刘得飞一听了这话，更不由得感激得落眼泪。两位官太太就把那小丫鬟带走，一同离了庙，回城里去了。

这里，刘得飞倒更烦了，因为一方面已经答应了，只要卢天雄找着小芳，自己就娶卢宝娥，一方面小芳这两个干姐姐，还要是把她嫁我，我到底是怎么办呢? 咳!女人真麻烦，两个女人，更麻烦!男子汉，大英雄，真是千万也别跟女人接近。我现在只有两条路，第一是快去找，别叫卢天雄先找着小芳，不是他们给找着的，我说的那话就不能算;第二条路就是如果证明小芳已死，我就拔剑自刎。对了，还得找那口宝剑去。昨夜，他进到庙里的时候，曾把那口宝剑放在一处墙根，现在他才想起来去找。

宝剑仍在原处，他手提着钢锋宝剑，无精打采地又走出了庙门。两三夜都没得睡觉，又加以心中无时不在思虑、悲痛、着急，精神真不行了，两耳嗡嗡地发响，脑袋不住地发晕，真恨不得躺在地下就睡一个大觉才好，但是，他不能够睡，他还得赶紧去找小芳。

这时，阳光高升，天又热起来，沿着长河寂静无人，只听见鸟儿叫；长河里的水，弄得他两眼昏花，哪里有小芳的踪影？再往北去，就是大道，晒得他的头沉；往来的车马也不多，热风刮得尘土滚滚，天地漠漠，哪里可寻得到伊人的足痕？他叹着气，又回到河边，把宝剑扔在地下，倒下身就跟死了一般睡着了。

这一觉睡得不短，醒来已是下午四点多钟，他还没吃午饭呢，真觉着饿。又想：小芳如果没寻死，这时也一定饿了，她可在哪里吃饭呢？咳！她真是可怜！他站起来，把宝剑向地下敲了一下，心中又一阵悲痛，就振起来精神再顺着河边去找小芳。

走了不远，忽听见梆楞梆楞的一阵砧杵之声，原是河边有几个妇女正在洗衣裳。他本想过去问一问，有人看见了小芳没有？可是不行，他见这些人里没有一个男人，倒有大姑娘，他不能去跟女人说话！他觉得女人真是别扭的，她们并不少，可都像跟男子隔着一堵墙似的；但是，若要把那堵墙一推倒，可又麻烦啦，麻烦一出来还真没法儿办。他又往前走，向着斜阳，他想要高声喊叫："小芳！"因为昨天小芳离开庙的时候，天还没有太黑，这夕阳也许知道她的去向？

刘得飞手提宝剑，慢慢地向西走去。又走了一会儿，忽然，他觉着这一带地方很熟，想起来这西边有一个小村，名叫"北坞村"。那天，初次来到罗天寺与小芳相会，曾因为去得早了些，等得饥饿了，经人指示，去过那里；在那里的一家野茶馆，吃过一顿油盐饼。对了，想起来了，那家野茶馆很干净，卖面卖饭；掌柜的是个老头儿，还有个老婆跟一个十六七岁的姑娘。那姑娘长得没有小芳好看，脸可也不像卢宝娥那么黑，说话的声儿很好听，会烙饼；烙的油盐饼那么香，还会烙葱花饼……对了,想起来了,现在再去一趟,反正我也不多看那姑娘一眼;我也不忍得在这时候叫别的女人烙饼给我吃,我宁可饿着,我只是得到那里去打听打听小芳的下落,于是他就向前走到了北坞村。

这风景优美的小小村庄,十分的清静,家家屋顶炊烟缕缕,所以门外倒都没有什么人。那家野茶馆,门外的凉棚下也没有客人,会烙饼的姑娘提着一只木桶,正要往外倾倒脏水。这茶馆的窗里边黑乎乎的,矮房有几间,还有后院;有个光脊梁的小孩,拿着一根竹竿赶出两只猪来,喝外边的刚才倒的脏水。

提着空桶的姑娘,看了刘得飞一眼,半跑着就回去了。刘得飞到了凉棚下,想要找那掌柜的老头儿,于是注意地向窗里边看;就见屋里一张桌子旁有一个女客人,正在捧着碗吃面。他一看,不由得惊讶了,于是赶紧就退回身来;屋里的女客人却当时就放下了面碗,跑了出来,瞪着眼向他尖声地问说:"喂!刘得飞!你也上这儿干什么来啦?"

刘得飞不言语,因为这女人正是卢宝娥,他不愿意理她;同时心里可又觉得诧异,因想:她怎么也到这儿来啦?真倒霉!我没找着小芳,倒找着了她,于是转身就走。

卢宝娥却追上来"喂喂"叫着,并且说:"你是特为找小芳来的不是?告诉你,她现在这儿啦!"

刘得飞止步惊问着说:"是吗?"然而回头去看,见卢宝娥斜瞪着眼睛只是笑,刘得飞就知道她是信口瞎说。她现在穿的是青色瘦袖的衣裳,青色系裤腿的裤子,花鞋上沾着不少的土,头发也像没得工夫梳;腰上系着一条青绸子,插着一把短刀,旁边还有一个烟袋荷包似的,大概是她的镖囊。这个打扮儿可真古怪,更不明白她为什么跑到这儿来吃面,刘得飞于是就问说:"你上这里来干什么?"

卢宝娥笑着说:"我也是找小芳来了,因为我知道昨晚上你在那庙门前,跟那小丫鬟叫喊了半夜啦!"

刘得飞忽然明白了,怪不得天还没亮的时候,我在那庙门前,似乎听见身后有人笑了一声,可是却没看见人,那一定就是她了!昨夜,我越墙出城之时,她必定是时时在暗中跟着我,这丫头的本事可也太大了。于是叹了口气，说："你既都知道，那也很好!你把她找着，我就谢谢你。"

卢宝娥却哼哼地冷笑着，说："你谢谢?哼!我帮了你多少次的忙?救了你多少回? 你竟是铁面铁心，走江湖像你这样儿也交不着朋友，何况你又是给过我订礼! "刘得飞瞪着眼说："什么? 你再说? "卢宝娥绷着脸儿说："就是那小如意，现在我还带着呢! 你拿不回去，你就永远不能不认账，说你没定过亲。"

刘得飞真气得要抡起剑来，卢宝娥一拍胸脯，说："你别拿宝剑来吓人!我卢宝娥知道你有多大的本事，我不怕你，我只是还不愿意用镖打你就是啦!"

刘得飞却又叹气，说："你不要这样厉害!你要能够找着小芳，无论她是死是活，你就替我找一找，我也好放了心;不然，你的叔父叫你回城里去了，你就快回去吧!"

卢宝娥又冷笑着说："要找小芳容易，可是活的已经没有了，只剩下死尸啦! 死尸这时候也许……"刘得飞不禁大吃一惊，说："怎么? 她真是已经死了? "卢宝娥说："昨晚她要投河没有投成，被我看见啦，我不但没去拉她，反倒远远地给了她一镖! "

刘得飞举起宝剑，厉声问说："是真的? "

卢宝娥微微笑说："可不是真的吗? 我自己还能往我自己身上揽人命官司吗? 所以我今儿很痛快，在这地方玩了半天，玩饿了，我就去吃饭。吃完饭我还想回罗天寺，因为那小丫鬟是我救出来的，我还得把她送回去。"

刘得飞还有点不敢信她的话，又问说："是吗，小芳的死尸在哪里了? "

卢宝娥指着说："在河里了，你自己去找吧，我没那么大的工夫给你去找。你要是不服气，可以到城里上衙门告我去，我承着;不然你就到敬武镖店我叔父卢天雄的家，你剑来我剑挡，刀来刀迎，使镖还不算女好汉!"

此时，刘得飞的宝剑唰地就向她砍来，她却立刻就抽短刀相迎，铛的一声,惊人的响亮。刘得飞又将剑对准了她的胸膛,厉声问说:"你快说真话,小芳是真死了没有?"

这时候茶馆里的老掌柜、老婆全都跑出来了,那个会烙饼的姑娘更显出十分惊惶,卢宝娥却依然笑着,用手中的短刀铛铛地敲着刘得飞的宝剑,说:"我们在这儿打架,叫人多笑话?你要有本事,可以跟我来!"说着她也不再吃她那碗面了,却转身往村外就跑。

刘得飞手提宝剑愤愤地追出了村子,只见卢宝娥在前,两只小脚几乎不沾地,身子就像被风吹着似的,跑得极快;随跑还随回头,扬起她的短刀,冷笑着。刘得飞一面提防着她的暗器,一面就在后紧追。眼看就要追到罗天寺了,刘得飞见前面跑着的卢宝娥就像是向他开玩笑似的,还直叫着说:"来!来!你有本事吗?"

刘得飞反倒止住脚步,心说:我别上了她的当!她说她用镖打死了小芳,那话也未必靠得住。这丫头说什么话都是假的,她也许故意气我,叫我着急,因为拿她的本事来说,她要是想害死小芳,何必等到昨天?昨天晚上也不能那么巧,她跟我全是半夜里出的城,怎么小芳就单叫她遇见了?她说的话不大对!我本来够傻的了,论起心眼来,我真斗不过女人,我别再上她的这个当啦!

此时,前面跑的卢宝娥已没有了踪影。刘得飞也不想再去追她,就暗暗地叹气,心说:完了!小芳的下落是没法子再找啦!卢宝娥即使就是杀害小芳的凶犯,我也用不着去找她报仇,总怪我;没有我,小芳还在韩金刚的家里,卢宝娥也还在张家口。我不但把她们都害了,还害了我的师父。现在我应当自刎,才算对得起这些人;可是那也无用,我应当现在就进城,到衙门投案,给韩金刚抵命,救我师父出来。对的!还是师父要紧,我岂能叫师父他老人家去替我坐牢,给人抵命?

第十四回　投官衙被指疯魔汉
允婚事堪怜老实人

当下，刘得飞万念俱灰，倒也不太生气跟悲痛了，他提着宝剑也不避人，顺着长河就走到西直门关厢。因为太饿了，他就先找了个小酒馆，喝了几杯酒，吃的炸酱面；饱了，天可还没有黑，他就进了城，雇了一辆车一直往前门去，他就打听外城御史衙门的所在。

外城御史又名"五城御史"，是专管京师外城的五门，负一切治安的责任，在那时候权柄很大，常往前门外跑的人谁不晓得！所以这个赶车的听说他要到外城御史衙门去，就把车一直赶到了那衙门前，可是还不知道刘得飞来到这儿，是要干什么。

刘得飞却下了车，给过了车钱，手提宝剑就往衙门里怔走。衙门的班房里出来了两个官人，都大声地问说："喂！喂！你是干什么的？手里干吗拿着宝剑？"刘得飞却皱着眉说："我是来投案的，因为我杀了人。"

两个官人一听这话，当时就一个上前，把他持剑的这只胳臂揪住，另一个赶紧回到屋里去拿绳子。刘得飞知道这就要把他捆上了；知道这就可以换出师父，不叫他老人家在监里受苦了；知道既是自认杀人，当然就得砍头，砍下头来倒舒服，省得这样找不着小芳，又忘不了小芳，所以他一点也没有抗拒。

可是屋里的官人刚把绳子拿出来，还没给他上绑，突然由里边，又急急地走出来一个黄脸儿的，仿佛是个"头儿"样子的官人，这个人大声说:"嗨!你们是要干吗呀?"

两个官人都说:"他是来自首的,他说他把人杀啦。"

头儿过来,直摇手,说:"哪儿的事吧,你们会不认识他? 他就是在前门大街镖店住的,缺少个心眼儿,又有点痰迷症,疯疯癫癫的;平日除了打人,就是挨打,杀人他可没那胆子,你们就信他的话? 好嘛,大人升堂,带上他去,再来一阵胡说,大人还不得生气? 一个疯子你们也往衙门里收? 你们还想当差事不当啦? 再说也给我这当头儿的泄气呀!"说着就过来用手推刘得飞,说:"得啦!您请吧!干吗拿我们来开心? 你吃了饭没有? 没吃快回家吃去吧! 这么大啦,原来是个傻瓜带疯病,怪不得没人肯给你说媳妇呀。"

刘得飞倒被弄得莫明其妙,赶紧争辩着说:"我不是来胡闹,我是来换我的师父。"

这头儿说:"你师父上西天取经去啦!你也快走吧!你这傻猪八戒!"说着连推带拉,又抢拳头打。刘得飞可真不敢向官人还手,就这样被这头儿给推出了衙门,拉出了很远。

然后这个头儿看两旁无人,就对他说:"你是怎么啦? 你就能把你师父换出来吗?死一个韩金刚,还值得叫你们师徒两人抵命?你快走吧!你媳妇卢宝娥跟你叔丈人卢天雄都在敬武镖店等着你啦! 你不去认亲,可来到我们这儿胡炒螺丝,真叫我生气!"又笑了笑,转身就回去了。

刘得飞手提宝剑又发了半天怔,大失所望,知道遇着了这么个"头儿",自己想打官司也不成啦!真奇怪,他怎么会认识我? 他为什么不愿意叫我打官司?咳!真难! 处处是难!连打官司,求死,想不到也这么难!

他烦恼已极,无目的地走着,又进了一家酒馆。酒上压酒,不会喝,他偏要勉强地喝,他愿意醉死;可是喝了几杯之后,醉意是一点也没有,眼泪却又不住汪然地流出。他想着刚才的事,太令人莫明其妙:那衙门的头儿,我并不认识,他就说我是疯子,是傻瓜,这是怎么回事儿呀? 我真不明白! 不明白的事儿太多了。早先我拉骆驼的时候,就没遇见过这些事,后来,自从我战败了追魂枪吴宝,渐渐享了大名,事儿可就多了起来,还多半是使我不明白。例如,小芳为什么偏要跟我呢? 卢宝娥也是,她不会另去找婆婆家吗？真不明白!大概也许我实在有点儿傻,以后,我可真别再傻了!

打了一个嗝儿,酒力这时才有些向上涌,宝剑在旁边冷冷地发光,他蓦然想起今天卢宝娥说的那话:小芳是被她用镖打死的!妈的,说不定那是真的。早晨,卢天雄坐着车也找到罗天寺,逼着我说出来:只要他们能把小芳找着,我就跟他的侄女成亲。这也可疑,而又令人纳闷,说不定小芳失踪的事,真是他们捣的鬼!刚才,衙门那头儿也说"你的媳妇卢宝娥跟你的叔丈人卢天雄都在敬武镖店等着你啦!"这话简直就是明告诉我,是他们干的事,拿我当作傻瓜;我要不去找他们,是太便宜他们了,他们还必在暗地里笑我!一想到这里,当时他就推开了酒杯,扔了几个酒钱,手提宝剑就出了酒店。

这时候,原来天已黄昏了,又快到了昨晚他到"一壶春"去斗韩金刚的那个时候,街上华灯四起,月色微茫,车往人来,十分的热闹。天气更热,一壶春那酒楼的灯光依旧照到大街,并不因为昨晚死了一个韩金刚,而显出什么冷落。可是回身走几步,再到悦远镖店的门前,见双门已然紧闭,里边大概还是没有人;可见唐金虎那个人跟这个买卖,在昨天全都算是就栽了,完了,他可真不行!刘得飞因此又不由得愤愤,仿佛这镖店的名声跟他有关系,他还得给挣回来似的,可是想到自己现在还能顾得什么呢？不由就长长地叹了一口气。

刘得飞在这灯光所照不到的地方徘徊着,忽见对面就有一个人走来了,他赶紧将手中的宝剑藏在背后。对面来的原是一个闲逛街的人,这人也好多说话,就说:"你是要找这镖店的人吗？这里边是倒锁着门,一个人也没有了。"

刘得飞摇了摇头,心说:我得学着机灵一点了!他就问说:"这里就是敬武镖店吗？"对面的人说:"不对!你找错啦,这是悦远镖店。敬武镖店还得往南,是在鲤鱼胡同,你看!"用手一指说:"往南,再往东,是路北的大门。"这样一来,就把敬武镖店的地点,详细地告诉了他。

刘得飞遂就道了一声:"劳驾!"便往南走去,心里却又想:我还是得学着机灵点,别去怔找他们!因为找着他们,他们一定还是不说真话,卢宝娥又得跟我撒泼,我又能将她奈何?不如等到半夜,我再去到他们那镖店探出实情。如果断定小芳确实是卢宝娥用镖打死的,那我就必定杀了那黑丫头;如果根本那是瞎话,就算了,我从此也不再理他们,还是往天涯海角去找小芳。

于是他就在街上闲走,走得街上的人跟车都稀少了,一壶春的酒楼也灭了灯,他又觉着饿了。远远地看见有个卖老豆腐的担子放在那里,他却不敢往前去走,因为恐怕是关帝庙里的熟人。可是,他又真想再吃一碗老豆腐,不由得直流口涎,便慢慢地走到近前;借着这担子上挂着的一支昏暗的小灯,先注意卖老豆腐的这人的面孔,倒是很面生,不是那庙里的。他就买了一碗,用小调羹一口一口地吃着这极嫩的带有点汤的、调着酱油、香油、芝麻酱、豆腐乳汁、韭菜花、虾酱、辣椒油、五味俱全的"老豆腐",心里不由得又想起早先在庙里吃老常九的老豆腐。老常九那人有多么好!死得有多么惨! 他父女二人的一生又是多么可怜! 咳,恶霸韩金刚还是我师父给剪除的,我竟没替他们父女做一点事,并且还把他的女儿弄丢,我可真是傻,真是无用。这事一定有卢宝娥跟她那叔父捣鬼,好,我岂能就饶了她?

一连吃了三碗老豆腐,差不多又是半饱了,他这才给了钱,就手提宝剑,一直进了那鲤鱼胡同。走了不远,见路北一家大门,招牌早已摘去,门已经闭了;粉墙上墨笔写的大字,在微茫的月光下,还能看得清晰,刘得飞认得那个"镖"字,心里就说:一定是这里了。他遂就一耸身上了墙,向下面一看,外面很宽敞,房屋却都很低小;屋里没有灯光,院子里可是横躺竖卧地睡满了人,这大概都是这里的伙计们。有的还没有睡,正在仰巴脚地看着星星,说:"喂!你们看,牛郎星跟织女都快到天河边儿了!"

刘得飞却又跳下墙来,幸亏还没有人看见他。他心说:不行,时候还太早!可是这些人都在院里,谁知道什么时候他们才能睡着?又见这里后边的房屋,倒都较高,也整齐,大概卢天雄的家眷就都住在那里。他遂向旁走了几步,先跳到别人家的房上,由那里轻如飞鹤似的就绕过镖店的前院,而一直到了后院。

这里房屋显着确是整齐,前面那院子都是土地,这院里都满铺着平砖,并有砖砌的花池子,里面种着各种花草,开放得很茂盛。因为天气很热,所以院中支着个木头框儿,绷着帆布的一把躺椅,躺在那里的是一个身躯相当胖的大老爷似的人,正是卢天雄,旁边放着的一张小圆桌上还摆着茶具、水烟袋;另外又有方凳,坐着一个妇人,这多半就是卢天雄的妻子,有仆妇提着开水过来沏茶。

卢天雄倒没脱光脊背,扇着一柄蒲扇,很着急的样子,直叹气,跟他的妻子悄声说了半天;说的是什么,藏在房上屋脊后的刘得飞,可是没有听清。又待了半天,才听清卢天雄向屋里说:"你出屋来凉快凉快好不好?院里又没有别人,在屋里你又不睡觉,只是哭,哭坏了眼睛可没人管了,咳!这孩子怎么这么不听话?真叫我着急!干脆,明天你回张家口去吧!或是叫你爸爸来接你。"

他的太太却是半着急半笑着,也向屋里说:"乖孩子!你听我的话,出屋来凉快凉快吧!要不然我让方妈给你在院子里支上铺,你在院子里睡?闷热的天,干吗要在屋里呢?连哭带热,要把身子骨儿毁了,那你以后可就什么福也享不着啦!好孩子,千万听我跟你叔父的话吧!"

卢天雄又似乎气了,说:"宝娥!你要这样儿,可就不是我卢家的女儿啦!我们卢家女儿跟男子一样养活,讲的是慷慨豪侠,刀子扎在胸上都不皱眉头,打趴了跳起来再干。你也不是没阅历过,这算什么?刘得飞那傻小子,还能逃得开你跟我的手心?刚才御史衙门里张头儿来说的那事,你说刘得飞混蛋成什么样子啦!真是又可气又可笑。我们不用理他,早晚他会自己来,那时得叫他来求我们;反正,他要不来求,他一辈子也见不了韩金刚那小老婆!"

这时候房上的刘得飞就吃了一惊,因为由这句话,可以证明小芳并没有死,他便要提剑下去,向他们逼问。但是刘得飞才要这样去办,才要直起腰来,却见那个仆妇方妈已经从东屋那挂着竹帘有灯光的屋内,连劝带搀的把卢宝娥请出来了。

卢宝娥今天多半也是傍晚时候才进的城,现在可一点也不像白天那样的泼辣和厉害了。她哭哭啼啼的,一边往院中走一边还顿脚,说:

"谁也别管我!反正我就是出了这个屋子,我也不出这门儿啦!张家口我也不回去啦!本来,我还见得起谁?可是要不是叔父,我也不认识他这个混蛋、傻鬼,自以为不错的刘得飞,现在倒像是巴结他啦,谁不笑话我?"

卢天雄坐起身来,连气扇着他的蒲扇,说:"这你也不要埋怨我,当初,我要说提亲的时候,谁知道他那个傻忘八蛋竟会认识韩金刚的小老婆?"

卢天雄的太太也说:"早晚我倒得瞧瞧那小老婆,看是怎么样的一个狐狸精?拆散了人家的婚姻。"

卢天雄摇头说:"也不怨人家!那娘儿们本来就是水性杨花,只是刘得飞,我混了半辈子镖行,还真没瞧见过他那样儿的。今天早晨,我在罗天寺前跟他说话,他还是架子顶大,我心里的气是忍了又忍。我料定他会自己去投案,所以我才托了衙门的张头儿,刚才张头儿来送信,果然不出我的所料。我还料定他今晚不来,明夜也一定得来,等不到大刀王来到北京,他就得先来求我们!"

此时,在房上的刘得飞一听了"大刀王"三个字,又不由觉得有些奇怪,暗自想:大刀王又是什么人?来到北京是干什么?难道是为来找我?

而房下院中的卢宝娥,这时又哭着说:"我想去杀了小芳!留着她还干吗?杀了她,刘得飞找我来,我也杀了刘得飞!"

卢天雄又赶紧摆手说:"不必!不必!事情我们还慢慢办。要是倒退二十年的话,我也没涵养,用不着你去杀那娘儿们,我也不能叫欺负我侄女的人活!现在我们可不能那么办了,我们叫他刘得飞亲自来……"

这时刘得飞听卢宝娥说是要去杀小芳,他就忍不住心头冒火,同时却又慨叹,觉得何必为我这一个人,叫两个女人争?于是就在房上站起身来。下面那方妈先看见了,就大声地嚷嚷说:"哎哟!房上有人!"卢天雄却赶紧拦住,说:"不要嚷嚷!前院那么些个人都睡觉了!"

他的太太也很惊慌,卢宝娥却抄起一只茶碗向房上就打;这只碗正向刘得飞的脸上飞来,可是刘得飞一伸手就接住了。同时,卢宝娥如狸猫似的一耸身就上了房,她正要扬拳来打,可是一看出来是刘得飞,当时拳就打不出去了,只是嘿嘿地笑着说:"是你呀? 哼!你来偷听贼话儿也不要紧,告诉你吧,小芳是活着啦,可是今夜我就去要她的命! 我有本事我去杀她,你有本事你就去救她吧!"

刘得飞摆手说:"用不着这样,她已经够命苦的啦! 我也不是非娶她不可,可是我们得把话说明。"卢宝娥瞪着眼说:"有什么话你就下去说吧!"说着用力地伸手一推,可是她没有把刘得飞的身子推动,刘得飞依然直立在屋瓦上。

下面的卢天雄先叫他的太太进屋里去,然后他就向房上招手说:"得飞!我早料定你今夜要来,我正等着你哩!请下来吧!别闹得叫前院那些伙计都知道了,那就不好看了,有话请下来讲。扳个大说,你是我的老贤侄;再往近点说,我们是江湖朋友,你是我的老兄弟,用不着玩这高来高去的。请下来!我这儿有酽茶,院子也凉快。"

刘得飞却仿佛还在想什么,卢宝娥又用手推他,并拿小脚儿踢他,说:"你下去跟我叔父说去吧!你怕什么? 你就放心吧!我们这儿没有埋伏!"刘得飞的身子依然不动。

待了一会儿,他方才将身向下去跳,卢宝娥也随之飞下了房。只见刘得飞先把他刚才接到手里的那茶碗放在桌上, 提剑向卢天雄拱拱手。卢天雄说:"请坐吧!在椅子这边坐坐!这几天你也很累了,歇一歇,不要客气。漫说我们还有交情,就是没交情,素不相识,有人在这时跳下房来拜访我,我也是竭诚地接待。我这侄女,你们也都见过面,更不必拘束了。来!给你扇子你用着,坐下!坐下!"说着他亲手给刘得飞倒茶。卢宝娥又着手儿,又羞又气又喜欢似的,站在他叔父的身旁边,这时她倒不再哭了。

刘得飞在那方凳上落座,剑却不离手,他叹了口气说:"我半夜里来,自知也很不对,可是有些话我得跟你们说说。"卢天雄说:"请随便说,有什么话你自管说;我就是不爱听,我也绝不恼,因为我们是一家人。"刘得飞又叹气说:"我斗不过你们,因为我自己也知道,我是个傻子!"

卢天雄说:"笑话啦!老贤侄,你是如今京城第一有名的大镖头!虽然阅历还不多,可是独战天泰镖店众镖头,马脖子岭力敌判官笔,张家口走的那趟镖,多么漂亮!你自称为傻,那是你太谦虚。不过,你确实是一个老实人,干脆说,你要不老实,我也不这么敬爱你。因为江湖上,尤其是镖行里,你这样的诚实人真是百里挑一。像那些个眉毛乱转、眼珠乱翻、满肚子狼心狗肺、一嘴的天官赐福的人,我连理他也不理;他若来了,我早就提起我的八宝驼龙枪,把他给叉出去啦!纵使我的功夫已经搁下了,可是我这侄女的武艺、镖法也还不含糊。总之,我们敬的是诚实君子,喜的是道义豪杰,爱的是言而有信,少年英雄,就是有点脾气也不要紧。只是,话是得说,你刚才说的那斗不过我们,那话可不对;因为我们叔侄,过去不但没和你斗,还处处帮你忙,自然我们不叫你答情,可是你说这话,我们却不能受!"

刘得飞摆手说:"都不用说啦!现在还是第一是我师父的事,第二是小芳的事。"

卢天雄说:"你师父彭二是我的好朋友,他在监狱里如若吃一点苦,算我卢某人没能耐,枉在京城干了二十多年;在公门里那么点人情都托不到,那我就连这镖店都没脸开了!"

刘得飞又问:"小芳呢?她到底是死是活?你们到底知道她的下落不知道?"

卢宝娥这时在旁边搭话了,她冷笑着说:"说是活着,可跟死了也差不多;说是我们知道她的下落,可是不告诉你,你也没法子去找!"

刘得飞气得又要站起,卢天雄却把他拦住,并说:"你现在是跟我说话,不要理她,无论如何她是一个姑娘。我们是江湖朋友又是同行,有话你得跟我讲。我告诉你,你放心,那个名叫小芳的堂客,确实没死,不过她可不是我们给藏起来的,也不是故意不告诉你她的下落。不过你得再先说一声,早晨在罗天寺庙旁你跟我说过,如若找着小芳你就讨我这侄女,那还算话不算话?"

刘得飞:"自然算话!"

卢天雄："这就好!可是你打算什么时候讨我这侄女,什么时候见小芳？"

刘得飞说："现在就见!"卢天雄说："万一你见了小芳,你把跟我说的那话可又不算啦,那可怎么办？"刘得飞愤愤地说："那还算是什么英雄？我刘得飞不是那样的人,其实我现在既已准知道她并没死,要找她也不算怎么难!"

卢宝娥在旁又搭话了,说："刘得飞你可别吹!你要找着也许容易,可是等你找到她的时候,我早已一刀两段,叫你看见个死的,看不见活的!"刘得飞冷笑着说："她跟你又有什么冤仇呢？"卢宝娥手掐着腰愤愤地说："不是仇,仇倒一点没有。就是有气,气可真能把我气死!凭什么她一个小老婆,就使得你这样？我……"她又大哭起来,说："你已经订下了我,我还救过她,救你有许多次,你就跟我没有一点情？"弄得刘得飞只好不言语了。

卢天雄又给劝解说："我倒有个主意,就是你当天讨我们的宝娥,我当天就能够叫小芳和你见面。"

刘得飞一听,心里不由就气极了,暗想:这明明是卢天雄的手段,他把小芳抢了去,藏起来,逼着叫我讨他的侄女,这可是太可恨了!简直是欺负我。小芳现在不定住在什么地方,不定多么可怜了。这么一想,他恨不得立时就抢起来宝剑把卢天雄杀死,然后跟卢宝娥那丫头拼。可是又想:不行,现在还真不能不依着他们,要不然他们去杀死小芳,我连知道都不知道,那时小芳才真是可怜呢!现在至多还不过是我们没缘……想到这里,不禁心中一痛,几乎落泪。他就此叹了一声,说:"行!现在你们就把小芳找出来,让我们见面吧,我今天就可以讨你们的宝娥。"卢宝娥听了这话,就一转身子,不知她是害羞还是喜欢。

卢天雄又说："也不能够这么急呀!"说着又命那方妈给倒茶,劝刘得飞喝,又说："老兄弟!我也可以称你为侄女婿吧!你可得明白,现在这件事,不是我们硬掐鹅脖,非要你允应亲事不可,却是……得啦,多余的话也就不必再说了,以后盼我们是两家亲戚,彼此不分;盼你们小夫妇白头到老。不过要办喜事,可还得预备预备,房子也得见新,木器还得另置，我侄女不能没点像样儿的嫁妆，不然要给人看不起。我的哥哥纵使不能由张家口来，也得等着我嫂子来，因为他们养女一场，何况只这一个女儿，不能够太马虎。我们卢氏兄弟在镖行多年，朋友不少，姑娘出阁，不能跟人手拉着手就走，那样可要让人笑话，将来连朋友也都不好见了；所以还必须择定吉辰，置备酒席，大请亲友，叫人都知道知道，于你的将来也有好处。"

刘得飞却长叹，把手中宝剑的剑尖，向地下敲着说："我师父还在狱里，我却在外面娶了媳妇……"

卢天雄显出不高兴的样子来，说："你怎么说这样的话？师父只是教习武艺的，还能够管你一辈子的事吗？再说'男大当婚，女大当嫁'，你娶媳妇是正事，你师父在狱里知道了，自然也会喜欢的。"

刘得飞说："可是，我师父叫我娶的原是小芳，他不知道我又另娶了别人。"言下很发愁的样子。

卢天雄说："你这个人太实诚，可又有点夹缠不清，你娶谁不是一样？你娶媳妇的事情，当师父的还能管得着吗？我是知道他的脾气的，他所以一辈子也没有娶媳妇，就是因为他一生也没遇着个侠女，他最钦佩的是会武艺的女子。他要是听说你娶着了，并且是他的老朋友卢天侠的女儿，卢天雄的侄女，他在监里也一定乐得要飞呢！"

刘得飞听了这话，却仍是非常抑郁，低着头一声也不言语。卢宝娥在旁转过身来，又愤愤地说："得啦！得啦！得啦！叔父您跟他说话是白费唾沫，您说一万句话，也顶不过他师父的一句话。我非得把他弄得死心塌地的不可，他要是这样勉勉强强地娶我，我还不干呢！我就不信，我哪点就不如那给人当过小老婆的小芳？玉面哪吒能叫徒弟娶她，却不叫徒弟娶我？也许他是诚心往他师父的身上去推，不弄个脚踏实地他不甘心，我还更不痛快呢！喂！刘得飞！干脆，我们现在就走行不行？你有胆子吗？"

刘得飞问说："上哪儿去？"卢宝娥说："我们一块儿偷偷地去到御史衙门，也不是想去劫牢反狱，只是到监里去见见你师父，问他愿意不愿意叫你娶我。"刘得飞站起来说："好，这就走！"

卢天雄赶紧站起身来直摆手,说:"不可!不可!你们去倒不要紧,万一弄出事来,给张头儿添麻烦。"刘得飞拍着胸说:"闹出事来我一人当!我恨不得我这时替我师父去坐牢。"卢天雄又赶紧向他侄女使眼色。可是卢宝娥也一点没理会,她正在气头上,就跑到屋里换上一双软底小鞋,又走出来,向着刘得飞高声说:"走!这就走!你也不用拿宝剑。"刘得飞说:"好!"当啷一声扔下了宝剑,向卢天雄说:"我还回来!"那方妈说:"姑爷不再喝碗茶了吗?"刘得飞也不答话,见卢宝娥已经拧身上房去了,便也随之蹿上了房;一霎时,两个人全都没有了踪影。卢天雄长叹一声,躺在布椅子上,连蒲扇仿佛都没力气再扇了。

微月之下,卢宝娥在前面走着,刘得飞在后边紧紧地跟着,走的都是曲曲折折的黑窄小巷。她对于路径似乎也是不熟悉,有时候顿住脚,拉刘得飞一下,悄声问说:"应该再往哪边走呀?"她模糊的娉婷的身影离着刘得飞很近,头上大概还戴着鲜花,阵阵的花香,也送入刘得飞的鼻中。她的身手这样快捷,胆子这样大,而心又是这么热,刘得飞不由得倒作难了,又感觉着对她不起。

因为时已夜深,所以走了半天,也没遇见一个人;还是刘得飞的记性好,他刚才来过,现在还能认识,就找到了外城御史衙门。但是这座衙门不同别的衙门,大门前挂着明亮的大灯笼,有持着刀、铁尺、钩竿子的官人捕役们正在出入,看这样子是换着班往各处去查街,去捉贼,所以夜晚比白天更显着森严;大概那位外城御史胡老爷,还许到了此时才办公事呢?

卢宝娥又拉了刘得飞一下,二人贴着墙躲避了一下,刘得飞倒是说:"你回去吧!本来你不必来。"卢宝娥说:"因为是你气的我!"刘得飞说:"或者你就在这儿等着我,我一人去找我师父。"卢宝娥转着头仰着脸儿说:"干吗呀?不是为当面问你师父我们才来的吗?我不放心,万一你师父要答应了,你再骗我说没有,那可更得把我气死。"

刘得飞只好不再说什么,心里只是想看看师父在监里的情形,问不问那句话,师父究竟叫他娶谁,他倒不管;最好是全都不叫他娶,他两面都不得罪,全都对得起,那才是他最盼望的,可是他必须得把小芳找着。

卢宝娥很心急,不等那衙门的人都进去,她就乘人不备,拉着刘得飞进了旁边的一条小胡同。这胡同极窄,也不通别处,一边是极高极高的墙,墙上铺着很多荆棘,令人一看就知是监狱;也有一个闭得很紧关得又很严的极狭极小的旁门,门上满钉着铁叶,这个门一定通着监,为是提解死囚才设的。卢宝娥在这里推、拉,想了许多法子要开这个门,也没有开得了,最后忽见她一跺脚,竟自蹿到那高墙上去了。

刘得飞也紧跟着蹿上去,就觉着墙上的荆棘真扎手,幸亏他们还都是好功夫,不必用手攀墙上去。但卢宝娥穿的是底薄得跟袜子差不多的小鞋,她如何能受得住呢?刘得飞很是担心,要扶她一扶,卢宝娥却推了他一下,说:"你不用管我啦!"推的时候,刘得飞觉着她的手臂同自己的手臂一挨,有点发黏,想必是她已经被荆棘的针刺出了血,心中更觉着对她不住。

忽听卢宝娥又悄声地说:"现在我们可就要下去啦!你记住了,我们只为的是向你师父问那一句话,不是为别的,你可别见了他,又啰里啰唆的没完。这可是公门,我们可别犯法。"说时,她先飘了下去。刘得飞又紧随着下去,这时即看出来了卢宝娥的本事,她走江湖,一定有经验,对监里的情形也都知道,不像是初次到这里来;必是她早先在张家口帮助他爸爸开镖店,她一定进监中救过人,或是探过人。

这外城御史的监狱本来很小,因为犯人都是当日捉了来,临时羁押,至多三五天,就解到刑部去,所以犯人不多,防范得也不严。

卢宝娥来到那铁窗前,向里边轻轻地吹了一声口哨,吹了一声,里边的犯人没听见;吹了第二声,就有犯人惊醒,也还声吹了一吹。这声音都极细微,不是"老江湖"的耳朵简直听不清,又觉得里面有微微的脚镣响声,就有人来到窗户的临近了。

监里没有灯,黑乎乎的,连里边的人半身的影子都看不清,更不用说模样,反正不是彭二。只听这人隔着铁窗向卢宝娥交谈了几句,刘得飞简直听不明白,因为都是江湖黑话,刘得飞没学过;想不到卢宝娥倒全会,和里边那个人一问一答,末了她仿佛急了,就说:"去你的吧!谁是你的朋友？我们找的是玉面哪吒彭二,叫他来和我们说几句话,你管便罢,不管我就进去先宰了你,你虽不认识我,可是你大概也猜得出我是什么人!"

里边的人却还笑着,说:"得啦!我白喜欢啦!可是你们要帮彭二,也应当顺势儿帮我一个忙呀,都是一条缘上的,是合字儿……"

卢宝娥却催着说:"快去!快去!你再磨烦,我可就要掏镖往里打你了!"她这时是真凶真狠又真能干,刘得飞觉着实在是自惭弗如。

第十五回　聆直言心伤多情女
砺宝剑迎斗大刀王

　　里边那犯人一定是个偷鸡摸狗的惯犯,久坐监狱,可也时时想溜。如今有人来私探彭二,并且还是一个女的,黑话都会,他就知道这一定是彭二爷的好朋友,来历不小,彭二马上就要出去了。他也想乘空儿往外去,所以他也更谨慎,在监里摸着黑儿,就去通知了彭二,同时他又跟着嚓嚓地走过来。

　　这时,狱旁不远,窗上糊着白纸浮着灯光的小屋,那是监里官人值班住的屋子,正有人在里边说话,还唱着:"一马离了西凉界……"巡更的梆子也越敲越近,刘得飞都不住地心慌。忽然卢宝娥又拉他,悄悄地说:"你师父来了!你快问他,问完了我们赶快走!"

　　刘得飞手揪住铁窗的"格洞",就听里边换了一种沉重的声音,问说:"是谁? 卢姑娘么……啊!还有得飞,你们干吗来啦? "从里边看外边大概看得见,因为天际有微微的月光。卢宝娥又推着他,说:"你倒是快问呀! "

　　刘得飞却真不知说什么话才好,他是见着了师父就发怯。这时他心里更悲痛得很,就凄惨地叫了声:"师父!"热泪滴了下来。里边却说:"我不是你的师父,你快滚!"他难过得说出一句话来。

　　卢宝娥更着急,就向里边悄声地说:"彭二叔!彭二叔!我是卢天侠的女儿、卢天雄的侄女卢宝娥。"

彭二在里边回答说:"我认得你,你是本事不小,可是你不该带着得飞来!我是他的师父,我替他来是光明正大的,却没人教过你这一套;我要想出这个小房子,易如反掌,我就是不这么干。你的意思我谢谢,请你再替我谢谢卢天雄吧!"

卢宝娥说:"不是,我带着得飞来找你,只是为叫你说出一句话……"彭二在里边问:"什么话?还非得叫我说?"卢宝娥就使劲地揪刘得飞,还拿脚暗暗地踢他,催着他快些说。刘得飞向里嚅嚅了半天,才又叫一声:"师父!"然后问说:"你是叫我娶小芳呢?还是娶卢宝娥?"

彭二在里边却坚决地说:"娶小芳!小芳要死了,不许你再娶!以后你好好地去找个行当做个人,少跟什么卢天雄、卢宝娥接近,学那些个坏!我把话说完了,你快走!"

这时卢宝娥已经气愤愤地一跺脚就上房走了,刘得飞又揪住铁窗向里面沉痛忏悔着说:"我可是已经答应她们了。"里边的彭二却不答话了。只有那个犯人,还悄悄地说:"喂!快想法子!叫我出去呀!喂!交个朋友吧!你要是帮忙救我,我出去能替你偷一只鹅,好叫你给女家放订礼。喂!我帮了你们半天忙,你们还是不帮我吗?喂!怎么你也走啦?"

这时巡更之声,梆梆梆梆已敲了四下,四更天了,微微的月影,更向西斜。刘得飞蹿上狱房,再过了高墙,裤管都已被荆棘划碎。他又跳了下来,到了小胡同,就悄悄地走出,扭头去看,连那衙门口的两只大灯都发昏了。他又疾向南走去,进了一条僻巷,只听得汪汪的犬吠和喔喔的鸡鸣,却已不见卢宝娥的踪影。

想起刚才师父说的话,真是痛快,可又对卢宝娥似乎有点抱歉,可是,还得上敬武镖店找她去;我的宝剑还扔在他们那儿,再说他们还得叫我见着小芳,才算是没事。于是,刘得飞又于残月晓风、这将要天明尚未天明的时候重回到敬武镖店。

他依旧是先蹿到房上,直奔后院,一来是不愿叫前院那些在院睡觉的镖头知道;二来是想着反正他们这房子,大概平日就跟大门一样,随便叫人走来走去。卢宝娥自从张家口来,这些日子,恐怕她就没规规矩矩由大门走过一回,那丫头黑话等等都会说;还是我师父有眼力,不叫我娶她,真对。

当下刘得飞又站在那西房上向下一看,见院中还放着那把布椅子,他的那口宝剑也依然在地下扔着,可是一个人也不见了,卢天雄一定是进屋睡了,卢宝娥还不知回来没回来。

此时刘得飞原想跳下房去拾起那宝剑,就坐在那椅子上等着,等到天明卢天雄起来,自己再跟他要小芳。却不料由前院咕隆隆地跑来了五六个人。这大概都是本镖店的镖头,有人就嚷说:"喂!朋友你下来吧!我们早看见你在房上啦。"又有人说:"是刘姑爷吧!请下来吧!我们掌柜的等了您半天,您也没回来,他实在困的支持不住了,才进屋去睡的。姑爷请下来吧!我们这就要生火做饭了,因为今天七点钟,我们这儿就有一只镖,往张家口去走。"

刘得飞站在房上,倒觉着不好意思,他只得下来。这几个人要请他到前院去坐,并说:"刚才我们掌柜的才把我们叫醒了的,对我们说,您是我们这儿的姑爷啦,说是您出去办事儿啦,待会儿准由房上回来;叫我们别再睡,等着您。"

刘得飞从地下拾起宝剑,皱着眉又问说:"你们姑娘回来了没有?"这几个人却都摇头,有的说是:"不知道。"有的说:"我们这儿的姑娘卢宝娥,她是昨天快黑的时候由外边回来的,就没再出去呀!现在大概是在屋里睡觉还没醒。刘姑爷,您将来娶了我们这儿的姑娘,您是一准能发财,我们这镖店也就快兴隆了!"

刘得飞说:"把你们掌柜的请出来,我要跟他说几句话。"

一个镖头就回答说:"我们掌柜的刚才睡,谁敢又去惊动他?他本来精神不大像早先了,去年就差点得了半身不遂,柜上的事情他都不愿意再操心。我们这几个,不怕您笑话,武艺又都不济;遇着熟路敢走,生路儿纵使给很多钱,也是不敢应,因为这才想请您!我们掌柜的早就跟我们说过,说是有您来帮忙,这镖店一定能在北几省数第一;现在成了亲戚啦,这就是您的镖店啦,以后您就也是我们的掌柜的了。"刘得飞听了这些话,弄得他既不能急,又不能怒。

这几个人还都很恭维他,就把他请到前院的柜房里。这里点着灯,旁边还有人睡觉,可是外面已经有车来了,直敲大门,这里确实是今天有买卖。负责押镖的两个人,刘得飞也看见了,都是精神不济,武艺大概也都好不了。他们都在收拾随身的东西,还特别拿着一个大信封,大家争看着,原来就是卢天雄的家信,叫他们给捎到张家口,交给卢天侠的。他们彼此互相笑着,说:"这是喜信!"说话时又偷眼瞧着刘得飞。

看他们这几个镖头,连伙计都是很高兴,刘得飞却等得着急,就说:"劳你们的驾!到里院去问问你们的掌柜或是姑娘,旁的也全不用说,只叫他们把那小芳的下落告诉我就完了,要不然我可是没完!"

他一提出来"小芳",不想这里有一个镖头好像是认识小芳,就惊讶着说:"那是韩金刚的小老婆呀?"另一个镖头却用腿拐了这人一下,并向刘得飞努努嘴,仿佛是知道刘得飞从韩家救走了小芳的事。随着,这屋里的几个镖头就在刘得飞的面前,你一言我一语地乱谈起来了,又像是故意说给刘得飞听。刘得飞就坐在一把椅子上,手挂着宝剑,低着头,十分的烦恼;他也不是故意留心地去听,但那些人的话自然就灌入了他的耳里。

先是一个镖头说:"小芳那小娘们我可见过,真漂亮,嫦娥也比不过她,可就是白虎星的命,谁跟她近,她妨谁,妨得老常九那么老还卖老豆腐,结果就算是叫人活活打死啦;妨得韩金刚,偌大一位御前侍卫,就被人杀死在酒楼。"

又一个镖头说:"她妨死人不要紧,她妨得咱们镖行的朋友都倒霉的倒霉,丧命的丧命,归根还不都是由她而起?彭二杀了人,他得去偿命。韩金刚的家是一败涂地了,剩下的那些个小老婆,有的没等到他的棺材抬出去,就卷了包儿跑了。他那妹妹,听说要嫁追魂枪吴宝。

"本来吴宝的买卖——他开的那家天泰镖店,已经算是完啦,双铜灵官陈锋、赛黄忠马宏跟他特请来的佟老太岁、老罗龙全都受了伤,大罗岱并且丧了性命,是镖打的。他虽报了官,可不催着当官的给他捉凶手,因为第一是他心里也有愧;第二是还想着是个江湖上的仇,在江湖上去报,用不着告府求官,还得挺起腰来抡膀子,招请朋友捞面子。

"韩金刚这一死,他倒阔了,他天天在韩家主办丧事。他本有老婆,可又订下了韩金刚的妹妹，不是图色，却专为财；谁爱走谁走，谁爱跑谁跑，反正韩金刚的房子、地都到了他的手里了。他以妹夫老爷的身份，在韩家为所欲为，并对外人拍胸脯说，他要重整天泰镖店，买卖还要往大了发展；他已经派人往南直隶去请大刀王了。"

对面的一个镖头一撇嘴，说："人家大刀王未必能来！人家跟他没交情。人家大刀王是北方五省著名的侠客，平日仗义疏财，做的都是好事；人家保镖，以北至保定为限，连京城这些镖行中人，人家都不来往，一来是怕伤和气，二来是人家向来就没瞧起咱们这样的镖头。所以我说，他一定不来，那都是吴宝吹牛皮！"

另一个待会儿就要动身的镖头，却说："这是真的！不是吴宝吹，吴宝现在跟外城御史衙门也走得很勤，那里边的头儿们跟他全有交情。他并不是不告府求官，还是暂时不敢得罪咱们掌柜的，其实他的心毒极啦！他现在天天住在韩家，不大见人，其实若等着大刀王来到北京，连咱们掌柜的、宝娥姑娘带刘得飞刘姑爷，都跑不了。

"因为这时，饶是衙门派来成千的官人，也绝拿不住我们姑娘跟我们这位新姑爷，他还能够不明白吗？大刀王来了，可就另说了，他若帮助官人，说拿谁，谁大概就跑不了，插翅也难飞。因为大刀王是什么样儿的？我虽没见过，可是我知道，他比我们宝娥姑娘……我再说一句怔话，大概我们姑爷这样英雄的人，十个也斗不了他一个。所以我们掌柜的现在愁得了不得，这话又不能对别人去说，大刀王又一准能来；他虽是一位侠义英雄，不能为吴宝所用，可是禁不住吴宝去挑唆。

"只要是大刀王一听说，是为刘得飞抢去了韩金刚老婆，彭二、刘得飞师徒才把韩金刚杀死；我们这里的姑娘才在卢沟桥伤了那些有名的镖头和像佟老太岁那样的老师傅；我们掌柜的又加以袒护，这就行啦。那大刀王就得气炸了肺，他就得提着大刀来北京。再加上罗家父子，连周大财、薛五他们一些朋友，出了头一助威，那声势可也够瞧的，反正还有一场热闹在后头呢！我，我真得赶快走这一趟张家口，不但是送喜信，还是去勾救兵；赶快叫我们掌柜的那位大哥想主意吧！顶好是率领着塞外的英雄，来到这儿帮助兄弟、女儿和姑爷。"

　　早饭做好了，端上来了，他们匆匆地吃毕。天光大亮，该押镖的人跟着镖车走了，不该跟镖的人却还在这里七拉八扯地闲谈。他们让刘得飞也在一起吃，刘得飞却只是摇头，什么话也不说，只在这里等着卢天雄或是卢宝娥起来。

　　他都有点发困了，一直等到九点多钟，大概又快用午饭了。他叫人到里院去问了好几次，都说是卢天雄睡得正香，连他的太太也不敢叫醒他。最末一次是带出来卢宝娥的话，连这传话的人都显出不好意思，说是："姑爷您先请回去吧！我们那位姑娘又犯了脾气啦！她不但不见您，也不让她叔父见您，还……"又笑着说："还叫我们打走您呢！我劝您还是先回去歇一歇吧，反正已经定了亲啦！到您办喜事的那一天，花轿一来，咚咚咚地一打鼓，唢呐哇啦哇啦地一吹，我们姑娘也就乐了，脾气也就好了。"刘得飞一听此话，想了想，确实也无可奈何，只好抑郁地手提宝剑，走出这敬武镖店。

　　他无聊之极，心绪紊乱，精神疲惫，头昏眼花；街上还这么乱嘈嘈，他却四顾茫茫，只好暂时到他师父那朋友"赛洞宾"的命馆里，去歇一歇。他这个神气——辫子蓬松，脸有三天没洗，衣裤上沾的都是浮土跟泥，就晃晃摇摇的，手持宝剑，进了这光线低暗的神秘的命馆。那白发白髯的假老道赛洞宾，一见他就指着说："啊！你有丧门星照命，白虎临头，眼前有一步奇灾大难，外带还犯桃花煞。快来抽一支签，我指你渡过这条迷津吧！"

　　刘得飞却一直就进了里边的那间小屋，坐在椅子上向着墙壁上一靠，他就好像昏迷了过去。赛洞宾随进来，悄悄地和他说；原来韩金刚被杀死在酒楼，彭二被捉往官里，他全都知道，他劝刘得飞说："顶好你快走，不要管你师父！你师父原是个老打官司的，他把监狱当旅店，你这么个初出茅庐的小家伙，真要被抓在监里，你可受不住。那卢宝娥在卢沟桥打死打伤的那些人，虽然暂时有她叔父拿钱挡着，可是她早晚也得犯案；真要是进了监，那可就像苏三起解了，你又不是王公子，也救不了她。我算出你们的禄马已动，应当都得快走。我给你们每人画三道护命符，可是一道符是三两银子，不给钱我不画；拿着我的符你们到处都能遇着贵人,方可趋吉避凶,毫无危险。"

刘得飞点头说:"好,好,等一会儿,我现在先要歇一歇!"他遂就靠在这里,闭着双目歇息。其实他的心中却仍然跟油煎着似的,是又急又难过,他想着:在这儿歇歇,或者在这儿暂住着也好,我等着大刀王来,叫他看看我是怎样一个英雄! 我非得还在北京干一件轰轰烈烈的事情不可,我更得救我师父,还得找着小芳才行。

赛洞宾这命铺的生意也不佳,一个人住在这么一个半屋,也没个伙计;每逢要出去,就得倒锁门,可是又怕锁上门的时候又有人来找他算命。如今刘得飞一来到,他就托付刘得飞来替他看屋子,并说:"要是有人找我算命,你就请人家坐着等一会儿,可别把主顾放走了。"他走后,刘得飞等了半天,他也没回来,刘得飞实在困乏得坐不住,就把门从里边关上,在那里屋倒头睡下。

睡了一个大觉,醒来又觉着饿了,赛洞宾不知上哪儿去了,依然没回来;刘得飞就将门倒锁上,自己出去买了吃食,再回来开锁进屋。因此,这里的一条很短而很粗的铁链和一个形式特别的铁锁,还只有一把钥匙,就时常拿在刘得飞的手里。好在这屋里只是一些算命用的器具,而且都很破旧了,贼要是偷了去也没有用,因此大概也招不来贼。

赛洞宾每天虽没有什么命可算,他的外务可很多,据他回来跟刘得飞闲谈时吐露,原来北京城各衙门、各镖店他差不多全都有熟人,刘得飞的事情他也都知道,他并且说:"南直隶最有名的英雄大刀王大概一两天可就要来了,来了是专为找你比武,你可要小心一点!还有,别在我这门口儿打,别耽误了我的生意。"

刘得飞在这儿住着,心里十分烦恼,他有许多的急事都要办,而现在头一件事就是等着大刀王来;来了,先杀砍一阵,痛快痛快,然后再说。

第二天赛洞宾一早就出去了,过午才回来,就问:"没有人来找我算命吗?"刘得飞简直不想理他,他却摸着长长的白须,笑着说:"你们年轻的小伙儿真不行呀! 让一点事儿折腾得就连半分豪侠气概也没有啦,真不中用。你看我,一清早就出去,连借钱带给朋友说合事,还给你打听来不少的消息。"

刘得飞赶紧十分注意地问说:"什么消息?"

赛洞宾大笑着说:"现在可还是不能够告诉你呀!有好些个好事儿啦,现在先闷你一会儿吧!我的小伙子,你先别着急,你快娶媳妇儿啦!"刘得飞有心奔过去打他一拳,可又怕把他打死。赛洞宾哪里像是个老道? 他多半连道士观还许没进去过呢,分明是一个江湖人。

不知是为什么,他竟高兴起来了,大唱起"西皮二黄":"离了扬州江都县,回转绿林乐安然……"正在唱着,忽然外面有车轮子咕噜咕噜的响声,他就扒着门向外一看,立时说:"来了生意啦!"赶紧又拿纽子上挂着的一只牛角梳子,梳了梳他的白胡子,向破大椅子上正襟危坐,做出"老神仙"的样子。

门一开,外面来了个找他占卦的,是一位女客。刘得飞赶紧躲避到那屋里,只觉得这女客穿的是银红的绣花衫子绣花裤,模样儿怎么样,他可一点也没去看。只听赛洞宾耍起江湖口来了,把签筒喳喳地颠动,金钱哗啦哗啦地摇,棋子吧吧地摔,又像唱戏道白似的高声说着:"乾、坎、震、巽、离、坤、兑,你这是'水火既济'之课呀!在卦里边看你是心绪不安,求谋未遂,卦中还犯着阴人,更犯着口舌,你要问的倒是什么事呀?"

来占卦的女客人却轻发娇声说:"我问是一个人,他能不能够来?"

刘得飞一听,这语声很熟,他赶紧探着头,向外望了一望,才看出这来占卦的"女客",敢则正是卢宝娥。但,要不是细看,简直就不能认识她啦,她的脸儿上擦着宫粉,描眉画鬓,点着红嘴唇,娇艳得有若桃花,一点也不像早先那个黑丫头了。她本来模样儿长得不难看,这么一倒饬,倒有七八分赛得过小芳。她穿的是一身银红色绸子的衣裤,下面是绣着蝴蝶的小红鞋,更学会了小芳有时露出来的那种羞答答的可怜可爱的娇态。她连眼皮儿也不抬,简直跟马脖岭那回遇见的,和前天夜里一同探监去的,那全不是一个人,成了一个安安稳稳的大姑娘,又像是个小媳妇。

她是占卦来了,问的是个"能不能够来"的人;问了半天,赛洞宾也胡扯了半天，结果她留下了"卦礼"，眼睛也不向别处去看，就头也不回地转身走了。外面的车轮声又响，越响越远，刘得飞却把什么都想起来了，心里很乱，站着不住地发呆。

赛洞宾把那卦礼的一叠子小制钱一五一十地在手里数着，又离了座位，来向刘得飞笑着说："你不认得刚才来的那个小堂客吗？我听说你们两人很熟，怎么见了面不说话呀？这个小堂客可真是一把手，你的武艺，我可不是瞧不起你，你比人家差得多，连你师父都佩服人家。她来占的是问一个人，能来不能来，你猜问的是谁？我想一定问的就是大刀王。"刘得飞一听，脸上不由得一阵变色。

赛洞宾又笑着说："你可别吃醋！我猜的大刀王若是来了，那可是直隶最有名的好汉，虽然轻易也不到北京来，可是名头早已压过了北京的所有镖头。这一次他是应吴宝之邀，名目上说是要斗斗你，其实你还禁得住他一斗？他是要打服了北京所有的英雄，他好在这儿坐头把交椅。这件事，街上的人全都晓得啦，没有一个敢不服气的，都知道大刀王若是提着大刀来啦，绝没有人敢挡，天泰镖店还得数京城头一家；敬武镖店不但得压倒，他们还得找卢天雄算账。

"街上现在都说卢天雄袒护着彭二师徒，违背江湖道义，大刀王来了，绝饶不了他。因此，我又听说刚才来的那位小堂客卢宝娥已经在铁器铺里特别定打了十几只三棱、加重、镀银的又厉害又好看的飞镖；等到大刀王来了，她要在北京城里再显露一手，她要以雌争雄。那时候，可就省了老伙计你的事啦！我劝你最好在我这里忍一忍，给他个别出头，看卢宝娥跟大刀王拼成什么样？假定要大刀王得了胜，我去拉着你向他认罪，顺势磕头，就拜他为师；反过来要是卢宝娥占了上风呢？那更好哩，我再去求人把她说给你当媳妇儿。"

刘得飞听了这些话，气真忍不住，暂时不忍又当如何，好在大刀王也快来了。卢宝娥如果真是为他来算卦，那可见卢宝娥也是手觉着痒痒，急盼着那个有名的豪侠来到，拼一拼，要争一口气。可是，这是我惹出来的事，我能让她帮忙？我到时还绝对不许她拿着镖又在中间闹搅！

刘得飞任凭赛洞宾怎样话中含着讥讽，他也绝不还言。他沉着脸，紧皱着两道眉,当日就出去买来一块很大的磨刀石,就在这命馆里整天磨那一口宝剑;哧哧地溅了一身的铁锈和泥浆,磨得剑口越来越光亮,用手弹了弹,铛铛地响。他就决定:先凭此剑折服了大刀王,振起了英名,洗清了侮辱,然后再设法将小芳找着、救出,将她安置于妥善之处,最后自己就要去救师父;如果救不出,或师父不许救,那时就在自己师父的面前,或是他所囚禁的那监门口,用此剑自刎,那就完了。

所以他盼着大刀王来的心更急,他托赛洞宾去给打听,并且自己提剑到街上去走,可是,只见人都躲着他,没有一个人跟他说话,那赛洞宾也没给他打听出来"大刀王"的消息。刘得飞又忧虑着小芳,这两天她究竟在那里?生活得怎么样?是不是还在那里哭?是不是已被卢宝娥她们锁起或是绑起?大刀王要是再不来,他就想不等着了,还是先去向卢家叔侄逼问小芳的下落,不然就把预备对付大刀王的这份力气,去跟他们拼;可是最要紧的还是得先洗去污名,叫大刀王看看我是一条好汉,没有什么不光明磊落。所以,还是得先向江湖拼斗,然后才能去找小芳。

到了第三天,赛洞宾又是一清早出去的。约莫八点多钟,他就从外面急急慌慌地走回来,说:"得飞!得飞!你还不快去看看!你师父起解啦!外城御史的门口,有不少你师父的朋友,都在那儿拿着酒,要给你师父饯行啦,你还不快些去!"刘得飞一听,当时什么也顾不得啦,立时向外就跑。

他一口气儿跑到了御史大门,只见这里的人很多,卢天雄、卢宝娥,还有许多不大相识的人全都在这儿了,拿着酒,并预备着菜。彭二是今天才由这里提解,送刑部去审讯,已经从那小胡同里的牢门提出,并且已经被卢天雄这些人给灌过许多的酒了。一辆大敞车已经向北走去,车上有官人押着,车前车后也都有钢刀出鞘、戒备森严的官人。刘得飞这时候已经满面流泪,往那边的囚车就奔,卢天雄却令人将他拦住,刘得飞不禁愤怒地抢拳说:"你们为什么拦阻我?"

卢天雄赶紧过来,摆着手说:"得飞,你先别哭!你师父今天起解,这是一件喜欢事。解到刑部,那里的正堂大人明镜高悬,问明了你师父杀韩金刚是行侠仗义、除暴安良，也许就把他放了；刚才我们预备着酒送他，也是给他贺贺喜。今天来的全是老朋友，他也很痛快，喝的酒不算少，我还特意问了他你跟宝娥的亲事，他是一口答应了。"

刘得飞却摇头说："我就不信。"

卢天雄说："你要是不信，就赶紧追上他，问明白了！亲事也不是强求的，要不冲着你师父是我的老朋友，我也不能答应把侄女给你。现在他是不是亲口答应了，我也不再提啦，失信由你失信；现在大家都知道，就别多说啦，你就追你师父问问去吧！"

刘得飞撒开腿向着囚车去追，囚车走得很慢，他追了不远，就追上了。别的官人都举起刀来驱逐他，那外城御史里的张头儿坐在车后边，却拦住了众官人，说："不要赶他，他是彭二的傻徒弟，叫他们师徒再说几句话吧！"别的官人一听说他就是刘得飞，仿佛现在他是更有名了，就都现出一种好奇，又像是拿他打趣的样子，来看着他。

囚车可仍然迟缓地向前滚动，刘得飞仰着脸，流着泪追着喊着："师父！"只见他师父戴着手铐脚镣，须发乱蓬蓬的，好像是个鬼；他也消瘦得多了，并且垂着头，不但是喝醉了，还像染了重病，他就又大声地哭叫着："师父！师父！"

彭二抬起头来，瞪大了眼，一看是他，便暴怒起来，厉声地问说："你来干吗？"刘得飞哭着说："我想替师父打官司！"彭二还没听明白，张头儿等几个官人却都哈哈大笑起来。

刘得飞追着车又问："师父！是你老人家叫我娶卢宝娥吗？"

彭二还没答言，张头儿先又笑了，说："对啦！你师父刚才答应卢天雄啦，给他做了媒啦，你看！你的媳妇不是在那边了吗？长得多俏！又黑又俏，好像一朵黑牡丹，你这家伙几时修来的呀？"旁的官人也齐声大笑。

刘得飞依然紧紧追着车，依然哭着问："师父师父，你倒快说一句话，叫我娶小芳还是娶卢宝娥？"

彭二却也哈哈笑了起来，紧接着却把脸一沉，说："你也这么大了，闯过江湖了，这么一点事情，还非得来问我？刚才我已听说了，你已经应允卢家了,我彭二不要言而无信的徒弟,你的事你自己去办理,我管不着,我也顾不了。咱们师徒一场,我也没对你有过多大的好处,今天咱们是见末一次面,以后你只要别败坏了我的名声,就完了!"刘得飞听了心都痛,再也走不动,彭二把头一扭,也不再说话了。囚车咕噜噜地走去,刘得飞就呆呆地站在道中心,来了车马全都不知道躲避,他好像是呆了。

呆了半天,忽见卢宝娥跑过去拉他,说:"你还在这里站着干什么?还不快回去!"刘得飞也不理,依然泪眼望着越去越远的囚车。卢宝娥又使劲地拉了他一下,说:"师父已经走了,过两天我们再到刑部看他去吧!现在还不快回去,刚才听人说,大刀王已经在今天早晨就到了北京了!"

刘得飞听了这话,当时就回头瞪眼,问说:"什么?大刀王来了?"卢宝娥嫣然一笑,说:"我还能够骗你?他就住在天泰镖店。"刘得飞说:"好啦!不用他去找我,现在我就去找他,可是不准别人帮助我!"卢宝娥婉转温柔地说:"有你这句话,我想帮你也不肯帮啦!可是说不定我得去看看,要不然我不放心。"刘得飞也不说话,回身急忙就走。

那边卢天雄等一些人,又都把他拦住,卢天雄说:"得飞!你问明白你师父了吧?我家里这两天可把一些事全都预备好了,房子都裱糊新了,嫁妆都买齐,在你们那新房里摆了。今天又是好日子,我待会儿就吩咐赶做酒席,因为朋友们早就都知道了,喜敬我都收了。大丈夫说话要如白染皂,言而有信,何况已向你的师父问明,这件事可不能再反悔了,就是今天。我愿你先去会会大刀王,那也是一位英雄好汉,话应说开了,不必真较量,最好还是跟他交朋友,今天就请他到我那儿去吃喜酒。还有,我说什么就得办什么,今天叫你跟卢宝娥成亲,今天也准叫你跟小芳见面!"

这话却又使刘得飞特别的兴奋,但是刘得飞一心要去会大刀王,对卢天雄说的这事没有工夫细加考虑,就把头点了点说:"待会儿再说。"他却很快地就走了,也不知身后有人跟着了没有。

他一口气儿就又走回了赛洞宾的那命馆,赛洞宾此时正急急慌慌的,见了他,先问说:"见着你师父了没有?见着卢天雄跟卢姑娘没有?"刘得飞顾不得答话,就去取了他的那口光芒雪亮的宝剑。赛洞宾又说:"你要是走,你可锁上门,我现在有要紧的事。"他把钥匙、铁链都交在刘得飞的手里,他却急忙忙地走了。

刘得飞手里拿着这些东西发着怔,出了命馆向南就走。走出一截路,他才蓦然觉悟,锁头、铁链等全都在手里拿着,那命馆的门却忘了关。他本想回去,却实在是急于要跟大刀王会面,胸中这把火是再也忍不住,片刻也不能待;好在知道那命馆里也没有什么好东西,关门不关门也不要紧,遂就将锁头、钥匙,粗短的铁链全都揣在怀里。他又把腰间系的"板儿带子"往紧收了收,这是小芳给他绣的那条带子呀!今天就能够跟小芳见面了,战完了大刀王,就可以见着小芳了。但与卢宝娥今天成亲的事,那想起来可真令人头痛,索性现在不必想了,打起来十足的精神,先去会会大刀王是怎样一条英雄;跟他干一干,看看到底是谁高谁低?

于是刘得飞手提宝剑紧紧向南走,不一会儿到了大街上,又往西,就望见了天泰镖店;并且看见对门的烧饼铺,原来又开张了,陈麻子站在那门前直向他招手,他点了点头,就一直闯进了天泰镖店的大门。

第十六回　踞新房凤鸾成大错
埋永恨血泪结全书

天泰镖店关了这许多日，现在好像是又兴旺了起来，里边的人很多，还有不少匹马；有个外面饭庄的伙计挑着一对大食盒，还带着一桶"高汤"，正往里去送菜，真像是有远方的贵客来到的样子。

刘得飞手提宝剑一进来，就被人看见了，立时火急地进正房去报告；同时，有些个人就脱衣裳、紧腰带，纷纷地去抄刀拿棍，那追魂枪吴宝也自正房中走了出来。吴宝自承受了韩金刚的家产，比早先也阔了，穿的是一身宝蓝绸子，也学了点韩金刚那官派头，一拱手说："得飞你来了？我正要请你呢！这儿来了一位朋友，你请进屋来见见面。"刘得飞却摇头说："我不进去，你把大刀王叫出来吧，我会会他。"

这时，大刀王原已在屋里，隔着窗上玻璃向外看清了，一听此话，当时就昂然地走出。刘得飞一看，这人年纪也不过二十来岁，身材雄伟，神情严肃，一张方脸，眉目端正，显出一种侠气英风；穿的是一身青布的裤褂，腰系板带，敞露出一些健壮的胸膛。他出了屋，就丁字步站立，把刘得飞打量了一番说："我说谁是刘得飞？原来就是你。"

刘得飞双手捧剑说："你就是大刀王？好！你拿刀去吧，我们就在这里较量较量。"

大刀王却冷冷一笑，说："我王某不常到北京，到北京也不与人来往，因为我家住在南直隶，那一带就够我闯的，用不着与北京的朋友交好，或是惹气。北京的朋友多番请，我都不来，因为知道这里的朋友也都懂义气、讲面子，天子脚下，还能容得住横行霸道的人？近来我听说有个刘得飞，武艺如何我倒还没看见，你的行为可真给江湖人泄气；你杀了韩金刚，就为的霸占他的小老婆小芳！"

刘得飞忿然抢剑说："你胡说！"大刀王又说："昨天我在路上又听人谈说你，说你已经答应了娶卢天雄的侄女，却又翻了脸不认账。"刘得飞气哼哼地说："你更不明白！"大刀王却把脸往下一沉，说："什么我不明白？我王某就是要管教天下不仁不义、不忠不信的无良心的匹夫！你为抢人老婆杀死韩金刚，是不仁；抢走了小芳藏起来，是不义；给唐金虎惹下了祸，你跑了，是不忠！"刘得飞愤愤地说："你全都没弄明白，你上了吴宝的当！"

大刀王却又冷笑，说："别的我都没有眼见，但今天一早我来到城里的时候，就先去拜访了卢天雄，因为我们二人早先本来就认识；他却亲口对我说你答应了娶他家的宝娥，忽又反悔，这就是不信，这你还有什么话可说？你是既不仁又不义，既不忠又不信，你还竟敢腆脸在这京城称雄？我的大刀正是为教训你这一类的匹夫！"

这话真把刘得飞给气昏了，旁边的一些人又都起哄似的喊着："哈哈！不仁不义！哈哈！不忠不信！哦！哦！没良心的匹夫！"刘得飞气得不住地浑身乱抖，脸已经像茄子那么发紫，额上的青筋也凸起来很高；他唰地将剑一抢，一个箭步扑向了大刀王，大刀王却向旁一跳，闪开了。

早有人由屋里捧出来他的那口大刀，他这口刀，在形象上看，也与别的单刀并无区别，刀柄上连"刀衣"也不挂，然而尺寸是特别的长，分量格外的重。他一手将刀抄到巨掌之中，微微一笑，说："按理说，咱们无冤无仇，应当较量较量拳脚也就算了，可是你既是拿着家伙来的，我也得奉陪。刀枪无眼，说不定今天咱们两人之中，就许有一个送了性命，可是先说好了，到时别后悔；你杀了我，算我的武艺不高，我杀了你……"他冷笑着又说："那是你这丧义背信的人恶贯满盈！"

刘得飞又猛跃向前，抢剑就劈；大刀王故意的横刀向上一磕，只听当啷一声巨大的响声，惊得旁人全都失色。大刀王力大刀沉，却不料刘得飞毫不在意,展剑又向大刀王横砍。大刀王以刀拦开,斜身转步,形似飞鹰,嗖地跳开,同时大刀唰地削来。刘得飞向旁一避,伏地等待,及至大刀王的刀又劈来,他却闪身扭步而腾起,宝剑环绕一匝,横击大刀王的颈项;左手助势左展,正似疾风拨云。大刀王卧身扬刀,掠开了宝剑,同时换步转身,旋刀再砍,刀光闪闪,挟风飞霜。刘得飞冷剑森森,如鹤展翅,连环三退步;直到大刀王赶至,纵踪旋一转,连撩带砍,势若追风。大刀王也是丝毫不弱,大刀挥动如飞。两个人越杀越紧,越拼越近,刀剑连声的锵锵锵地交磕,竟似一面在白刃交拼,一面要伸手相搏。大刀王固是奋勇,而刘得飞尤为猛悍;大刀王如一只猛虎,他简直像一只雄狮。

这时旁边那些人全都躲避得很远,可是嘴里还齐声地嚷嚷着:"哦!哦!刘得飞!不忠不信!哦!不仁不义的刘得飞!"刘得飞一面剑敌大刀王,一面还时时向旁去看这些人,他气得眼珠都要努出来了,心想:今天先杀了大刀王,然后把这些嚷嚷的人杀他个一个也不剩,气死了我刘得飞啦!刘得飞越杀越猛,剑飞身跃,不顾一切地向前紧逼;大刀王身旋步转,灵敏而又狠毒,绝不后退。

在这时候,二虎相搏,必有死伤,但忽听得锵锵两声响,也不知自何处飞来了光芒耀眼的银镖两只,打得十分的准确;一只正中刘得飞手中宝剑的剑口,一只却打中大刀王的刀身。刘得飞知道是卢宝娥来了,他连看也不看,伏地追风,剑锋向下,仍取大刀王;大刀王却向旁一跃,凝目去看了卢宝娥一下。这时卢宝娥就如掠波的燕子一般,斜飞到二人的当中,一手执刀仰拒,一手捏着镖低藏,跺着脚皱着眉,高声说:"别打啦!别打啦!"

这时又有卢天雄也来了,吴宝便出了头,向大刀王摆了摆手。大刀王走向一旁,目光仍注视着刘得飞,点了点头,仿佛表示钦佩的意思。刘得飞却仍然挺剑向前去跃,却被卢宝娥拖住了。卢天雄又连连摆手,旁边的人这才不喊了,卢宝娥就说:"这是干什么呀? 比一比也就完了,值得拼命吗?"又一拉刘得飞,娇嗔着说:"走吧。"

刘得飞却向她发着怒,摇头说:"我不走!"他还要干,因为大刀王跟吴宝，连那些人还都在笑他；他的煞气冲顶，羞愤填胸，无法抑制。但是卢天雄向那边拱拱手，似乎是"请原谅"之意，又过来向刘得飞说："小芳已经进了城，现在我那里，急等着要看你。"刘得飞听了，这才仿佛是勇气全消，而心头发愁的婚事又掠起来了。卢宝娥也推他，含着羞似的娇声儿说："快点回去吧！"

得飞转身走了两步，又站住身，回头去瞪大刀王；只见大刀王在那边的台阶上站着，倒像是没有什么气，吴宝也在那边笑哈哈的，仿佛他们跟卢天雄都很有交情，刘得飞又觉着很奇怪。同时看见院当中扔着那只锁头跟锁链，这一定是刚才拼斗的时候从怀里掉出来了；这是赛洞宾的，别给他弄丢了！于是刘得飞跑过去，从地下都拾起来。他这么一来，招的大家更笑，还有几个人小声地向他说："不忠！不信……"可是都站的离他很远。他要挥剑过去，却又被卢宝娥连推带拉，卢天雄并且跟他后边一本正经地说："小芳在那边等着你哩！真的，等着你哩！"他这才又出了天泰镖店的门。只见门外已经预备好了两辆车，卢宝娥一个人坐上一辆，先走了去，卢天雄就让刘得飞与他同坐在一辆车上，就往敬武镖店。

进了鲤鱼胡同，一看那镖店的门首站着许多人，都是看热闹的，见了卢天雄，都作揖道喜，更把眼光全都盯在刘得飞的身上；刘得飞依然是生着气的样子，宝剑跟锁头铁链还在手中拿着。

进了门一看，那里院正在支搭喜棚，有几个棚匠正在那儿绑杉木杆子、铺席，爬得很高的，刘得飞就不住发怔。卢天雄笑着说："你也不必再这么气哼哼的了！大刀王原是我的好朋友，这次我托了挺大的人情，费了好些力，才把他请到北京；并不是为叫他一定与你较量高低，不过是要制制你的傲气。人生在世，尤其咱们保镖的，更应当以信立身——说的话不能不算。赛洞宾那老家伙也很帮咱们的忙，有好些主意都是他替我出的，待一会儿，他跟唐金虎，还有许多朋友都得给你来贺喜。吴宝是你的旧仇人，现在也都一笔勾销；因为他现在够了，财发啦，女人也有啦，镖行中的气，他犯不上再争啦。现在，不但是你的大喜的事，还算你从今天才走入正道，怎么样了，宝剑还不能放下吗？那锁头是谁的？你别净发呆呀？"

刘得飞这时候实在是发呆，他才知道，这许多日子，原来都是在卢天雄的圈套之中；卢天雄不过是为跟我结了亲，好叫我帮助他的买卖发财！妈的，今天的宝剑绝不放下，惹恼了我，我就不管他什么喜棚，先杀他几个人！所以他不肯放下宝剑。

卢天雄也不敢太勉强了，只笑着说："那么你到里边去看一看吧，看看新房子预备得怎么样？那还是我们宝娥给你预备的啦，她为你，可真是不容易。我也不用跟你细说，以后你们小夫妇俩的日子长了，自会慢慢地都说明白的。现在，你也算是走了一步好运，一个年轻的男子汉，能有这样的荣耀，也就够了！总因你学艺到家，本领出众，走了一趟张家口，名头就起来啦，许多的英雄豪杰尽都败于你手下；大刀王江湖无敌，可是刚才那一场大战，他也不能不钦佩来。真的，我看你就好比百战归来的一位名将，当然啦，宝剑你还舍不得扔，那么你到里边来，我叫你的新娘子亲手自你的手中接过去宝剑，这个面子还算小吗？这于你们夫妻，情意上也能增加好多。"说着，拉着得飞往里院就走。

得飞这时候更发呆，心里好像很乱，没有了准主意。他跟着卢天雄到了里院东边的一小间房，一看，这屋里四壁和顶棚，都用银花纸裱糊得崭新，"喜"字的红纸，全是新粘上的，旁边放着喜幛还没有挂。一张床上放着锦被、鸳鸯枕，四方桌上还有一对银灯。另一张长桌是镜奁等等，红漆盒里还预备着点心——这是为他们半夜里若是饿了吃的，屋里可还没有人。

卢天雄就问说："你看怎么样？房子只是窄一点，这不要紧，慢慢我的买卖好了，还得上别处租大房子，那时，至少得给你们小夫妻分出来三间。还得为你们专雇一个老婆子，或是买个丫鬟，那么一来，你们就真成了一个家了，哈哈……"又指着说："你看，这屋门也十分严紧，挂上锁链一锁，谁也开不开。你还别担心，今儿晚上没有人闹你们的喜房，等完了事，我把那些毛头小子全都赶出去！"又说："来，到这屋里来看看宝娥吧！"

刘得飞跟着卢天雄走，却又见吹鼓手也来了，这就要呜啦呜啦地吹奏。靠西墙角临时搭的灶，大司务正在那儿擦炒勺，卢天雄说："今天办事，看来似乎有点急躁，其实我是筹划已久；就为的是你跟大刀王见了面，打了平手之后，名头更起。那么就当日成亲，一来叫他们顺便来贺喜，二来为给镖行留一佳话；将来到你们老了的时候，还能听说有人谈到今天的事，我跟着也就扬起名来了。今天也不用花轿，只是天地桌儿等照例预备；我哥哥现在出去了，反正到时候你得给他磕三个头，以后得称他为"泰山"。我倒不叫你称呼我什么，咱们虽是亲戚了，以后当江湖朋友结交，我也乐意。"说着领着刘得飞到了北屋里。

这屋里已经来了几位亲友女眷，正帮着卢宝娥重新梳头，梳的是新娘应梳的"盘龙髻"，并且把那艳丽的绢花也插上了两支，脸上敷的脂粉更多而娇艳。卢宝娥穿的是大红袄儿大红裤，裙子还没穿，绣鞋刚要换；见了刘得飞，她立时低下了头，默默无语。

卢天雄说："宝娥，这是你的女婿。你们两人早先可也不是没见过，你们的姻缘，是镖剑姻缘，过去也都不容易。咱们卢家是规矩人家，虽没读过圣人的书，可也有一种江湖道义；你是咱家养的出色女儿，我给你找的这又是有名的少年英雄，今天是喜事，是你们二人的终身大事，不必害羞，也不必难过。过来，先由你亲手把你女婿的宝剑接过去，再把你女婿腰系的这板儿带子解下来，叫他今天暂且洗去江湖的凶悍，做一个知情知义的新郎！"

刘得飞倒觉着不好意思，然而卢宝娥真袅袅娜娜地走过来了。她低着头含着羞，温存地从刘得飞的腰间，解下来那绣花的都已经脏了破了而且也不硬了的带子。这条带子简直跟一条破布条差不多了，可是刘得飞还有点舍不得叫她解，不过真不好意思拒绝，这种情意真感人。但当卢宝娥伸出她那惯会打镖又惯会使刀的一双手——手心上还擦着嫣红的胭脂，要来接他的剑时，刘得飞却又向后退步；他不但宝剑不肯放下，连左手拿着的锁头跟铁链也不肯交给别人。他扭身就出了屋，卢宝娥咬着下唇，就现出来不大乐意。

卢天雄也跟出屋来，沉着脸问刘得飞说："这又是为什么？难道你要拿着剑跟我侄女人洞房？那可不成！"

刘得飞却摇头说："剑我自然会放下，不过话还得先言明，当初我说的是要结亲，先是叫我见小芳！见着了小芳，我就扔下宝剑当新郎，因为谁叫我当初答应了？若见不着，我的那话可也不能算了，我也不在这儿了，我还得上别处去，我还得凭我的宝剑去再会一会那大刀王！"

卢天雄真生气了，说："我真没有见过你这样的人！好，我告诉你吧，我要不把那小芳接来，岂能令你来？我不背约，才能叫你不失信；你要见她，容易，她就在这儿了，你来！"当时就愤愤地带着刘得飞又向外院走去。

刘得飞倒不禁吃惊，真想不到小芳是已经来了！他心里着急，就脚步咚咚，一手提剑，一手拿着铁链跟锁头，跟着走去。他只是后悔，小芳亲手绣的那条板儿带子，已经叫另一个女人由自己的身上给解了去啦，这好像是很对不住她。

当下他跟着卢天雄就到了这镖店的外院，南房的一间低矮的小屋里。卢天雄倒是没进去；然而刘得飞走进来一看，把他吓了一大跳。只见这屋里一条板凳上，正低着头擦眼泪的却是一个穿白戴孝的年轻妇人。刘得飞瞪大了眼，细看这少妇的模样儿，啊呀！原来正是小芳！他的心里立时痛得发紧。这时就听卢天雄在屋外说："江湖人不但讲忠信，可还明礼义。你可别忘了，这小芳是韩金刚的小老婆，韩金刚死了，她是寡妇。"

但这时屋中寡妇打扮的小芳早就哭着站起身来，紧走了两步，就将头投在刘得飞的怀里了。刘得飞不住落泪，小芳抽泣着，痛苦地说："好啦，我们又见着面儿啦！我跟你说明白了吧，我死了也甘心。那天，因为……你不娶我，我就想寻死；天将要黑的时候，我走出了庙，想要投河。可是我的胆子又真小，我就顺着河边哭着走，几次咬着牙想投河，可是又不敢投，我就坐在河边哭；哭了有多半夜，傍天亮的时候，就看见卢宝娥了。她说她正在找我，她又说你因为杀了韩金刚，打了官司了，被县衙门捉去了；我就更着急，那时候我也不想死啦。卢宝娥就说，韩金刚死了，衙门还要捉我。她就带着我去找地方，就找到北坞村一个带卖饼卖面的小茶馆，那儿有个老头儿、老婆，还有一个姑娘……"

刘得飞摇着头,说:"你不用细说了,那我都知道,你只说他们把你送到那里怎么样?"

小芳又哭着说:"她叫我在那儿不许出来!还有这镖店掌柜的卢天雄也去了一趟,拿话吓唬我;说只要是我一出那小茶馆的后院,不是叫衙门捉去,就是得叫韩金刚的朋友杀了。这两天他们天天有人要去一趟,总是拿话吓唬我。"

刘得飞听到这里,不由得怒气上升,小芳又哭说:"其实我死不死不要紧,我只是挂念着你,我怕衙门判你给韩金刚抵命。我就求那茶馆的老头儿给我写信,托我那两位干姐姐想法子,好救你;一共写了两封,都交了卢宝娥,托她给带到城里,去交胡三太太。后来她告诉我,全都交给了,可是没有回信,我真急得要死。今天一清早,天刚亮,卢宝娥骑着马就来了,跟着一辆车,还带着许多人,又交给我这一身孝袍子,叫我非穿上不可;说是因为我是韩金刚的小女人,韩金刚既是死啦,我就得穿孝。我不穿,卢宝娥又拿刀逼着我,对我说,她把你从监里救出来了,今天你就要跟她成亲,叫我去一趟。我说我穿着孝,怎么能够进你们的喜棚?她却说因为不叫你进喜棚,才叫你穿孝;你是韩金刚的人,不是刘得飞的什么人,你今天进城见了刘得飞就得把话说明白了,要不然就杀了你。我当时听了,也只好一咬牙,反正只要叫我跟你再见一个面就行,见了面我也想什么话都不说。卢宝娥骑着马是先走的,我叫那几个人逼着,坐在车里,车帘子都挡得很严,我就来啦。"

刘得飞气得抢剑狠狠地砍着地,说:"原来是这么一回事呀!卢宝娥真毒,卢天雄也太无耻!"

这时突然门一开,卢天雄在门外说:"得飞,你可别听这娘儿们的一面之词!我们救了她,把她安置在北坞村的小茶馆,那倒是真的,可是我们没逼过她;她的这身孝,也是她自愿穿的。"小芳捶着胸,浑身抽搐着痛哭说:"凭良心吧!"

新娘子打扮的卢宝娥也出了头,先假作不知似的,问说:"怎么回事?"又和婉地说:"算了吧!我的小芳姐,你愿意到了这时候还破坏我们的婚姻吗?你做一件好事吧!"

卢天雄却在院中喝道："众弟兄,给我把镖店的门堵住!亲友们来贺喜请他们等一等,无论是谁,也不许他出门!"

刘得飞一手持着宝剑,一手拿着锁头铁链,并拉着小芳,忿然地出屋就想走。然而,门外镖头伙计足有二三十名,全都手持刀枪棍棒,密密层层的挡住。卢宝娥急得直跺红绣鞋,说："这是为什么呀?得飞!得飞!我就是对小芳姐有点什么不好吧,可是,我也是为你。再说我也并没把她怎样,今天叫你着她啦,这还不算行了吗?小芳!你也真是狠心!给我搅了这一场喜事,你就照我嘱咐过你的那些话,快说一遍吧!"

小芳却摇着头说："我偏不能说!刘得飞是我的,我们在五年以前就相好。"

里院的卢天雄的妻子和几个女眷,连火房司务跟吹鼓手,带那几个搭棚的人,全都跑到这前院来看。卢天雄手抄起了一杆大枪晃动着,喊着说："都闪开!都闪开!我们可要拼命了!刘得飞!亲事的话,现在也不必提啦,我问你是否还有信义?你是不是应得见了这个娘儿们,你就娶我的侄女;现在我已叫你见着这娘儿们了,你为什么竟听了她的逸言,突又变卦?这是否还叫有信义?我们将她救活了命,安置在北坞村,并没将她害死,用车还接来见你;并且我对你种种关怀,种种的款待,为的就是提拔你,谁想你竟翻脸无情?像你这样的人,彭二也不能认你做徒弟!"

刘得飞抢剑怒斥说："胡说!我师父原是叫我娶小芳的!都是你一人要我,要叫你那无耻的侄女给我!"

卢宝娥沉着脸在旁尖声地说："今儿你不跟我拜天地都行,就是不准你骂我!"

小芳这时越发大哭起来,说："我把我的委屈都说出来,也就完啦,得飞你撒开手让我走吧!你们还是办喜事吧!我可真惹不起这一群厉害人。"

刘得飞这时脑上的青筋绷起,满面煞气,摇头说："不行,我可不能叫你跟我离开!我师父叫我娶你,没叫我娶卢宝娥,我不能跟你失信、不义;我跟他们可就不管那一套,因为他们全都是口是心非!"

卢天雄抖枪哧的一声向他刺来,刘得飞将宝剑吧地向枪杆上一磕,旁边的小芳惊得哎呀一声尖叫。卢宝娥跃过来,将身挡在当中,摆着两只染着胭脂的手掌,连说:"别这样!别这样!"

刘得飞一手持剑,一手拉着小芳,就走进了里院。他原想拖着小芳蹿上房去,可是因为现在是白昼,没有法子走;他想要杀开一条血路冲将出去,但卢天雄和手下的众伙计、群镖头又都齐晃动着刀枪逼上来,刘得飞是顾得了自己顾不了小芳。这时他想起了一个主意,就将小芳拉进了里屋——那新房里,他站在门首抢起宝剑,喀喀铛铛杀退了卢天雄等人;他随之也进了那新房,急急地向门上穿上了铁链,喀的一声,把这屋门就从里边锁上了。

这倒真好,他把他自己跟小芳全都锁在新房里了。卢宝娥气得在外边怒骂:"不要脸!不要脸!占我的屋子!"由她叔父手中夺过来大枪,哧哧向窗里就扎,窗纸都扎破了,只是扎不着人。刘得飞在里边也不理,拉着小芳到了尽里边,叫小芳在那新床一坐,他喘喘气,也坐在床头。

但是待了不大的时间,忽见飞镖自外打入。刘得飞的手快,赶紧把镖接住,又赶紧把长桌拉开,桌上的镜匣等等的东西可都哗啦一声都摔在地下了。刘得飞把长桌竖起,放在方桌上,就像个屏风似的挡住了床;他跟小芳安然坐在床上,外面虽又吧吧连打来了两镖,可全都钉在那桌面子上了,而打不着他们,吓得小芳就投在他的怀里。刘得飞说:"不要怕!咱们就在这儿住下了,看他们能够把咱们奈何?"

此时卢宝娥在外边气得都哭了,她又用力去撬那门,砍那门,可也没有给弄开。她大骂着:"刘得飞!你算是什么英雄? 小芳!你真没脸!没脸!"她骂着,用镖向窗里又吧吧地来打。

卢天雄又说:"不用着急,这倒也好,反正他们都别想逃。得飞!现在你可要细想想啊!你这样办,不但太傻,没有用,反倒丢了你师父的面子,你也就一辈子都完了。好!我也不再说什么啦!你就在屋里细想想好啦! 你要吃什么我这儿也有,你索性就在那屋子里养老,我也很乐;可是你别出来,出来我们就得讲讲理,你还是得跟我侄女拜花堂……"

他又呵斥着说:"宝娥,你回屋子里去!不要闹,也不要生气,反正又丢人又不讲理的是他,不是我们。再说这事情也不是没办法,耗着他,难道他们还真能在这屋里等到生儿子吗?"

接着大概是又向他们的伙计说:"你们也就不用看了,这有什么可看的呀?顶是我的哥哥卢天侠,他已从张家口来了,可是今天一清早就出去,现在还不回来。难道他是未卜先知?知道今天必有麻烦?他真会躲心静就是啦!赛洞宾,你的课算得不灵,你偏说刘得飞跟我侄女有姻缘,我要不是信了你的话,我还不能这么放心的大办呢!如今你看看这叫什么缘?简直是麻烦缘!"

原来赛洞宾也在这里了,他也隔着窗户向刘得飞劝了半天,可是刘得飞连一声也不应,就好像是一点也没听见。许多的人又大声喊:"不信不义!刘得飞丢人……"喊了多半天,想把刘得飞激出屋来;可是大概是有小芳劝阻着刘得飞,刘得飞此时竟能够忍耐,无论外边怎样喊嚷怎样刺激,他只是给一个不出来。大刀王也来了,拿江湖话连激带劝,也说了半天,仍然无用。后来,声音渐渐的寂然,卢天雄把众来宾让到前院去了,卢宝娥也气得回到了北屋。

日光移动得也很快,不觉着又到黄昏的时候了,刘得飞跟小芳在屋里,每人都吃了些那盒子里预备的点心,饿倒是不饿,只是有点儿渴。天黑了,他们不点灯,黑乎乎的,真是一间"洞房",这里成了为他跟小芳俩设的"洞房"。

这时刘得飞反倒精神百倍,仿佛一切的忧愁、烦恼全都没有了,自己也觉着不傻了,也不像这些日来那样的犹豫不决了。他也不再管小芳叫"姐姐"了,就仿佛打算要在这屋里与小芳,住一生一世。倒是小芳,虽仍哭着说:"现在我死了也不冤!"却又说:"这是人家的屋子呀!我们永远在这儿住着,不但不像话,不能喝水,不能吃饭,也总说不下理去。"

刘得飞却仍然手持宝剑愤愤地说:"是他们把我们招来的,不是我们自己来的。"小芳说:"可也不能老在这个屋里待着呀?"她着急得要哭,刘得飞就低声问:"那么你有什么办法吗?"

小芳说:"你不是武艺好吗? 就趁着这个时候,你背着我出去;你不是会蹿房越脊吗? 我们就趁着这个时候走,跟上一次你把我从韩家救出来的时候一样。只要我们能够离开这镖店,事情就好办啦! 我们可以深更半夜去叫胡宅的门,找我那干姐姐胡三太太,就住在她那里。明天,她跟祁二太太,就都能够给我们想法子啦。"

刘得飞想了一想,说:"去求官太太救我们,那不是英雄。"

小芳着急地说:"这算什么呀? 又不是你去求她! 我跟她,跟祁二太太,我们是盟姊妹。祁二太太的娘家母亲,前年还没过世的时候,我又拜她为干妈,所以我俩又是结盟姊妹,又是干姊妹。早先我常抱着的那个小孩,那管我叫妈的,可又是胡三太太的干儿子。我们是怎么近怎么走,简直就跟一家子人是一样。这几天我住在北坞村,只恨是没有个跟我的人,进城来给我那干姐姐送个信儿,她们这几天找不着我,也一定是很着急;要不然,卢天雄、卢宝娥他们今天也绝不敢,我还想要看看我那小丫鬟香儿去呢。"说着她又不住地哭,说:"得飞!反正我们得走,你就趁这时候带我出这屋子吧,他们这时一定都已经睡啦!"

刘得飞却摇头说:"他们才不会睡呢!"

小芳又悄声急急地说:"反正跟我作对的,就是一个卢宝娥,人家别的人,谁爱管闲事? 看见你上房,人家也一定装作没看见。可是这时候,卢宝娥必定也睡了,她今天的新娘子没当成,一定气极啦,她这时还不气得睡了吗?"又说:"咳!我也觉着怪对不住卢宝娥的,可是没有法子,谁叫我们两人已经走到这一步? 我们要是永远在人家这屋子住着,那可更不对啦,那可真成了强盗啦!所以,以后我还得跟卢宝娥讲和,我托我那两个干姐姐给卢宝娥说一门好亲事,就算是我赔补她啦!"

刘得飞到这时才算决定了主意,就点头说:"好!我们这就走!可是先得悄声点,要叫卢宝娥知道,又是麻烦,因为她会打暗器!"说着又显出很发愁的样子。

小芳又低声说："快一点走吧!只要离开这儿我就放了心啦,在这儿究竟是算怎么回事呀。"说着她还用手摸着,把她刚才用过的梳头的器具都给收拾好了,把床还给扫了扫,被褥给叠了叠。此时刘得飞已轻轻地用钥匙将那门上的锁开了,就拉着小芳,微微地开了门,两人悄悄地侧着身子走出了屋。

这时,虽然喜事没有办成,可是喜棚照旧搭好了,遮得连天上的星星都看不见;而四边都是横的杆子、竖的棍子,处处阻碍着,刘得飞想要一下蹿上房去,简直是办不到。院子的角落那临时搭的灶上,已经熄了火;有一个大概是"看棚的",躺在一条宽板凳上呼噜呼噜地打着鼾,睡得已经很熟。北房西房全没有灯光,刘得飞放了点心,他就一手持宝剑,一手将小芳抱起。小芳实在是身子轻,他就用一只巨臂将她连挟带抱,真觉得算不了什么,小芳也紧紧地抱住了他;刘得飞就向这东房上将身一耸,当时就飞上去了。他一脚踏住了房檐,一脚蹬在喜棚的一根横扎的杉木棍儿上,刚待要换脚,不料北屋的门吧的一声推开了,出来一个人,尖声怒问说:"是谁?"

刘得飞听出来是卢宝娥的声音,他这时真不由得有点不好意思,就大声说:"宝娥!后会有期,我们将来准对得起你,求你放一条路!"

但见那下边,卢宝娥的窈窕身影向起来一跳,怨恨而气急地说:"你敢走?给我下来!"说时,忽见白亮亮的一物飞来;这是一支她后来特打的镖,大概是为帮助刘得飞去打大刀王用的,如今竟向刘得飞毒辣地打来。

刘得飞急忙用剑一迎,想要给磕落。却不料这时因为抱着小芳,小芳这时又一惊,身子一动,他的剑就没有将镖迎着,镖也未虚发,只听小芳哎哟一声惨叫。刘得飞大惊,明明觉得小芳的头上溢出血水来,身子仿佛立刻就软了。刘得飞心痛得也啊呀一声,赶紧就又跳下来,蹲伏在地,手抱着小芳连声地问:"小芳!小芳!你是什么地方受伤了?你觉得怎么啦?"小芳半天也没说出话来。

这时里院外院的许多人全都没有睡,卢天侠、卢天雄,连赛洞宾也还在这里;闻了声音,一齐点上了灯,同着伙计来到,打起灯来照着看。

只见小芳下身躺在地下,上身却仰在刘得飞的臂上,全身都已不能够动;脸上离着右太阳穴不过三分,鲜血如涌泉一样的流,将她的素服和刘得飞的手臂都已染得殷红。镖不知掉在哪儿去了,而伤却是极重。小芳的眼睛已不能睁开,但还微微的有气息,她的嘴唇微微动着,有声无力,而含糊、凄惨地说:"得飞,我死了好……本来我不对……你娶卢宝娥吧,别想我,也别恨我……"她似乎还有许多的话要说,可是连半句也说不出来了,她的头愈往下垂,血仍在冒,嘴唇也不动了。

这时旁边围着看的一些人,连卢宝娥全都低着头紧紧皱眉,卢天侠、卢天雄全都没有话说了。赛洞宾蹲下了身,用手一摸小芳,就赶紧缩回了手,说:"得飞,你还抱着她干吗呀?她身上都凉了!人是已经死了!"

这时卢宝娥急忙就回身又进北屋去了,刘得飞却放下了小芳的尸身,猛跳起来,抢着宝剑就去追。卢宝娥已经进屋把门从里边关严了,连灯也不点,话也不回,银镖也不再向外放。刘得飞就急怒地向那门上吧吧狠劈,并喊着说:"卢宝娥!你出来!我非得叫你给小芳偿命不可!"并伸脚咚地向门猛踹。

这里的几个镖头、伙计便一齐上前,将他的腰跟臂膊全都抱住,卢天雄说:"得飞老贤侄,我也没想到事情竟闹的这样!可是,有什么法子?你也不必急,还是那一句话,我们好说好办。"

赛洞宾一看出了人命,他却急得当时就溜了。一些个镖头、伙计等人也一面用力拉着刘得飞,一面齐都用好话来劝他。但刘得飞这时就跟疯了一般,举着剑,高声大喊:"卢宝娥!你出来!你非得给小芳偿命!"可是喊了半天,卢宝娥在屋里仍是不还言。

卢天侠忽然过来说:"刘得飞,你不要再这样逼我的女儿。北屋里原来有亲友,事是因为白天闹出来了,亲友女眷,连我弟妹全都不敢在这院里住了,现在屋里可就是宝娥一人。她打死那小芳,也绝不是故意,你不可以逼着我女儿再死!"遂高声叫着:"宝娥!宝娥!好女儿,你答应一声!咱们走江湖的要敢作敢当,不要怕!你答应一声!"然而,又连叫了半天,屋里仍是一句话也不答,一点声音也没有。

卢天雄也慌了,抢上前去大声说:"刘得飞!你不用再劈门踹门,我们自己去开,只怕,只怕……"又急喊着说:"宝娥!你可要往开了想!咱们学武艺,不容易,你的镖法已天下驰名,误打死一个娘儿们这不算事!官司绝不用你去打,镖店交给你爸爸,我带着你去闯绿林,外边比刘得飞好的人多得是……"

他一面喊,大家一面齐力地去推门,这个门就开了。众人随着灯笼争着挤进屋去察看,几只灯笼齐都高高举起,一看——可都吓坏了,只见正当中的房梁上,高高地悬挂着手脚直垂,舌已吐出,发已散乱的银镖女侠卢宝娥。大家急忙解下来时,已经无救。最可怜的是,她现在身上穿的仍是当新娘才做的那红袄红裤,而她用以缢死的那根绳子——细一看,原来不是绳子,却正是今天她亲手由刘得飞腰间解下的那条"板儿带子"——已经旧了的绣带;这还是在外边躺着的那女尸,小芳所刺绣而成的"情物"。

卢天雄咚地把脚一踩,说了声:"错啦!"身子向后倒去,他的伙计忙将他扶住了。卢天侠是放声大哭,说着:"宝娥!女儿!"刘得飞却瞪大了两只眼,这时他好像已经傻了,既没有眼泪,也失了知觉;半天之后,他忽然大哭一声:"啊……"将宝剑一横,就向脖颈刎去。

突然身后有一个有力的人将他抓住,夺过宝剑,当啷一声扔出了很远;刘得飞回首一看,原来是大刀王来了,他就将头撞去,说:"快杀我!快杀我!我受不了心中这难受……"因为大刀王拉住他,直劝他,他就跳着脚大哭,哭着哭着,他又发傻了,一切的事情他也都不知道了。

刘得飞当夜就被大刀王送到天泰镖店,大刀王永远看着他。小芳与卢宝娥的尸身齐由卢天雄给备棺掩埋。卢天雄从此半身不遂的病症又重了,把敬武镖店交给了伙计们。买卖他们自己不做了,卢宝娥的灵,他们也不想运回张家口,因为他们伤心;只当宝娥走了,凭着单刀、飞镖独自去闯江湖,她永远也不回来了!这么假设地想着,他们兄弟二人还都可以免去点伤心。

追魂枪吴宝霸占着韩金刚的家,原来也不行;因为韩金刚生前是一名"御前侍卫",虽然死了,在官面上还有朋友,就把吴宝捉了去坐监。至于在刑部监狱中的玉面哪吒彭二，不久就因病死于狱中，这件事情却不敢让刘得飞知道。

刘得飞依然跟傻子一样，连话都不会说了。大刀王待他像亲兄弟一样，就让他住在大刀王收买过来而经营的"聚兴长镖局"里(即是天泰镖店的旧址)，供给刘得飞食宿；什么事也不叫他干，因为他什么也不会干了。他连那现在游手好闲、常到这儿来找人谈天、自己早先的掌柜的唐金虎，见面时也一点不认识。对面烧饼铺麻来给他送烧饼，他就吃，不知道给钱，也不知道说话。他的那又穷又老的叔父大脖子也来看他，他依然是直着眼若不相识。

但是约莫有两年以后，忽然来了一个穿得很阔的，据说是外城御史胡三太太用的丫鬟，名叫"香儿"。这早先服侍小芳的小丫鬟，现在已经长大了，特意来找刘得飞，打听她早先主人的坟在哪里了；刘得飞这才显出有一点明白，可是直哭。大刀王就雇了车，亲自带着刘得飞跟那丫鬟到城外小芳的坟上哭祭了一回。大刀王办事公平，他叫那丫鬟香儿自己走了，他却又领着刘得飞到卢宝娥的坟上，刘得飞也哭祭了一场。

刘得飞的腰间绝不再系带子，见了带子他就给撕烂了，扔出去。他并且怕听人打算盘，镖局的买卖，还能够没有算盘吗？可是一见他进柜房，就得赶快把算盘藏起来。他穿的衣裤也是大刀王叫裁缝给他特做的，只用纽扣，使衣裤相连，却不用裤腰带。他的种种伤心事，他自己虽然不肯说，又像不会说，然而慢慢地都叫人猜出来了，都传出去了。凡是知道刘得飞的就也都知道，小芳送过他一条带子，而后来卢宝娥又用那条带子缢死；并且卢宝娥生前原是文武全才，不但镖打得准，算盘还"扒拉"得顶熟。

刘得飞就这样又活了几十年，他虽住在镖局，吃饭不保镖，却没扔下功夫。后来他时常练臂力，他的胳臂用巨石碰，用大车轧，都毫无损伤，并且他的胳臂愈受苦，他心里反倒愈舒服；他很知道用一种自己给予的肉体刑罚，来医治他内心的痛苦。

由清末到民初，大刀王已经死了，他却仍然健在。他已经得了个外号"铁臂刘得飞",凭着两只铁似的胳臂,练一些使人咋舌的技艺,得到钱吃饭。他一向是漂泊无家,但当他有时心里稍稍的有点明白,他就叹息着对人说:"我的跟前永远站着一个穿白衣裳的和一个穿红衣裳新娘打扮的,那么两个女人,她们都向着我又哭又笑……"

为《王度庐武侠言情小说集》而作

张赣生

我第一次读度庐先生的作品，是四十多年前刚上中学的时候，做梦也想不到今天为《王度庐武侠言情小说集》写序。

度庐先生是民国通俗小说史上的大作家，他的小说创作以武侠为主，兼及社会、言情，一生著作等身。最为人乐道的，自然首推以《鹤惊昆仑》《宝剑金钗》《剑气珠光》《卧虎藏龙》《铁骑银瓶》构成的系列言情武侠巨著，但他的一些篇幅较小的武侠小说，如《绣带银镖》《洛阳豪客》《紫电青霜》等，也各具诱人的艺术魅力，较之"鹤-铁五部"并不逊色。

度庐先生以描写武侠的爱情悲剧见长。在他之前，武侠小说中涉及婚姻恋爱问题的并不少见，但或作为局部的点缀，或思想陈腐、格调低下，或武侠与爱情两相游离缺少内在联系，均未能做到侠与情浑然一体的境地。度庐先生的贡献正在于他创造了侠情小说的完善形态，他写的武侠不是对武术与侠义的表面描绘，而是使武侠精神化为人物的血液和灵魂；他写的爱情悲剧也不是一般的两情相悦、恶人作梗的俗套，而是从人物的性格中挖掘出深刻的根源，往往是由于长期受武德与侠道熏陶的结果。这种在复杂的背景下，由性格导致的自我毁灭式的武侠爱情悲剧，十分感人。其中包含着作者饱经忧患、洞达世情的深刻人生体验，若真若梦的刀光剑影、爱恨缠绵中，自有天道、人道在，常使人掩卷深思，品味不尽。

度庐先生是一位极富正义感的作家，这在他的社会言情小说中表现得格外鲜明。《风尘四杰》《香山侠女》中天桥艺人的血泪生活，《落絮飘香》《灵魂之锁》中纯真少女的落入陷阱，都是对黑暗社会的控诉，很能引起读者的共鸣。度庐先生自幼生活在北京，熟知当地风土民情，常常在小说中对古都风光作动情的描写，使他的作品更别具一种情趣。

度庐先生是经受过"五四"新文化运动洗礼的人，他内心深处所尊崇的实际上是新文艺小说，因而他本人或许更重视较贴近新文艺风格的言情小说和社会小说创作。但从中国文学史的全局来看，他的武侠言情小说大大超越了前人所达到的水平，而且对后起的港台武侠小说有极深远影响的，是他创造了武侠言情小说的完善形态，在这方面，他是开山立派的一代宗师。几十年来出版的中国现代文学史，无例外地排斥通俗小说，这种偏见不应再继续下去，现在是改写中国现代文学史的时候了。

已知王度庐小说目录

1926—1937

作品名称	始载时间	连载报刊/署名/备注
半瓶香水	1926.9之前	小小日报/王霄羽
黄色粉笔	1926.9之前	同上
红绫枕	1926.9	小小日报/王霄羽/同年报社出版单行本
残阳碎梦	1926.12	小小日报/王霄羽
侠义夫妻	1927.1	同上
琪花恨	1927.3	同上
孀母孤儿	1927.4	同上
飘泊花	1927.5	同上
红手腕	1927.8	同上
护花铃	1927.8	小小日报/霄羽
青衫剑客	1927.10	小小日报/王霄羽
蝶魂花骨	1928.3	同上
疑真疑假	1928.4	小小日报/葆祥
双凤随鸦录	1928.7	小小日报/王霄羽
战地情仇	1929.6	同上
自鸣钟	1930.4	同上
惊人秘柬	1930.4	同上
神獒捉鬼	1930.6	同上
空房怪事	1930.7	同上
绣帘垂	未详	同上
玉藕愁丝	1930.7	小小日报/香波馆主
烟霭纷纷	1930.7	同上
鳌汊海盗	1930.8	小小日报/霄羽
缠命丝	1931.8	小小日报/王霄羽
触目惊心	1931.8	同上
燕燕莺莺	1931.8	小小日报/香波馆主
黄河游侠传	1936.10	平报/霄羽
燕赵悲歌传	1937.4	同上
八侠夺珠记	1937.7	同上

1938—1949

作品名称	起止时间	连载报刊署名	出版时间、出版社/署名
河岳游侠传	1938.6–1938.11	青岛新民报 王度庐	
宝剑金钗记	1938.11–1939.7	青岛新民报 王度庐	1939年青岛新民报社，1948年上海励力出版社（改题《宝剑金钗》）/王度庐
落絮飘香	1939.4–1940.2	青岛新民报 霄羽	1948年上海励力出版社，分为四册：《落絮飘香》《琼楼春情》《朝露相思》《翠陌归人》/王度庐
剑气珠光录	1939.7–1940.4	青岛新民报 王度庐	1941年青岛新民报社，1947年上海励力出版社（改题《剑气珠光》）/王度庐
古城新月	1940.2–1941.4	青岛新民报 霄羽	1949–1950年上海励力出版社，分为四册：《朱门绮梦》《小巷娇梅》《碧海狂涛》《古城新月》/王度庐
舞鹤鸣鸾记	1940.4–1941.3	青岛新民报 王度庐	1941年（？）青岛新民报，1948年（？）上海励力出版社（改题《鹤惊昆仑》）/王度庐
风雨双龙剑	1940.8–1941.5	京报（南京）王度庐	1941年南京京报社/王度庐，1948年上海育才书局/王度庐
卧虎藏龙传	1941.3–1942.3	青岛新民报 王度庐	1948年上海励力出版社（改题《卧虎藏龙》）/王度庐
海上虹霞	1941.4–1941.8	青岛新民报 霄羽	1949年上海励力出版社，分为二册：《海上虹霞》《灵魂之锁》/王度庐
彩凤银蛇传	1941.5–1942.3	京报（南京）王度庐	
虞美人	1941.8–1943.10	青岛新民报 霄羽	1949年上海励力出版社，分为数册：《琴岛佳人》《少女飘零》《歌舞芳邻》等/王度庐
纤纤剑	1942.3–1942.10	京报（南京）王度庐	
铁骑银瓶传	1942.3–1944.?	青岛新民报 王度庐	1948年上海励力出版社，改题《铁骑银瓶》/王度庐
舞剑飞花录	1943.1–1944.1	京报（南京）王度庐	1949年上海励力出版社，改题《洛阳豪客》/王度庐
大漠双鸳谱	1944.1–1944.7	京报（南京）王度庐	

（接上表）

寒梅曲	1943.10-？	青岛新民报 霄羽	1948年（？）上海励力出版社，分为数册：《暴雨惊鸳》等/王度庐
紫电青霜录	1944-1945	青岛新民报 王度庐	1948年上海励力出版社，改题《紫电青霜》/王度庐
春明小侠	1944.7-1945.4	京报（南京） 王度庐	
琼楼双剑记	1945.4-1945（？）	京报（南京） 王度庐	
锦绣豪雄传	1945.5-？	民民民 王度庐	
紫凤镖	1946.12-1947.7	青岛时报 鲁云	1949年重庆千秋书局/王度庐
太平天国情侠传	1947.5-？	民治报 鲁云	
清末侠客传	1947.4-1948.？	大中报 鲁云	1948年上海励力出版社，分为二册：《绣带银镖》《冷剑凄芳》/王度庐
晚香玉	1947.6-1948.1	青岛时报 绿芜	1948年上海励力出版社，分为二册：《绮市芳菲》《寒波玉蕊》/王度庐
雍正与年羹尧	1947.7-1948.4	青岛时报 鲁云	1948年上海励力出版社，改题《新血滴子》/王度庐
粉墨婵娟	1948.2-1948.7	青岛时报 绿芜	1948年元昌印书馆，分为二册：《粉墨婵娟》《霞梦离魂》/王度庐
风尘四杰	1948.2-？	岛声旬刊 佩侠	1949年上海励力出版社/王度庐
宝刀飞	1948.4-1948.9	青岛时报 鲁云	1948年上海励力出版社/王度庐
燕市侠伶	1948.7-1948.10	青岛时报 绿芜	1948年上海励力出版社/王度庐
金刚玉宝剑	1948.9-1949.2 1949.2-？	青岛公报 联青晚报 王度庐	1949年上海励力出版社/王度庐
香山侠女			1949年上海励力出版社/王度庐
春秋戟			1949年上海励力出版社/王度庐
龙虎铁连环	1948.9-1948.10	军民晚报 王度庐	1949年上海励力出版社/王度庐
玉佩金刀记	1949.1-1949.？	民治报 王度庐	

附录三

王度庐年表

徐斯年　顾迎新

说明：

1.本表曾在《西南大学学报》刊出，此为补订本，包括增补史料及其说明、考证，并订正了个别疏误。

2.本表包含许多新发现的资料，特别是在辽宁省实验中学档案室发现的王度庐档案，从而补正了徐斯年《王度庐评传》的一些误判和部分欠缺。

3."度庐"实为1938年启用的笔名，为了统一，本表用为表主正名。

4.由于史料不全，历年行状、著述依然详略不一，有待继续挖掘、补充史料。

5.表中所记日期，阳历用阿拉伯数字，清、民国年份及旧历日期用汉字。

6.表中所系年龄均为虚岁。

7.由于旧报缺失严重，所以连载作品肯定不全。表中所录者，始载时间和结束时间多难确认，一般仅记月份，有线索可资考证者在按语中加以说明。

1909年（清宣统元年，己酉）　1岁

正月，清帝爱新觉罗·溥仪改元"宣统"。清廷决定消除"旗""民"界限，旗人不再享受"俸禄"。是年七月廿九日（9月13日），王度庐生于北京

"后门里"司礼监胡同四号一户下层旗人家庭,原名葆祥(后曾改为葆翔),字霄羽。父亲"在清宫管理车马的机构里当小职员"。家庭成员除父母外还有一位姐姐、一位未嫁的姑母和一位叔祖父。一家六口,全靠父亲薪金维持生计。

按:后门即地安门,后门里位于地安门内,属镶黄旗驻地。司礼监胡同,得名于明代位于该地之司礼太监署;后改称"吉安所左巷",则得名于清代宫中嫔妃、宫女卒后停尸之"吉祥所"(后改"吉安所")。毛泽东青年时代曾租寓于本胡同8号。

关于父亲职务的记述引自王度庐手写简历,其父任职机构当系内务府下属之"上驷院"。内务府为管理皇家事务的机构,成员均为满洲上三旗(镶黄、正黄、正白)"从龙包衣"。"包衣",满语,意为"自家人",一定语境下也指"奴仆""世仆"。据此,王氏当属编入满洲镶黄旗的"汉姓人"(不同于"汉人""汉军"),这一族群不仅属于"旗族",而且也被承认为满族。

1912年(民国元年,壬子)　4岁

1月1日孙中山宣誓就任中华民国总统。2月2日,清宣统帝宣告退位。根据清室优待条件,宫内各执事人员照常留用,王度庐父亲依然可以领受部分薪金,家庭生计勉得维持。

1916年(民国五年,丙辰)　8岁

1月,王度庐父亲病故。2月,遗腹弟出生,名葆瑞,字探骊。家境日蹙,主要靠母亲为人缝补浆洗维持生计。

是年2月2日,王度庐夫人李丹荃生于陕西周至。

按:葆瑞出生时间据人民日报社1991年1月3日印发之《谭立同志生平》。葆瑞(即谭立)为遗腹子,由此可知其父当卒于1月份。周至,离西安甚近。

1918年(民国七年,戊午)　10岁

是年王度庐始入私塾读书。曾与姐、弟同染重症,母亲变卖家当为之治

疗,终得转危为安,而家庭经济更加贫困。

1919年(民国八年,己未)　　11岁

五四运动爆发。王度庐仍在私塾就读,至1920年。

1921年(民国十年,辛酉)　　13岁

是年王度庐入景山高等小学就读,至1924年。

1925年(民国十四年,乙丑)　　17岁

是年1月,宋心灯在北京创办《小小》日报(后改《小小日报》),自任社长、主笔。王度庐从景山高等小学毕业,先在精精眼镜店当学徒,后在《平报》和电报局任见习生,可能已经开始向《小小》日报投稿。

按:宋心灯(?—1949),字信生,原籍河北大兴(析津)。新闻专科学校毕业,也是北京早期足球运动和羽毛球运动的发起者之一。《小小》日报即注重刊载体坛信息,后来发展为综合性小报。

又按:辽宁实验中学所存退休人员档案中的王度庐登记表,"文化程度"一栏填为"九年",当系虚数。

1926年(民国十五年,丙寅)　　18岁

是年《小小日报》先后刊载王度庐所撰侦探小说《半瓶香水》《黄色粉笔》和"实事小说"《红绫枕》,均署"王霄羽"。《小小日报》馆印行《红绫枕》单行本,标类改为"惨情小说"。12月,《小小日报》连载社会小说《残阳碎梦》,亦署"王霄羽"。12月24日,《小小日报》刊出宋信生所撰《本报改版宣言》,"将旧有之八小版易为四大版"。

按:由于存报缺失严重,《半瓶香水》《黄色粉笔》未见,不知确切发表时间。因《红绫枕》内文提及它们,故知连载于《红绫枕》之前。由此亦不排除其一已于上年开始见报的可能。又据李丹荃女士回忆,早期作品还有《绣帘垂》《浮白快》两种,均未见。《残阳碎梦》,现存第十次载于是年12月20日,由此推知当始载于12月1日;现存第三十三次载于次年1月21日,末注"(未完)"。

1927年（民国十六年，丁卯）　19岁

是年王度庐始在宽街夜授计民小学任职，先当会计，后任教员，直至1929年。同时继续卖稿和自学，包括到北京大学旁听，往三座门北京图书馆、鼓楼民众图书阅览室阅读。

1月，《小小日报》连载武侠小说《侠义夫妻》，署"王霄羽"。3月，《小小日报》始载社会小说《琪花恨》，署"王霄羽"。4月，《小小日报》连载社会小说《孀母孤儿》，署"王霄羽"。5月，《小小日报》连载社会小说《飘泊花》，署"王霄羽"。6月，《小小日报》连载侦探小说《红手腕》，署"王霄羽"。8月，《小小日报》连载侠情小说《护花铃》，署"霄羽"。10月，《小小日报》连载武侠小说《青衫剑客》，署"王霄羽"。

按：《侠义夫妻》，现存第八次载于1月31日，当始载于《残阳碎梦》结束后；连载结束时间当在《琪花恨》始载之前。《孀母孤儿》仅存5月2日第十一次，由此推知始载时间在4月（《琪花梦》结束之后）。《飘泊花》，现存第六次载于5月30日。《红手腕》，现存第十一次载于7月9日，可知始载于6月末。《护花铃》仅存十四、十七次，载于9月2日、5日，是知始载于8月，标类"侠情小说"，写当时题材。《青衫剑客》，第四次载于10月9日，至11月9日犹未结束。

1928年（民国十七年，戊辰）　20岁

是年北京改称"北平"。3月，《小小日报》连载侦探小说《疑真疑假》，署"葆祥"。3月，《小小日报》连载社会小说《蝶魂花骨》，署"王霄羽"。5月，《小小日报》连载社会小说《揉碎桃花记》，署"王霄羽"。7月，《小小日报》连载"讽世小说"《双凤随鸦录》，署"王霄羽"。

按：《疑真疑假》，第四次载于3月12日，当始载于8日。《蝶魂花骨》，第三十四次载于4月11日，当始载于3月9日，与《疑真疑假》同时，故用两个笔名。《双凤随鸦录》，第四十二次载于8月21日。

本年存报缺失严重，当有不少连载作品至今未知。以下类似情况不再逐一说明。

1929年（民国十八年，己巳）　21岁

6月，《小小日报》连载社会小说《战地情仇》，署"王霄羽"。

按：《战地情仇》，仅存7月4日一次（序号未详）。本年几无存报。

1930年（民国十九年，庚午）　22岁

是年王度庐离开宽街夜授计民小学，改任家庭教师，不久认识李丹荃。

按：李丹荃在所遗手稿《王度庐小传》中说："我在北京读中学时，在一个同学家里认识了王度庐。那时，他正给我的同学的弟弟补习功课。记得他曾送过我两本书，一本是纳兰容若的《饮水词》，另一本是《浮生六记》。我不喜欢《浮生六记》，却很喜欢那本词，有些句子至今仍能记得，如'摇落尽，有发未全僧，风雨消磨生死别，似曾相识只孤灯；情在不能醒……''瘦狂那似肥痴好，任他肥痴好，笑他多病与长贫，不及衮衮诸公向风尘……'"（按文中所记纳兰词句与原作略有出入。）

3月，《小小日报》连载侦探小说《自鸣钟》，署"王霄羽"。

按：《自鸣钟》残存连载文本至三十一次告"全卷终"，次日接载《惊人秘柬》第一次。故暂系于3月。

是年，王度庐始用笔名"柳今"在《小小日报》开辟个人专栏"谈天"，每日发表短文一篇，纵论国事、民生、世态、人情、风习、学术、艺文等。"柳今"在这些短文里经常述及"自己"的"经历"，多属杜撰；但是，这位论说者的心态、性格、气质又与当时的王度庐十分相符。

按：因存报缺失，"谈天"开栏、终结时间未详。所载杂文均署"柳今"，以下不作逐篇标注。

4月1日，《小小日报》"谈天"栏刊出杂文《世态》。4月4日，《小小日报》"谈天"栏刊出杂文《荒芜的青年》。

按：4月2日、3日报纸缺失，或漏杂文两篇。以下类似情况不再加注按语。

4月5日，《小小日报》"谈天"栏刊出杂文《中等人》。4月6日，《小小日报》"谈天"栏刊出杂文《架子》。4月7日，《小小日报》"谈天"栏刊出杂文《性的广告》。4月8日，《小小日报》"谈天"栏刊出杂文《笑》。4月9日、10日，《小小日

报》"谈天"栏连续刊出杂文《永垂不朽》(一)(二)。4月11日,《小小日报》"谈天"栏刊出杂文《女性的教育与生育》。4月12日,《小小日报》"谈天"栏刊出杂文《一位平民文学家》,赞赏满族鼓词作者韩小窗。文中说:"世界本来是平民的世界,尤其是文学家,更要有一种平民化的精神,他才能够用文学的力量,来转移风化,陶冶民情;否则琢句雕章,自以为是,至多不过只能得到少数的文蠹的几遍诵读罢了。"韩小窗"这人确实是位有天才、有词藻、有思想的文学家。他能把他这种才学,不去作八股,不去批试帖,而能用来编大鼓,他的平民思想可见了,他的环境可见了,而他的清高也可见了。"

按:韩小窗(约1828—1890),辽宁开原人,满族,子弟书(即鼓词)作家。其代表作有《露泪缘》《宁武关》《长坂坡》《刺虎》《黛玉悲秋》《红梅阁》及影卷《谤可笑》《金石语》等。

4月13日,《小小日报》"谈天"栏刊出杂文《绝顶聪明》。4月14、15日,《小小日报》"谈天"栏连续刊出杂文《道德》(一)(二)。

4月17至23日,《小小日报》"谈天"栏连载杂文《伦理与中国》。全文分为五节:一、伦理的产生;二、伦理的优点;三、伦理被利用以后;四、伦理存亡与中国之存亡;五、伦理的蟊贼。

4月25日,《小小日报》"谈天"栏刊出杂文《小难》。4月26日,《小小日报》"谈天"栏刊出杂文《女招待》。4月27日,《小小日报》"谈天"栏刊出杂文《落子馆》。4月29日,《小小日报》"谈天"栏刊出杂文《麻醉剂》。4月30日,《小小日报》"谈天"栏刊出杂文《万寿寺》。

4月,《小小日报》连载侦探小说《惊人秘柬》,署"王霄羽"。

按:《自鸣钟》残存连载文本至三十一次告"全卷终",次日接载《惊人秘柬》第一次,具体日期均难考定。

5月1日,《小小日报》"谈天"栏刊出杂文《赘泽品》。5月2日,《小小日报》"谈天"栏刊出杂文《童子军》。5月3日,《小小日报》"谈天"栏刊出杂文《女腿》。5月4日,《小小日报》"谈天"栏刊出杂文《颠倒雌雄》。5月5日,《小小日报》"谈天"栏刊出杂文《歌舞剧》。5月6日,《小小日报》"谈天"栏刊出杂文《招与待》。5月7日,《小小日报》"谈天"栏刊出杂文《恢复北京》。5月8日,《小小日报》"谈天"栏刊出杂文《野鸡》。5月9日,《小小日报》"谈天"栏刊出杂文《女招打》。5月13日，《小小日报》"谈天"栏刊出杂文《署名》。5月14日，《小小日报》"谈天"栏刊出杂文《迷》。5月15日，《小小日报》"谈天"栏刊出杂文《恶五月》。5月16日，《小小日报》"谈天"栏刊出杂文《送春》。5月17日，《小小日报》"谈天"栏刊出杂文《哭》。5月18日，《小小日报》"谈天"栏刊出杂文《雨天》。5月19日，《小小日报》"谈天"栏刊出杂文《名士派》。5月20日，《小小日报》"谈天"栏刊出杂文《小算盘》。5月21日，《小小日报》"谈天"栏刊出杂文《自行车》。5月22日，《小小日报》"谈天"栏刊出杂文《穷北京？》。5月23日，《小小日报》"谈天"栏刊出杂文《服从》。5月24日，《小小日报》"谈天"栏刊出杂文《奴隶性》。5月28日，《小小日报》"谈天"栏刊出杂文《澡堂里》。5月29日，《小小日报》"谈天"栏刊出杂文《安慰》。5月30日，《小小日报》"谈天"栏刊出杂文《中国剧》。5月31日，《小小日报》"谈天"栏刊出杂文《游民》。5月，《小小日报》连载侦探小说《触目惊心》，署"王霄羽"。

按：《触目惊心》未见，据《空房怪事》前言列入，连载时间在《神獒捉鬼》之前，故系入5月。

6月1日，《小小日报》"谈天"栏刊出杂文《端午节》。3日，《小小日报》"谈天"栏刊出杂文《打麻雀》。4日，《小小日报》"谈天"栏刊出杂文《谋事》。5日，《小小日报》"谈天"栏刊出杂文《无聊的北平》。6日，《小小日报》"谈天"栏刊出杂文《病》。同日开始连载侦探小说《神獒捉鬼》，署"王霄羽"。

按：《神獒捉鬼》共连载二十五次，当结束于6月30日（7月1日始载《空房怪事》，参见《空房怪事》引言）。

7日，《小小日报》"谈天"栏刊出杂文《造化儿子》。8日，《小小日报》"谈天"栏刊出杂文《疯人》。9日，《小小日报》"谈天"栏刊出杂文《阔事》。10日，《小小日报》"谈天"栏刊出杂文《骗术》。11日，《小小日报》"谈天"栏刊出杂文《财神　阎王》。12日，《小小日报》"谈天"栏刊出杂文《画中人》。13日，《小小日报》"谈天"栏刊出杂文《醉酒》。14日，《小小日报》"谈天"栏刊出杂文《夫妻间》。15日，《小小日报》"谈天"栏刊出杂文《不开壳》。16日，《小小日报》"谈天"栏刊出杂文《憔悴》。17日，《小小日报》"谈天"栏刊出杂文《伤心人》。18日，《小小日报》"谈天"栏刊出杂文《情书》。

19日，《小小日报》"谈天"栏刊出杂文《琴声里》。20日，《小小日报》"谈天"栏刊出杂文《☯》。21日，《小小日报》"谈天"栏刊出杂文《什刹海》。22日，《小小日报》"谈天"栏刊出杂文《凶杀案》。23日，《小小日报》"谈天"栏刊出杂文《关于裤子》。24日，《小小日报》"谈天"栏刊出杂文《三件痛快事》。25日，《小小日报》"谈天"栏刊出杂文《诗人》。26日、27日，《小小日报》"谈天"栏连续刊出杂文《贵族学校》（一）（二）。28日，《小小日报》"谈天"栏刊出杂文《穷　　住》。29日，《小小日报》"谈天"栏刊出杂文《妙影》。30日，《小小日报》"谈天"栏刊出杂文《罪恶场中之未来者》。6月，《小小日报》连载社会小说《烟霭纷纷》，署"香波馆主"。

按：现存《烟霭纷纷》第三十六次连载文本复印件上有副刊"编余"一则，云"今天这版算作'七夕特刊'"。查1930年七夕为阳历8月30日，由此推知《烟霭纷纷》当始载于6月27日。

7月1日，《小小日报》"谈天"栏刊出杂文《吃饭问题》。5日，《小小日报》"谈天"栏刊出杂文《平民化》。6日，《小小日报》"谈天"栏刊出杂文《面子》。7日，《小小日报》"谈天"栏刊出杂文《醋　　忌讳》。8日，《小小日报》"谈天"栏刊出杂文《文士与蚊士》。9日，《小小日报》"谈天"栏刊出杂文《人品与装饰》。12日，《小小日报》"谈天"栏刊出杂文《消夏》。13日，《小小日报》"谈天"栏刊出杂文《财神爷》。同日，《小小日报》始载惨情小说《玉藕愁丝》，署"香波馆主"。

按：《玉藕愁丝》始载日期据预告图片背面报头推知。

14日，《小小日报》"谈天"栏刊出杂文《妓女问题》。15日，《小小日报》"谈天"栏刊出杂文《杨耐梅　朱素云》。

按：杨耐梅，生于1904年，中国早期影星，曾出演《玉梨魂》《奇女子》《上海三女子》《空谷兰》等无声片。当时北平讹传她已"香消玉殒"，作者故撰此文悼念。实则杨在1960年卒于台湾。朱素云，京剧小生演员朱沄之艺名，生于1872年，卒于1930年。

16日，《小小日报》"谈天"栏刊出杂文《难民返国》。17日，《小小日报》"谈天"栏刊出杂文《灯下人》。18日，《小小日报》"谈天"栏刊出杂文《捧》。19日，《小小日报》"谈天"栏刊出杂文《快乐人多？》。20日，《小小日报》"谈天"栏刊出杂文《西游记》。21日,《小小日报》"谈天"栏刊出杂文《火警》。22日,《小小日报》"谈天"栏刊出杂文《人体美》。23日,《小小日报》"谈天"栏刊出杂文《穷　光　蛋》。24日,《小小日报》"谈天"栏刊出杂文《抵抗力》。25日,《小小日报》"谈天"栏刊出杂文《香艳文章》。26日,《小小日报》"谈天"栏刊出杂文《雨夜柝声》。27日,《小小日报》"谈天"栏刊出杂文《爱河》。28日,《小小日报》"谈天"栏刊出杂文《调戏》。29日,《小小日报》"谈天"栏刊出杂文《"嫁"的问题》。30日,《小小日报》"谈天"栏刊出杂文《阎罗王》。31日,《小小日报》"谈天"栏刊出杂文《知音》。7月,《小小日报》连载侦探小说《空房怪事》,署"王霄羽"。

按:《空房怪事》共连载二十九次,残存文本图片均无报头,难以确认具体时间。(第一次疑载于7月3日,见图片背面;结束于第二十九次,当为8月1日。)

8月2日,《小小日报》"谈天"栏刊出杂文《战》。

3日,《小小日报》"谈天"栏刊出杂文《时髦》。4日,《小小日报》"谈天"栏刊出杂文《人逛人》。5日,《小小日报》"谈天"栏刊出杂文《跳舞场里》。6日,《小小日报》"谈天"栏刊出杂文《奸杀案》。7日,《小小日报》"谈天"栏刊出杂文《阴阳电》。8日,《小小日报》"谈天"栏刊出杂文《办白事》。9日,《小小日报》"谈天"栏刊出杂文《眼光》。10日,《小小日报》"谈天"栏刊出杂文《无与偶　莫能容》。11日,《小小日报》"谈天"栏刊出杂文《喜新厌旧》。12日,《小小日报》"谈天"栏刊出杂文《洋化的话》。13日,《小小日报》"谈天"栏刊出杂文《发财学》。14日,《小小日报》"谈天"栏刊出杂文《儿童　成人》。15日.《小小日报》"谈天"栏刊出杂文《英雄难过美人关》。16日,《小小日报》"谈天"栏刊出杂文《交际》。17日,《小小日报》"谈天"栏刊出杂文《呻吟》。18日,《小小日报》"谈天"栏刊出杂文《枇杷巷里》。19日,《小小日报》"谈天"栏刊出杂文《捕蝇》。20日,《小小日报》"谈天"栏刊出杂文《殉情》。21日,《小小日报》"谈天"栏刊出杂文《人死不值钱》。22日,《小小日报》"谈天"栏刊出杂文《癞蛤蟆　天鹅肉》。23日,《小小日报》"谈天"栏刊出杂文《作时评》。25日,《小小日报》"谈天"栏刊出杂文《马路》。26日,《小小日报》"谈天"栏刊出杂文《女朋友》。27日,《小小日报》"谈天"栏刊出杂文《跳楼者》。28日，《小小日报》"谈天"栏刊出杂文《蟋蟀》。29日，《小小日报》"谈天"栏刊出杂文《古城返照》。30日，《小小日报》"谈天"栏刊出杂文《惹气》。31日，《小小日报》"谈天"栏刊出杂文《活得弗耐烦》。8月，《小小日报》始载武侠小说《鳌汉海盗》，署"霄羽"。

按：《鳌汉海盗》连载文本基本完整，但原件图片无报头，难以确认日期。共连载四十二次，当结束于9月间，时《烟霭纷纷》仍在连载。

9月1日，《小小日报》"谈天"栏刊出杂文《由线订书说起》。2日、3日，《小小日报》"谈天"栏连续刊出杂文《"娶"的问题》（一）（二）。4日，《小小日报》"谈天"栏刊出杂文《罂粟味》。5日，《小小日报》"谈天"栏刊出杂文《忏悔》。6日，《小小日报》"谈天"栏刊出杂文《想当然耳》。7日，《小小日报》"谈天"栏刊出杂文《标奇与仿效》。8日，《小小日报》"谈天"栏刊出杂文《复古》。9日，《小小日报》"谈天"栏刊出杂文《野草闲花》。同日同报又载影评《看了〈故都春梦〉》，署"柳今投"。10日，《小小日报》"谈天"栏刊出杂文《倡门》。12日，《小小日报》"谈天"栏刊出杂文《乞丐》。13日，《小小日报》"谈天"栏刊出杂文《心》。9月15日，《小小日报》"谈天"栏刊出杂文《短 小 经济》。9月16日，《小小日报》"谈天"栏刊出杂文《性的文章》。9月17日，《小小日报》"谈天"栏刊出杂文《逢场作戏》。9月18日，《小小日报》"谈天"栏刊出杂文《浮云变幻》。9月19日，《小小日报》"谈天"栏刊出杂文《敲钗小语》。20日，《小小日报》"谈天"栏刊出杂文《俗礼》。21日，《小小日报》"谈天"栏刊出杂文《何不当初》。22日，《小小日报》"谈天"栏刊出杂文《醋的考证》。23日，《小小日报》"谈天"栏刊出杂文《劲秋》。 28日，《小小日报》"谈天"栏刊出杂文《柴 米 油 盐 酱 醋 茶》。30日，《小小日报》"谈天"栏刊出杂文《烛边思绪》，叙述阅读《朝鲜义士安重根传》的感受，抒发爱国情怀及对国内现实的愤懑。

10月1日，《小小日报》"谈天"栏刊出杂文《吵嘴》。29日，《小小日报》"哈哈镜"栏刊出杂文《团圞月照破碎国家》，署"柳今"。

1931年（民国二十年，辛未） 23岁

是年，王度庐应聘担任《小小日报》编辑员。5月，《小小日报》连载哀情

小说《缠命丝》，署"王霄羽"。同时连载社会小说《燕燕莺莺》，署"香波馆主"。9月18日，沈阳发生"九一八"事变，日本加紧侵华。

按：《缠命丝》仅存第九〇次，内文曰"全卷终"，图片有"31，8，1"标注，据此倒推，当始载于5月；《燕燕莺莺》仅存第六二次，未完，图片注"31，8"。

又按：耿小的在《我与〈小小日报〉》中说，自己进入《小小日报》任编辑是在"1933年后"，"之前似乎赵苍海编过很短时期"，却未提及王霄羽。若其记忆无误，则王之去职，当在赵前。

1934年（民国二十三年，甲戌）　26岁

是年，李丹荃随父亲离北平去西安。不久王度庐亦往西安，任陕西省教育厅编审室办事员，《民意报》编辑员。

3月10日，陕西省教育厅在西安民众教育馆举办西安中小学讲演竞赛会；28日、29日，又在西安民乐园举办西安中小学第二届唱歌比赛，均派王霄羽任记录。

3月20日，西安《民意报》"戏剧与电影周刊"第一期刊载《中国戏剧生命之革新》第一节"九一八后的中国戏剧界"，署"柳今"。文中慨叹中国剧坛进步缓慢，以至"今日远东国际纠纷之病菌集于中国，而我国之戏剧仍然如沉睡，如枯死，反使他人——俄国——高呼曰：'怒吼吧中国！'"27日，"戏剧与电影周刊"第二期续载《中国戏剧生命之革新》第一节"九一八后的中国戏剧界"，署"柳今"。文中续论中国戏剧的觉醒与"推翻""旧剧势力"之关系。同期又载《电影是应合大众所需要　真不容易利用它》，署"潇雨"。文中说："艺术只要不是'自我'的而是'大众'的，那就当然要被利用成为一种工具。电影尤其要首先被人利用的，不过常常又见人们弄巧成拙，利用影片作某种宣传，结果倒被观众利用，"从而形成与国外影片亦步亦趋的种种题材热，当前已由伦理片、武侠侦探片演进为民生片。当局于"九一八"后号召影界多制作"关于唤起民族精神的片子"固然不错，但是"现在的民众，只是恐慌他们的经济穷困，生活惨淡，实在没有充分的力量去供给到民族上。或者，现在的电影也只走到了替穷人呼吁，次一步，才是民族精神"。

4月3日，西安《民意报》"戏剧与电影周刊"第三期未见，当续载《中国戏剧生命之革新》第二节"新旧戏剧之检讨"。10日，"戏剧与电影周刊"第四期续载《中国戏剧生命之革新》第二节"新旧戏剧之检讨"，署"柳今"。文中认为，"中国旧剧虽然不能追随时代，但确能利用科学，亦缘近代科学文明多供给于资产阶级之享乐，旧剧靡靡之音当愈适合于人之享乐。新剧□□□□，自难免在比较之下落后也"。（原件有四字无法辨认。）同期并载《伦敦公演〈彩楼配〉的问题》，署"潇雨"。文中认为，在伦敦由中国人与外国人用英语同演旧剧《彩楼配》，只能像《蝴蝶夫人》那样，迎合一部分外国人的扭曲了的东方观，"但是歪曲的东西在现代剧坛上实在没有它的地位，何况这《彩楼配》国际性质的公演"。

按：（1）王度庐档案中的履历表填："1934—1935年 西安民意报 编辑员"，"1935-1936年 陕西省教育厅 办事员"。而从文章刊出情况判断，任《民意报》编辑员应该在后（报馆编辑不可能受厅长派遣去任竞赛记录），或者同时兼任二职。

（2）西安《民意报》"戏剧与电影周刊"仅存一、二、四期，日期据打印稿说明（周刊第四期为4月10日）向前推算而得。4月3日报缺失，内容可据前后两期推知（不排除3日还有其他文章刊出）。4月10日以后报纸缺失，当有其他未知史料。

5月，《陕西教育月刊》第五期发表《陕西省教育厅举办西安中小学讲演竞赛会经过》和《陕西省教育厅举办西安中小学第二届唱歌比赛会经过》记录，均署"王霄羽"。

10月，《陕西教育旬刊》第二卷第廿九、卅、卅一期合刊"论著"栏刊出《民间歌谣之研究》，署"王霄羽"。全文五章：第一章"歌谣之史的发展"；第二章"歌谣的分类法"；第三章"歌谣价值的面面观"；第四章"歌谣技巧的研究"；第五章"结论"。文中有这样的论述："贵族化的文学在'五四'时就已被人打倒，现在一般人都提倡大众文学。真正的'大众文学'在哪里？我们离开了歌谣，恐怕再没有地方寻找了罢？"

1935年（民国二十四年，乙亥）　27岁

是年，王度庐与李丹荃在西安结婚。婚后李父卒于三原，王度庐前往料理丧事，曾遭歹徒劫持。

按：王度庐后来在《〈宝剑金钗〉序》中写及"频年饥驱远游，秦楚燕赵之间，跋涉殆遍"当有所夸张，实则未离陕西。

1936年（民国二十五年，丙子）　28岁

是年王度庐夫妇返回北平。10月13日，《平报》刊载《献于〈平报〉——十五周年》，署"王霄羽"。同日，《平报》开始连载武侠小说《黄河游侠传》，署"霄羽"。12月12日，发生"西安事变"。

按：李丹荃在遗稿中回忆返京前后的生活说："我有晕眩症，那时常犯，昏迷中常听到王叨念：'谢家有女偏怜小，自嫁黔娄万事乖……'后来我知道了这是元稹的悼亡诗。我就说：'你老叨念什么，我又没有死呀！'现在回想当时情景，如在目前。"

1937年（民国二十六年，丁丑）　29岁

是年春，王度庐夫妇应李丹荃二伯父伊筱农召，同赴青岛。4月17日，《平报》连载《黄河游侠传》结束。18日，《平报》开始连载武侠小说《燕赵悲歌传》，署"霄羽"。4月末，王度庐回北平料理"文债"，于端午节后返青岛。不久，弟探骊与北平进步青年同来青岛，王度庐夫妇送他们取道上海奔赴陕北参加革命。

按：李丹荃在所遗手稿中说："弟弟到了青岛，我们大家分析了当时的形势，都赞成他去内地找出路。他们兄弟一向感情很好，分手时不无留恋。最后王度庐慨然说：'你就放心走吧，我们以后会团聚的，母亲的生活，家里的一切，有我呢。'他把自己的怀表给了弟弟。"

7月7日，卢沟桥事变爆发。9日，《平报》连载《燕赵悲歌传》结束。10日，《平报》开始连载武侠小说《八侠夺珠记》，署"霄羽"。30日，北平、天津失守。

12月底，青岛守军撤离。

按：伊筱农（1870—1946?），广东法政及警察速成学校毕业。1912年

来青岛，创办《青岛白话报》（后改名《中国青岛报》），在当地颇有影响。"伊"为满族所冠汉姓，可知李丹荃家族亦有满族血统。

《八侠夺珠记》殆未载完。

1938年（民国二十七年，戊寅）　30岁

1月10日，日寇全面占领青岛。伊筱农博平路宅第被日军作为"敌产"没收，王度庐夫妇与伯父同往宁波路4号租屋居住。生计陷入极度困难之时，王度庐偶遇在《青岛新民报》任副刊编辑的北平熟人关松海，应约向该报投稿。

5月30日、31日，《青岛新民报》发布《本报增刊武侠小说预告》，称"已征得名小说家王度庐先生之精心杰作长篇武侠小说《河岳游侠传》"，即将刊出。是为"度庐"笔名首次见报。

按：《青岛新民报》和后来的《青岛大新民报》在刊出王度庐作品之前都先发布预告，下不一一列载。

6月1日，《青岛新民报》开始连载武侠小说《河岳游侠传》，署"王度庐"。2日，《青岛新民报》刊载散文《海滨忆写》，署"度庐"。

11月15日，《河岳游侠传》连载结束。共20回，未见单行本。16日，《青岛新民报》开始连载武侠悲情小说《宝剑金钗记》，署"王度庐"。配图：刘镜海。

按：刘镜海，时在海泊路23号开设"镜海美术社"，除为王氏作品配插图外，在生活上与王度庐夫妇也经常互相照顾。

1939年（民国二十八年，己卯）　31岁

是年春，王度庐长子生于青岛。4月24日，《青岛新民报》开始连载社会言情小说《落絮飘香》，署"霄羽"。配图：许清（刘镜海笔名）。7月29日，《宝剑金钗记》在《青岛新民报》载毕。30日，《青岛新民报》开始连载武侠悲情小说《剑气珠光录》。

是年，青岛新民报社印行《宝剑金钗记》单行本，前有王度庐自序，谓

"频年饥驱远游，秦楚燕赵之间跋涉殆遍，屡经坎坷，备尝世味，益感人间侠士之不可无。兼以情场爱迹，所见亦多，大都财色相欺，优柔自误。因是，又拟以任侠与爱情相并言之，庶使英雄肝胆亦有旖旎之思，儿女痴情不尽娇柔之态。此《宝剑金钗》之所由作也"。

　　按：《宝剑金钗记》自序仅见于青岛新民报版单行本，也是至今所见王度庐为自己著作所写申述创作意图的唯一自序（其他著作连载时虽或亦加引言，均系说明性文字，出版单行本时皆被删除）。

1940年（民国二十九年，庚辰）　　32岁

　　2月2日，《落絮飘香》在《青岛新民报》载毕。3日，《青岛新民报》开始连载社会言情小说《古城新月》，署"霄羽"，配图：许清。22日，《青岛新民报》刊载《〈落絮飘香〉读后》，作者傅珮琳系关松海之夫人。文中介绍霄羽"曩在北京主编《小小日报》时，以著侦探小说知名"，并且透露"霄羽""度庐"实为一人。

　　4月5日，《剑气珠光录》载毕，随后亦由报社印行单行本。7日，《青岛新民报》开始连载《舞鹤鸣鸾记》，署"王度庐"，配图：刘镜海。此日所载为该书"序言"，出单行本时被删却，全文如下："内家武当派之开山祖张三丰，本宋时武当山道士，曾以单身杀敌百余，因之威名大振。武当派讲的是强筋骨、运气功、静以制动、犯则立仆，比少林的打法为毒狠，所以有人说'学得内家一二，即足以胜少林。'此派自张三丰累传至王咸来，咸来弟子黄百家，又将秘传歌诀，加以注解，所以内家拳便渐渐学术化了。可是后因日久年深，歌诀虽在，真功夫反不得传。自清初至近代，武当派中的侠士实寥寥无几，有的，只是甘凤池、鹰爪王、江南鹤。甘凤池系以剑术称，鹰爪王专长于点穴，惟有江南鹤，其拳剑及点穴不但高出于甘、王二人之上，且晚年行踪极为诡异，简直有如剑仙，在《宝剑金钗记》与《剑气珠光录》二书中，这位老侠只是个飘渺的人物，如神龙一般。而本书却是要以此人为主，详述他一生的事迹。又本书除江南鹤之外，尚有李慕白之父李凤杰，及其师纪广杰。所以若论起时代，则本书所述之事，当在李慕白出世之前数十年了。"

　　8月16日，南京《京报》开始连载《风雨双龙剑》，署"王度庐"。配图：

刘镜海。

按：南京《京报》为汪伪时期出版的四开小报，原系三日刊，1940年8月16日改为日报，终刊于1945年8月16日。该报约得王度庐文稿，当亦出诸关松海之介绍。

介绍王度庐去市立女中代课的是潘思祖，字颖舒，河北邢台人，1930年毕业于河北大学国文系，时在青岛市立女中任教。李丹荃在回忆手稿中说："潘先生常来我家，一坐就是半天。他善谈吐，知道的事情多，打开话匣子什么都说。""潘先生是王度庐那时唯一可以谈得来的人，只有和潘先生在一起，王度庐才肯毫无顾忌地说话。在有些言情小说里，故事情节也是取自潘先生的谈话资料。"王子久则在《王度庐和他的小说》（载于1988年1月9日《青岛日报》）中说，"下课后学生常常把他包围起来"，要求他别把《落絮飘香》《古城新月》里女主人公的下场写得太惨。

1941年（民国三十年，辛巳）　33岁

是年王度庐任青岛圣功女中教员。3月15日，《舞鹤鸣鸾记》在《青岛新民报》载毕，随后亦由报社印行单行本。16日，《青岛新民报》开始连载《卧虎藏龙传》，配图：刘镜海。4月10日，《古城新月》在《青岛新民报》载毕。11日，《青岛新民报》开始连载《海上虹霞》，署"霄羽"。配图：许清。5月9日，《风雨双龙剑》在南京《京报》载毕，共17回。随后即由报社印行单行本。10日，南京《京报》开始连载《彩凤银蛇传》，署"度庐"。配图：刘镜海。8月27日，《海上虹霞》在《青岛新民报》载毕。28日，《青岛新民报》开始连载社会小说《虞美人》，署"霄羽"。配图：许清。

按：《风雨双龙剑》连载本与后来的上海育才书局重印本相比，在回目、内文上都略有差别，后者当经作者修订。

1942年（民国三十一年，壬午）　34岁

是年王度庐曾任青岛市立女中代课教员一个多月。

按：青岛王铎先生之母当年为市立女中教员，他听母亲说，王度庐担任的是培训社会人员的课程，上课地点在市立女中附小（即位于朝城路5

号的今朝城路小学）。

3月1日，《彩凤银蛇传》在南京《京报》载毕，共13回。2日，南京《京报》开始连载《纤纤剑》，署"王度庐"。配图：刘镜海。3日,南京《京报》刊载读者傅佑民来信《关于〈彩凤银蛇传〉鲁彩娥之死》，对《彩凤银蛇传》女主人公因伤重死于中途而未见到自幼失散之生母的结局提出异议。该报副刊编辑在《编者谨按》中说："王先生写鲁彩娥之死，才正是脱去中国武侠小说的旧套……给读者一种'此恨绵绵无绝期'的尾巴……这才是全书的力量。""读者越是这样着急，气愤，越是著者的成功，越见王先生文笔感人之深。6日，《卧虎藏龙传》在《青岛新民报》载毕。同日，南京《京报》又载读者陈中来信，再次对《彩凤银蛇传》写鲁海娥之死提出商榷，以为固然"不必'大团圆'或带'回令'"，而"'见娘'似为必要"。信中还提及"某日路过平江府街，闻一擦皮鞋者与一少年，亦在津津然预测鲁海娥之未来"，可见读者关心之一斑。7日，《青岛新民报》开始连载《铁骑银瓶传》，署"王度庐"。配图：刘镜海。17日，南京《京报》再载读者王德孚来信，认为虽然鲁海娥之死写得好，但是还应加上一些交代后事、劝导爱人走正路的临终遗言。24日，南京《京报》刊出王度庐《关于鲁海娥之死》一文，回答读者批评，说明"在写该书的第一回之前，我就预备着末了是一幕悲剧。""向来'大团圆'的玩意儿总没有'缺陷美'令人留恋，而且人生本来是一杯苦酒，哪里来的那么些'完美'的事情？'福慧双修'的女子本来就很少，尤其是历史或小说里的'美人'。古人云：'自古美人如名将，不许人间见白头。'西施为千古美人，原因是她后来没有下落；林黛玉是读过了《红楼梦》的人一定惋惜的，原因也是她早死。近代的赛金花就不够'绝代佳人'的条件，她是不该后来又以老旦的扮相儿再登台。'好花不常开，好景不常在'，美与缺陷原是一个东西。本此种种理由，于是我更得叫我们的'粉鳞小蛟龙'死了。""因为这样的女人决不可叫她去与人'花好月圆'，度那庸俗的日子；尤其不能叫她跟十三妹一样去二妻一夫的给男子开心。"

10月31日，《纤纤剑》在南京《京报》载毕，共10回。

是年，《青岛新民报》与《大青岛报》合并，更名《青岛大新民报》。

1943年（民国三十二年，癸未） 35岁

是年王度庐曾任《治平月刊》编辑员一个多月。1月23日，南京《京报》开始连载《舞剑飞花录》，署"王度庐"。配图：刘镜海。

10月5日，《青岛大新民报》刊出《寒梅曲》广告，其中说："名小说家王霄羽先生自为本报撰《落絮飘香》《古城新月》《海上虹霞》《虞美人》等数篇之后，篇篇脍炙人口，远近交誉，百万读者每日争先竞读，投来赞誉之函件无数。盖王君文学湛深，复精研心理学，对于社会人情，观察最深；国内足迹又广，生活经验极为丰富；并以其妙笔，参合新旧写法，清俊流畅，细腻转宛；描写之人物，皆跃跃如生，令人留下深深印象。其所选之故事，又皆可悲可喜，新颖而近情合理，章法结构，亦极严谨，无懈可击。即以现刊之《虞美人》言，连刊二年余，若换他人之著作，恐早已令人生倦，然王君之文，日日有新的描写，故事有新的发展变幻，令人如食橄榄，越嚼其味越长；如观大海，久望而其波澜无尽。是以每日每人争相阅读，并常有向本社函电相询者。此均系事实，凡读者皆能信而不疑者也。故虽饱学之士，极富人生阅历之人，对王君之著作亦莫不称誉，谓之为当代第一流之小说家。今《虞美人》即将终篇，新作已由王君开始动笔，名曰《寒梅曲》。系由民国初年北京极繁华之时写起，先述女伶之生活，但与一般的俗流写法迥异；次叙一好学上进的女子，于艰苦环境之中不泯其志气，不失其天真。渐展为一段恋爱，男主角为一音乐家，于是《寒梅曲》遂写入本题矣。其后则此女主角遭境改变，如寒梅之遇风雪，花片纷落，然不失其皓洁。中间穿插许多新奇而合理之故事，出现许多面貌不同、心情各异之人物，但人物虽多而不杂乱，每个人又都是在前几篇中未见过的，可也就许是读者眼前常见的。写至中段，则情节极为紧张，能不下泪、不感动者恐少；斯时又写一洁身自爱、有为之少年人，排万难立其身，颇富伦理知识，且有教育意味。至篇末结束之时，写得尤为高超，读者到时自然赞佩。并且此书与前几篇不同，王君之作风稍加改变，简洁流丽，不作繁冗之藻饰，不用生涩的字句，更以悲哀与滑稽相衬而写，非但令人回肠荡气，有时亦令人喷饭。总之，王君之作品早已成熟，已至炉火纯青之候，已有挥洒自如之才力，此《寒梅曲》尤最，不待多加介绍也。"6日，《虞美人》在《青岛大新民报》载毕。7日，《青

岛大新民报》开始连载《寒梅曲》,署"霄羽"。配图:许清。

按:因存报缺失,《寒梅曲》连载结束时间未详。

1944年(民国三十三年,甲申) 36岁

是年《铁骑银瓶传》在《青岛大新民报》载毕(具体月、日未详)。1月18日,《舞剑飞花录》在南京《京报》载毕,共19章。19日,南京《京报》开始连载《大漠双鸳谱》,标"侠情小说",署"王度庐"。配图:镜海。7月3日《大漠双鸳谱》载毕,共6章。4日,南京《京报》开始连载《春明小侠》,标"侠情小说",署"王度庐"。

按:《舞剑飞花录》后由上海励力出版社印行单行本,改题《洛阳豪客》,被压缩为16章。连载本之章题与单行本完全不同,文字出入也较大。

又,本年上海《戏世界》报曾刊出武侠小说《铁剑红绡记》,署"王度庐",现仅存4030、4031、4032、4033、4034、4035、4036、4038、4039、4040十期(即十段连载文本,分别属于第一、二章,时间为3月20日至30日)。待辨真伪。

1945年(民国三十四年,乙酉) 37岁

2月18日,王度庐之女生于青岛。25日,《春明小侠》载至第20章。5月1日,南京《京报》连载《琼楼双剑记》第二章,署"王度庐"。同日,青岛《民民民》月刊连载《锦绣豪雄传》,署"王度庐"。是年夏秋之际,《青岛大新民报》停刊。8月15日,日本正式宣布投降。10月25日,青岛举行日军受降典礼。《青岛时报》等老报复刊,《民治报》《民众日报》等新报创刊。

按:《春明小侠》于本年2月25日载至第二十章,改标"武侠小说",以下报纸缺失,连载结束时间当在4月末。《琼楼双剑记》亦因报纸缺失而不知始载时间;至5月27日,所载内容仍为第二章,以后殆未续载。《锦绣豪雄传》亦未载完。

1946年(民国三十五年,丙戌) 38岁

是年王度庐为维持生计,曾任赛马场办事员,于周日售马票。12月2日,

《青岛时报》开始连载王度庐所著武侠小说《紫凤镖》，署名"鲁云"。

1947年（民国三十六年，丁亥） 39岁

　　5月1日，青岛《民治报》开始连载王度庐所撰武侠小说《太平天国情侠传》，署"鲁云"。19日，青岛《大中报》开始连载王度庐所撰武侠小说《清末侠客传》，署"鲁云"。6月11日，《青岛时报》开始连载王度庐所撰社会言情小说《晚香玉》，署"绿芜"。7月18日，《紫凤镖》在《青岛时报》载毕。19日，《青岛时报》开始连载王度庐所撰武侠小说《雍正与年羹尧》，署"鲁云"。是年王度庐收到弟弟来信，得知中共即将获得全面胜利。

　　按：《太平天国情侠传》仅见一节，未知是否载毕。《雍正与年羹尧》《清末侠客传》当于次年载毕。

　　李丹荃在回忆文中说："1947年，我们忽然收到分离多年的弟弟的信，那信是经过几个人辗转捎来的。信中大意是：我在外买卖很好，我们不久即可团聚，望你们放心。信虽很短，但却是莫大喜讯。信中真实的含义，我们是明白的，知道多年的战争是将结束了。只是这时他们在北平的母亲已故去，没有来得及知道，是终身遗憾。"

1948年（民国三十七年，戊子） 40岁

　　是年王度庐曾任青岛摊商工会文牍。1月31日，《晚香玉》在《青岛时报》载毕。2月1日，《青岛时报》开始连载《粉墨婵娟》，署"绿芜"。4月29日，《青岛时报》开始连载武侠小说《宝刀飞》，署"鲁云"。6月，上海育才书局出版增订本《风雨双龙剑》。7月10日，《粉墨婵娟》在《青岛时报》载毕。15日，《青岛时报》开始连载侠情小说《燕市侠伶》，署"绿芜"。9月17日，《宝刀飞》在《青岛时报》载毕。9月20日，《青岛公报》开始连载武侠小说《金刚玉宝剑》，署"王度庐"。

　　按：《金刚玉宝剑》之"玉"字当系"王"字之误，参见丁福保主编之《佛学大辞典》：【金刚王宝剑】（譬喻）临济四喝之一，谓临济有时一喝，为切断一切情解葛藤之利剑也。《临济录》曰："师问僧：有时一喝如金刚王宝剑，有时一喝如踞地金毛狮子，有时一喝如探竿影草，有时一喝不

作一喝用,汝作么生会？僧拟议,师便喝。"《人天眼目》曰:"金刚王宝
剑者,一刀挥断一切情解。"又:【金刚】（术语）梵语曰缚罗。……译言
金刚,金中之精者,世所言之金刚石是也。……又（天名）持金刚杵之力
士,谓之金刚。……【金刚王】（杂语）金刚中之最胜者,犹言牛中之最胜
者为牛王也。……

　　9月24日,青岛《军民晚报》开始连载武侠小说《龙虎铁连环》,署"王
度庐"。10月,上海励力出版社将《清末侠客传》分为两册印行,分别改题
《绣带银镖》《冷剑凄芳》。11月,上海励力出版社出版《宝刀飞》。同年,
上海励力出版社还出版或再版了王度庐的以下作品:《鹤惊昆仑》（即《舞
鹤鸣鸾记》）,《宝剑金钗》（即《宝剑金钗记》）,《剑气珠光》（即《剑气珠
光录》）,《卧虎藏龙》（即《卧虎藏龙传》）,《铁骑银瓶》（即《铁骑银瓶
传》）,《紫电青霜》,《新血滴子》（即《雍正与年羹尧》）,《燕市侠伶》,
《落絮飘香》《琼楼春情》《朝露相思》《翠陌归人》（此为《落絮飘香》连
载本的四个分册）,《暴雨惊鸳》（此为《寒梅曲》连载本的第一分册,以下
分册未见）,《绮市芳荭》《寒波玉蕊》（此为《晚香玉》连载本的两个分
册）,《粉墨婵娟》《霞梦离魂》（此为《粉墨婵娟》连载本的两个分册）。

　　按:《燕市侠伶》之后集为《梅花香手帕》。后集未见连载,励力版
《燕市侠伶》亦未见,该版当不包括后集。

1949年（己丑）　41岁

　　是年,王度庐之弟谭立（即王探骊）出任中共大连市委副书记。1月1
日,青岛《民治报》开始连载《玉佩金刀记》,署"王度庐"。未完。2月,《金
刚玉宝剑》改由《联青晚报》连载。4月,上海励力出版社出版《金刚玉宝
剑》,共三册。6月29日,王度庐幼子生于青岛。

　　是年秋,王度庐夫妇携长子、女儿同由青岛迁往大连（幼子暂留青
岛）。王度庐任旅大行政公署教育厅编审委员。李丹荃先在市教育局初教
科任科员,后任教于英华坊小学和大同坊小学。

　　本年,重庆千秋书局出版《紫凤镖》。上海励力出版社还出版了王度庐
的下列作品:《朱门绮梦》《小巷娇梅》《碧海狂涛》《古城新月》（此为《古

城新月》连载本的三个分册），《海上虹霞》《灵魂之锁》（此为《海上虹
霞》连载本的两个分册），《琴岛佳人》《少女飘零》《歌舞芳邻》（此为《虞
美人》连载本的前四个分册，以下分册未见），《洛阳豪客》（即《舞剑飞花
录》），《风尘四杰》，《香山侠女》，《春秋戟》，《龙虎铁连环》等。

1950年（庚寅） 42岁

王度庐在旅大行政公署教育厅任编审委员。

1951年（辛卯） 43岁

王度庐调入旅大师范专科学校任教员。

1953年（癸巳） 45岁

是年夏，王度庐调入沈阳东北实验学校（现辽宁省实验中学）任语文
教员，李丹荃任该校舍务处职员。

1955年（乙未） 47岁

5月，《人民日报》公布《关于胡风反革命集团的材料》。在清查"胡风
分子"时，王度庐曾经受到无端怀疑。

1956年（丙申） 48岁

1月13日，文化部发出《关于续发处理反动、淫秽、荒诞图书参考目录的
通知(56)（文陈出密字第9号）》，其第二条称："有一些人专门编写反动、
淫秽、荒诞的图书，如徐訏、无名氏、仇章专门编写政治上反动的、描写特
务间谍的小说，张竞生、王小逸（捉刀人）、蓝白黑、笑生、待燕楼主、冷如
雁、田舍郎、桑旦华专门编写含有反动政治内容或淫秽、色情成分的'言
情小说'，朱贞木、郑证因、李寿民（还珠楼主）、王度庐、宫白羽、徐春
羽专门编写含有反动政治内容或淫秽、色情成分的神怪、荒诞的'武侠
小说'。为了肃清反动、淫秽、荒诞的图书，请各省市文化局在审读图书
时，对于徐訏……徐春羽等二十一人编写的图书特别加以注意。但决定

是否处理和如何处理, 仍应按书籍内容而定。"(见中国出版科学研究所、中央档案馆编:《中华人民共和国出版史料》第8辑, 中国书籍出版社, 2002。)

　　同年, 王度庐加入中国民主促进会, 并任该会沈阳市第五届市委委员; 又曾被选为皇姑区政协委员和沈阳市第六届人民代表大会代表。

　　按: 以上政治身份据辽宁省实验中学所存退休人员登记表及李丹荃回忆文。加入民进当在本年, 其他事项或在其后, 因无法查实年份, 姑均暂系于本年。

1957年(丁酉)　49岁

　　实验中学也掀起"反右"运动, 王度庐没有受到大冲击。

1966年(丙午)　58岁

　　"文化大革命"爆发。王度庐受到冲击, 被贬入"有问题的人学习班", 接受"清队"审查。

1968年(戊申)　60岁

　　王度庐仍处于"逍遥"状态。

1969年(己酉)　61岁

　　王度庐当在是年被结束"审查", 获得"解放", 即被宣布没有查出问题, 恢复原来的政治身份。

　　按: 依照"文革"程序, "有问题的人"被"解放"之前, 仍需召开一次表示"结案"的批判会。李丹荃在回忆文中写道:"……开了一个小型批判会。也不知从什么地方找来一本《小巷娇梅》, 批判者念一段, 批判一番……当批判者念到生动有趣处, 听者笑了, 王度庐也忍不住笑了, 当然要招来申斥:'你还笑? 你要端正态度!'批判者们又从我们家拿走了我们的一本相册, 里面有两张全家照片。一张中有我抱着1949年初生的幼子; 另一张是我穿着在旅大行政公署发的女干部服装, 王度庐穿着他兄弟给他的呢子干部服装。批判者举着照片说：'你们穿得这么好，可见你们过去生活多么优越！你爱人还穿着裙子！'……对他的批判只是一种虚张声势的形式。那些老师并未认真对待。"

1970年（庚戌）　62岁

是年春，王度庐以退休人员身份，随李丹荃下放到辽宁省昌图县泉头公社大苇子大队，不久转到泉头大队。

按：王度庐幼子在一封信里这样回忆父母被"下放"的情景："……我在农村'接受再教育'，得知后立即赶回家。前往农村时，年迈的父母坐在卡车顶上，一路颠簸。爸爸当时身体就很不好，加上这一折腾，半路解手时，站了半天也解不出来。妈妈晕车，走一路吐一路。那情景我现在回忆起来都止不住要流泪。"

其女则曾在一封信里回忆到昌图看望父母的情景："听说他们下乡了，我很急，不久就请假找去了。他们一辈子住在城里，父亲更是年老体弱，手无缚鸡之力，忽然到了农村，借住在人家的半间小屋里，怎么生活？""我还没走到家，就远远地看见父亲坐在一棵繁茂的大树下（很像一幅中国山水画），我的心顿时平静下来了。他永远是那么心平气和，不知是怎么修炼的。""我女儿小时候跟我父母在农村住过。有一次闹觉（困了，不睡，哭闹），我很烦，可我父亲说：'世界多美好啊，她是舍不得去睡觉啊。'""有时，父亲用手比成一个取景框，东照一下，西照一下，对我的小孩说：'快来看，这边是一个景，那边也是一个景。'（父亲原本喜欢摄影，在小说《海上虹霞》中曾写到购买'莱卡'照相机，就颇内行。）他还常让母亲下地干活回来时带些野花野草。那时父亲走路已不太方便了。"

1972年（壬子）　64岁

王度庐在昌图。其幼子考入迁至铁岭的沈阳农学院农学系。

1974年（甲寅）　66岁

1月14日，长子突然亡故，王度庐夫妇不胜哀痛。

同年，幼子毕业于迁至铁岭的沈阳农学院农学系，留校任教。李丹荃于下放人员"落实政策"时也被安排退休。

1975年（乙卯） 67岁

王度庐夫妇迁往铁岭与幼子同住。

1977年（丁巳） 69岁

2月12日，王度庐因病卒于铁岭。

按：李丹荃在回忆手稿中这样记述丈夫逝世的情景："儿子工作的学校已放了寒假，这天正是旧历年末。晚上儿子去办公室值夜，女儿远在几千里外工作。我们住在一间很小的宿舍里，暖气不热，电灯不亮，风吹得屋外树枝簌簌地响，偶然能听得到远处一声声犬吠。他病已重危，该说的话早已说完，他静静地合上双眼去了。我不愿惊动他，也不想叫别人，坐在床前陪伴着他，送他安静地走完了人生最后的旅程，时年六十八（周）岁……我遵从他的遗嘱，没有通知很多人，没有举行一切世俗的仪式，没有哀乐，没有纸花，悄然地由他的儿子和几位热情的青年同事用担架（把他）抬到离我家很近的火葬场。"

（承张元卿博士协助查阅南京《京报》并发现、提供有关陕西教育月刊、旬刊资料，特此致谢！）

2016年1月修订

《王度庐作品大系》书目一览表

武侠卷第一辑（2015年7月已出版）

1.鹤惊昆仑（上、下）2.宝剑金钗（上、下）3.剑气珠光（上、下）4.卧虎藏龙（上、下）5.铁骑银瓶（上、中、下）

武侠卷第二辑（待出版）

1.风雨双龙剑 2.彩凤银蛇传 3.纤纤剑 4.洛阳豪客 5.大漠双鸳谱 6.紫电青霜 7.紫凤镖 8.绣带银镖 9.雍正与年羹尧 10.宝刀飞 11.金刚玉宝剑

社会言情卷（待出版）

1.落絮飘香 2.古城新月 3.海上虹霞 4.虞美人 5.晚香玉 6.粉墨婵娟 7.风尘四杰 8.香山侠女

早期小说与杂文卷（待出版）

1.杂文 2.早期小说：红绫枕 鳌汉海盗 黄河游侠传 3.散佚作品精选集：燕市侠伶 虞美人 春明小侠 春秋戟 寒梅曲